Dagonet

Peter Lukasch

Dagonet

Eine Erzählung aus den Tagen von König Artus

Mein besonderer Dank gilt meiner Frau Theresia, die mich bei der Entstehung dieses Buches unterstützt und das Manuskript nicht nur kritisch gelesen, sondern auch korrigiert hat.

Der Autor

Die Deutsche Nationalbibliothek verzeichnet diese Publikation in der Deutschen Nationalbibliografie; detaillierte bibliografische Daten sind im Internet über dnb.d-nb.de abrufbar.

© 2020 Peter Lukasch
Umschlaggestaltung: Peter Lukasch unter Verwendung eines Gemäldes von Edmund Blair Leighton (1853 - 1922): „God Speed!"
Herstellung und Verlag: BoD – Books on Demand, Norderstedt
ISBN: 9783752629743

Im 5. Jahrhundert begann das weströmische Reich zu zerfallen. Als in die Provinz Gallien mehrere germanische Stämme einfielen, riss auch die Nachschublinie zu den in der Provinz Britannien stationierten Truppen ab.

In der Absicht, die Kontrolle über Gallien wiederzuerlangen, setzte der letzte römische Oberbefehlshaber Britanniens, Flavius Claudius Constantinus, mit seinem Feldheer nach Gallien über, wo er nach anfänglichen militärischen Erfolgen den Tod fand.

Durch dieses militärische Abenteuer des Constantinus war Britannien weitgehend von römischen Truppen entblößt worden. Die wenigen verbliebenen Garnisonen konnten weder die Ordnung aufrechterhalten noch das Land vor den einfallenden Barbaren schützen und gaben bald ihre Kastelle auf.

Die römische Ordnung brach zusammen und Britannien versank in Anarchie. Die Herrschaft im Lande übernahmen lokale militärische Befehlshaber und Stammesführer, die in ihrem Herrschaftsbereich autonom regierten und sich nicht selten Könige nannten.

Etwa zur gleichen Zeit kam es zur angelsächsischen Invasion der Insel. Die Neuankömmlinge errichteten im Osten Königreiche und bedrängten die romanisierte keltische Bevölkerung, die ihnen einen verzweifelten Abwehrkampf lieferte.

In jener dunklen Zeit, über die es kaum gesicherte historische Quellen gibt, dafür aber Sagen und Legenden voller Heldentaten, Abenteuer und Magie, spielt unsere Geschichte. Sie erzählt von den wundersamen Abenteuern des jungen Königssohns Dagonet, der, ausgestattet mit einem magischen Geschenk zweifelhafter Art, in die Welt hinauszog, um Abenteuer zu erleben.

Prolog

Die plötzlich eintretende Stille tat den Ohren weh. Den ganzen Tag über hatten die Trommeln gedröhnt und den Göttern und Menschen die Ankunft des alten Königs im Totenreich verkündet. Jetzt war alles getan, was zu tun war. Der König, den man den Gerechten genannt hatte, weil er gleichermaßen grausam gegenüber jedermann gewesen war, war in Feuer und stinkendem Rauch zum Himmel aufgestiegen. Von seiner Herrschaft blieb nur ein Häufchen Asche, das der Wind aufs Meer hinaustrieb. Morgen würde sich sein ältester Sohn Artair die Krone aufs Haupt setzen und von den Gefolgsleuten den Treueeid fordern.

So war es Brauch im Königreich Gwyn. Man kann nicht sagen von alters her, denn so alt war Gwyn, dessen Residenz auf den Resten einer römischen Festung erbaut worden war, noch nicht. Dennoch war es ein würdiger Brauch, der allerdings wenig Aussicht hatte, altehrwürdig zu werden. Gwyn war nämlich unter den angelsächsischen Königreichen Britanniens eines der kleinsten und von mächtigen Nachbarn umgeben. Bisher hatte bloß keiner von ihnen versucht, sich Gwyn einzuverleiben, um nicht zur Unzeit durch eine solche Verschiebung der Machtverhältnisse in Konflikt mit einem Konkurrenten zu geraten. Die Könige von Gwyn ihrerseits hatten es bisher verstanden, durch eine geschickte Bündnispolitik die wechselnden machtpolitischen Verhältnisse in der Region auszubalancieren und für ihre Interessen zu nutzen.

Freilich war es – wie viele meinten – nur eine Frage der Zeit, bis der König von Gwyn sein Knie vor einem fremden Herrscher beugen und froh sein musste, am Leben zu bleiben und künftig als Statthalter einem neuen Herrn zu dienen.

Prinz Dagonet waren solche Überlegungen gleichgültig. Er hatte andere Sorgen. Morgen würde er vor seinem älteren Bruder knien, dessen Anrecht auf den Thron anerkennen und dann ungesäumt das Königreich verlassen. Dabei würde ihn die Leibwache seines Bruders bis an die Grenze des Königreiches begleiten. Der Hauptmann würde ihn nochmals ermahnen, nie mehr zurückzukehren, wenn ihm sein Leben lieb sei. Die Männer würden ihm nachsehen, bis er aus ihrem Blickfeld verschwunden war und dabei demonstrativ die Hände an die Waffen legen. Auch das war Brauch im Königreich Gwyn. So verfuhr man mit den jüngeren Brüdern des Königs, um gar nicht erst Thronstreitigkeiten aufkommen zu lassen. Im Grunde genommen war das eine sehr moderate Vorgangsweise, über die sich Dagonet nicht beschweren konnte. Denn noch Dagonets Urgroßvater, den man den Umsichtigen nannte, hatte seine beiden jüngeren Brüder einen Tag nach seiner Thronbesteigung erdrosseln lassen.

Hingegen war der jetzige Kronprinz seinem jüngeren Bruder durchaus zugetan. Obwohl er anfänglich geschwankt hatte, hielt er aber letztlich an der Väter Sitte fest, sich seines Bruders zu entledigen. Denn er war der Meinung, es sei im Interesse aller Beteiligten besser, wenn Dagonet sein Glück in der Ferne suche.

Lilias, die Gemahlin Artairs, hatte nämlich protestiert und bitterlich geweint, als seine Berater dem Kronprinzen dringend rieten, Dagonet des Landes zu verweisen. Alle Anwesenden taten so, als ob sie diese Tränen der Trauer um den alten König zuschrieben. Niemand, auch nicht die angehende Königin oder ihr Ehemann und schon gar nicht Dagonet selbst, hatten ein Interesse daran, den Kummer der edlen Frau näher zu hinterfragen. Denn – auch das muss offen ausgesprochen werden – der geringste Verdacht einer unstatthaften Beziehung zwischen Dagonet und seiner schönen, lebenslustigen Schwägerin hätte höchst unangenehme, geradezu lebensgefährliche Konsequenzen haben müssen. Diesem Dilemma konnte man durch Berufung auf einen alten Brauch elegant aus dem Weg gehen und die eheliche Treue der Königin gleichzeitig außer Zweifel stellen.

Zum Abschied hatte Artair seinem Bruder ein Geschenk gemacht. Auch das war Brauch im Königreich Gwyn, seit man davon abgekommen war, potentielle Thronräuber zu ermorden und sie nur mehr auf eine Abenteuerreise, möglichst ohne Wiederkehr, schickte. Es handelte sich um ein Schwert, das man als das Schwert der Gerechtigkeit bezeichnete. Dieses Schwert, das magischer Art war, wirkte auf den ersten Blick sehr kostbar und machtvoll und es war schwer vorstellbar, dass ein König, der auf einem wackeligen Thron saß und wahrlich jede Hilfe brauchen konnte, es weggab.

Auf den zweiten Blick war dieses Geschenk schon weniger wertvoll, denn es wies einen kleinen Mangel auf, der sich rasch zu einem großen Problem auswachsen konnte.

Als jener König Gwyn regierte, den man den Eroberer nannte, weil er einen im Niemandsland zwischen den Königreichen wohnenden Gutsbesitzer erschlagen und dessen Besitz seiner Herrschaft einverleibt hatte, war ein Fremder ins Land gekommen, der das Schwert mitbrachte. Er bot es dem König zum Kauf an, pries dessen Zauberkraft und sagte, er selber brauche es nicht mehr, weil er gedenke, sein Leben als demütiger Einsiedler zu beenden. Er verkaufte das Schwert für einen sehr günstigen Preis und verließ daraufhin eilig Gwyn, weshalb manche meinten, es sei ihm in Wahrheit nur darum gegangen, die Waffe loszuwerden. Gründe dafür gab es, wie sich bald herausstellte. Es ist nämlich so, dass jedermann davon überzeugt ist, im Falle eines Streites im Recht zu sein, und sei es auch nur im Recht des Stärkeren. Das Schwert schien hingegen eigene Vorstellungen von Recht und Unrecht zu haben. Das zeigte sich erstmals, als der König auf der Jagd von seinem Gefolge getrennt wurde und im tiefen Wald an eine Räuberbande geriet, die ihm ans Leben wollte. Obwohl er kein besonders tüchtiger Schwertkämpfer war, gelang es ihm mühelos, fünf der Angreifer mit seinem neuen Schwert zu erschlagen, worauf die anderen in wilder Panik flohen. Von da an trug der König das Schwert ständig an seiner Hüfte und hielt sich für unbesiegbar.

Nun gab es zu dieser Zeit am Hof eine junge Frau von unbedeutender Herkunft, aber gefälligem Äußeren, die mit einem Stallknecht verheiratet war. Der König, der dazu neigte, das Eigentum seiner Untertanen, wozu er auch deren Weiber zählte, als das seine zu betrachten, stellte ihr nach und erwischte sie auch tatsächlich allein im Stall, wo er trotz ihres Geschreis versuchte, sein herrschaftliches Recht durchzusetzen. Unglücklicherweise kam ihr Mann dazu und eilte seiner Frau zu Hilfe, wobei er eine Mistgabel schwang. Diese Missachtung der königlichen Person war ohne Zweifel ein großes Unrecht und der König zögerte auch nicht, den Burschen dafür zu züchtigen. Er riss das Schwert aus der Scheide und holte zu einem gewaltigen Schlag aus. Das tückische

Ding, das offenbar sein Verhalten missbilligte, verweigerte ihm aber den Dienst und entglitt seiner Hand wie ein nasser Fisch, den man festhalten will. So kam es, dass der König sein Leben auf den Spitzen einer Mistgabel aushauchte. Der Stallknecht wurde für diese Untat natürlich aufgehängt. Trotzdem gab der Vorfall Anlass zur Nachdenklichkeit und es kamen Zweifel am Gerechtigkeitssinn des Zauberschwertes auf.

Die Waffe wurde in die Schatzkammer verbannt und schließlich sogar als Gefahr für das Königreich angesehen. Der bei Hofe angestellte Sterndeuter hatte nämlich prophezeit, es werde jedem Besitzer Unglück bringen, es sei denn, er wäre reinen Herzens. Altair hatte daraufhin nach eingehender Gewissenserforschung entschieden, dass er dieses unberechenbare Artefakt, das ihm nach dem Tod seines Vaters zugefallen war, nicht besitzen wolle. Ihm und seinen Beratern schien es eine gute Idee zu sein, zwei Fliegen auf einen Schlag zu treffen, und sich des Schwertes gemeinsam mit Prinz Dagonet zu entledigen.

Man wusste nicht, ob ausgerechnet Prinz Dagonet reinen Herzens war. Man wusste ja nicht einmal genau, was darunter überhaupt zu verstehen ist. Artair jedenfalls hegte leise Zweifel, wenn er den Kummer seiner Frau über die Abreise ihres geliebten Schwagers bedachte. Also beschloss er, die Sache als Gottesurteil zu betrachten. Ob Dagonet Glück oder Unglück mit seinem Geschenk haben werde, so dachte er, habe sich dieser letztlich selbst und dem, was er getan oder hoffentlich auch nicht getan hatte, zuzuschreiben.

Teil I

Die Kunst, Kompromisse zu schließen

1

Als Dagonet Abschied nahm und begleitet von der Leibwache des neuen Königs durch das Tor der Residenz ritt, zeigte sich Lilias gefasst. Sie umarmte ihren Schwager in schwesterlicher Zuneigung und band ihm ein Tüchlein um den Arm, als Zeichen dafür, dass er seine künftigen Heldentaten als ihr auserwählter Ritter bestehen solle. Gleichzeitig steckte sie ihm ein Briefchen zu.

Dagonet erreichte mit seiner Eskorte am frühen Abend die Grenze zum Königreich Lindsey. Der Grenzverlauf wurde durch einen verfallenden Mauerzug markiert, der noch aus der Zeit der Römer stammte. An einer Öffnung in der Mauer, die von den Resten zweier Türme flankiert wurde, hielt der Hauptmann sein Pferd an. „Es ist an der Zeit, Abschied zu nehmen, mein Prinz", sagte er feierlich. „Gedenkt des Treueschwurs, den Ihr Eurem Bruder geleistet habt und Eures Versprechens, nie mehr wieder nach Gwyn zurückzukehren, es sei denn, Ihr werdet zurückgerufen. Unser aller Wünsche begleiten Euch. Möget Ihr in der Ferne Euer Glück finden." Er senkte seine Stimme und flüsterte: „Ich war Euch stets zugetan, mein Prinz, schon um der Zeiten willen, die wir als Knaben gemeinsam verbracht haben. Deshalb solltet Ihr meinen Rat sehr ernst nehmen: Vergesst, was Ihr zurücklassen müsst, fügt Euch in das Unvermeidliche und bleibt Gwyn fern. Der König, Euer Bruder, den man schon jetzt den Nachsichtigen nennt, wird nicht immer die Augen verschließen, besonders dann nicht, wenn ihm die Königin einen Erben schenken soll, dessen Legitimität außer Zweifel stehen muss."

Dagonet umarmte den Hauptmann und antwortete: „Danke, mein Freund." Dann ritt er durch das Tor in die Abenddämmerung. Er drehte sich kein einziges Mal mehr um.

Das Grenzland war unbesiedelt, weil die sumpfigen, sauren Böden keine Landwirtschaft zuließen. Auch Grenzwachen waren hier nicht stationiert. Wozu auch: Der Grenzverlauf war durch die Mauer außer Streit gestellt und die trostlose Gegend bot nichts, das einen vernünftigen Menschen zum Verweilen einladen konnte. Vermutlich hausten in den nahen Wäldern Gesetzesflüchtige und Heimatlose, um die sich aber niemand scherte, solange sie unter sich blieben. Das taten sie wohlweislich auch, denn wenn sie in die Hände der Obrigkeit fielen, hängte man sie sofort und ohne besondere Förmlichkeiten auf, weil man sie als landschädliche Leute betrachtete.

Als es dunkler wurde, begann Dagonet ein Quartier für die Nacht zu suchen. Am Waldesrand entdeckte er einen Felsüberhang, der schon früher Reisenden als Lager gedient haben musste, wie man an Brandflecken und weggeworfenem Unrat erkennen konnte. Er versorgte sein Pferd, tränkte es an einem nahen Rinnsal und richtete sich für die Nacht ein. Obwohl es Spätsommer war, begann es empfindlich kalt zu werden. Dagonet überlegte, ob er ein Feuer anmachen sollte. Ein Feuer würde ihn wärmen und Bären und Wölfe von seinem Lagerplatz fernhalten, aber möglicherweise Räuber anlocken. Also entschloss er sich dazu, als Kompromisslösung nur ein kleines Feuer anzumachen. Gerade groß genug, um Bestien fernzuhalten und klein genug, um keine unerwünschte Aufmerksamkeit auf sich zu ziehen. Wie alle Kompromisse hatte auch dieser seine Schwachstellen. Es konnte genauso gut möglich sein, dass Dagonets kleines Feuer nicht ausreichen würde, hungrige Raubtiere abzuhalten, aber hell genug war, um von Gesetzlosen bemerkt zu werden. Wärmen würde es ihn ohnehin nicht besonders, dazu war es zu klein.

Dieses kleine, zwiespältige Feuer in der Nacht war geradezu symbolisch für Dagonets Leben, das auch nur aus einer Abfolge ständiger Kompromisse bestand. Er war zwar, wie es sich für einen Königssohn gehörte, im Umgang mit allen möglichen Waffen ausgebildet worden, aber es fehlte ihm jegliche Eignung zu einem heldenhaften Kriegsmann. Nicht dass es ihm an Geschick gemangelt hätte, es war nur so, dass er kein Interesse daran hatte, ein Held zu sein. Todesmutig war er nämlich auf keinen Fall. Hätte ihn das Schicksal zum König gemacht, man hätte ihn wohl den Vorsichtigen genannt. Andererseits zeigte er gute Anlagen in den Wissenschaften oder dem, was man zu seiner Zeit als Wissenschaften ansah. Dazu gehörte Lesen und Schreiben, die Kenntnis der lateinischen Sprache und etwas Mathematik und Sternenkunde. Aber auch hier mangelte es ihm an Ausdauer und Interesse, um mehr daraus zu machen. In allem, was er tat, war er guter Durchschnitt und hielt dies für völlig ausreichend. Es fehlte ihm einfach der Sinn fürs Höhere. Er hatte auch nie das geringste Interesse an der Königsherrschaft gezeigt und mehrfach im vertrauten Kreis geäußert, er sei recht froh, dass diese Last an ihm vorübergehe und von seinem älteren Bruder getragen werden müsse. Alle, die ihn näher kannten, glaubten ihm das aufs Wort. Deshalb war ja auch sein Bruder Altair, der neue König, durchaus geneigt gewesen, ihm entgegen dem Brauch den weiteren Aufenthalt bei Hofe zu gestatten, wenn da nur nicht die Sache mit seiner Frau Lilias gewesen wäre.

Lilias war als kleines Mädchen an den Hof gekommen. Sie war eine Geisel, die der König von Lindsey zur Bekräftigung eines Bündnisses mit dem König von Gwyn geschickt hatte. Lilias war keine besonders wertvolle Geisel, weil Gwyn ja auch kein bedeutendes Königreich war. Sie war eine Nichte des Königs von Lindsey, eines von fünf Kindern seiner dritten Schwester. Aber sie war ein entzückendes Kind, das am Hofe von Gwyn zu einer berückend schönen Jungfrau heranwuchs. Sie und Dagonet hatten sich daher schon als Kinder gekannt und eine kindliche, später schon weniger kindliche Zuneigung füreinander empfunden.

Um das Bündnis zwischen Lindsey und Gwyn zu bekräftigen, war schließlich beschlossen worden, dass Lilias den künftigen König von Gwyn heiraten solle. Lilias hätte lieber Dagonet zum Ehemann gehabt, zumal sie und Dagonet schon vorweggenommen hatten, was dem Ehemann in der Hochzeitsnacht zustand. Sie beschwor Dagonet daher, mit ihr zu fliehen und hielt ihm vor Augen, dass er ja ohnehin früher oder später Gwyn verlassen werde müssen. Weshalb also nicht gleich jetzt und mit ihr als seiner Geliebten und künftigen Ehefrau? Ein guter Vorsprung, mehrere tüchtige Tagesritte und sie würden in einer Gegend sein, wo man sie nicht kannte und wo sie sich mit Hilfe eines Teiles ihrer Mitgift, der leicht mitzunehmen war, eine gemeinsame Zukunft aufbauen konnten.

Das Argument war logisch und der Plan hätte wahrscheinlich funktioniert, er war Dagonet bloß zu dramatisch. Der Gedanke, auf so spektakuläre Weise seinem Bruder die Braut zu rauben, und dafür im ganzen Königreich geschmäht zu werden, missfiel ihm. Wie es seine Art war, zögerte er so lange, bis es zu spät war.

Lilias und Artair wurden miteinander vermählt. Dagonet musste mitansehen, wie die Braut bei der Hochzeitsfeier schluchzte, und seinen Gesprächspartnern zustimmen, dass solche Tränen der Freude etwas Anrührendes an sich hatten. Danach tröstete sich Dagonet mit einigen hübschen und bereitwilligen Damen und machte sich daran, Lilias aus seinen Wünschen zu verbannen. Er war in der Kunst, faule Kompromisse zu schließen, schon so erfahren, dass er sich erfolgreich einredete, dies sei ein nobles, eines Prinzen würdiges Verhalten.

Lilias hingegen war nicht gesonnen, die Sache auf sich beruhen zu lassen. Eine Zeit lang begegnete sie Dagonet nur mit schwesterlicher Zuneigung, an der niemand etwas aussetzen konnte, und die Dagonet sorglos machte. So konnte es geschehen, dass er sich eines Tages, und ohne dass er recht wusste, wie das zugegangen war, in Lilias' Bett wiederfand, wo ihm seine frühere Geliebte vor Augen führte, worauf er leichtfertig verzichtet hatte.

Dieser Vorfall und seine Wiederholungen, sosehr er auch Freude daran hatte, waren Dagonets Seelenfrieden nicht zuträglich. Er befürchtete nämlich, dieses ehebrecherische Verhältnis könne entdeckt werden und die schlimmsten Konsequenzen nach sich ziehen. Lilias, der er seine Bedenken vorsichtig mitteilte, hatte eine einfache Lösung parat: Er könne sie noch immer entführen und gemeinsam mit ihr fliehen.

Dagonet war zu einem solchen Schritt weniger als je zuvor bereit, er fand aber auch nicht die Kraft, sein Verhältnis mit Lilias ein für allemal zu beenden. Also machte er weiter wie zuvor.

Auch Lilias musste einen Kompromiss schließen und das tat sie bedenkenlos mit der ihr eigenen Entschlossenheit und Umsicht. Weil es nun nicht anders ging und sie nicht bereit war, auf Dagonet zu verzichten, teilte sie ihre Zuneigung möglichst gerecht zwischen ihrem Ehemann und Dagonet auf. Da sie den Freuden der körperlichen Liebe zugetan und Altair ein stattlicher Mann war, kam sie dabei auch ihren ehelichen Pflichten ohne Vorbehalte nach. Altair wunderte sich zwar gelegentlich darüber, welche raffinierten Einfälle seine Frau im Bett hatte, er kam aber nie auf die Idee, dass diese nicht ihrer Phantasie entsprangen, sondern sich über Dagonet auf sehr erfahrene Damen seines Hofstaates zurückführen ließen.

Trotz aller Vorsicht konnte es nicht ausbleiben, dass das innige Verhältnis Dagonets zu seiner Schwägerin auffiel. Sie wurden nie in flagranti erwischt, dazu war Lilias viel zu umsichtig, aber sie standen bald verstärkt unter Beobachtung. Sie waren gleichsam von einer Atmosphäre unausgesprochenen Misstrauens umgeben, von dem schließlich auch Altair ergriffen wurde. Es war nur mehr eine Frage der Zeit, bis es zum Eklat kam. Lilias nutzte die Situation, um Dagonet unter Druck zu setzen, weil sie ihren Plan, gemeinsam mit ihm zu fliehen noch immer nicht aufgegeben hatte. Dagonet hingegen verfiel in zunehmende Ratlosigkeit, die an Verzweiflung grenzte. Er wusste einfach nicht, was er tun sollte. Als ihm die Situation bereits aussichtslos erschien, starb überraschend sein Vater, der alte König, und löste damit alle Probleme. Dagonets Verbannung erfolgte nämlich so rasch und konsequent, dass es unmöglich war, eine gemeinsame Flucht mit Lilias zu planen, was zwar sie, aber gewiss nicht Dagonet im Sinn gehabt hatte.

Dagonet sah in die Flammen seines kleinen Lagerfeuers: „Man muss sich keine unnötigen Sorgen machen", so dachte er, „es genügt meist, wenn man geduldig zuwartet und nichts tut. Dann lösen sich fast alle Probleme ganz von allein und ohne unser Zutun."

Es war nicht so, dass er Lilias nicht geliebt hätte. Er hatte sie sogar sehr geliebt, soweit sein zaghafter Charakter ein tiefes gefühlsmäßiges Engagement überhaupt zuließ. Trotzdem war er froh, dass dieser unhaltbare Zustand vorbei war, obwohl sie ihm schon jetzt fehlte.

Er seufzte und betrachtete das rote Tuch, das sie ihm um den Arm gebunden hatte. Die Botschaft war eindeutig. Dieses Tuch hatte sie vor wenigen Tagen bei ihrem letzten Zusammensein um den Hals getragen. Abgesehen davon war sie nackt gewesen. Sie hatte ihm lachend erklärt, das Tuch solle ihn daran hindern, sie wieder allzu heftig auf den Hals zu küssen, sodass verräterische Male zurückblieben.

Er seufzte abermals und öffnete den Brief. Dessen Inhalt hätte ausgereicht, um beide auf das Schafott zu bringen, wenn er bekannt geworden wäre. Lilias hatte jede Vorsicht beiseitegelassen und schrieb von verlorener Liebe und trostloser Einsamkeit. Ganz glaubte ihr Dagonet das ja nicht. Denn es war ihm sehr wohl bekannt, dass sich Lilias auch mit ihrem Ehegatten gut verstand und ein intensives Liebeslieben mit ihm pflegte. Lediglich der Gedanke, dass Artair immerhin ihr rechtmäßiger Ehemann war, hatte Dagonet davor bewahrt, in Eifersucht zu verfallen, was im Grunde genommen auch nur ein weiterer fauler Kompromiss war. Lilias schrieb weiter, er sei ihre einzige große Liebe gewesen, und sie hoffe zuversichtlich, dass er in der Ferne sein Glück finden werde. Es sei ihr aber auch klar geworden, dass sie Gwyn und ihren Ehemann nicht verlassen könne, weil sie dessen Erben unter dem Herzen trage.

„Ihr Götter steht mir bei und verzeiht mir", murmelte Dagonet verstört. Er las den Brief nochmals genau durch, dann warf er ihn gemeinsam mit dem roten Tuch ins Feuer und sah zu, bis die Zeugen seiner Verfehlungen restlos verbrannt waren.

Es ist nicht anzunehmen, dass einer der vielen Götter, die damals in Britannien verehrt wurden, Notiz von Dagonet nahm oder sich für seine Gewissensbisse zuständig fühlte. Also war es eher so, dass sich Dagonet selbst verzieh und mit der symbolischen Handlung des Verbrennens sein Gewissen reinigte. Das gelang ihm so gründlich, dass er friedlich einschlief, kaum dass er sich zur Ruhe gebettet hatte.

Trotz seiner Läuterung konnte er nicht verhindern, dass er von Lilias träumte, aber für seine Träume kann man ja bekanntlich einem Menschen keine Vorwürfe machen.

2

Etwas kitzelte Dagonet am Hals. Schlaftrunken versuchte er wegzuscheuchen, was immer es war, und schlug schließlich die Augen auf, weil das Kitzeln immer heftiger wurde. Er blickte über eine Schwertklinge hinweg auf eine Faust, die das Schwert hielt und hob den Blick zu zwei großen grauen Augen, die ihn mit finsterer Entschlossenheit anstarrten.

„Wenn du nur einen Mucks machst, stech ich dich ab", sagte der Junge, der über ihm hockte und ihm die Spitze seines eigenen Schwertes an den Hals hielt.

„Was willst du?", krächzte Dagonet und versuchte vergeblich, seinen Hals aus der Reichweite der Schwertspitze zu bringen.

„Alles", antwortete der Junge. „Dein Pferd, deine Waffen, dein Geld, dein Gepäck und deine Kleider, einfach alles. Ich habe dir bisher bloß deswegen nicht den Hals durchgeschnitten, weil ich nicht will, dass dein Blut die schönen Kleider versaut. Wenn du vernünftig bist, lasse ich dich vielleicht sogar am Leben."

„Nackt und bloß in dieser Wildnis? Da würde ich wohl nicht lange überleben. Auf dieses Angebot kann ich mich nicht einlassen."

Dagonet schlug mit einer plötzlichen Handbewegung das Schwert beiseite. Der Junge stieß sofort zu, wie eine gereizte Schlange. Das Schwert fuhr links und rechts an Dagonets Hals vorbei, ohne ihn zu berühren. Sosehr sich der Angreifer auch bemühte, Dagonet zu stechen oder mit der Klinge zu schlagen, er verfehlte sein Ziel. Panik begann sich auf seinem Gesicht abzuzeichnen. „Was ist das?", schrie er verzweifelt und hieb weiterhin vergeblich nach Dagonet. „Bist du ein Zauberer?"

„Ich bin kein Zauberer, aber du bist ein Tollpatsch", sagte Dagonet und schlug dem Jungen die Faust in den Magen. Der fiel nieder und wand sich stöhnend am Boden. Dagonet nahm sein Schwert auf, stützte sich auf den Knauf und sah zu, wie sich sein Angreifer langsam erholte. „Wie heißt du?", fragte er schließlich.

Der Junge schwieg verstockt und sah sich nach einer Fluchtmöglichkeit um.

„Weit wirst du nicht kommen, wenn du versuchst wegzurennen. Ich frage dich nochmals: Wie heißt du?"

„Darach.“

„Darach? So wie die Eiche? Du bist aber noch ein recht kleines Bäumchen, mein Junge, und ein missratenes noch dazu. Du wolltest mich ausrauben! Weißt du, was man mit Räubern macht? Sicher weißt du das. Man hängt sie auf, oder wenn das zu umständlich ist, erschlägt man sie einfach. Niemand wird mich tadeln können, wenn ich so mit dir verfahre.“ Dagonet legte sich die Schwertklinge über die Schulter. „Willst du noch etwas sagen, bevor ich dir den Kopf abschlage?“

Dagonet hatte nicht wirklich die Absicht, dem Jungen etwas anzutun. Er war nämlich von Natur aus kein grausamer oder blutrünstiger Mensch. Er war sich auch nicht sicher, ob sein Zauberschwert die Hinrichtung dieses Häufchens Elend billigen würde. Es wäre schon peinlich gewesen, wenn er vergeblich versucht hätte, einen tödlichen Schlag anzubringen, während ihn das Schwert zum Narren hielt oder sich vielleicht sogar gegen ihn selbst wandte. Aber zu Tode erschrecken wollte er den verhinderten Räuber schon. Dieses Ziel hatte er auch erreicht. Der Junge wurde totenbleich und flüsterte: „Verschont mich, edler Herr. Wenn Ihr mich am Leben lasst, so werde ich Euch dienen. Ich bin ehrlich und zuverlässig. Ihr werdet keinen Grund zur Klage haben.“

Dagonet lachte grimmig. „Was soll ich mit einem wie dir anfangen? Ehrlich bist du gewiss nicht! Du bist ein Räuber und Mörder und zur Strafe muss der Kopf ab!“

„So wartet doch! Versucht es wenigstens mit mir! Umbringen könnt Ihr mich noch immer, wenn Ihr mit mir nicht zufrieden seid.“

„Oder du bringst mich um, sobald ich schlafe.“

„Nein, das werde ich gewiss nicht tun. Ich schwöre es. Ich kann Euch sehr nützlich werden. Zum Beweis für meine Aufrichtigkeit verrate ich Euch Folgendes: Folgt nicht dem Weg, auf dem Ihr bisher geritten seid. Nach drei Stunden würdet Ihr Euch in einem Waldstück wiederfinden, in dem eine Räuberbande Reisenden auflauert. Ihr würdet keine Chance haben, mit dem Leben davonzukommen. Wenn Ihr hingegen den anderen, den schlechteren Weg nehmt, so werdet Ihr wahrscheinlich unbehelligt bleiben und könnt nach zwei, höchstens drei Tagesritten die Stadt erreichen, die von den Römern Lindum genannt wurde, und wo die Könige von Lindsey residieren."

Dagonet dachte nach. Was der Junge sagte, klang nicht unwahrscheinlich. Er schien jedenfalls ortskundig zu sein. „Also gut", erklärte er kurz entschlossen. „Du darfst dein Leben behalten und mir als Gefolgsmann dienen. Mein Name ist Dagonet. Knie nieder und leiste mir deinen Treueschwur."

„Das will ich gerne tun, wenn Ihr es verlangt, aber ich bin kein Ritter und auch sonst niemand, den man als Ehrenmann bezeichnen könnte."

„Was du bist, wird sich weisen. Es liegt an dir. Jetzt knie nieder und sprich mir nach."

Gehorsam sprach der Junge Dagonets Worte nach und schwor ihm unverbrüchliche Treue.

„Nachdem das geklärt ist", sagte Dagonet zufrieden, „können wir frühstücken. Bring mir meinen Schnappsack, der dort drüben liegt."

„Sofort, Herr. Erlaubt mir nur vorher, mich hinter die Büsche zurückzuziehen. Mir ist der Schreck in die Glieder gefahren und ich muss mich dringend erleichtern."

Dagonet nickte gnädig. Nach einigen Augenblicken kamen ihm aber Bedenken. So ganz traute er seinem neuen Gefährten noch nicht. Also ging er ihm nach und blieb erstarrt stehen. „Was machst du da?", fragte er indigniert. „Hoch mit dir, pisse aufrecht stehend und mit erhobenem Haupt, so wie es sich für einen Mann geziemt! Du benimmst dich ja wie ein Mädchen!"

„Weil ich ein Mädchen bin, du Idiot", antwortete der Junge, der keiner war, resigniert. „Was ist! Willst du stehen bleiben und mir zusehen?"

Dagonet wich so eilig zurück, dass er über sein Schwert stolperte und fast hingefallen wäre.

Nach einer Weile kam Darach aus dem Gebüsch. „So, jetzt weißt du es also", sagte sie. „Lange hätte ich es ohnehin nicht verbergen können, wenn wir zusammenbleiben. Ich bin ein Mädchen und ich heiße Glynis. Ich nehme an, du wirst mir jetzt Gewalt antun. Damit muss man als hilfloses Mädchen immer rechnen, wenn man mitten in der Wildnis einem gewalttätigen Mann in die

Hände fällt. Natürlich werde ich mich wehren, aber es wird mir nichts nützen, das ist mir schon klar. Also bringen wir es hinter uns. Soll es jetzt gleich geschehen, oder warten wir bis zum Abend?" Sie sah ihn lauernd an und schob unauffällig die Hand unter ihr Wams.

„Bist du verrückt?", fragte Dagonet, der sehr wohl bemerkte, dass sie den Griff einer Waffe umfasst hatte. „Was redest du da? Ich habe nicht die Absicht, dir Gewalt anzutun!"

„Und warum nicht? Machst du dir nichts aus Frauen oder gefalle ich dir nicht?"

„Ich mache mir sehr viel aus Frauen, aber du schaust nicht wie eine Frau aus. Ich wüsste nicht, was mir an dir gefallen soll. Außerdem habe ich noch nie eine Frau gegen ihren Willen beglückt. Du heißt also Glynis. Wo kommst du her?"

Glynis deutete vage in eine Richtung: „Von dort."

„Aha", sagte Dagonet. „Ich nehme an aus dem Wald, vor dem du mich gewarnt hast. Warten dort deine Komplizen?"

„Ja, aber es sind nicht mehr meine Komplizen. Ich habe mich von ihnen getrennt."

„Warum das?"

„Unser Anführer wollte mich zur Gefährtin nehmen, ich habe ihn nicht gemocht, aber er hat mein ‚nein' nicht gelten lassen und ist handgreiflich geworden."

„Deswegen bist du geflohen?"

„Deswegen und weil er mir den Messerstich sehr übel genommen hat. Seither hetzt mich die ganze Meute."

„Willst du damit sagen, dass dich eine rachsüchtige Räuberbande verfolgt und vielleicht schon auf dem Weg hierher ist?", fragte Dagonet entsetzt.

„Das kann gut sein. Aber zum Glück habe ich dich gefunden. Am einfachsten wäre es natürlich gewesen, wenn ich dein Pferd, dein Geld und deine Ausrüstung bekommen hätte. Dann wäre ich schon weit weg von hier und sie hätten mich nie erwischt."

„Dafür aber mich, wie ich nackt herumgeirrt wäre. Sie hätten mich glatt erschlagen."

„Das kann gut sein, aber zum Glück ist es anders gekommen, denn du hast mich in deinen Dienst genommen. Der Vorteil dabei ist, dass ich in männlicher Begleitung reisen kann. Das ist sicherer in Zeiten, wo man ständig damit rechnen muss, von Räubern oder anderem Gesindel angefallen zu werden, das einem unversehens eine Schwertspitze an den Hals setzt. Ich verstehe ja nicht viel von so noblen Herren wie du einer bist, aber eines weiß ich schon: Sie müssen für Ihre Gefolgsleute sorgen und sie beschützen. Das verlangt eure Ritterehre."

„Da hast du aber etwas ganz Falsches gehört", sagte Dagonet abweisend. „Ich habe nicht die Absicht, mich mit einer Räuberbande herumzuschlagen. Ich kann dich auch als Gefolgsmann nicht brauchen, weil du eben kein Mann bist. Also werde ich dir Proviant, etwas Geld und eine Waffe geben, und dann trennen sich unsere Wege. Sei froh, dass es so glimpflich für dich abgegangen ist."

„Sag schämst du dich nicht?", fragte Glynis empört. „Zuerst schändest du eine Jungfrau, die in großer Not ist und dich um Hilfe anfleht, dann verstößt du sie und lässt sie hilflos in der Wildnis als Beute für Wölfe, Bären und Wegelagerer zurück? Verhält sich so ein Ritter?"

„Halt!", schrie Dagonet. „Du verdrehst ja alles! Hast du vergessen, dass du es warst, die zu mir gekommen ist, um mir meuchlings mein eigenes Schwert in die Kehle zu stoßen und mich auszurauben? Außerdem habe ich dich nicht geschändet und das mit der Jungfrau glaube ich dir auch nicht."

„Das ist eine kleinliche und kurzsichtige Betrachtungsweise", erklärte Glynis würdevoll. „Ich schlage dir einen Kompromiss vor: Dein Pferd ist kräftig und kann uns leicht alle beide tragen. Ich bin ja nicht besonders schwer. Du nimmst mich bis nach Lindum mit, und dann trennen wir uns in aller Freundschaft."

„Wie käme ich dazu, mich auf einen solchen Kompromiss einzulassen?", fragte Dagonet.

„Weil dich sonst dein Leben lang die Vorstellung verfolgen wird, wie meine zarten Gebeine in dieser Wildnis bleichen, dahingemetzelt in der Blüte meiner Jahre, alles nur wegen deiner Hartherzigkeit."

Dagonet sah sie lange an. „Ich glaube, die Götter haben dich zu mir gesandt", sagte er schließlich.

„Warum glaubst du das?", fragte Glynis verblüfft.

„Ich habe Dinge getan, die gegen göttliches und menschliches Recht verstoßen. Ich denke, du bist die Strafe, die mir die Götter dafür zugemessen haben. Lass uns noch eine Kleinigkeit essen und dann nach Lindum aufbrechen. Vorher gibst du mir aber den Dolch, den du unter deinem Wams versteckt hast."

„Warum denn das?", protestierte Glynis.

„Weil du hinter mir auf dem Pferd sitzen wirst, und mich der Gedanke beunruhigt, was du mit dem Messer anstellen könntest."

„Ich habe dir doch treue Gefolgschaft geschworen", sagte Glynis beleidigt. „Traust du mir nicht?"

„Ich werde dir noch mehr trauen, wenn du keine Gelegenheit hast, mir die Kehle durchzuschneiden. Immerhin hast du ja auch deinen Räuberhauptmann niedergestochen, weil er dir Gewalt antun wollte. Nicht dass ich Derartiges vorhätte, aber das scheinst du ja nicht so recht zu glauben. Also her damit!"

Schweigend zog Glynis die Waffe hervor und reichte sie Dagonet mit dem Griff voran. „So behandelt ein Ritter keinen Gefolgsmann", sagte sie vorwurfsvoll.

„Du bist aber kein Gefolgsmann", erwiderte Dagonet, „sondern bestenfalls ein Gefolgsmädchen, und Weibern mit einem Dolch im Gewande traue ich grundsätzlich nicht über den Weg."

3

Die Reise nach Lindum würde nicht zwei, sondern drei, möglicherweise sogar vier Tage dauern. Denn der Weg war schlecht und Dagonet wollte sein Pferd, das zwei Reiter zu tragen hatte, nicht überanstrengen.

Die Gegend wurde langsam freundlicher. Der Wald wich zurück und ging in eine Heidelandschaft über. In der Ferne erhoben sich flache Hügel, deren intensives Grün stellenweise durch das Braun abgeernteter Felder unterbrochen wurde. Menschliche Ansiedlungen waren nicht zu sehen, konnten aber an den dünnen Rauchsäulen, die hinter Bäumen aus Senken aufstiegen, erahnt werden.

Anfangs ritten sie so rasch es möglich war, um eine möglichst große Distanz zwischen sich und etwaigen Verfolgern zu bringen. Zu Mittag ordnete Dagonet aber eine Rast an, weil sein Pferd deutliche Ermüdungserscheinungen zeigte.

Der Lagerplatz, den Dagonet ausgesucht hatte, lag etwas abseits der Straße und war durch mannshohe Sträucher vor Blicken geschützt.

„Wir rasten hier bis zum späten Nachmittag", sagte Dagonet. „Dann reiten wir bis zur Dämmerung und suchen einen Platz für unser Nachtlager. Ich denke, deine Verfolger werden uns nicht bis hierher nachkommen."

„Das glaube ich auch", bestätigte Glynis. „Sie werden nicht weiter als bis zu dem Platz gehen, an dem ich dich gefunden habe. Sie haben keine Pferde und werden den schützenden Wald nicht allzu weit verlassen wollen. Hier auf dem offenen Land sind sie nicht sicher vor Patrouillen, die nach Gesetzlosen fahnden."

Wie sich zeigte, hatte Glynis mit dem Instinkt eines Wegelagerers für solche Gefahren recht.

Nach etwa zwei Stunden tauchte ein Dutzend bewaffneter Reiter auf, die die Farben der Könige von Lindsay trugen. Sie beobachteten aufmerksam die Umgebung, wichen plötzlich zielstrebig vom Weg ab und stöberten Dagonet und Glynis in ihrem Versteck auf.

„Wer seid ihr?", fragte der Kommandant und zog das Schwert, während seine Leute, ohne dass ihnen jemand ein Kommando gegeben hatte, die beiden umzingelten.

„Wir sind auf dem Weg nach Lindum. Mein Name ist Dagonet und der da ist mein Diener, edler Herr", gab Dagonet höflich Auskunft.

Der Kommandant betrachtete seinen Fang und versuchte, dessen Bedeutung abzuschätzen. Dagonet war gut gekleidet, trug das Schwert eines Ritters und drückte sich gewählt aus. Ein Räuber war er wahrscheinlich nicht. Der Diener hingegen machte einen suspekten Eindruck. Seine Kleider waren ärmlich, er wirkte halb verhungert und duckte sich hinter seinen Herrn, wie einer, der das Auge der Obrigkeit zu fürchten hat.

„Warum habt ihr nur ein Pferd?"

„Mein Diener ritt ein Maultier, es ist ihm aber letzte Nacht davongelaufen. Weil ich den Dummkopf nicht allein zurücklassen wollte, darf er auf meinem Pferd mitreiten."

„Das klingt sehr eigenartig." Der Kommandant schob mit der Schwertspitze den Umhang, in den sich Dagonet gehüllt hatte, zur Seite, damit er das Wams darunter besser sehen konnte. „Das ist das Wappen von Gwyn", stellte er verblüfft fest. „Bist du ein Gefolgsmann des Königs von Gwyn? Bist du ein Landflüchtiger? Wird nach dir gefahndet?"

„Mit Sicherheit nicht. Ich habe nichts getan, das dazu Anlass gäbe. Mein König hat mich fortgeschickt, damit ich in der Fremde dem Namen Gwyn Ehre mache."

„Ich verstehe", sagte der Kommandant fast verächtlich. „Ihr seid also ein fahrender Ritter auf der Suche nach Aventüren. Nun, Sir Dagonet, in Lindsay werdet Ihr kaum Gelegenheit finden, spektakuläre Heldentaten zu verrichten und wenn doch, so werden sie Euch mehr Verdruss einbringen als Ruhm. Denn wir mögen hier keine Unruhestifter, die mit Gewalt berühmt werden wollen. Wenn ich Euch einen Rat geben darf, verhaltet Euch unauffällig, reist rasch und verlasst Lindsay auf dem kürzesten Weg. Anderswo mögt Ihr nach Zweikämpfen, bösen Zauberern, Ungeheuern, Jungfrauen in Nöten und dergleichen mehr suchen, aber nicht hier bei uns. Mein Name ist Aurelius. Merkt ihn Euch gut. Denn ich bin in diesem Landesteil für Ordnung und Sicherheit zuständig und ich bin dafür bekannt, dass ich mit Störenfrieden, gleich welchen Standes sie sein mögen, nicht zimperlich verfahre. Gehabt Euch wohl, Sir Dagonet, und beherzigt meine Warnung."

Der Kommandant gab seinen Leuten ein Zeichen und wenig später waren die beiden Reisenden wieder allein.

„Das war knapp", sagte Glynis.

„Weshalb denn? Wir haben doch nichts Böses getan."

„Du vielleicht nicht, aber mich könnte man leicht für einen Räuber halten."

„Unsinn. Wenn du zu mir gehörst, bist du über jeden Verdacht erhaben."

„Ich weiß nicht recht", zweifelte Glynis. „Besonders beeindruckt war Aurelius ja nicht von dir. Was bist du eigentlich? Ein heimatloser Abenteurer? Warum bist du von Gwyn weggegangen? Es schaut nicht so aus, als ob du hier ein besseres Auskommen finden könntest."

„Ich musste von zu Hause fortgehen, nachdem mein Bruder König geworden war."

Glynis schaute ihn ungläubig an. „Dein Bruder ist König geworden? Dann wärst du ja so eine Art Prinz!"

„So könnte man sagen."

„Ich fasse es nicht", staunte Glynis. „Ich ziehe mit einem richtigen Prinzen durch die Gegend. Wer hätte das gedacht!"

„Viel wirst du davon nicht haben. Ich besitze nichts als das, was ich mit mir führe, und wenn ich nach Gwyn zurückkehre, macht man mich wahrscheinlich einen Kopf kürzer."

„Hast du etwas angestellt? Du kannst es mir ruhig sagen. Ich war immerhin Mitglied einer Räuberbande. Vor mir brauchst du dich nicht zu genieren."

„Ich war der jüngere Bruder des Königs. Das genügt."

„Wirklich? Wie ich dich heute Morgen mit der Schwertspitze wachgekitzelt habe, hast du im Schlaf gemurmelt: ‚Lass das, Lilias, ich muss fort, ehe uns dein Gatte entdeckt.' Wer ist Lilias?"

„Das geht dich nichts an."

„Ach komm schon! Sag es mir." Glynis rückte näher an ihn heran. „Ich verrate es auch niemandem. Ist der Gatte dieser Lilias hinter dir her? Musstest du ihretwegen fort? Das kann ich mir fast nicht vorstellen. Du warst immerhin Prinz! Wer hätte dir etwas anhaben können, es sei denn ..." Sie hielt inne und sah Dagonet erstaunt an.

„... der König selbst", vollendete Dagonet ihren Satz. „Lilias ist seine Frau. Du bist ein schlaues Mädchen, Glynis. Lass dir eines von mir sagen: Wenn du je ein Wort äußerst, das geeignet ist, die absolute Ehrenhaftigkeit der Königin von Gwyn in Zweifel zu ziehen, ertränke ich dich eigenhändig, wie eine Katze, die zu neugierig war."

„Ja wenn das so ist", murmelte Glynis, „wird es wirklich besser sein, wenn wir nicht nach Gwyn zurückgehen."

„Was redest du da?", fragte Dagonet zornig. „Ich habe nicht die Absicht, mit dir woanders hinzugehen als nach Lindum. Danach trennen sich unsere Wege!"

„Selbstverständlich", sagte Glynis fügsam. „Ganz wie du befiehlst, mein Prinz."

Eine Stunde später brachen sie auf und setzten ihren Weg fort. Glynis versuchte, sich mit Dagonet zu unterhalten, aber der verhielt sich so abweisend, dass sie es schließlich aufgab, ihre Hand in seinem Gürtel verhakte, den Kopf auf seine Schulter legte und es tatsächlich schaffte, während des Rittes ein Nickerchen zu machen.

Als es zu dämmern begann, hielt Dagonet nach einem Lagerplatz Ausschau. Sie waren trotz der Mittagspause gut vorangekommen. Wenn es ihnen gelang, das Tempo beizubehalten, würden sie doch früher als geplant in Lindum ankommen und Dagonet würde die Last los sein, die schwer auf seine Schulter drückte. Er hatte bisher darauf verzichtet Glynis aufzuwecken, obwohl ihm der Rücken wehtat, und ärgerte sich selbst über seine Nachsicht. Jetzt aber hielt er sein Pferd an, drehte sich mühsam um und schüttelte sie.

„Was ist?", fragte Glynis verschlafen. „Sind wir schon da?"

„Für heute schon", antwortete Dagonet. „Wir werden dort drüben am Waldesrand lagern. Herunter mit dir!"

Geschmeidig glitt Glynis vom Pferd und sah sich um. „Nicht gut", befand sie. „Hier sind wir zu leicht auszumachen. Wir sollten ein Stück in den Wald hineingehen, wo wir bessere Deckung finden. Du willst doch wohl nicht mit einer Schwertspitze am Hals aufwachen, wenn du überhaupt noch aufwachen wirst."

„Du musst es ja wissen", sagte Dagonet halb belustigt, halb verärgert. „Dann geh voran und such uns einen besseren Lagerplatz."

Wenige Minuten später hatte Glynis mit sicherem Instinkt eine Senke im Wald gefunden, die tatsächlich gut versteckt war. „Hier bleiben wir", entschied sie. „Hier findet uns so leicht niemand, wenn wir uns ruhig verhalten und nur ein ganz kleines Feuer anmachen. Dort drüben muss ein Bach sein. Ich kann ihn hören. Tränke das Pferd und gib mir mein Messer zurück, damit ich das Abendessen bereiten kann. Vergiss nicht, die Wasserschläuche aufzufüllen, für den Fall, dass wir morgen kein Wasser finden. Ich möchte nämlich Ansiedlungen möglichst meiden."

Dagonet wollte sie zurechtweisen, weil sie so selbstverständlich das Kommando übernahm, musste sich aber eingestehen, dass sie in allen Punkten recht hatte und begnügte sich daher mit einem mürrischen: „Das hatte ich ohnehin vor. Das brauchst du mir nicht eigens zu sagen."

Nach dem Abendessen löschte Glynis sorgfältig das Feuer. Sie hatte so herzhaft zugegriffen, dass Dagonet zu dem Ergebnis kam, dass sein Essensvorrat gerade bis Lindum reichen werde, aber nicht weiter.

Glynis rülpste herzhaft und fragte: „Darf ich mein Messer jetzt behalten?"

„Ich werde besser schlafen, wenn ich alle spitzen und scharfen Gegenstände vor dir in Sicherheit bringe", antwortete Dagonet. „Also gib mir das Messer zurück. Ich habe nicht vergessen, dass du mich noch heute Morgen umbringen wolltest."

„Das war doch nur, weil ich Angst hatte. In Wahrheit wollte ich dir gar nichts antun. Ich bin einfach in Panik geraten. Es wäre ein rechter Jammer gewesen, wenn ich dich wirklich mit dem Schwert erwischt hätte, denn du bist mein erster Prinz. Wer weiß, ob mir jemals wieder einer begegnet."

„Ich bin nicht dein Prinz", ärgerte sich Dagonet. „Was fällt dir eigentlich ein? Ich bin doch nicht dein Eigentum! Gib das Messer her!"

„Ich schlage dir einen Kompromiss vor", sagte Glynis. „Du lässt mir mein Messer und ich verspreche dir Folgendes: Wenn du mir Gewalt antust, werde ich dich mit Händen und Fäusten schlagen und nach dir treten, so fest ich kann. Ich werde dich an den Haaren reißen und versuchen, dir das Gesicht zu zerkratzen, aber ich werde nicht mit dem Messer nach dir stechen. Was sagst du dazu?"

„Ich sage, dass du verrückt bist. Ich habe nicht die geringste Absicht, dir nahezukommen, schon gar nicht, wenn du mich so behandeln willst, wie du sagst. Meinetwegen behalte dein Messer und ich hoffe, dass ich das nicht bereuen muss. Jetzt lass mich schlafen, wir haben morgen einen weiten Weg vor uns."

Dagonet bettete den Kopf auf seinen Sattel, zog die Satteldecke bis an die Nase und schloss die Augen.

Nach einer Weile fragte Glynis aus der Dunkelheit: „Diese Lilias war wohl sehr schön?"

„Die schönste Frau im ganzen Königreich."

„Viel schöner als ich?"

„Schöner als du? Du hältst dich für schön?", fragte Dagonet ungehalten. „Halt jetzt besser den Mund und lass mich schlafen."

4

Dagonet erwachte, weil er sich plötzlich beengt fühlte. Glynis lag halb auf ihm und presste eine kleine feste Hand gegen seinen Mund.

„Psst!" zischte sie in sein Ohr. „Hör auf im Schlaf zu sprechen. Wir haben Gesellschaft bekommen."

Dagonet schlug schlaftrunken die Augen auf und versuchte sich zu orientieren. Kaltes graues Morgenlicht sickerte durch die Bäume. Undefinierbare Geräusche waren zu hören. Es klang wie ein leiser wehklagender Chor, untermalt mit Quietschen und Rumpeln. Er schob Glynis beiseite und flüsterte: „Was ist das?"

„Ich weiß nicht. Es müssen Menschen unten auf der Straße sein. Viele Leute!"

„Das muss ich mir ansehen." Dagonet rappelte sich hoch und tastete nach seinem Schwert.

„Das ist keine gute Idee. Wir sollten uns ruhig verhalten und sie vorbeiziehen lassen."

„Wo zum Henker ist mein Schwert?"

Glynis griff hinter sich nach ihrem Schlafplatz und reichte ihm die Waffe.

„Was hast du mit meinem Schwert gemacht?", fragte Dagonet wütend. „Hast du mich im Schlaf abmurksen wollen?"

„Pst!", zischte Glynis. „Sei doch leise. Ich habe es mir nur angeschaut. Wenn ich dir etwas antun hätte wollen, wärst du jetzt schon tot."

„Darüber unterhalten wir uns noch", zürnte Dagonet, bemühte sich aber, nicht allzu laut zu werden. „Bleib hier, ich bin gleich zurück."

Dagonet kroch durch das taunasse Gras bis zu einer Stelle, von der er die Straße einsehen konnte. Glynis, die nicht daran dachte zurückzubleiben, hielt sich dicht neben ihm. „Das schaut nicht gut aus", flüsterte sie ihm ins Ohr.

Auf der Straße bewegte sich ein Zug von etwa hundert Menschen durch die Morgendämmerung. Sie wirkten müde und verzweifelt. Einige Frauen versuchten, sich durch einen leisen Singsang Mut zu machen, erreichten damit aber eher das Gegenteil. Sie hatten etliche schwerfällige Wagen bei sich, auf die Vorräte und einiger Hausrat geladen waren. In Ermangelung von Zugtieren wurden diese plumpen Gefährte von sichtlich erschöpften Männern gezogen und geschoben.

„Flüchtlinge", flüsterte Glynis. „Sie haben ihre Häuser und ihre Heimat verlassen, weil sie widrige Umstände dazu gezwungen haben oder weil sie vertrieben wurden. Diese Leute haben nichts mehr zu verlieren. Diejenigen von ihnen, die den Marsch überleben, werden sich in die Wälder zurückziehen und das Heer der Gesetzlosen vergrößern. Sie würden sich auch jetzt schon keine großen Gewissensbisse daraus machen, uns zu erschlagen, um sich unserer Habseligkeiten zu bemächtigen. Halt, bleib da! Bist du verrückt geworden?"

Dagonet hatte sich erhoben und war auf die Straße getreten. Der jämmerliche Zug kam abrupt zum Stillstand. Einige Frauen schrien entsetzt auf, als plötzlich ein bewaffneter Mann aus dem Morgennebel trat und auf sie zuging. Einige Männer griffen nach derben Prügeln und starrten verängstigt ins Gebüsch, wo sie offenbar noch mehr Wegelagerer vermuteten.

„Habt keine Angst, ihr guten Leute!", rief Dagonet. „Ich bin nur ein harmloser Reisender, der wissen möchte, was für ein Ungemach euch dazu getrieben hat, eure Heimat zu verlassen."

„Bist du allein?", fragte einer der Männer und fasste seinen Prügel fester. „Hast du ein Pferd und Vorräte?" Die anderen Männer kamen näher und begannen Dagonet einzukreisen. Der, der zuerst gesprochen hatte, schlug plötzlich unvermutet mit seinem Prügel zu. Das Schwert in Dagonets Hand zuckte, als ob es ein Eigenleben habe, prellte dem Angreifer den Prügel aus der Hand und bedrohte seine Kehle.

„Schwärmt aus und macht jeden nieder, der Widerstand leistet", brüllte Glynis. Sie stand oben auf der Böschung und machte eine Handbewegung, als ob sie eine ganze Kompanie befehlige. Gleichzeitig wieherte aufgeregt das Pferd. Die Männer warfen unverzüglich ihre primitiven Waffen auf den Boden und der, der das Schwert an der Kehle hatte, schrie mehrmals: „Gnade, edler Herr, Gnade!"

„Das sind die Banditen, die wir so lange gesucht haben!", brüllte Glynis. „Lasst mir ja keinen entkommen!"

Dagonet dachte, dass sie es jetzt übertrieb, aber die Leute fielen darauf herein. Sie schrien, dass sie keine Banditen seien, sondern nur arme Landflüchtige und sie baten, man möge sie verschonen.

Dagonet zeigte sich gnädig. Besser gesagt, er tat so. Er rief Glynis zu: „Wartet noch. Ich will wissen, mit wem wir es zu tun haben, ehe wir sie der Gerechtigkeit zuführen. Sprich du!" Er stupste den, der ihn hatte schlagen wollen, mit dem Schwert an.

„Wir sind keine Banditen, edler Herr", versicherte der Mann verängstigt, obwohl er sich eben wie ein solcher verhalten hatte. „Wir sind ehemalige Bewohner des Dorfes Cotswoods auf der Suche nach einer neuen Heimat."

„Ihr werdet eher den Galgen finden, als eine neue Heimat, wenn ihr einsame Reisende anfallt, um sie zu berauben", bemerkte Dagonet grimmig und stupste den Sprecher neuerlich mit seinem Schwert. „Weshalb seid ihr von zu Hause fort?"

„Wir konnten nicht länger bleiben. Wir wären sonst alle zugrundegegangen."

„Wie kommt das?"

„Das sind Dinge, über die man besser nicht spricht, edler Herr, wenn einem sein Leben lieb ist."

Dagonet schob dem Mann sein Schwert unters Kinn und hob es an. „Wenn dir dein Leben wirklich lieb ist, solltest du mir rasch antworten, du elender Wegelagerer."

„Gnade, Herr! Es hat vor einem Jahr begonnen, als Lord Eadweard seinen Bruder beerbt und die Herrschaft über Burg Cotswoods übernommen hat. Er hat Männer mitgebracht, harte Männer, die ihm aufs Wort gehorchen und die uns ständig drangsaliert haben."

„Es ist schwer zu glauben, dass ein Burgherr seine Bauern, die ihm doch die notwendigen Abgaben für seinen Unterhalt leisten, so bedrückt, dass sie flüchten", sagte Dagonet nachdenklich. „Was ist wirklich vorgefallen?"

Der Mann seufzte tief. „Lord Eadweard hat verlangt, dass wir ihm junge Mädchen auf die Burg schicken. Er hat darauf bestanden, dass es Jungfrauen sein müssen. Zehn haben wir ihm schon geschickt, aber keine ist mehr zurückgekommen."

„Nun ja", meinte Dagonet. „So etwas kommt vor. Die Mädchen werden schon wieder zurückkommen. Jungfrauen werden sie dann zwar nicht mehr sein, und manche von ihnen werden einen dicken Bauch haben, aber das ist ja kein so großes Unglück. So etwas passiert auch in anderen Dörfern, ohne dass die Leute gleich wegrennen. Ein Burgherr hat eben gewisse Rechte."

„Nein, das ist es nicht. Wir sind davon überzeugt, dass keines der Mädchen mehr am Leben ist. Es heißt, Lord Eadweard pflege Umgang mit Dämonen und bringe ihnen die Mädchen als Opfergaben dar."

„Was für ein Unsinn", sagte Dagonet verächtlich. „Ihr seid ein abergläubisches Pack. Ich will nicht bestreiten, dass es Dämonen gibt, aber ich habe noch nie gehört, dass man ihnen Jungfrauen opfern müsse. Ganz im Gegenteil: Ein weiser Mann hat mir einmal erzählt, dass Dämonen keine Macht über Jungfrauen hätten."

„Dann hat sich dein weiser Mann geirrt", sagte eine der Frauen, die dem Wortwechsel bisher schweigend gefolgt waren. „Wir haben die Dämonen selbst gesehen. In der Nacht fliegen sie manchmal um die Türme der Burg und wir haben auch gesehen, dass sie dabei bisweilen einen leblosen Mädchenkörper in den Krallen halten und ihn schütteln, wie eine Puppe."

Dagonet schüttelte zweifelnd den Kopf. „Warum habt ihr euch nicht an den König gewandt? Oder an Lord Aurelius, der soviel ich weiß, hier in der Gegend für Recht und Ordnung sorgt?"

Der Mann lachte bitter. „Der König ist weit und Aurelius ist ein gern gesehener und häufiger Gast auf Burg Cotswoods."

„Lass uns weiterziehen", bat die Frau. „Wir sind diejenigen von den Bewohnern Cotswoods, die noch lebende Mädchen in der Familie haben. Die anderen sind ohnehin zurückgeblieben. Wir müssen uns sputen, damit uns Lord Eadweard nicht einholt und zur Rückkehr zwingt."

Plötzlich war ein wütendes Kreischen zu hören. Dagonet hob den Kopf. Hoch am Himmel kreiste etwas, das wie ein großer Vogel aussah. Genau konnte es Dagonet in den aufsteigenden Nebeln nicht erkennen. Einige der Leute schrien entsetzt auf und jemand rief: „Das ist einer von ihnen. Er hat uns gefunden. Fort, nur fort!"

Ohne sich um Dagonet und Glynis zu kümmern setzte sich der Zug fluchtartig in Bewegung. Dagonet trat beiseite und versuchte nicht, sie aufzuhalten. Schon bald waren die Flüchtlinge hinter der Wegbiegung verschwunden. Das Jammern und das Quietschen der Wagenräder verklangen nach und nach. Glynis kam die Böschung herunter und stellte sich neben Dagonet.

„Danke", sagte Dagonet.

„Idiot", antwortete Glynis.

Dagonet ließ ihr diese Respektlosigkeit durchgehen, weil er ihr insgeheim recht gab. Ohne ihr geistesgegenwärtiges Einschreiten wäre er in arge Schwierigkeiten geraten. Er blickte zum Himmel. Was immer dort oben schwebte, es schien sich mehr für ihn und Glynis als für die flüchtenden Dorfbewohner zu interessieren und kam näher. Dagonet beschirmte die Augen und hob dabei seinen Schwertarm. Ein Sonnenstrahl fing sich in der Klinge und brachte sie zum Strahlen. Das Ding am Himmel stieß ein Kreischen aus, das durch Mark und Bein ging und ergriff mit gewaltigen Flügelschlägen die Flucht.

„So einen großen Vogel habe ich noch nie gesehen", wunderte sich Dagonet. Glynis sah ihn kopfschüttelnd an. „Was jetzt?", fragte sie. „In welche Richtung sollen wir weiterreiten? Ich habe keine Ahnung wo Cotswoods liegt, aber dort will ich auf keinen Fall hinkommen."

„Mich würde interessieren, was dort wirklich vor sich geht", erklärte Dagonet versonnen.

„Bist du von Sinnen?", schrie Glynis. „Willst du dich ganz allein mit einem mächtigen Lord, mit seinem Freund Aurelius und einer Horde Dämonen anlegen? Du glaubst doch nicht im Ernst, dass das, was wir am Himmel gesehen haben, tatsächlich ein Vogel war? Ich habe ausgezeichnete Augen und ich weiß, was ich gesehen habe. Dein Vogel war größer als ein Mann und hatte Flügel wie eine Fledermaus, nur viel, viel größer. Wir gehen gewiss nicht nach Cotswoods!"

„Ich bin ein fahrender Ritter und dazu verpflichtet, den Unterdrückten beizustehen und das Böse zu bekämpfen", erklärte Dagonet würdevoll und war gleichzeitig entschlossen, Glynis nachzugeben, weil er in Wahrheit nicht die geringste Lust hatte, sich auf so ein gefährliches Abenteuer einzulassen.

Glynis machte es ihm leicht, das Gesicht zu wahren. „Ein Ritter muss sich aber auch an seine Versprechen halten", ermahnte sie ihn. „Du hast mir versprochen, mit mir auf dem kürzesten Weg nach Lindum zu reisen. Von einem Besuch bei einem Dämonenlord, der uns wahrscheinlich beide umbringen wird, war dabei nicht die Rede. Sobald du mich wohlbehalten nach Lindum gebracht hast, kannst du machen, was du willst, aber bis dahin halte dich an unsere Abmachung."

„Nun gut", gab Dagonet kompromissbereit nach. „Du sollst nicht sagen können, dass ich wortbrüchig geworden bin. Bestimme du, welchen Weg wir nehmen. Dann kannst du mir wenigstens nachher keine Vorwürfe machen."

„Das ist klar", entschied Glynis entschlossen. „Dort vorne gabelt sich der Weg. Die Flüchtlinge sind auf dem rechten gekommen, also nehmen wir den linken und machen, dass wir so rasch als möglich weiterkommen."

„So sei es", stimmte Dagonet zu. „Bist du eigentlich noch Jungfrau?"

„So ctwas fragt man eine Dame nicht", antwortete Glynis empört.

„Ich wollte es nur wissen, falls wir unterwegs einen Dämon treffen."

„Idiot", sagt Glynis zum zweiten Mal an diesem Morgen zu ihm.

5

Nach einem Ritt von gut zwei Stunden erreichten sie ein relativ großes Dorf. Es waren nur wenige Menschen zwischen den Häusern zu sehen.

„Wo sind wir hier, guter Mann", fragte Dagonet einen Greis, der vor einer Hütte hockte und einen Korb flocht.

Der Alte sah den Fremden ängstlich und misstrauisch an. „Ihr seid in Cotswoods, edler Herr."

„In Cotswoods?", rief Dagonet überrascht und erschrocken. Er wandte sich um und sah Glynis, die hinter ihm auf dem Pferd hockte, vorwurfsvoll an. „Ich wollte nicht nach Cotswoods. Da habe ich wohl den falschen Weg genommen."

„Das habt Ihr in der Tat", bestätigte der Mann. „Reitet rasch weiter. Dies ist kein Ort, an dem man verweilen sollte, wenn einen die Not nicht dazu zwingt."

„Ich will nach Lindum."

„Dann habt Ihr noch eine lange Reise vor Euch. Von hier geht es aber nicht weiter. In Cotswoods endet der Weg. Ihr reitet am besten wieder zurück, bis Ihr an die Wegkreuzung kommt und nehmt dann den anderen Weg.

Dagonet dankte und wendete unverzüglich sein Pferd.

„Wollt Ihr uns wirklich schon verlassen, Sir Dagonet?", fragte Aurelius und trat aus dem Schatten einer Hütte.

„Ich habe in Cotswoods nichts zu schaffen, Sir Aurelius", erklärte Dagonet eilig. „Ich bin nur versehentlich hier. Ich muss nach Lindum."

„Aber einen Tag werdet Ihr doch sicher entbehren können. Ich habe meinem Freund Lord Eadweard von meiner Begegnung mit Euch erzählt. Er meinte, er würde Euch gerne kennenlernen, Sir Dagonet, Prinz von Gwyn."

„So wisst Ihr also, wer ich bin?", fragte Dagonet verdrossen.

„Selbstverständlich. Nachrichten reisen schnell, schneller als Ihr mit Eurer Mähre vorankommen könnt. Nachdem ich Euren Namen genannt hatte, wusste Lord Eadweard sofort Bescheid. Ihr habt das Thronrecht Eures Bruders bestätigt und Euch auf eine weite Reise begeben, um keine Zweifel an Eurer Aufrichtigkeit aufkommen zu lassen. Lord Eadweard würde sich freuen, Euch heute Abend als seinen Gast begrüßen zu dürfen."

„Ich bin sehr geehrt", versicherte Dagonet, „aber so leid es mir tut, meine Reise nach Lindum duldet keinen Aufschub."

„Es würde Euch noch mehr leidtun, wenn Ihr die Einladung Lord Eadweards ausschlagt", antwortete Aurelius unverändert freundlich. Dennoch war die Drohung nicht zu überhören.

Dagonet schluckte. „Wenn ich es recht bedenke", lenkte er ein, „so kommt es auf einen Tag mehr oder weniger nicht an. Ich werde mir also erlauben, zwei Stunden vor Einbruch der Dämmerung auf Burg Cotswoods zu erscheinen."

„Davon bin ich überzeugt", antwortete Aurelius. „Ich werde Euch zwei Mann als Begleitschutz stellen, damit Ihr am Ende nicht nochmals in die Irre geht." Auf eine Handbewegung von ihm traten zwei bewaffnete Männer näher und verbeugten sich vor Dagonet.

„Wenn Ihr bis zum Abend eine Kleinigkeit essen und ruhen wollt", fuhr Aurelius fort, empfehle ich Euch dieses Gasthaus dort drüben. Man wird Euch jeden Wunsch erfüllen, der erfüllbar ist, denn man weiß, dass Ihr Gast seiner Lordschaft seid."

Weil er nicht wusste, was er sonst tun sollte, saß Dagonet von seinem Pferd ab und führte es zu dem bezeichneten Haus. Die beiden Bewaffneten folgten ihm in respektvollem Abstand. „Herunter mit dir", zischte Dagonet, weil Glynis auf dem Gaul sitzengeblieben war. „Das habe ich nur dir zu verdanken. Den linken Weg sollen wir nehmen! Wer ist jetzt von uns beiden der Idiot!"

„Noch immer du", flüsterte Glynis zurück. „Du hättest mir ja auch widersprechen können. Jetzt hast du deinen Willen. Du bist in Cotswoods und kannst den Geheimnissen seiner Lordschaft auf den Grund gehen." Sie duckte sich schnell und entging so der ihr zugedachten Ohrfeige.

Die Wirtsleute waren von ausgesuchter, geradezu ängstlicher Dienstbeflissenheit. Dagonet befahl, sein Pferd zu versorgen und ließ für sich und Glynis einen saftigen Braten mit Brot und guten Wein bringen. Der Braten schmeckte vorzüglich, der Wein war sauer und kaum genießbar. Das war aber nicht verwunderlich. Er stammte wahrscheinlich aus der Umgebung, und die war für Weinbau wenig geeignet.

Glynis wischte sich das Bratenfett vom Mund. „Das ist doch etwas ganz anderes als das Zeug, das du in deiner Satteltasche hast", lobte sie zufrieden. „Was hast du jetzt vor? Glaubst du, wir können uns unauffällig verdrücken?"

„Keine Chance", antwortete Dagonet, der selbst schon solche Überlegungen angestellt hatte. „Die beiden lassen uns nicht aus den Augen." Er deutete mit dem Kinn nach den Männern des Aurelius, die es sich in einer Ecke des Raumes bequem gemacht hatten. „Selbst wenn es uns gelänge, die beiden zu übertölpeln, würden wir nicht weit kommen. Es bleibt uns gar nichts anderes übrig, als gute Miene zum bösen Spiel zu machen. Ich werde Lord Eadweard besuchen und alle seine Fragen beantworten. Wenn er seine Neugier befriedigt hat und wir Glück haben, lässt er uns morgen ziehen. Er hat ja keinen Grund, mir feindselig zu begegnen. Ich habe ihm nichts getan und ich werde keine unziemliche Neugier an seinem Tun und Treiben an den Tag legen."

„Außerdem bist du ja ein Prinz. Schon aus diesem Grund wird er uns nichts antun", bestärkte ihn Glynis in seiner optimistischen Einschätzung der Situation.

„Darauf würde ich mich nicht verlassen", schränkte Dagonet ein. „Wer sollte ihn zur Rechenschaft ziehen? Der König von Lindsay ist weit weg und mein Bruder Artair würde höchstens entschieden protestieren, mehr nicht. Das Königreich Gwyn verfügt über keine solche Armee, die ein Nachbarland fürchten müsste."

Glynis sah ihn nachdenklich an und äußerte zusammenhanglos: „Prinzen sind im Allgemeinen schöne, tapfere Männer."

„Woher willst du das wissen?", fragte Dagonet belustigt. „So viele Prinzen kennst du ja auch wieder nicht. Ich darf dir versichern, dass nicht alle schön sind. Wo kämen denn sonst die hässlichen Könige her? Ich selbst halte mich freilich durchaus für stattlich und tapfer bin ich auch, wenn es sich absolut nicht vermeiden lässt. Ich bin bloß sehr vorsichtig. Eines musst du nämlich noch über Prinzen wissen. Die Vorsichtigen werden weit älter als die Draufgänger."

„Du bist der eigenartigste Prinz, den ich kennengelernt habe, aber das will nichts bedeuten, denn du bist ja auch der einzige", erklärte Glynis.

Dagonet hielt an seiner Hoffnung fest, schon am nächsten Tag weiterreisen zu können, und er wollte die Gelegenheit nutzen, um seine Vorräte aufzufrischen. Er winkte den Wirt zu sich und verkündete: „Ich brauche für meine Reise noch einiges, Gevatter: Essensvorräte, sowie bessere Kleidung und ein Maultier für meinen Knecht.“

Der Wirt zuckte zusammen. „Wir leben in schlechten Zeiten, edler Herr. Es wird kaum möglich sein ...“ Er verstummte. Einer der beiden Männer des Aurelius hatte den Kopf gehoben und ihn scharf angesehen. „Dennoch werde ich mein Bestes tun“, fuhr der Wirt resignierend fort.

Wenig später hatte Dagonet seine Satteltaschen gefüllt und Glynis war stolze Besitzerin eines Maultieres samt Sattel und Zaumzeug. Außerdem hatte sie neue Kleider bekommen. Sie sah zwar noch immer nicht so aus, wie es sich für den Knappen eines Prinzen geziemt hätte, aber dennoch sehr ordentlich. Sogar einen Waffengürtel für ihren Dolch hatte sie in der Kleiderkammer des Wirtes ergattert.

„Sehr kleidsam und praktisch“, befand Dagonet. „Zum Glück hast du nur kleine Brüste, wenn du überhaupt welche hast. Du gibst einen passablen jungen Mann ab.“

„Meine Titten sind ganz in Ordnung“, protestierte Glynis wütend, „und ich gebe auch eine sehr hübsche junge Frau ab, sobald ich ein ordentliches Kleid anhabe.“

„Ja klar“, lachte Dagonet und winkte den Wirt zu sich. „Ich bin zufrieden mit dir. Wieviel schulde ich dir?“

„Ihr schuldet mir nichts“, sagte der Mann griesgrämig. „Ihr seid doch Gast seiner Lordschaft.“

Dagonet sah ihn erstaunt an. „Ach, so ist das? Nun wir wollen die Güte seiner Lordschaft nicht über Gebühren in Anspruch nehmen.“ Er zog seinen Geldbeutel hervor, der Dank der Großzügigkeit seines königlichen Bruders gut gefüllt worden war, und drückte dem überraschten Wirt etliche Münzen in die Hand.

Der großzügig bemessene Betrag verfehlte seine Wirkung nicht. Der Wirt bedankte sich mehrmals untertänig und flüsterte Dagonet zu: „Wenn ich Euch noch einen Rat geben darf, edler Herr. Sollte Euch auf der Burg etwas Ungewöhnliches begegnen, so achtet gar nicht darauf und stellt keine Fragen."

„Das hatte ich auch nicht vor", versicherte Dagonet.

Der Rest des Nachmittags verlief eintönig. Aus irgendeinem Grund schien Glynis verstimmt zu sein, auch wenn sich Dagonet nicht vorstellen konnte, weshalb. Sie gab nur einsilbige Antworten, wenn sie überhaupt antwortete, und starrte beleidigt vor sich hin.

Schließlich traten die beiden Männer an ihren Tisch und verbeugten sich. „Es wird Zeit, Prinz Dagonet", sagte der eine höflich. „Wir sollten uns jetzt auf den Weg zur Burg machen."

6

Burg Cotswoods war auf einem Felsen errichtet worden, der schroff aus dem Hügelland emporragte.

Dagonet vermutete, dass sich auch dort, wie an vielen strategisch günstigen Plätzen, einstmals eine römische Festung befunden hatte. Die exakt positionierten Quadersteine der Fundamente und das mächtige Gewölbe des Vorbaus, das sehr römisch wirkte, deuteten darauf hin. Sonst war nicht mehr viel von der römischen Architektur geblieben. Die Festung bestand teilweise aus Holzbauten, wie es typisch für angelsächsische Herrensitze dieser Zeit war, teilweise aber auch schon aus fest gemauerten Bauten, von denen drei klobige Türme imponierten, die die äußeren Befestigungen verstärkten. In der Mitte der annähernd quadratischen Anlage erhob sich ein dreistöckiger Turmbau, der die herrschaftlichen Gemächer beherbergte.

Dagonet hatte erwartet, der Burgherr werde ein finsterer, furchteinflößender Geselle mit herrischem Auftreten sein. Nichts davon traf zu. Lord Eadweard war ein Mann mittleren Alters von angenehmen Äußerem und höflichen Umgangsformen. Er trat Dagonet im Burghof entgegen und begrüßte ihn, wie einen lieben, lange nicht gesehenen Bekannten.

Glynis wurde mit dem Hinweis weggeschickt, in der Küche könne sie mit dem Gesinde ein Mahl einnehmen.

Lord Eadweard hakte sich bei Dagonet unter und geleitete ihn in den ersten Stock des Mittelturmes, wobei er ihm mehrmals versicherte, wie sehr er sich freue, den Prinzen von Gwyn bei sich zu Gast zu haben.

Der repräsentative Raum, in den Dagonet geführt wurde, diente sowohl als Empfangs- als auch als Beratungszimmer. Die Holzdecke war mit geschnitzten Kassetten geschmückt, wovon die mittlere das Wappen der Herrn von Cotswoods, einen stehenden gekrönten Löwen, zeigte. Durch das Wappenschild lief ein schräger Balken und machte damit deutlich, dass der Ahnherr des Geschlechtes zwar königlicher, aber illegitimer Abstammung gewesen war.

An der Wand gegenüber der Fensterseite waren Wandmalereien zu sehen, ähnlich jenen, die Dagonet schon in römischen Ruinen bestaunt hatte. Sie zeigten tanzende, blumengeschmückte Frauen und Mädchen, wahrscheinlich bei einem Frühlingsfest. Jene Seite des Raumes, die der Tür gegenüberlag, war mit einem Bildteppich behangen. Dagonet war über dessen Motive erstaunt. Er war gebildet genug, um zu erkennen, dass die vier Evangelisten abgebildet waren, dazu noch einige Szenen, die er nicht deuten konnte – soweit reichte seine Bildung auch wieder nicht – die aber vermutlich aus der Heilsgeschichte der Christen stammten. Dagonet war, wie die meisten Bewohner von Gwyn und Lindsey, kein Christ und er fragte sich, ob Lord Eadweard dieser neuen, eigenartigen Religion anhing oder ob ihm einfach nur die Bilder auf dem Teppich gefallen hatten. Vor dem Wandbehang stand ein ausladender, überladen dekorierter Stuhl. Dort pflegte Lord Eadweard zu thronen, wenn er Gericht hielt, Bittsteller anhörte, sich mit seinen Vertrauten beriet oder Besucher empfing.

Die jetzige Situation war allerdings nicht eindeutig. Einerseits fungierte Eadweard als souveräner Landes- und Burgherr, der in seinem Herrschaftsbereich nur den König von Lindsey über sich hatte, andererseits war er Prinz Dagonet nicht ebenbürtig. Die Sitzordnung war eine Frage der Höflichkeit zwischen Adeligen und damit eine Frage des Protokolls. Eadweard verzichtete also darauf, sich auf seinen Herrscherstuhl zu setzen und so die realen Machtverhältnisse zu betonen, sondern er bat Dagonet, an einem Tisch ihm gegenüber Platz zu nehmen und winkte Diener herbei, die Speisen und Getränke auftrugen.

In mehreren eisernen Becken, die auf geschmiedeten Beinen standen, loderten Flammen und spendeten Licht und Wärme. Aus einem Nebenraum, dessen Türöffnung mit einem leichten Vorhang bedeckt war, erklangen Flöten, Streichinstrumente, Schalmeien und Harfen.

Dagonet sparte nicht mit Anerkennung für die königliche Bewirtung, lobte das Essen, den Wein und die Musik. Letztere gefiel ihm wirklich gut, weil sie von Gesang begleitet wurde. Eine Frau oder ein Knabe intonierte eine einfache, einschmeichelnde Melodie, von einer Art, die Dagonet noch nie gehört hatte.

„Ihr seid vom Königshof sicher besseres gewohnt, Prinz Dagonet", tat Eadweard bescheiden und wischte sich die Hände an einem Tuch ab.

„Wenn das so ist, werde ich solche Gewohnheiten rasch ablegen müssen", antwortete Dagonet. „Denn ich darf nicht hoffen, oft einen so großzügigen Gastgeber wie Euch zu finden. Ich bin nur ein heimatloser Ritter, der sehen muss, wie er zurechtkommt."

„Es war hart von Eurem königlichen Bruder, Euch zu verstoßen, wiewohl ich die Sinnhaftigkeit seines Vorgehens verstehe. Ich wollte, die Könige von Lindsey würden die gleiche Klugheit an den Tag legen. Wir haben in den letzten Jahrzehnten mehrere gewaltsame Thronwechsel erlebt, nur weil man es versäumt hat, sich potentieller Usurpatoren rechtzeitig zu entledigen. So etwas schwächt die Kraft des Königreiches, was besonders in Zeiten, in denen Krieg droht, fatale Folgen haben kann."

„Ihr fürchtet, es werde Krieg geben?"

„Früher als uns lieb ist. Die Briten im Westen, diese Zöglinge Roms, sind wieder unruhig geworden. Sie drängen gegen die Grenzen der sächsischen Königreiche. In einem gewissen Artus glauben sie, einen Anführer gefunden zu haben, der ihnen zurückgeben kann, was längst verloren ist."

„Man sagt, dieser Artus sei Christ", bemerkte Dagonet, der sich vage erinnern konnte, von diesem Mann schon gehört zu haben."

„Das ist er. Diese Religion ist noch unter den Römern ins Land gekommen. Die Briten wurden nicht nur durch das, was sie römische Lebensart nennen, sondern auch durch diesen morbiden Kult verweichlicht. Sie haben sich von den alten Bräuchen und Göttern abgewandt und werden deshalb untergehen, ebenso wie es auch mit den Römern geschehen ist."

„Dennoch glaube ich gehört zu haben, dass die Briten weiter oben im Norden einige militärische Erfolge erzielt haben."

„Strohfeuer, sonst nichts", sagte Eadweard wegwerfend. „Wir müssen es nur rechtzeitig auslöschen, damit es sich nicht ausbreitet." Er wechselte das Thema. „Darf ich fragen, was Ihr jetzt vorhabt, Prinz Dagonet?"

„Ich will nach Lindum gehen."

„Ach ja, der gute Aurelius hat etwas Derartiges erwähnt. Ihr werdet enttäuscht sein. Lindum besteht zur Hälfte aus römischen Ruinen, mit denen man nichts anfangen kann. Aurelius hat auch erwähnt, dass er Euch und Euren Knappen auf der Straße von Gwyn nach Cotswoods getroffen hat. Ist Euch auf dem Weg etwas Ungewöhnliches begegnet?"

Dagonet hielt es für unklug zu lügen. „Nein", berichtete er gleichgültig. „Lediglich ein Haufen zerlumpter Vagabunden, die wirres Zeug geschwatzt haben, von Mädchen, die ihnen angeblich abhanden gekommen sind. Ich habe nicht verstanden, worum es geht, und sie wollten sich auch gar nicht mit mir aufhalten. Sie sind fluchtartig weitergezogen."

„Eine ärgerliche Geschichte", antwortete Eadweard. „Das waren Bewohner des Dorfes Cotswoods, die geflohen sind, weil sie argwöhnen, ich würde mit Dämonen paktieren und ihnen ihre Töchter rauben. Ich habe ihnen bereits Männer nachgeschickt, die sie zur Vernunft bringen und zurückholen sollen. Ihr glaubt doch nicht an solche Gräuelmärchen, Prinz Dagonet?"

„Ich glaube nicht an Dämonen und hoffe dringend, niemals einem zu begegnen", versicherte Dagonet diplomatisch.

„Das ist die richtige Einstellung", lachte Eadweard. „Die Geschichte mit den verschwundenen Mädchen hat übrigens nichts Geheimnisvolles an sich. Ich habe tatsächlich etliche von ihnen auf die Burg bringen lassen, aber nicht um ihnen Böses anzutun, sondern weil es mir einfach an genügend weiblichem Personal gefehlt hat. Euer Knappe wird Euch berichten können, dass die ganze Bande in der Küche und im Gesindetrakt gut und wohlbehalten untergebracht ist."

„Ich habe nicht daran gezweifelt", erklärte Dagonet.

„Natürlich nicht", sagte Eadweard und beobachtete Dagonet aufmerksam. „Aurelius hat mir auch berichtet, dass Ihr ein außergewöhnliches Schwert tragt. Darf ich es sehen?"

„Es ist eine gute Klinge, aber nichts Außergewöhnliches", erklärte Dagonet leichthin. „Natürlich dürft Ihr es ansehen." Er erhob sich, zog sein Schwert aus der Scheide und reichte es höflich mit dem Knauf nach vorne seinem Gastgeber.

„Bemerkenswert!" Eadweard drehte die Waffe hin und her. „Auf der Klinge ist eine Devise eingraviert: ‚Der Gerechte wird siegen'. Seid Ihr ein gerechter Mann, Prinz Dagonet?"

„Ich bemühe mich, nicht ungerecht zu sein."

Eadweard lachte. „Das ist ein akzeptabler Kompromiss. Ich habe von diesem Schwert schon gehört. Es stammt aus der Schatzkammer Eures königlichen Bruders. Man sagt, dass es seinen Träger unüberwindlich macht, vorausgesetzt, er vertritt eine gerechte Sache. Stimmt das Prinz Dagonet?"

„Das ist schwer zu entscheiden", antwortete Dagonet zurückhaltend. „Es lässt sich nicht beweisen. Denn wenn der Träger dieser Waffe obsiegt, kann man es ihren Zauberkräften zuschreiben. Wird er hingegen erschlagen, könnte es daran liegen, dass das Schwert seine Ansicht, er kämpfe für eine gerechte Sache, nicht geteilt hat."

„Ich verstehe, warum sich Euer Bruder von dieser Klinge getrennt hat. Entweder ist sie nicht mehr als ein gewöhnliches Schwert, oder es verfügt tatsächlich über die Kräfte, die ihm zugeschrieben werden. Dann ist sein Träger aber seinem unvorhersehbaren Gerechtigkeitssinn ausgeliefert, der unter Umständen den Gegner siegen lässt. Euer Bruder hat Euch ein fragwürdiges Geschenk gemacht, mein Prinz. Ich frage mich, was geschehen würde, wenn ich dieses Schwert jetzt gegen Euch richte. Würde es mir gestatten, Euch zu durchbohren, weil Ihr mit unlauteren Absichten gekommen seid, oder würde es mir den Dienst verweigern, weil Ihr ein redlicher Mann seid, der nichts gegen mich im Schild führt?"

Dagonet wich einen Schritt zurück. „Das sollten wir lieber nicht ausprobieren, Lord Eadweard", mahnte er.

Eadweard lachte. „So recht traut Ihr Eurer Wunderwaffe wohl selbst nicht. Nur keine Sorge. Ich will Euch doch nichts antun. Das würde gegen jedes Gastrecht verstoßen. Eadweard reichte das Schwert zurück. „Man erzählt sich", fuhr er fort, „dass auch Artus ein ähnliches Schwert besitzt. Es heißt Excalibur und soll seinen Träger unüberwindlich machen, allerdings ohne jede Einschränkung oder Bedingung. Natürlich handelt es sich dabei nur um Propaganda, ein Gerücht, das dieser Landräuber verbreitet hat, um unter seinen Anhängern Siegesgewissheit zu verbreiten."

„So wird es sein", stimmte Dagonet zu und schob sein Schwert wieder in die Scheide. „Es ist spät geworden, Mylord, und ich habe morgen einen langen Ritt vor mir. Ich danke Euch für Eure Gastfreundschaft und darf mich in meine Unterkunft zurückziehen."

„Ihr werdet doch nicht mitten in der Nacht ins Dorf zurückkehren und in dieser elenden Schenke übernachten wollen!", rief Eadweard und hob abwehrend die Hände. „Das kann ich nicht zulassen. Ihr seid selbstverständlich mein Gast und verbringt die Nacht auf der Burg. Es ist bereits ein Quartier für Euch vorbereitet."

Dagonet war nicht sonderlich überrascht. Es hätte ihn gewundert, wenn er sich so leicht aus dem Staub machen hätte können. Also verbeugte er sich nur und dankte seiner Lordschaft für dessen Freundlichkeit.

7

Man führte Dagonet in den Ostturm. Das Zimmer im Obergeschoß, das ihm zugewiesen wurde, nahm abgesehen von einer schmalen Treppe den gesamten Grundriss des Turmes ein. Ein Fenster ging auf den Burghof hinaus, das andere bot einen Ausblick auf die Umgebung und Dorf Cotswoods.

Glynis war bereits anwesend und hatte es sich auf dem weichen Daunenbett bequem gemacht.

„Herunter mit dir", befahl Dagonet und deutete auf den Strohsack, der in der Ecke lag. „Dort ist dein Platz. Das Bett ist zu schmal für uns beide."

Glynis zog einen Schmollmund, gehorchte aber. „Wie war es bei seiner Lordschaft?", fragte sie.

„Ich weiß nicht recht", antwortete Dagonet. „Er war sehr freundlich. Dennoch macht er auf mich einen bedrohlichen Eindruck. Ich bin nicht schlau aus ihm geworden. Die Geschichte mit den verschwundenen Mädchen hat er zu erklären versucht. Er sagt, sie wären allesamt wohlbehalten und würden auf der Burg Dienst versehen. Die Bewohner von Cotswoods seien bloß ein abergläubisches Pack."

„Das könnte stimmen", bestätigte Glynis. „Ich habe in der Küche etliche von den Mädchen gesehen und auch mit ihnen gesprochen. Es geht ihnen gut und sie wirken nicht verängstigt. Sie leiden nur darunter, dass ihnen jeder Kontakt mit ihren Familien untersagt wurde."

„Warum wohl?", überlegte Dagonet. „Das gibt doch nur Anlass zu üblen Befürchtungen, so wie wir es erlebt haben."

„Vielleicht geschehen hier auf der Burg Dinge, die zwar nichts mit Dämonen zu tun haben, die aber trotzdem nicht bekannt werden sollen. Erinnere dich daran, was dir der Wirt zugeflüstert hat."

„Du bist ein kluges Mädchen", lobte Dagonet und warf sein Wams und seine Hose Richtung Glynis. Die Stiefel folgten kurz darauf. „Mach mein Zeug sauber, dann kannst du die Kerze löschen und schlafen gehen. Was ist? Warum schaust du mich so fassungslos an? Das gehört auch zu den Pflichten eines Knappen.

Hast du das nicht gewusst, als du mir treue Gefolgschaft gelobt hast? Bürsten und Stiefelwachs findest du in meiner Satteltasche, die man uns freundlicherweise aufs Zimmer gebracht hat."

Dagonet schloss die Fensterläden und verriegelte sie. „So", scherzte er, „falls da draußen wirklich Dämonen herumflattern, kommt dieses Ungeziefer wenigstens nicht ins Zimmer."

Er kroch ins Bett und versuchte sich auszustrecken. Das Bett war viel zu kurz dafür. Er musste es sich halb sitzend bequem machen. „Das ist ja ein wahres Prokrustesbett", beklagte er sich.

„Was? Wer?", fragte Glynis.

„Prokrustes. Ein Grieche, wenn ich mich recht erinnere."

„Nie gehört von dem Mann." Glynis spuckte auf die Stiefel, um ihnen den nötigen Glanz zu verleihen.

„Er lud Reisende ein, bei ihm zu nächtigen. Wenn das Bett zu kurz war, schlug er ihnen die Beine ab, damit sie hineinpassten, war es zu lang, hämmerte und streckte er seine Gäste solange, bis sie die richtige Größe hatten. Natürlich hat das keiner überlebt."

Glynis stand auf, nahm die Kerze und besichtigte die Tür. „Du hast vergessen, abzuschließen", rügte sie und schob den schweren Riegel vor."

„Sind wir etwa ängstlich?", fragte Dagonet und zog sich die Decke bis ans Kinn hoch.

„Nein, nur vorsichtig. Das habe ich von einem Prinzen gelernt. Wir wollen doch nicht gekürzt oder gestreckt werden."

Diese Befürchtungen erwiesen sich als unbegründet. Niemand störte ihre Nachtruhe und versuchte, in das Zimmer einzudringen. Dagonet schlief trotzdem unruhig und wachte mehrmals auf. Das Bett war so unbequem, dass er sich zu einer großmütigen Geste entschloss. Um Mitternacht weckte er Glynis durch einen leichten Fußtritt in die Rippen. „Du kannst das Bett haben", verkündete er. „Für dich hat es die richtige Größe. Ich schlafe lieber auf dem Strohsack."

„Danke, mein Prinz", antwortete Glynis schlaftrunken und kletterte in das Bett. „Was hat dieser Prokrustes eigentlich gemacht, wenn ein Gast genau in sein Bett gepasst hat?"

Dagonet, der das auch nicht wusste, wurde einer Antwort enthoben, weil Glynis leise zu schnarchen begann.

Als es Morgen wurde, erhob sich Dagonet von seinem harten Strohlager und streckte sich. Alle Glieder taten ihm weh, so als ob ihn der erwähnte Prokrustes im Schlaf heimgesucht hätte. Er öffnete die Fensterläden, um Licht und frische Luft einzulassen. Die Nebel über den Hügeln hatten sich bereits aufgelöst und gaben den Blick auf das Dorf Cotswoods frei. Es herrschte reges Treiben auf der Hauptstraße. Die flüchtigen Bewohner waren mit Sack und Pack zurückgekehrt und begannen, ihre Habseligkeiten von den Karren abzuladen Etwa zwei Dutzend bewaffneter Männer unter dem Befehl des Aurelius beaufsichtigten sie dabei.

„Was gibt's da draußen?", fragte Glynis und trat neben Dagonet. „Sieh da! Seine Lordschaft hat seine verlorenen Schäfchen wiedergefunden und zusammengetrieben. Horch! Wer singt denn da?"

Dagonet lauschte. Er erkannte die Stimme und die Melodie. Es war derselbe Sänger, den er gestern Abend während des Mahles mit Lord Eadweard gehört, aber nicht gesehen hatte. Rasch trat er an das andere Fenster, stieß die Fensterläden auf und sah über den Burghof. Der gegenüberliegende Turm hatte im obersten Stockwerk einen Erker. Dort stand der Sänger, es war, wie er deutlich erkennen konnte, eine Sängerin. Sie hatte das Gesicht der aufgehenden Sonne zugewandt und füllte mit ihrer glockenhellen Stimme den noch im Schatten liegenden Burghof, so wie ein Vogel den anbrechenden Tag begrüßt. Dagonet war hingerissen. Ihre blonden Haare umflossen die Schultern und schimmerten, dort wo sich das Licht in ihnen fing, in einem hellen Rot. Sie war in ein leichtes, fast durchscheinendes Kleid gehüllt, das ihre vollkommenen Proportionen erkennen ließ. „Sehr schön", sagte Dagonet.

„Was ist sehr schön?", fragte Glynis missgünstig. „Die Weibsperson oder ihr Geträller?"

„Beides!"

„Du bist aber leicht zufriedenzustellen", nörgelte Glynis. „So schön wie die könnte ich auch singen, wenn ich nur wollte. Ich will bloß nicht. Den Typ Weiber kenne ich zur Genüge. Wir hatten bei der Bande, von der ich weggelaufen bin, auch ein paar von der Sorte. Ihre Brüste sind viel zu groß! Jetzt mögen sie ja noch ganz passabel aussehen, aber in zehn, fünfzehn Jahren, glaube mir, hängen sie herunter wie die Euter einer Kuh. Dann wird sie auch fett sein und einen Bauch haben. So etwas gefällt dir?"

„Glynis", rügte sie Dagonet streng, „das sind Dinge, von denen du nichts verstehst. Zum Glück ist nicht jede Frau so klapperdürr wie du. Ich wünsche nicht, dass du solche Reden führst. Wärst du ein richtiger Knappe, so würde ich dir jetzt eine Ohrfeige geben, dass dir Hören und Sehen verginge."

Die Sängerin hatte inzwischen bemerkt, dass sie beobachtet wurde. Wahrscheinlich war sie aufmerksam geworden, weil Dagonet in seinem Ärger die Stimme erhoben hatte. Sie verstummte, beschirmte die Augen mit der Hand und sah zu ihnen herüber. Dagonet applaudierte, dann legte er die Hand aufs Herz und verbeugte sich. Sie dankte, indem sie ganz entzückend lächelte, wie Dagonet fand, winkte leicht mit der Hand und zog sich ins Innere des Gebäudes zurück.

„Halt ja den Mund!", befahl Dagonet, als Glynis etwas sagen wollte, offensichtlich um ihre Meinung über die Sängerin zu vertiefen.

Ein energisches Klopfen an der Tür lenkte die beiden Gefährten von einem sich anbahnenden Streit ab.

„Da klopft jemand", flüsterte Glynis beunruhigt. „Kann das ein Meuchelmörder sein?"

„Ein höflicher Meuchelmörder schon", lachte Dagonet. „Keine Angst. Wenn man uns umbringen hätte wollen, so wäre das schon gestern Abend geschehen. Geh schon, mach die Tür auf!"

„Wieso ich?"

„Weil du mein Knappe sein willst, du Esel. Also benimm dich gefälligst auch so."

Glynis entriegelte die Tür und schaute vorsichtig hinaus. Sie wurde beiseitegeschoben und zwei Männer traten ins Zimmer. Der eine trug ein Tablett mit Speisen und Getränken, der andere hatte ein Schwert umgeschnallt und es war unklar, welche Funktion er hatte.

„Euer Frühstück, Lord Dagonet, sagte der mit dem Tablett und stellte es auf den Tisch. „Lord Eadweard lässt sich entschuldigen. Er ist in das Dorf hinuntergeritten, weil es dort etwas zu erledigen gibt. Seine Lordschaft erwartet aber zuversichtlich, dass ihr noch hier sein werdet, wenn er zurückkommt."

„Ich werde gewiss nicht abreisen, ohne mich von seiner Lordschaft gebührend verabschiedet zu haben", versicherte Dagonet. „Ist es mir erlaubt, mich inzwischen in den Burghof zu begeben?"

„Aber selbstverständlich", antwortete der mit dem Schwert. „Ihr könnt Euch nach Belieben in der Burg bewegen, Lord Dagonet! Ihr seid doch kein Gefangener!" Die Art, wie er das sagte und dabei die Hand auf den Schwertknauf legte, machte deutlich, dass dies nur solange galt, als Dagonet nicht versuchte, die Burg zu verlassen.

8

„Was jetzt?", fragte Glynis. Das reichliche Frühstück war bis auf den letzten Krümel und den letzten Tropfen verschwunden. Obwohl Dagonet tüchtig zugegriffen hatte, hatte Glynis das meiste davon verputzt. Dagonet konnte nicht fassen, dass so ein dünnes Geschöpf solche Mengen in sich hineinstopfen konnte. „Wenn du so weiterfrisst", staunte er, „wirst du bald aussehen wie die Weiber, von denen du mir erzählt hast. Du weißt schon: fett mit Bauch und herabhängenden Brüsten. Obwohl ich mir nicht vorstellen kann, wie das mit den Brüsten bei dir gehen soll."

„Ich doch nicht", erklärte Glynis selbstzufrieden und rülpste. „Ich kann essen so viel ich will und es schlägt mir nicht an. Außerdem war ich halb verhungert. Bei meiner Bande hat es oft nichts zu essen gegeben. Es hat schon seine Vorteile, wenn man mit einem Prinzen reist."

„Das wird sich erst herausstellen. Es kommt darauf an, was Eadweard mit uns vorhat. Ich verstehe nicht, was er von mir will und warum er mich nicht weiterziehen lässt. Nun, ich nehme an, das werden wir noch früh genug erfahren. Lass uns jetzt die Burg besichtigen. Komm, hilf mir in die Stiefel!"

Dagonet und Glynis stiegen die enge hölzerne Treppe hinunter und gelangten durch eine kleine Pforte in den Burghof. Dagonet sah sich fachmännisch um. „Schlecht angelegt", flüsterte er Glynis zu. „Die Residenz von Gwyn ist viel besser zu verteidigen. Die An- und Zubauten weisen eine Menge Schwachstellen auf. Schau dir zum Beispiel die Türme an. Ihre Eingänge liegen zu ebener Erde. Richtigerweise müssten sie im ersten Stock liegen und nur über eine außenliegende, enge Stiege, auf der keine zwei Männer nebeneinander stehen können, erreichbar sein. Glaube mir, ich könnte mit hundert guten Männern diese Burg im Handstreich nehmen. Man hätte besser daran getan, die römische Konzeption der Festung beizubehalten. Die Römer haben schon gewusst, was sie tun. Das hier schaut so aus, als müsse der Burgherr gar keinen Angriff fürchten."

„Vielleicht stimmt das ja auch", flüsterte Glynis zurück, „wenn er ein paar Dämonen in seinen Diensten hat."

„Ach hör auf. Hast du auch nur einen Dämon gesehen?"

„Ja, das habe ich", behauptete Glynis. „Zwar nicht hier auf der Burg, aber gestern am Himmel, als du die flüchtenden Dorfbewohner angehalten hast. Erinnerst du dich? Ich habe zwar noch nie zuvor Dämonen gesehen, aber wenn es welche gibt, dann war das einer von ihnen. Wir sollten zusehen, möglichst rasch zu verschwinden, nur für den Fall, dass hier auf der Burg ihr Nest ist, wie die Dorfbewohner erzählt haben."

„Ich glaube nicht, dass so entzückende Geschöpfe am selben Ort wie Dämonen hausen", verkündete Dagonet begeistert und deutete über den Burghof. Die Sängerin war aus der Tür ihres Turms getreten, sah zu Dagonet hinüber, zögerte einen Augenblick und ging dann auf ihn zu.

„Deine vollbusige Sängerin kommt", zischte Glynis. „Vielleicht ist sie ja eine von den Dämonen. Ich habe gehört, dass manche die Gestalt von Weibern annehmen können. Die sind dann besonders gefährlich."

„Sei still, du Esel, was verstehst du schon von Schönheit", befahl Dagonet unwillig.

Bei objektiver Beurteilung und ohne auf das Gezänk von Glynis zu hören, muss man einräumen, dass die Unbekannte in der Tat eine sehr schöne Frau war.

„Ich grüße Euch, schöne Unbekannte", sagte Dagonet artig und verbeugte sich. „Ist es gestattet Euch anzureden?"

„Das habt Ihr doch schon", lächelte die Frau. „Wer seid Ihr, Herr Ritter?"

„Mein Name ist Dagonet, Prinz von Gwyn. Ich hatte gestern Abend, als ich mit Lord Eadweard speiste, das Vergnügen, Euren Gesang zu genießen. Das Vergnügen wäre noch größer gewesen, hätte ich Euch auch sehen dürfen."

„Kann es sein, dass Ihr ein Schmeichler seid, Prinz Dagonet? Wer ist dieser niedliche Junge in Eurer Begleitung?"

„Mein Knappe Darach und er ist alles andere als niedlich. Er ist ein höchst ungezogener und vorlauter Bursche."

„Das kann ich von so einem hübschen Jungen gar nicht glauben", sagte die Frau und streichelte Glynis über die Wange. „Wie alt bist du, Darach?"

Glynis verbeugte sich unter den drohenden Blicken Dagonets und flüsterte mit wuterstickter Stimme: „Fast schon sechzehn Jahre, Mylady."

„Alt genug", befand die Dame, ohne zu erklären, was sie damit meinte. „Siehst du die Mägde, die bei der Küchentür stehen und ständig zu dir herüberschauen? Geh doch hinüber und unterhalte dich mit ihnen."

„Es ist mir nicht gestattet, meinen Herrn zu verlassen", behauptete Glynis.

„Außer, er gestattet es dir, oder besser noch, er befiehlt es dir", sagte Dagonet belustigt. „Mach schon und verschwinde!"

Grollend ging Glynis zu den Küchenmägden, die ihr erwartungsvoll entgegensahen.

„Das wird einmal ein rechter Herzensbrecher", prophezeite die Dame und verfolgte Glynis mit den Blicken, „sobald er diesen weibischen Gang abgelegt hat und ihm ein Bart gewachsen ist."

„Da habe ich meine Zweifel", entgegnete Dagonet. „Aber sagt mir doch, wer Ihr seid, Mylady, damit ich Euch nicht immer mit ‚schöne Unbekannte' anreden muss."

„Ich heiße Eadgyth."

„Es ist mir eine Ehre und Freude, Euch kennenzulernen, Lady Eadgyth", versicherte Dagonet und sah die Frau abwartend an, als erwarte er weitere Auskünfte.

Eadgyth verstand den Blick sehr wohl. „Jetzt fragt Ihr Euch, wer oder was ich noch bin, außer einer Eadgyth. Ich will es Euch sagen, damit Ihr nicht Rätselraten müsst: Ich bin die Geliebte von Lord Eadweard. Seid Ihr jetzt schockiert, Herr Ritter, weil ich ausgesprochen habe, was ich besser schicklich umschreiben hätte sollen?"

„Ich weiß Eure Offenheit zu schätzen, edle Frau", versicherte Dagonet, der ein leises Gefühl der Enttäuschung verspürte, „und ich denke, seine Lordschaft muss ein sehr glücklicher Mann sein."

„Das will ich doch hoffen", entgegnete Eadgyth lächelnd. „Wir werden sicher noch Gelegenheit zu einem ausführlicheren Gespräch haben, Prinz Dagonet. Ihr müsst mir unbedingt von Euren Abenteuern und Heldentaten erzählen."

„Da gibt es nicht viel zu erzählen", gestand Dagonet, „und ich fürchte, ich muss noch heute abreisen."

„Seid Ihr Euch da sicher? Üblicherweise verlassen die Gäste seiner Lordschaft diese Burg nicht ..." Sie zögerte einen Augenblick, als wisse sie nicht, wie sie den Satz abschließen solle und fuhr schließlich fort: „ ... so schnell."

Sie berührte Dagonets Schulter mit einer kurzen vertraulichen Geste und ging dann rasch über den Hof zum zentralen Wohnturm.

Kaum war sie weg, gesellte sich Glynis wieder zu Dagonet. „Hast du dich gut unterhalten, du fast sechzehnjähriger Schwerenöter?", fragte Dagonet spöttisch.

„Diese Küchendirnen sind schamlos", beklagte sich Glynis. „Sie haben anzügliche Scherze mit mir getrieben und eine wollte unbedingt sehen, was ich in meiner Hose habe."

„Was hast du gesagt?"

„Ich habe gesagt: ‚Das würde dir so passen, du Schlampe. Aber du würdest nur erschrecken, wenn ich es dir zeige.' Darauf haben die anderen geschrien, ich wäre ein Angeber und ich solle in die Küche kommen und herzeigen, was ich wirklich habe. Da bin ich davongerannt."

Dagonet lachte herzlich und fragte: „Wie alt bist du in Wahrheit, mein sittsamer Sohn?"

„Ich bin nicht dein Sohn und auch nicht deine Tochter. Ich bin dein Knappe und neunzehn Jahre alt. Aber das konnte ich der Frau vorhin nicht sagen, wenn ich als bartloser Junge durchgehen wollte. Was hast du mit ihr gesprochen?"

„Sie heißt Eadgyth und sie ist die Geliebte von Lord Eadweard."

„So eine Schlampe", warf Glynis ein und sah dabei recht zufrieden aus.

„Sie glaubt nicht, dass wir bald diese Burg verlassen dürfen, wenn überhaupt", setzte Dagonet fort.

„Das klingt nicht gut. Was hast du jetzt vor?"

„Ich will mir einen besseren Überblick über die Burganlage verschaffen. Vielleicht finde ich einen Weg, wie wir entkommen können, falls es notwendig ist. Komm mit!"

Sie gingen ungehindert durch den Vorbau bis zum Burgtor. Die beiden Posten, die dort Dienst versahen, vertraten ihnen den Weg. „Wohin des Weges, Lord Dagonet?" fragte der eine und machte keine Anstalten, sie vorbeizulassen.

„Ich würde mir gern die Anlage von außen ansehen", erklärte Dagonet.

„Das solltet Ihr nicht tun", erwiderte der Mann und machte keinen Schritt beiseite. „Der Weg, der rund um die Burg führt, ist schmal und gefährlich. Ihr könntet über die Felsen abstürzen. Geht lieber auf die Wehrgänge. Von dort habt Ihr einen ausgezeichneten Ausblick."

„Du hast sicher recht", fügte sich Dagonet, der es für aussichtslos hielt, auf seinem Vorhaben zu bestehen.

Sie kehrten in den Burghof zurück und kletterten über eine Leiter auf den Wehrgang der äußeren Burgmauer. Der Ausblick war tatsächlich ausgezeichnet. Jetzt, da die Sonne den letzten Dunst vertrieben hatte, sah man weit in die Ferne. „Was ist das für eine Straße, guter Mann?", fragte Dagonet den Posten, der mit einem Spieß über der Schulter vorbeipatrouillierte.

„Das ist die Straße nach Lindum, Lord Dagonet." Scheinbar kannte jeder Bewaffnete auf der Burg seinen Namen, ein Umstand, der nicht zu Dagonets Beruhigung beitrug. Er kniff die Augen zusammen und verfolgte mit den Blicken den Straßenverlauf. „Und was ist dort am Horizont? Ist das eine Burg?"

Der Posten kniff ebenfalls die Augen zusammen. „Das ist die Festung von Waddington. Dort residieren die Herren von Gray. Es ist kein sehr bedeutender Platz, aber gut befestigt."

Dagonet wandte seine Aufmerksamkeit wieder der Burganlage zu. Besonders die drei Ecktürme erregten seine Aufmerksamkeit. Sie waren ursprünglich zur Verstärkung der Außenmauern erbaut, aber später wenigstens teilweise zu Wohntürmen zweckentfremdet worden. Das schien ihm ganz unsinnig zu sein und bestärkte ihn in der Meinung, dass der derzeitige Burgherr die Verteidigungsbereitschaft seiner Burg gröblich vernachlässigte. In dem einen Turm hatte man ihn untergebracht, der zweite beherbergte Lady Eadgyth, der dritte an der Nordecke machte einen verwahrlosten Eindruck und schien unbewohnt zu sein.

„Was ist im Nordturm?", fragte Dagonet.

„Gar nichts", antwortete der Soldat hastig. „Dort ist nichts. Der Turm steht leer, weil er baufällig ist. Bleibt ihm lieber fern, Lord Dagonet."

Dagonet wartete, bis der Mann seinen Patrouillengang wieder aufgenommen und hinter der nächsten Ecke verschwunden war. Dann setzte er sich zielstrebig in Bewegung.

„Wo willst du hin?", fragte Glynis.

„Ich will mir den Nordturm näher ansehen", entgegnete Dagonet. „Man kann ihn vom Wehrgang aus erreichen. Siehst du die Plattform dort drüben? Da ist eine Pforte, die direkt in den Turm führt."

„Das sollten wir nicht tun!", protestierte Glynis. „Erinnere dich, was du mir über Prinzen erklärt hast: Die Vorsichtigen leben länger. Das gilt sicher auch für ihre Knappen."

„Wenn du Angst hast, kannst du ja zurückbleiben."

Das wollte Glynis auch wieder nicht, also folgte sie Dagonet. In der Nähe des Nordturms wurden die Bohlen unter ihren Füßen brüchig und knarrten bei jedem Schritt. Man hatte hier schon lange keine Ausbesserungsarbeiten mehr durchgeführt und es schienen auch keine Wachen auf diesem Mauerabschnitt zu patrouillieren. Dagonet schüttelte wegen so viel Nachlässigkeit seinen Kopf. Die Mauern des Turmes wiesen hingegen keine Anzeichen von Baufälligkeit auf und die schwere Tür war gut verschlossen. Dagonet beugte sich über die Brüstung der Plattform, um die Außenseite des Turmes zu inspizieren.

„Da ist etwas", flüsterte Glynis, die seinem Beispiel gefolgt war. „Siehst du? Dort oben unter den Dachsparren hängt etwas. Das könnte ein großer Sack oder etwas Ähnliches sein. Man kann es bloß nicht deutlich erkennen, weil es dort so dunkel ist. Die Sonne steht ungünstig."

Dagonet nickte. Er zog sein Schwert, fing mit der blanken Klinge das Sonnenlicht und lenkte einen Lichtstrahl unter die Dachsparren. Ein Fauchen ertönte und der Sack erwachte zum Leben. Dagonet schien es einen Augenblick, als würden sich riesige Fledermausflügel entfalten, dann schwang sich die Erscheinung flink durch ein offenstehendes Fenster und entzog sich ihren Blicken, ohne dass man sicher sagen konnte, was es gewesen war.

Glynis hatte trotzdem keine Zweifel. Sie versteckte sich hinter Dagonet und krallte die Hände in sein Wams. „Das war einer", keuchte sie. „Bei allen Göttern:

Das war ein Dämon. Das hast du jetzt davon. Du musstest ja unbedingt den Helden spielen. Was hättest du gemacht, wenn er auf uns niedergefahren wäre und dich, oder schlimmer noch, mich gepackt hätte? Was hättest du dann gemacht, du Held?"

Trotz der krisenhaften Situation konnte sie es nicht lassen, an ihm herumzunörgeln, dachte Dagonet. „Was immer es war, ich hätte es in Stücke gehauen", behauptete er und schob sein Schwert in die Scheide. „Du benimmst dich nicht wie der Knappe eines Ritters, sondern wie ein ängstliches Mädchen. Komm, lass uns rasch von hier verschwinden, ehe es sich das Biest überlegt und wieder aus dem Fenster gekrochen kommt."

9

Der Rest des Tages verlief ereignislos. Niemand schien etwas von ihrem Abenteuer gemerkt zu haben. Lord Eadweard tauchte den ganzen Tag nicht wieder auf. Ein Bewaffneter teilte Dagonet schließlich mit, dass seine Lordschaft unabkömmlich sei und voraussichtlich erst im Laufe des nächsten Tages zurückkommen werde. Dagonet möge sich bis dahin auf Burg Cotswoods wie zu Hause fühlen.

Dagonet nahm zur Kenntnis, dass seine Gefangenschaft eine weitere Nacht dauern werde. Die Lust auf weitere Erkundungszüge war ihm gründlich vergangen und er zog sich auf sein Zimmer zurück, zumal sich mit heftigen Windstößen ein Unwetter ankündigte.

Nachdem sie ihr Mittagessen, das ihnen aufs Zimmer gebracht worden war, verzehrt hatten, sagte Glynis: „Mir ist ein Gedanke gekommen: Dein Schwert ..."

„Was ist damit?"

„Könnte es sein, dass sich Dämonen vor deinem Schwert fürchten?"

„Wohl eher vor dem Mann, der es führt."

„Sei nicht wieder beleidigt, aber das glaube ich nicht. Es scheint dein Schwert zu sein. Der erste Dämon, den wir am Himmel gesehen haben, hat die Flucht ergriffen, als du dein Schwert ins Sonnenlicht gehoben hast. Und der heute hat geradezu panisch reagiert, als du ihm mit deiner Klinge einen Sonnenstrahl geschickt hast. Wenn er uns angegriffen hätte, er hätte uns in ganz kleine Fetzen gerissen. Aber er hatte Angst vor deinem Schwert. Kannst du mir das erklären?"

„Ich bin mir nicht sicher", antwortete Dagonet. „Es wird behauptet, mein Schwert hätte Zauberkräfte."

Glynis riss die Augen auf. „Das wird ja immer besser! Ich habe einen Prinzen mit einem Zauberschwert!"

„Du hast gar keinen Prinzen", stellte Dagonet ärgerlich richtig. „Und das mit den Zauberkräften ist auch so eine Sache. Es heißt, man wäre unbesiegbar, aber nur wenn man für eine gerechte Sache kämpft. Bloß was ist eine gerechte Sache? Dein Gegner wird da sicher gegenteiliger Meinung sein."

„Bei Dämonen kann es keinen Zweifel geben", befand Glynis. „Dämonen zu bekämpfen ist sicher und in jedem Fall ein löbliches Unterfangen. Jetzt begreife ich auch, wieso ich dich mit dem Schwert nicht umbringen konnte: Das Schwert hatte etwas dagegen. Darf ich es mir nochmals ansehen?"

Schweigend zog Dagonet sein Schwert und reichte es Glynis. Ehrfürchtig streichelte sie die Klinge und sagte: „Es ist schön."

Die Klinge begann unter ihren Händen zu tönen. Es klang wie ein weit entferntes, kaum hörbares Streichinstrument, das eine sehnsuchtsvolle Melodie spielte.

„Es singt für mich", flüsterte Glynis ergriffen.

„Jetzt bilde dir bloß nichts ein", unterbrach Dagonet die zauberhafte Stimmung und nahm ihr das Schwert wieder aus der Hand. „Das ist nur der Wind, der sich in den Mauern fängt. Ein Gewitter zieht auf."

„Aber mit diesem Schwert könntest du doch jederzeit die Burg verlassen", sagte Glynis. „Kein Bewaffneter und kein Dämon könnte dich aufhalten. Dein Schwert würde jeden wegfegen, der sich dir in den Weg stellt. Weshalb machst du dir überhaupt Sorgen? Komm, lass uns unsere Sachen packen und einfach abreisen. Im schlimmsten Fall hinterlassen wir ein paar Tote, Männer und Dämonen. Was schert es uns?"

Dagonet seufzte. „Das ist ja das Problem. Was ist, wenn das Schwert will, dass ich bleibe, weil nur das seinem verdrehten Gerechtigkeitssinn entspricht? Ich würde ganz schön blöd dastehen, wenn mich die Torwache verprügelt, weil mich das vertrackte Ding im Stich lässt. Es ist nicht so einfach mit diesem Zauberschwert, wie es auf den ersten Blick scheint. Besser wäre, wir könnten die Burg heimlich und ohne Gewalt verlassen. Ich habe bloß noch keinen Plan, wie wir das anstellen sollen."

„Was willst du dann tun?"

„Du fragst mich ständig, was ich tun will. Ich weiß es ja auch nicht. Am klügsten wird sein, ich mache gar nichts und lasse die Dinge auf mich zukommen. Das ist ein vernünftiger Kompromiss."

„Das ist kein Kompromiss, das ist einfach zaghaft."

„Glynis", tadelte sie Dagonet, „du solltest dir einmal selbst zuhören. Kaum sitzt du sicher in der warmen Stube, predigst du mir Mut und Tatkraft, aber kaum taucht auch nur der kleinste Dämon auf, schreist du, wir sollen wegrennen. Nein, ich warte bis etwas passiert. Dann können wir weitersehen."

„Da kannst du wahrscheinlich lange warten."

Mit dieser Prognose hatte Glynis unrecht. Kurz nach dem Abendessen, es begann bereits dunkel zu werden, klopfte es leise und etwas wurde unter der Tür durchgeschoben. Dagonet und Glynis sahen sich verblüfft an. Dann eilte Dagonet zur Tür und riss sie auf. Niemand war zu sehen, nur leise Schritte verklangen auf der Treppe.

„Was haben wir denn da?" Glynis drehte ein zusammengedrücktes Pergamentröllchen, das mit einem blauen Bändchen umwunden war, hin und her. „Mir scheint, jemand schreibt uns."

„Sicher nicht uns, sondern höchstens mir. Gib schon her."

„Lilias hätte ein rotes Bändchen genommen", dachte Dagonet. Er knüpfte das blaue Band auf und entrollte das Pergament. Die Nachricht war kurz: ‚Ich erwarte dich an meiner Pforte, sobald es dunkel geworden ist.' Keine Unterschrift.

„Was steht da?", fragte Glynis, die ihm über die Schulter schaute.

„Kannst du nicht lesen?"

„Nein, ich kann nicht lesen. Sonst würde ich nicht fragen. Was steht da?"

„Jemand erwartet mich, sobald es dunkel geworden ist."

„Was für ein Jemand. So rede schon!"

„Das steht nicht da."

„Ich kann es mir denken", sagte Glynis ahnungsvoll. „Sicher diese großbusige Schlampe. Wer sollte dich sonst schon zu einem Stelldichein bitten? Wir kennen ja keine andere Frau hier, und das kommt von einer Frau, das rieche ich." Sie schnupperte an dem Pergament.

„Du hast sicher recht und ich wünsche, dass du über Lady Eadgyth nicht so despektierlich sprichst."

Glynis gab ein verächtliches Schnauben von sich. „Du denkst doch nicht etwa daran hinzugehen?"

„Ich werde sicher hingehen", erklärte Dagonet. „Soll ich diesen Brief ignorieren und einfach hier im Zimmer bei dir sitzen bleiben?"

„Das entspricht doch dem, was du sonst auch immer tust: Nichts unternehmen und zuwarten. Oder ist das anders, wenn es um brünstige Weiber geht?"

Dagonet würdigte sie keiner Antwort und trat ans Fenster. „Es ist bereits dunkel", stellte er fest. „Ich gehe jetzt. Verschließ die Fenster und die Tür gut, sobald ich fort bin."

„Was soll ich sagen, wenn jemand kommt und nach dir fragt?"

„Das wird nicht geschehen. Aber wenn doch, so sage, ich hätte Bauchweh bekommen und mich zur Latrine im Hof begeben, weil ich mich nicht auf dem Kübel hier im Zimmer erleichtern wollte."

„Wie romantisch! Hast du keine Angst, seine Lordschaft könnte dich erwischen, wenn du bei seiner Geliebten bist?"

„Nein. Er kommt erst morgen früh zurück und dann bin ich längst wieder fort."

„Ach ja. Du hast Erfahrung darin, von betrogenen Ehemännern nicht erwischt zu werden." Glynis' Stimme klang bitter. „Nimm wenigstens dein Schwert mit, falls du in Schwierigkeiten gerätst."

„Ich werde mein Schwert nicht brauchen, jedenfalls nicht dieses." Er lachte.

„Ach bitte! Erspar mir deine anzüglichen Scherze!"

Dagonet war der Meinung, dass sich Glynis für eine entlaufene Räuberbraut, die er nur aus Gutherzigkeit aufgelesen und mitgenommen hatte, ungebührlich viel herausnahm. Sie benahm sich ja so, als wäre er ihr Eigentum! Aber er hielt es für Zeitverschwendung, mit ihr zu streiten, jetzt da Eadgyth auf ihn wartete.

„Ich lasse dir mein Schwert da", sagte er. „Es wird dich beschützen, wenn du es aus der Scheide ziehst. Sobald ich zurückkomme, werde ich viermal klopfen und dann öffnest du rasch die Tür. Viermal! Hast du verstanden? Die meisten Leute, die ein Klopfzeichen verabreden, klopfen drei- oder fünfmal. Kaum jemals viermal. Ich weiß auch nicht, warum das so ist, aber es ist mir schon oft zugutegekommen, wenn ich für ein vertrauliches Treffen Einlass begehrt habe."

Unter ihren finsteren Blicken verließ er das Zimmer und wartete draußen, bis er hörte, wie der Riegel vorgeschoben wurde. Dann ging er leise die Treppe hinunter, indem er sich die Wand entlangtastete. Im ersten Obergeschoß war ein Wachlokal. Er hörte die lachenden Stimmen der Männer, die hier einquartiert waren, und sah einen Lichtschimmer unter der Tür. Unbemerkt schlich er vorbei und erreichte den Burghof.

Es war inzwischen stockdunkel geworden. In der Ferne war leises Grollen zu hören und der Himmel wurde immer wieder von Blitzen erhellt. Das näherkommende Gewitter hatte Regenschauer vorausgeschickt, die von heftigen Windböen gegen die Mauern gepeitscht wurden. In der Mitte des Burghofs stand ein eiserner Korb, in dem ein Feuer brannte, um für eine notdürftige Beleuchtung zu sorgen. Die Flammen wurden hin- und hergeweht, hielten sich aber tapfer gegen Wind und Regen. Dennoch war es nur eine Frage der Zeit, bis sie ausgehen mussten. Dagonet schlich sich an der Mauer entlang, hielt sich in deren Schatten und vermied es, in den flackernden Lichtschein zu geraten. Als er sein Ziel, den Westturm, erreicht hatte, tastete er über die Mauer und versuchte, in der Dunkelheit die Pforte zu finden. Das Licht des verlöschenden Feuers reichte nicht bis hierher. Seine Finger glitten über Holzbohlen und entdeckten den eisernen Türgriff. Er versuchte die Tür zu öffnen, fand sie aber fest verschlossen. Einen Augenblick zögerte er, dann klopfte er leise. Nichts geschah. Dagonet stand in Dunkelheit und Regen und kam sich zunehmend blöd vor. Als auch wiederholtes Klopfen zu keiner Reaktion führte, entschloss er sich frustriert, zurückzugehen und sich auf keinen Fall den Spott von Glynis, mit dem sicher zu rechnen war, gefallen zu lassen.

Er hatte schon zwei Schritte getan, als eine leise Stimme rief: „So wartet doch, Prinz Dagonet!" Er wandte sich um und ahnte mehr, als er es sehen konnte, dass sich die Pforte ein Stück geöffnet hatte.

„Kommt zurück, Prinz Dagonet", lockte die Stimme.

Dagonet, der die Stimme Eadgyths erkannte, zögerte nicht, der Aufforderung Folge zu leisten. Eine feste Hand ergriff ihn und zog ihn ins Dunkel des Turmes. Er hörte, wie die Tür ins Schloss fiel. Dann wurde die Dunkelheit von einem Lichtstrahl durchbrochen. Eadgyth hatte die Blendscheibe ihrer Laterne geöffnet und leuchtete ihm ins Gesicht.

„Ihr seid ja ganz durchnässt", sagte sie. „Verzeiht, dass es so lange gedauert hat, aber ich hatte schon die Hoffnung aufgegeben, dass ihr kommen werdet."

Dagonet blinzelte, weil ihn das Licht der Laterne blendete. Er verbeugte sich und erklärte, nichts hätte ihn abhalten können, ihrer Einladung zu folgen, er habe nur abgewartet, bis es völlig dunkel geworden sei.

Der Lichtstrahl verließ sein Gesicht, huschte über die Wand und blieb am Stiegenaufgang hängen.

„Das war sehr umsichtig von Euch", lobte Eadgyth. „Bitte folgt mir."

Sie stieg vor ihm die Treppe empor. Dabei hielt sie die Laterne so, dass deren Licht die Stufen vor ihren Füßen beleuchtete. Das erlaubte es Dagonet, nicht nur sicheren Tritt zu finden, sondern wie in einem Schattenspiel durch ihr dünnes Kleid hindurch, auch die Silhouette ihrer langen, wohlgeformten Beine zu bewundern.

Sie stiegen bis zum zweiten Geschoß empor. Im ersten Geschoß war die Waffenkammer, wie ihm Eadgyth zuflüsterte, und im obersten ein Aussichtsposten. Dagonet wunderte sich, dass Eadweard seine Geliebte hier an der äußeren Befestigung und nicht im Haupt- und Wohnturm untergebracht hatte, wo sie unter guter Aufsicht gewesen wäre. Er dachte, dass seine Lordschaft in diesem Punkt wohl zu vertrauensselig gewesen war, und verband solche Überlegungen mit einer konkreten Vorstellung davon, wie der heutige Abend verlaufen werde.

Der Wohnraum, in den ihn Eadgyth führte, war vom Licht einer ölbefeuerten Lampe erhellt. Die doppelten Fensterläden waren fest verschlossen, man konnte aber deutlich hören, wie der Sturm an den äußeren Läden rüttelte. Die Einrichtung war nicht besonders luxuriös, wie er es erwartet hatte, dafür aber gediegen und gemütlich. Ganz besonders fiel ihm ein Himmelbett ins Auge, das im Gegensatz zu dem in seiner Unterkunft nicht nur breit, sondern auch lang genug war, damit sich ein großer Mann darin behaglich ausstrecken konnte. Es ging ihm durch den Sinn, dass dies wohl das Liebesnest war, das Eadweard für sich und seine Gespielin eingerichtet hatte.

Im Licht der Ampel konnte er Eadgyth erstmals deutlich sehen. Sie trug ein elegantes Hauskleid, dessen feine Webart und großzügiger Schnitt mehr zeigten als verbargen. Sie war, so fand Dagonet, eine der schönsten und verführerischsten Frauen, die ihm je begegnet waren. Er selbst bot hingegen einen weniger beeindruckenden Anblick. Er war patschnass, das Haar klebte ihm am Kopf und Wasser tropfte aus seiner Kleidung. Er fröstelte unwillkürlich.

„Ihr fragt Euch sicher, warum ich Euch zu mir gebeten habe, Prinz Dagonet", sagte Eadgyth und lächelte ihn an. Solche Fragen stellte sich Dagonet nicht, weil er es ohnehin zu wissen glaubte, aber als höflicher Mann nickte er.

„Ich will Euch um einen Gefallen bitten", fuhr Eadgyth fort.

Dagonet, der sich sicher war, welchen Gefallen sie meinte, versicherte ihr, dass er ihr voll und ganz zu Diensten stehe und sparte nicht mit Komplimenten über ihre Schönheit und Anmut.

Eadgyth nahm solche Reden, die sie gewiss schon oft gehört hatte, mit leichtem Erröten zur Kenntnis. Dagonet war entzückt.

„Bevor ich Euch erkläre, worum es geht", setzte Eadgyth fort, „solltet Ihr etwas Trockenes und Bequemeres anziehen. Es war nicht meine Absicht, Euch im Regen stehen zu lassen. Legt das nasse Zeug ab, ehe Ihr Euch erkältet, und zieht das hier an." Sie nahm einen weichen Wollumhang, eine Art Hausmantel von einem Wandhaken und warf ihn aufs Bett. Dagonet konnte erkennen, dass er mit dem Wappen der Herrn von Cotswoods bestickt war. „Seid unbesorgt. Wir sind hier allein und ungestört", beruhigte ihn Eadgyth. Meine Dienerin ist im obersten Stockwerk bei dem Mann am Ausguck. Er ist ihr Geliebter und er darf seinen Posten ohnehin nicht verlassen, ehe er abgelöst wird."

Dagonet folgte unverzüglich ihrer Aufforderung und entledigte sich seiner Kleider bis auf das letzte Stück.

Eadgyth betrachtete ihn ohne jede Verlegenheit, obwohl er sich in einem Zustand befand, der sein Begehren mehr als deutlich machte.

„Mein armer frierender, nasser und doch so geiler Freund", flüsterte sie und nahm ein weiches Handtuch zur Hand. „Komm, lass dich von mir trocken reiben."

Der Hausmantel Lord Eadweards wurde im weiteren Verlauf der Ereignisse nicht mehr benötigt. Denn die Erwartungen, die Dagonet in dieses Treffen gesetzt hatte, wurden nicht nur erfüllt, sondern bei weitem übertroffen. Nachdem er seiner Gastgeberin auf vielfältige Weise seine Zuneigung bekundet hatte, schlief er erschöpft auf ihrem Bett ein.

Etwa eine Stunde vor Morgengrauen erwachte er. Das war ein Instinkt, den er bei seinen Liebesabenteuern am Hof von Gwyn geschärft hatte. Vorsichtig befreite er sich aus der schlaftrunkenen Umarmung Eadgyths und kletterte aus dem Bett. Sie schlug die Augen auf. „Du willst schon gehen?"

„Der Morgen wird bald anbrechen. Ich will uns in keine unangenehme Situation bringen."

„Es ist noch etwas Zeit, bis der Posten oben abgelöst wird." Eadgyth kletterte aus dem Bett und blieb einen Augenblick unter der Ampel stehen, damit er sie in ihrer ganzen nackten Pracht bewundern konnte. Dann warf sie sich den Hausmantel seiner Lordschaft über. „Da ist noch etwas, um das ich dich bitten möchte." Sie öffnete eine Truhe, nahm einen Brief hervor und reichte ihn Dagonet. „Du wirst in den nächsten Tagen nach Lindum reisen. Ich habe erfahren, dass dich Eadweard ziehen lassen wird. Dieser Brief ist für den König von Lindsey bestimmt. Du musst dafür sorgen, dass er ihn persönlich erhält und du darfst keinem Menschen davon erzählen. Ganz besonders nicht Eadweard. Wenn er in die falschen Hände fällt, könnte es mich Kopf und Kragen kosten. Willst du das für mich tun?"

Dagonet begriff, dass die Ereignisse der vergangenen Nacht keiner Laune Eadgyths entsprungen und noch weniger auf seine unwiderstehliche Person zurückzuführen waren, sondern dass sie ihn ganz bewusst in eine Situation gebracht hatte, in der er als Ehrenmann ihr Anliegen nicht abweisen konnte.

„Ich werde tun, was du verlangst", erklärte er daher leicht verstimmt und betrachtete das Siegel auf dem Brief. Es zeigte einen Drachen mit zwei Köpfen. Er hatte Derartiges noch nie gesehen und fragte: „Ist das dein Wappen?"

„Nein. Ich habe kein Wappen. Es ist bloß ein Zeichen, das dem Empfänger beweist, dass der Brief von mir kommt. Lass es niemanden sehen, außer den König" Sie öffnete die Fensterläden. Draußen war es noch dunkel, aber am Horizont zeigte sich ein erster Lichtschimmer. „Ich glaube, jetzt ist es an der Zeit Abschied zu nehmen, mein Prinz."

Schweigend zog sich Dagonet an. Seine Kleider waren noch immer feucht und klamm.

Eadgyth küsste ihn flüchtig auf den Mund und schob ihn aus der Tür. „Leb wohl, Dagonet, und hab Dank", flüsterte sie. „Die Pforte unten lässt sich von innen öffnen. Eil dich und lass dich von niemandem sehen."

Dagonet schlich die Treppe hinunter und ins Freie. Es hatte zu regnen aufgehört. Ein frischer Wind ließ ihn in seinen feuchten Sachen zittern. Es gelang ihm, unbemerkt den Hof zu überqueren und zu seinem Quartier zu gelangen. Wenig später klopfte er viermal an seine eigene Tür. Sie wurde sofort geöffnet und Glynis lugte vorsichtig heraus. „Du schaust ja schön aus", begrüßte sie ihn missmutig. „Wie ein streunender Kater, der bei seinen nächtlichen Abenteuern ins Wasser gefallen ist." Dennoch war Dagonet, als habe ein Ton von Erleichterung in ihrer Stimme mitgeklungen.

10

Nachdem er trockene und warme Kleider angelegt und ausgiebig gefrühstückt hatte, fühlte sich Dagonet den Herausforderungen des neuen Tages gewachsen.

Glynis hielt sich eine Weile zurück und tat so, als interessiere es sie gar nicht, aber dann wurde ihre Neugier übermächtig. „Wie war's?", fragte sie. „Hast du die Lady, die ich keine Schlampe nennen darf, flachgelegt? Lang genug warst du ja weg. Ich habe kein Auge zugetan, aus Sorge, du könntest in Schwierigkeiten geraten sein."

„Mm", machte Dagonet.

„Aha. Das war ja wohl klar. Hattest du wenigstens deinen Spaß, du geiler Bock?"

„Glynis", rügte sie Dagonet ernst. „So spricht ein Knappe nicht mit seinem Herrn. Noch eine solche Respektlosigkeit und du fängst ein paar Ohrfeigen, auch wenn du gar kein richtiger Knappe, sondern nur ein Mädchen bist. Aber wenn du es unbedingt wissen willst: Ja, es hat Spaß gemacht und es hat mir einen Auftrag eingebracht. Ich soll in aller Heimlichkeit diesen Brief dem König von Lindsey bringen."

Er zeigte Glynis den Brief. Er hatte dabei sein Versprechen, niemandem von diesem Brief zu erzählen, keineswegs vergessen, nur nahm er aus Gründen, über die er sich selbst nicht ganz im Klaren war, Glynis davon aus.

„Aha", sagte Glynis befriedigt. „Deswegen hat sie dich in ihr Bett gelockt. Damit du nicht ‚nein' sagen kannst. Darum ist es ihr also gegangen. Das weißt du doch?"

„Der Gedanke ist mir auch schon gekommen", gestand Dagonet.

„Das wird dir hoffentlich eine Lehre sein", trumpfte Glynis auf. „Solche Weiber sind berechnend, das habe ich ihr gleich angesehen. Nicht jede ist so eine selbstlose, treue Seele wie ich."

„Was hat denn das mit dir zu tun?", fragte Dagonet verblüfft. „Das ist doch wohl ein unpassender Vergleich! Natürlich musst du mir treu sein. Das hast du mir gelobt, als ich dich in meine Dienste genommen habe, anstatt dir den Kopf abzuhauen. Schon vergessen, Knappe Darach?"

„So habe ich das nicht gemeint", murmelte Glynis und verzichtete darauf, das Thema weiter zu verfolgen.

Am späten Vormittag kehrte Lord Eadweard auf die Burg zurück. Kurz darauf erschien ein Bewaffneter bei Dagonet und erklärte, seine Lordschaft wolle ihn sogleich sprechen.

Unter den besorgten Blicken von Glynis wurde Dagonet hinauseskortiert und über den Hof in den Wohnturm geführt, wo ihn Eadweard in dem Raum empfing, in dem das Abendessen stattgefunden hatte.

„Ich bedaure, dass ich Euch so vernachlässigen musste, Prinz Dagonet", erklärte er. „Unvorhergesehene Ereignisse haben mich dazu gezwungen."

„Hoffentlich keine Unannehmlichkeiten?", erkundigte sich Dagonet höflich.

„Unangenehm genug. Dieser Artus, über den wir unlängst gesprochen haben, scheint gefährlicher zu sein, als ich dachte. Die Briten bedrohen jetzt bereits Lindsey. Angeblich steht Artus mit seinen Truppen schon am Fluss Dubglas. Ich rechne zwar nicht damit, dass die Briten bis hierher kommen, aber ich werde dennoch die Verteidigungsbereitschaft der Burg erhöhen und zusätzliche Truppen ausheben. Nun zu Euch: Hattet Ihr während meiner Abwesenheit einen angenehmen Aufenthalt, war eure Nachtruhe ungestört?"

„Ich kann nicht klagen, Eure Lordschaft", antwortete Dagonet unverbindlich.

„Wie man mir berichtet hat, habt ihr meine bescheidene Festung ausführlich erkundet. Was ist Eure fachmännische Meinung über deren Zustand? Habt Ihr etwas Ungewöhnliches bemerkt?"

Dagonet hielt es für klug, möglichst nahe an der Wahrheit zu bleiben, weil er offenbar doch genauer beobachtet worden war, als er gedacht hatte. „Eure Burg ist in hervorragendem Zustand Mylord", erklärte er. „Nur der Nordturm scheint mir sanierungsbedürftig zu sein. Mir kommt vor, im obersten Geschoß hausen bereits ungewöhnlich große Fledermäuse."

„Ihr habt eine gesehen?", fragte Eadweard. „Üblicherweise kommen sie bei Tageslicht nicht hervor, außer man weckt sie auf. Davon ist aber abzuraten, denn sie scheuen nicht davor zurück, auch Menschen anzugreifen."

„Dann sollte man sie ausrotten", schlug Dagonet vor.

„Das hatte ich ursprünglich auch vor. Aber ich habe festgestellt, dass sie von der Bevölkerung mit abergläubischer Furcht betrachtet werden. Manche meinen sogar, es wären Dämonen. Solche Legenden könnten im Ernstfall nützlich sein. Es macht für einen Feind, der sich einen Angriff überlegt, schon einen Unterschied, ob er glaubt, eine Festung werde nur von einer Handvoll verzweifelter Männer oder einer Horde wütender Dämonen verteidigt. Findet Ihr nicht, Prinz Dagonet?"

„Da mögt Ihr recht haben, Mylord", stimmte Dagonet zu und war inzwischen restlos davon überzeugt, dass sein Gastgeber im Nordturm etliche leibhaftige Dämonen beherbergte. Dieser Gedanke verursachte ihm verständlicherweise großes Unbehagen und verstärkte in ihm den Wunsch, die Burg möglichst rasch zu verlassen.

„Man hat mir auch berichtet, ihr hättet die Bekanntschaft von Lady Eadgyth gemacht", fuhr Eadweard fort und sah Dagonet abwartend an.

Dagonet war auf der Hut. „In der Tat", bestätigte er. „Lady Eadgyth hat freundlicherweise einige Worte mit mir gewechselt und ich hoffe, ich darf sie bald wiedersehen, um ihr neulich meine respektvolle Bewunderung zu bekunden."

„Ich fürchte, daraus wird nichts", wehrte Eadweard schroff ab, „denn Ihr werdet unverzüglich nach Lindum abreisen, so wie es Eure Absicht war. Ich benötige einen absolut vertrauenswürdigen Boten, der dem König eine Nachricht über die militärische Situation überbringt. Dafür seid Ihr der geeignete Mann. Wenn nämlich Artur Lindsey überrennt, ist der Weg nach Gwyn nicht mehr weit. Die Armee von Gwyn ist nicht viel wert, Prinz Dagonet. Gwyn könnte einem Angriff der Briten kaum etwas entgegensetzen. Eure einzige Hoffnung besteht darin, dass wir sie in der Region Linnius aufhalten. Ich bin davon überzeugt, dass Ihr im Interesse Eurer Heimat den Botendienst, um den ich Euch bitte, übernehmen werdet."

Eadweard zog einen Brief hervor und reichte ihn Dagonet. „Schweigt über Euren Auftrag gegenüber jedermann und gebt diese Nachricht nur dem König persönlich.

Dagonet verbarg sein Erstaunen darüber, dass ihm ein zweiter Brief an denselben Adressaten anvertraut wurde. Er verbeugte sich und sagte: „Ich werde noch zu dieser Stunde abreisen und Eure Nachricht auf dem schnellsten Weg überbringen, Mylord."

„Pack zusammen!", rief Dagonet Glynis zu, als er wieder sein Quartier betrat. „Wir dürfen, nein wir sollen sogar auf der Stelle abreisen."

„Was hat diesen Gesinnungswandel seiner Lordschaft bewirkt?", staunte Glynis.

„Offenbar ein Angriff der Briten auf das Territorium von Lindsey. Er will, dass ich dem König in dieser Sache eine höchst vertrauliche Eilnachricht überbringe."

„Noch ein Brief an den König?", Glynis zog die Augenbrauen hoch. „Das schaut nach einer Intrige aus. Ich würde zu gern wissen, was da vor sich geht."

„Ich nicht", entgegnete Dagonet. „Ich bin nur der Bote und werde beide Briefe zustellen. Das scheint mir ein vernünftiger Kompromiss zu sein."

Ausnahmsweise stimmte ihm Glynis zu. Nach dem Mittagessen, auf das Glynis keinesfalls verzichten hatte wollen, ritten sie ungehindert aus dem Burgtor. Niemand schien sie zu beachten. Dagonet drehte sich mehrmals um und hielt vergeblich nach Eadgyth Ausschau.

„Was hast du erwartet?", spottete Glynis. „Dass sie auf den Zinnen der Burg steht und dir mit einem Tüchlein nachwinkt? So etwas kommt nur in Rittergeschichten vor! Wir sollten uns besser beeilen, damit wir rasch fortkommen, ehe es sich seine Dämonenlordschaft anders überlegt."

Sie ließen ihre Reittiere tüchtig ausgreifen, weil das neu erworbene Maultier, das Glynis ritt, ohne weiteres mit Dagonets Pferd Schritt halten konnte. Am späten Nachmittag erreichten sie wieder die Kreuzung, deren linker Weg sie nach Cotswoods gebracht hatte. Sie bogen in den anderen Weg ein, der sie nach Lindum führen sollte. Dagonet war bestrebt, Burg Cotswoods möglichst rasch hinter sich zu lassen und hielt erst an, als die Dämmerung schon weit fortgeschritten war. Sie lagerten hinter einer Gruppe von hohen Büschen, die Ihnen Sichtschutz bot.

Obwohl es kühl und das Gras vom Gewitter der vergangenen Nacht noch feucht war, verzichteten sie darauf, ein Feuer zu entzünden. Dagonet machte sich auf eine unbehagliche Nacht gefasst. Zu seiner Überraschung entrollte Glynis zwei dicke Wolldecken, die nicht zu seiner Ausrüstung gehörten.

„Wo kommen diese Decken her?", fragte er Glynis argwöhnisch.

„Aus Burg Cotswoods. Willst du eine davon?"

„Schämst du dich denn gar nicht? Du hast unserem Gastgeber zwei Decken gestohlen?"

„Nein Ich habe sie bloß mitgenommen. Willst du jetzt eine davon, oder frierst du lieber?"

Dagonet wickelte sich widerstrebend in eine der Decken und murmelte unverständliches Zeug.

„Was sagst du?"

„Ich, Sir Dagonet, Prinz von Gwyn und edler Ritter, streune mit einer Räuberbraut, die stiehlt wie ein Rabe, durch die Gegend. Weit habe ich es gebracht!"

„Und ich, Glynis, ganz ohne Titel, reise mit einem Prinzen, der ein Zauberschwert trägt, nach Lindum, um den König zu besuchen. Ich habe es noch viel weiter gebracht. Siehst du, wie schön sich alles ausgleicht? Jetzt gib Frieden. Ich habe eine Menge Schlaf nachzuholen."

Nach einer Weile fragte Dagonet in die Dunkelheit: „Wo kommst du eigentlich her? Ich meine nicht die Räuberbande, sondern wo warst du vorher?"

Glynis schwieg eine Weile. Dann erzählte sie: „Meine Vorfahren stammen aus der Gegend, die heute von euren Leuten Deira genannt wird. Einer von ihnen war der letzte König von Bryneich und ein Freund Roms. Aber das ist schon lange her. Die Römer sind gegangen und neue Herrn sind ins Land gekommen. Sie haben unsere Leute versklavt oder getötet. Die Überlebenden sind ins freie Britannien geflohen, oder in den Untergrund gegangen. Manche ihrer Nachkommen haben sich auch einer Bande Gesetzloser angeschlossen, um zu überleben. Etwas anderes ist auch mir nicht übriggeblieben. Meine Mutter war nämlich Magd auf Burg Waddington. Mein Vater ist Lord Gray. Nicht derjenige, der jetzt auf Waddington herrscht, sondern sein Onkel. Vor dem war kein Weiberrock sicher. Ich war auf der Burg nicht der einzige illegitime Balg, den er gezeugt hat. Nach dem Tod meiner Mutter bin ich weggelaufen, um den Nachstellungen des jungen Lord Gray, der nicht besser ist als sein Onkel, zu entgehen. Ich wurde von Leuten, die mich im Wald gefunden haben, aufgenommen. Bis ich auch dort weggelaufen bin, und jetzt bin ich bei dir. So, das ist die ganze Geschichte."

Dagonet brauchte eine Weile, um das Gehörte zu verdauen. „Dann bist du also eine Britin aus königlichem Geschlecht?", fragte er schließlich. „Und du stammst auch – wenngleich illegitim – von einem angelsächsischen Lord ab?"

„Nicht nur das. Der Vater meiner Mutter war angeblich Pferdeknecht. Genau weiß man es nicht, weil der Mann rasch weitergezogen ist, nachdem er meine Mutter gezeugt hatte. In meiner Ahnenreihe gibt es auch etliche Leute, die dir nicht so gut gefallen würden, wie Könige oder Lords."

„Dennoch", murmelte Dagonet, „hast du königliches Blut in dir. Das ist mehr als erstaunlich."

„Und was habe ich jetzt davon?", fragte Glynis unwillig. „Ich putze einem heimatlosen Ritter die Stiefel und muss mich dafür auch noch schlecht behandeln lassen. Nein, sag jetzt nichts. Ich werde dir nämlich nicht mehr antworten, weil ich einfach nur schlafen will."

Obwohl es Dagonet nie zugegeben hätte, erwies sich die schwere Wolldecke, die Glynis geklaut hatte, als Segen. Sie war viel wärmer und angenehmer als die Satteldecke, mit der sich Dagonet bisher zugedeckt hatte. Er schlief ausgezeichnet und wachte erst auf, als ihm die Sonne direkt ins Gesicht schien. Glynis war nirgends zu sehen, sie konnte aber nicht weit sein, weil ihr Maultier und auch ihre übrigen Sachen noch da waren. Nachdem er eine Weile vergeblich auf sie gewartet hatte, stand Dagonet auf und hielt Nachschau. Er folgte einem kaum erkennbaren Pfad durch die Büsche und gelangte nach wenigen Minuten an das Ufer eines Sees. Es war kein großer See. Dagonet schätzte, dass man ihn in einer Stunde umrunden konnte. Die Ufer waren mit dichtem Schilf bewachsen, nur an wenigen Stellen hatte man freien Zugang. Das Wasser wirkte klar, sauber und sehr kalt. Etwa einen Steinwurf vom Ufer entfernt konnte er einen Schwimmer erkennen, der sich mit kräftigen Zügen näherte. In Ufernähe erhob sich Glynis und watete an Land. Unter ihren Füßen wirbelte Schlick auf und trübte das Wasser. Dagonet starrte sie an. Sie hatte nicht die ausladenden Kurven einer Lady Eadgyth, aber dennoch war sie eine attraktive Frau, wenn man Frauen mit knabenhafter Figur mochte.

„Was ist?", fragte Glynis und machte keine Anstalten, sich vor seinen Blicken zu verbergen. „Warum glotzt du so? Hast du noch nie eine nackte Frau gesehen?"

„Du bist eigentlich ganz hübsch", sagte Dagonet und dachte, kaum dass er es gesagt hatte, dass dies eine blöde Bemerkung gewesen sei.

„Eigentlich ganz hübsch!", äffte ihn Glynis nach. „Na, wenn das kein reizendes Kompliment ist. Geh mir aus dem Weg!"

Sie drängte sich an ihm vorbei, wobei es sich nicht vermeiden ließ, dass sie ihm sehr nahe kam. Dagonet fasste sie an der Schulter, um sie zurückzuhalten.

Glynis blieb stehen und erstarrte zur Salzsäule. „Fass mich nicht an!"

Dagonet zog sofort seine Hand zurück und sagte besänftigend: „Verzeih, ich wollte dich nicht …"

„Um so schlimmer", fauchte Glynis und stieß ihm heftig die flache Hand vor die Brust, sodass er in die Büsche taumelte. Dann stolzierte sie mit wiegenden Hüften davon, was ihren niedlichen Hintern so richtig zur Geltung brachte.

Dagonet sah ihr verstört nach und fragte sich, was ihre letzte Bemerkung zu bedeuten habe. Er kam zu dem Ergebnis, dass er sich wohl verhört haben musste.

Weil er ihr nicht sofort nachgehen wollte, entschloss sich Dagonet ebenfalls ein Bad zu nehmen. Er entledigte sich seiner Kleider und stieg zähneklappernd ins kalte Wasser. Eine Weile schwamm er hin und her und sah immer wieder zum Ufer, ob Glynis vielleicht wieder auftauchen und sich zu ihm gesellen werde. Natürlich kam sie nicht.

Als Dagonet zu ihrem Lagerplatz zurückkam, hatte sich Glynis wieder in einen Jungen verwandelt. Sie hockte an einem kleinen Feuer und briet Speckstreifen. Schweigend reichte sie Dagonet seinen Anteil am Frühstück. Keiner von ihnen kam auf den Vorfall beim See zu sprechen. Nach einer halben Stunde brachen sie auf und setzten ihren Weg fort.

„Ich rechne damit, dass wir im Laufe des Tages Burg Waddington erreichen werden", sagte Dagonet.

„Es wäre besser, die Burg zu meiden", riet Glynis. „Es ist erst ein halbes Jahr her, dass ich dort weggelaufen bin, und jemand könnte mich wiedererkennen. Man pflegt mit entlaufenem Gesinde nicht gerade zimperlich umzugehen."

„Aber jetzt gehörst du zu mir", entgegnete Dagonet. „Du bist mein Knappe! Ich werde nicht dulden, dass man dir etwas antut oder dich zum Bleiben zwingt."

„Das wird Lord Gray herzlich egal sein. Weibliche Knappen gibt es nämlich nicht. Oder willst du dich meinetwegen mit Gray anlegen?"

„Wenn es sein muss.“

Glynis sah ihn von der Seite an. „Das rechne ich dir hoch an, aber es ist nicht notwendig, mutwillig Streit zu suchen. Ich kenne die Umgebung der Burg. Ich weiß einen Weg, der uns abseits der Straße ungesehen an der Burg vorbeiführt.“

„Wie du meinst“, stimmte Dagonet kompromissbereit zu. „Obwohl es mir widerstrebt, mich wie ein Feigling zu verhalten. Sobald wir die Abzweigung zu deinem Weg erreicht haben, übernimmst du die Führung.“

11

Am frühen Nachmittag erreichten sie einen Hügelkamm, von wo sie einen ausgezeichneten Fernblick hatten. Sie hielten im Schutz mehrerer hoher Bäume und sahen sich um. Hinter ihnen waren der Verlauf der Straße, auf der sie gekommen waren, und in der Ferne die Silhouette von Burg Cotswoods zu erkennen.

Etwa auf halben Weg konnte Dagonet eine Staubwolke ausmachen, in der bisweilen schimmerndes Erz aufblitzte. „Schau", sagte er zu Glynis, „das sind Bewaffnete, etwa dreißig Mann, nicht viel mehr als drei Stunden hinter uns. Sie reiten schnell."

„Wahrscheinlich Aurelius mit seinen Leuten", vermutete Glynis. „Ob die hinter uns her sind?"

„Warum sollten sie? Ich bin im Auftrag seiner Lordschaft unterwegs."

„Vielleicht ist Eadweard dahintergekommen, was ihr getan habt, du und Lady Eadgyth."

„Unwahrscheinlich", behauptete Dagonet. „Ich war sehr vorsichtig. Und selbst wenn, ich glaube nicht, dass er mir dann eine halbe Armee nachschicken würde."

„Trotzdem könnten sie hinter uns her sein." Glynis beschirmte die Augen mit der Hand. „Wohin sollten sie sonst wollen? Sie haben das Territorium von Cotswoods bereits verlassen und befinden sich auf dem Land von Lord Gray. Es könnte auch mit dem Brief zu tun haben, den du beförderst, nicht mit dem Brief seiner Lordschaft, sondern mit dem von Eadgyth."

„Unwahrscheinlich", behauptete Dagonet zum zweiten Mal. „Woher sollte er denn davon wissen."

„Dennoch sollten wir danach trachten, rasch von der Straße herunterzukommen." Glynis wandte sich in die andere Richtung. Burg Waddington lag vor ihnen. Die Festung war auf einem Hügel errichtet worden und beherrschte ein Dorf, durch das die Straße nach Lindum führte. „Dort unten zweigt der Weg ab, von dem ich dir erzählt habe", erklärte sie. „Rasch jetzt, ehe uns jemand bemerkt!"

Sie trieben ihre Reittiere an und ritten den Hügel hinunter. An seinem Fuß erstreckte sich ein dichter Wald. Glynis lenkte ihr Maultier auf einen kaum sichtbaren Pfad. „Bleib dicht hinter mir", befahl sie, „und mach wenig Geräusche."

So rasch es der schmale Pfad zuließ, ritten sie hintereinander durch den Wald. Bisweilen konnte Dagonet durch die hohen Stämme hindurch die Mauern von Burg Waddington erkennen. Glynis gönnte ihnen keine Rast. Fast rücksichtslos trieb sie ihr Maultier an.

„Wir sind auf der Flucht", dachte Dagonet. „Wir sind wahrhaftig auf der Flucht! Ich verstehe nur nicht vor wem und wieso."

Burg Waddington blieb hinter ihnen. Jetzt waren sie nur mehr von einem urwaldähnlichen, dichten Wald umgeben. Nach etwa zwei Stunden begann der Weg anzusteigen. Sie ließen ihre Reittiere langsamer gehen und saßen schließlich ab, um sie am Zügel zu führen. Dagonet schien, als ob es dunkler würde. „Wie weit noch?", flüsterte er.

„Wir sind bald da", antwortete Glynis.

Tatsächlich erreichten sie kurz darauf den Waldesrand. Sie befanden sich auf einer Anhöhe. Weit hinter ihnen lag Burg Waddington. Es war später Nachmittag. Die Sonne stand schon tief. Dennoch konnten sie deutlich den Reitertrupp erkennen, der die Burg erreicht hatte. „Sie sind viel schneller geritten, als ich gedacht habe", murmelte Dagonet betroffen.

Die Reiter wurden auf Burg Waddington offenbar nicht als Bedrohung empfunden. Man öffnete ihnen das Tor und es fand eine Art Beratung statt. Dann setzte sich der Trupp wieder in Bewegung und ritt in raschem Tempo die Straße weiter Richtung Lindum.

„Sie suchen uns", flüsterte Glynis. „Sie haben versucht, uns auf der Straße einzuholen und dann gehofft, wir würden auf Waddington Quartier nehmen. Jetzt setzen sie uns auf dem Weg nach Lindum nach."

„Weit werden sie nicht kommen", konstatierte Dagonet. „Ihre Pferde werden völlig erschöpft sein. Wir warten hier und beobachten, was geschieht. Solange die Soldaten des Aurelius unterwegs sind, können wir nicht auf die Straße hinunter, ohne erwischt zu werden."

Sie banden ihre Tiere im Waldesinneren an und beobachteten aus der Deckung, was auf der Straße und bei Burg Waddington geschah.

Als die Nacht anbrach, kehrten die Reiter zurück und ritten durch das Burgtor.

„Sie haben eingesehen, dass wir nicht mehr vor ihnen sein können", erklärte Dagonet. „Sie werden denken, wir hätten unterwegs abseits der Straße gerastet und sie seien an uns vorbeigeritten. Morgen werden sie umkehren und uns in Richtung Cotswoods suchen. Das ist unsere Chance, auf die Straße zu kommen und weiter nach Lindum zu reiten."

Sie zogen sich in den Wald zurück, um den Morgen abzuwarten. Dagonet lag eingehüllt in seine warme Decke, die ihm Glynis überlassen hatte, und starrte in die Dunkelheit. Er konnte nicht einschlafen. Ständig stand ihm das Bild seiner Begleiterin vor Augen, wie sie nackt aus dem See gestiegen war. Ein heftiges Begehren befiel ihn, das er vergebens als unziemlich zu unterdrücken suchte.

Schließlich fragte er leise: „Schläfst du schon, Glynis?"

„Nein", antwortete sie sofort. „Ich kann nicht einschlafen. Ich friere."

„Ich auch. Willst du zu mir unter die Decke kommen, damit wir uns gegenseitig wärmen können?"

Einen Augenblick später schlüpfte sie zu ihm unter die Decke und kuschelte sich an ihn. Dagonet legte den Arm um sie. Es konnte nicht stimmen, dass sie fror, denn sie hatte ihr Wams abgelegt und trug nur ihr Unterhemd. Dagonets Hand geriet auf Abwege, schlüpfte unter ihr Hemd und begann ihre Brust zu liebkosen. Sie hielt ganz still. „Glynis", flüsterte Dagonet. „Wenn ich jetzt tue, was ich vorhabe zu tun, wirst du mich dann beißen, schlagen, treten, an den Haaren reißen und mir das Gesicht zerkratzen, so wie du es mir angedroht hast?"

„Ja, aber nur, wenn du es nicht tust", flüsterte Glynis zurück.

Da es inzwischen so finster geworden war, dass man die Hand nicht vor den Augen erkennen konnte, kann auch nicht geschildert werden, was dann geschah, weil es nichts zu sehen gab. Es bleibt nur anzumerken, dass geraume Zeit hindurch zärtliches Flüstern, Stöhnen, undefinierbare rhythmische Geräusche und leise Schreie aus der Dunkelheit zu hören waren, ehe es still wurde und der Wald zu seiner nächtlichen Ruhe zurückkehrte.

„Wach auf, Dagonet!", rief Glynis und schüttelte Dagonet an der Schulter. Schlaftrunken schlug er die Augen auf. „Bei der Burg tut sich etwas", berichtete Glynis. „Komm, zieh dich an. Ich habe deine Sachen schon zusammengesucht. Es ist unglaublich, wo du die gestern Nacht hingeschmissen hast. Deine Hose ist in den Büschen gelegen."

„Ich war sehr in Eile." Dagonet zog sie an sich. Sie erwiderte einen Augenblick seinen zärtlichen Kuss, dann schob sie ihn von sich.

„Das habe ich gemerkt. In Eile solltest du jetzt auch sein, wenn du noch sehen willst, was unsere Verfolger vorhaben."

Widerwillig kleidete sich Dagonet an und folgte Glynis an den Waldrand. Die Soldaten, die sie verfolgt hatten, kamen eben aus dem Burgtor und ritten zurück nach Cotswoods. Sie schlugen dabei eine gemächliche Gangart ein.

„Du hattest recht", sagte Glynis. „Sie glauben nicht, dass wir schon so weit gekommen sind und suchen uns jetzt auf der Straße zwischen hier und Cotswoods. Sie werden auch alle möglichen Lagerplätze an dieser Strecke absuchen. Das wird sie eine Weile beschäftigen."

Dagonet nickte. „Wir warten jetzt, bis sie weit genug weg sind, dann reiten wir auf die Straße zurück und so rasch als möglich nach Lindum."

Die nächsten beiden Stunden verbrachten sie damit, zuzuwarten und über die Ereignisse der vergangenen Nacht zu sprechen, was dazu führte, dass diese wiederholt wurden.

„Es ist sehr unklug, wie wir uns verhalten", erklärte Glynis danach und schlüpfte wieder in ihr Hemd. „Wir schweben wahrscheinlich in höchster Gefahr und anstatt wachsam zu sein, treiben wir es wie die Vögel im Frühjahr."

„Deine Ausdrucksweise schockiert mich", behauptete Dagonet und versuchte, ihr das Hemd wieder auszuziehen.

Glynis war die vernünftigere von beiden. „Jetzt nicht, Liebster", sagte sie entschieden. „Jetzt müssen wir weiter, ehe diese Schurken zurückkommen."

Mit Bedauern gab ihr Dagonet recht. Bald darauf hatten sie wieder die Straße erreicht, ließen Burg Waddington hinter sich und ritten in flottem Tempo Richtung Lindum.

Als die Sonne schon ihren Zenit überschritten hatte, fanden sie eine Lichtung am Straßenrand, die Dagonet für eine Rast geeignet schien.

„Ich denke, wir sind jetzt in Sicherheit", sagte er. „Lindum kann nicht mehr weit sein, und wir haben einen gewaltigen Vorsprung. Unsere Verfolger werden uns nicht mehr einholen können."

„Sei dir da nur nicht so sicher", antwortete Glynis und beobachtete besorgt den Himmel. „Eadweard hat nicht nur Reiter zur Verfügung, sondern auch geflügelte Unholde. Ich habe schon die ganze Zeit das Gefühl, als sitze mir etwas im Nacken. Gehen wir besser unter die Bäume, damit wir von oben nicht so leicht entdeckt werden können."

Dagonet hielt das für eine unnötige Vorsichtsmaßnahme, dennoch folgte er ihrem Vorschlag.

Sie verzichteten auf ein Feuer und verzehrten Brotfladen mit Käse. Danach saßen sie entspannt beisammen. Glynis lehnte den Kopf gegen seine Schultern, lauschte andächtig seinen Zärtlichkeiten und belohnte ihn von Zeit zu Zeit mit einem Kuss. Plötzlich fuhr sie zusammen.

„Was hast du", fragte Dagonet, der sich in seinem Liebeswerben gestört fühlte, irritiert.

„Dort", keuchte Glynis und wies nach oben. „Es hat uns gefunden!"

Dagonet konnte lediglich einen kleinen schwarzen Punkt in der Helle des Himmels ausmachen.

„Das kann alles Mögliche sein", beruhigte er sie. „Wahrscheinlich ist es ein Vogel. Mach dich nicht verrückt. Selbst wenn es ein Dämon wäre, würde er es nicht wagen, uns anzugreifen. Nicht, solange ich mein Schwert habe."

Der schwarze Punkt wurde rasch größer und kam direkt auf sie zu. Jetzt konnte auch Dagonet die riesigen Fledermausflügel erkennen. Er stieß einen Fluch aus, riss sein Schwert aus der Scheide und hielt es dem Angreifer entgegen. Blaue Blitze rasten über die Klinge und vermengten sich mit dem Licht der Sonne.

Das fledermausartige Ungeheuer stieß einen mißstimmigen Schrei aus, drehte ab und gewann mit gewaltigen Flügelschlägen wieder Höhe. Gleichzeitig krachte etwas durch die Äste der Bäume und prallte auf den Boden. Dagonet blieb mit gezücktem Schwert stehen und beobachtete, wie der Dämon in der Ferne verschwand. Obwohl ihm noch der Schreck in den Gliedern saß, sagte er triumphierend: „Da siehst du es. Vor diesen Vögelchen brauchen wir uns nicht zu fürchten. Sie wagen sich nicht an mich heran."

„Das gilt aber nur, solange du dein Schwert bei der Hand hast", antwortete Glynis mit zitternder Stimme. „Wenn es uns heute Morgen beim Liebesspiel erwischt hätte, wäre es mit uns aus gewesen. Ich habe es dir ja gesagt: Wir müssen viel vorsichtiger sein. Es hat etwas nach uns geworfen. Ich konnte nicht erkennen, was es ist, aber es ist dort hinten heruntergekommen."

Dagonet nickte und ging mit dem blanken Schwert in der Hand in die angegebene Richtung.

„Sei vorsichtig", rief Glynis und folgte ihm mit gezücktem Dolch, obwohl ihr die Knie zitterten.

Dagonet zwängte sich durch das Unterholz und blieb erstarrt stehen. Von Lady Eadgyths Schönheit war nichts geblieben. Sie lag eingehüllt in die Fetzen ihres Kleides mit zerschmetterten Gliedern am Fuß eines Baumes. Schreckliche Wunden an ihrem Körper ließen erahnen, dass sie vor ihrem Tod grausam gefoltert worden war. Ihr Kopf war halb abgerissen und die Wirbelsäule ragte wie ein grotesker Stiel aus dem Hals.

Dagonet wandte sich ab und übergab sich.

„Was ist da", fragte Glynis entsetzt, weil er ihr die Sicht verstellte.

„Zurück", würgte Dagonet heraus. „Zurück! Das musst du nicht sehen."

Natürlich nützte das nichts. Glynis drängte sich an ihm vorbei und schlug mit einem leisen Schrei die Hand vor den Mund, als sie den geschändeten Körper sah. Sie zeigte sich aber erstaunlich gefasst. Resolut nahm sie Dagonet beim Arm und führte ihn zum Lagerplatz zurück, wo er zu Boden sank und schluchzende Geräusche von sich gab. Sie redete nicht, sondern hielt ihn nur fest im Arm, bis er sich wieder gefasst hatte.

„Danke", sagte er schließlich und versuchte erst gar nicht, seine Erschütterung zu verbergen. „Weißt du, das war nur der Schock."

„Ich weiß." Glynis zögerte einen Augenblick. „Hat sie dir viel bedeutet?"

„Nein", gestand Dagonet. „Gewiss, sie hat mich fasziniert und ich habe sie gemocht, dennoch war es nicht mehr als das Abenteuer einer Nacht. Aber man sollte niemandem so etwas antun. Das ist unmenschlich!"

„Da hast du recht. Es waren keine Menschen, die sie so zugerichtet haben. Das waren Dämonen. Hast du gesehen, wo sie die Krallen in ihren Körper geschlagen haben? Auch was mit ihrem Kopf geschehen ist, das hätte kein Mensch zustande gebracht."

„Der Dämon wollte uns gar nicht angreifen." Dagonet verbarg das Gesicht in den Händen. „Eadweard hat ihn geschickt, damit er mir ihre verstümmelte Leiche vor die Füße wirft. Warum tut er das nur?"

„Wegen deiner Liebesnacht mit ihr, wegen des Briefes, den sie dir gegeben hat, wahrscheinlich wegen beidem", antwortete Glynis nüchtern. „Er will dich einschüchtern, wenn dich seine Leute schon nicht erwischen können. Wenn ich es recht überlege, geht es wahrscheinlich um den Brief Eadgyths. Eadweard will verhindern, dass er sein Ziel erreicht."

„Umso eher werde ich dafür sorgen, dass ihn der König erhält", verkündete Dagonet entschlossen. „Vorher gilt es aber noch etwas zu tun." Er nahm vom Sattel seines Pferdes einen kleinen Spaten, so wie ihn Reisende mit sich führten, wenn sie damit rechneten, im Freien übernachten zu müssen.

„Ich helfe dir", erbot sich Glynis.

„Nein, das muss ich allein machen, das bin ich ihr schuldig", lehnte Dagonet ab. Er gab Glynis sein Schwert. „Du halte inzwischen Wache. Ich glaube zwar nicht, dass die Bestie zurückkommt, aber sicher ist sicher."

Dagonet hob eine Grube aus und bettete den Leichnam hinein. Als er ihre Hände über der Brust faltete, fiel ihm auf, dass sie noch immer den Ring mit dem doppelköpfigen Drachensymbol trug, mit dem sie den Brief an Cretta gesiegelt hatte. Die Dämonen, die sie gefoltert und getötet hatten, hatten es nicht für notwendig gefunden, ihn ihr abzunehmen, wohl weil er nur aus unedlem Material gefertigt war. Dagonet zog ihr behutsam den Ring ab und steckte ihn zu sich. Dann legte er ihr zwei Münzen auf die Augen, wie es Brauch war. Er schüttete die

Grube zu und sprach die Totengebete, soweit er sie im Gedächtnis hatte. Mehr konnte er nicht tun. In wenigen Wochen würde ihr flacher Grabhügel verschwunden sein und nichts würde mehr an sie erinnern.

Die Sonne neigte sich dem Abend zu. Dagonet wollte an diesem Ort nicht länger verweilen und schon gar nicht übernachten.

Sie brachen auf und ritten so rasch sie konnten, bis sie bei Einbruch der Nacht einen gut geschützten Lagerplatz ein Stück abseits der Straße fanden.

In dieser Nacht liebten sie sich nicht, sondern hielten sich nur in den Armen, so als wollten sie einander nie mehr loslassen.

12

Am folgenden Tag kamen sie gut voran. Die Straße wurde besser und man konnte erkennen, dass sie einst von den Römern angelegt worden war. Unterwegs trafen sie immer öfter auf andere Reisende, aber auch auf Bauern und Händler, die mit ihren Karren unterwegs waren. Die Besiedelung wurde dichter. Sie passierten mehrere Dörfer, ohne bei den Bewohnern besonderes Interesse zu wecken. Die Leute waren nämlich daran gewöhnt, dass Fremde auf dem Weg vom und zum Königssitz durchzogen. Sie bestätigten Dagonet, dass er auf dem richtigen Weg sei, wobei sie in ihrem Dialekt Lindum wie Lincoln aussprachen.

Dagonet und Glynis blieben von Verfolgern unbehelligt. Die Reiter des Aurelius hatten offenbar die Verfolgung aufgegeben und auch am Himmel zeigte sich nichts Bedrohliches.

Nach und nach wichen die Wälder zurück und machten einer Heidelandschaft Platz. Am späten Nachmittag erreichten sie einen Hügelkamm, von wo sich ihnen ein erster Ausblick auf Lindum bot.

Die Römer hatten die Stadt mit dem Namen Colonia Domitiana Lindensium am Schnittpunkt mehrerer Straßen erbaut und zum Verwaltungssitz der Provinz Britannia secunda gemacht. Davon wusste Dagonet aber nichts. Er konnte die ursprüngliche Bedeutung der Stadt nur nach ihrer Größe erahnen. Die Römer waren zwar gegangen, aber sie hatten ihre Stadt zurückgelassen und da war sie noch immer. Eadweard hatte erwähnt, dass die Stadt zur Hälfte aus römischen Ruinen bestehe. In Wirklichkeit bestand sie hauptsächlich aus Ruinen. Denn als die Angeln den Landstrich in Besitz nahmen, konnten sie mit der römischen Hinterlassenschaft nicht viel anfangen. Sie waren nämlich mit der römischen Kultur bisher in keinen intensiven Kontakt gekommen und nutzten römische Bauwerke nur insoweit, als sie ihnen von militärischem Nutzen schienen. Das Volk siedelte lieber in seinen traditionellen Dorfgemeinschaften und wohnte in Holzhäusern und Hütten. Es kam ihnen nicht einmal in den Sinn, die römische Stadtkultur zu revitalisieren. So verfiel die Stadt langsam und war jetzt, ein Jahrhundert danach, nur mehr eine imposante Kulisse ihrer einstigen Pracht, die wegzuräumen niemand für notwendig befunden hatte. Lediglich Teile der sogenannten Oberstadt, dort wo sich einst das Legionslager befunden hatte, waren zum Königs- und Verwaltungssitz ausgebaut worden. Wo die Ruinenlandschaft unterhalb der Oberstadt freie Flächen gelassen hatte, waren neue Ansiedlungen entstanden. Die Stadt bot so in ihrem Gemisch aus grandiosen Ruinen und germanischen Holzhäusern einen grotesken, fast gespenstischen Anblick.

Glynis, die bisher nur Dörfer und Burgen gekannt hatte, war trotzdem zutiefst beeindruckt. „So groß", flüsterte sie. „Wie muss es hier erst ausgesehen haben, als noch Menschen in den vielen Steinhäusern gelebt haben."

„Die Stadt Rom selbst soll tausendmal größer gewesen sein", erklärte Dagonet, der sich mit seinem historischen Wissen brüsten wollte.

Glynis konnte es nicht glauben. „Nein", sagte sie entschieden. „Das ist sicher nur ein Märchen. So große Städte kann es gar nicht geben. Wovon sollten denn all die Menschen leben, die dort wohnen?"

Dagonet wusste es auch nicht. Er schlug vor, einen Rastplatz zu suchen und erst am nächsten Tag in die Stadt zu reiten. Insgeheim war ihm nämlich die Vorstellung zuwider, in den Ruinen von der Dunkelheit überrascht zu werden.

Als der Abend dämmerte, saßen sie eng nebeneinander auf einem gefallenen Baumstamm und blickten über die Stadt. Während die Ruinen im Dunkeln verschwanden, flackerten in den bewohnten Ansiedlungen hie und da Feuer auf. Auch in den Hügeln im Norden erschienen plötzlich zahlreiche Lichtpunkte. Dagonet vermutete, dass es Wachfeuer waren, und dort das Heer von Lindsey lagerte, bereit um gegen Artus und seine Horden zu ziehen.

„Das also ist Lindum", sagte Glynis. „Du hast Wort gehalten, mein Prinz, und mich hergebracht. Ich nehme an, dass sich morgen unsere Wege trennen werden, so wie es ausgemacht war."

Derartiges nahm sie natürlich nicht an, aber sie wollte es von ihm hören.

„Was redest du da!", rief Dagonet erwartungsgemäß. „Natürlich werden wir uns nicht trennen!"

„Und warum nicht?", wollte Glynis wissen. „Bist du nicht froh, mich endlich loszuwerden? Weshalb hast du deine Meinung geändert?"

Dagonet kam nicht umhin, es auszusprechen: „Weil ich dich liebe. Das solltest du doch wissen."

„Nein, das weiß ich nicht. Du hast es mir noch nicht oft genug gesagt. Wie kommt es, dass ein edler Ritter, Lord Dagonet, Prinz von Gwyn, eine entlaufene, diebische Räuberbraut, die ihn sogar abstechen wollte, liebt? Ist es vielleicht nur deswegen, weil sie mit ihm geschlafen hat? Sag schon!"

Dagonet nahm diese rhetorische Herausforderung an und verstieg sich sogar zu der Behauptung, dass er ohne sie nicht leben wolle und das auch gar nicht mehr könne. Er redete noch immer, als sie sich bereits unter der Decke aneinanderschmiegten. Schließlich legte ihm Glynis den Finger auf die Lippen. „Das genügt", flüsterte sie. „Hör auf zu reden und zeige mir, dass du es ernst meinst."

Dagonet ließ sich das nicht zweimal sagen. Er streifte ihr das Hemd über den Kopf und nützte die Gelegenheit, um ihre Lippen und Augen zu küssen. Es schmeckte nass und salzig. Weibliche Tränen, die ohne für ihn ersichtlichen Grund vergossen wurden, waren Dagonet schon immer unheimlich gewesen. Er hielt verstört inne und fragte: „Warum weinst du? Ist es meinetwegen?"

„Ja, es ist deinetwegen", schluchzte Glynis. „Ich habe Angst, dich zu verlieren. Ich habe Angst, dass wir zum letzten Mal beisammen sind."

Dagonet versuchte, sie mit logischen Argumenten zu beruhigen, obwohl er aus Erfahrung wusste, dass das in solchen Situationen meist nichts fruchtete. So war es auch diesmal.

„Das verstehst du nicht", schniefte Glynis. „Mach weiter und bring mich auf andere Gedanken oder ich heule los, dass man es bis Lindum hinunter hört."

Das wollte Dagonet auch wieder nicht und es darf berichtet werden, dass die Nachtruhe der Stadt ungestört blieb.

Mit dem ersten Morgenlicht ritten sie in die Stadt. Zuerst passierten sie eine ausgedehnte germanische Siedlung, die mit vielfältigen Geräuschen zum Leben erwachte. Dann kamen sie in einen Stadtteil, in dem sich Holzhäuser und Ruinen mischten. Dagonet war neugierig. Er wollte sehen, wie die Römer gelebt hatten und bog an einer Kreuzung in eine Straße ein, die dafür, dass sie ins Nichts führte, breit und gut erhalten war. Es wurde stiller. Rings um sie ragten die Reste von Steinbauten empor. Dagonet kam sich wie in einem verzauberten Wald vor. Rechter Hand trug eine Reihe von Säulen ein Gewölbe, hinter dem sich Gebäude befanden, deren fehlende Rückwände den Blick auf benachbarte Ruinen freigaben. Dann endete die Kolonnade in einem Schutthaufen, der ihnen den Weg versperrte. Sie bogen neuerlich ab und kamen zu einem Haus, das noch weitgehend intakt schien. Es hatte schon längst keine Tür mehr, nur verrottende Reste hingen in den Angeln.

„Willst du es dir ansehen?", fragte Dagonet.

Glynis, die bisher mit offenem Mund geschwiegen hatte, nickte nur.

Sie betraten das Haus. Es musste einstmals die Villa eines wohlhabenden Mannes gewesen sein. Der Fußboden war mit einem Mosaik bedeckt, das leicht geschürzte Frauen zeigte, die um einen dicken bärtigen Mann, der einen Becher in der Hand hielt, herumtanzten. Irgendjemand hatte auf dem Boden einmal ein Lagerfeuer angemacht. Das Mosaik war an dieser Stelle geschwärzt und zersprungen.

„Barbaren", murmelte Dagonet.

„Was meinst du?" Glynis sah ihn fragend an.

„Ich meine uns", antwortete Dagonet kurz angebunden und betrat den nächsten Raum. Durch hochgelegene Fenster fiel Licht herein. Jahrzehnte hindurch waren Wind, Regen und Schnee hereingekommen und hatten die Wandmalereien zerstört. Nur an einer Seite waren sie vor der Witterung geschützt gewesen und leuchteten noch immer so, wie an dem Tag, an dem sie geschaffen worden waren.

„Das ist wunderschön", flüsterte Glynis ergriffen. „So also haben die Menschen damals gelebt?"

„Nur die Reichen und Mächtigen", antwortete Dagonet. „Die anderen haben nicht viel besser gelebt, als sie es auch heute noch tun."

Sie verließen das Haus und gingen weiter die menschenleere Straße entlang. Ihre Reittiere führten sie am Zügel hinter sich. Ein anderes Gebäude erregte ihre Aufmerksamkeit. Es war kreisrund und hatte keine Fenster. Der Giebel über der offenen Tür war mit der Statue einer Frau geschmückt, deren Hand auf einem Rad lag.

„Wer ist das?", wollte Glynis wissen. „Eine Königin?"

Dagonet versuchte sich zu erinnern, was ihm seine Lateinlehrer über römische Mythologie erzählt hatten. „Nein", erklärte er. „Die Römer hatten keine Könige und Königinnen. Ich glaube, das ist eine ihrer Göttinnen. Sie hält das Rad des Schicksals, aber ich weiß nicht, wie sie geheißen hat. Wahrscheinlich war das hier ihr Heiligtum."

Aus dem Inneren des Gebäudes erklang plötzlich leiser Gesang. Dagonet hob überrascht den Kopf. Er erkannte das Lied. Eadgyth hatte es auf Burg Cotswoods gesungen. Jetzt erkannte er auch die Stimme. Es konnte keinen Zweifel geben. „Hörst du das auch?", rief er schaudernd. „Hörst du Eadgyth singen?"

„Ich höre nichts", antwortete Glynis angstvoll und umklammerte seinen Arm. „Es ist totenstill. Eadgyth ist tot, Dagonet. Was hast du denn?"

„Nein, nein", rief Dagonet. „Ich höre sie singen!" Der Gesang zog ihn magisch an. Er riss sich von Glynis los.

„Dagonet!", schrie ihm Glynis entsetzt nach. „Um der Götter willen, geh da nicht hinein!"

Er hörte nicht auf sie und eilte durch die offene Tür in den Tempel. Dunkelheit umfing ihn. Der Gesang wurde immer lauter, immer mächtiger, dröhnte in seinen Ohren und machte ihn benommen. Das war keine menschliche Stimme mehr, die da sang. Er wandte sich um. Dort, wo das helle Viereck der Tür sein sollte, war nichts mehr, nur Dunkelheit. Er riss sein Schwert aus der Scheide und drehte sich mit gezückter Waffe im Kreis. Blaue Lichterscheinungen rannen über die Klinge und erhellten den Raum. Der Gesang brach abrupt ab. Die Dunkelheit wurde durchbrochen und das Viereck der Tür erschien wieder. Er hörte Glynis draußen schreien. Von bösen Ahnungen ergriffen, rannte er aus dem Tempel. Er kam zu spät. Gewaltige Fledermausflügel peitschten den Staub von der Straße auf und hoben das Ungeheuer in die Luft. Der Dämon hielt die schreiende Glynis in den Krallen und entschwand mit ihr in den Tiefen des Firmaments. Sein scheußliches Lachen und die Hilferufe von Glynis verklangen in der Ferne.

Namenloses Entsetzen und tiefer Schmerz erfüllten Dagonet. Er hieb in blinder Wut mit seinem nutzlosen Schwert um sich und schrie immer wieder ihren Namen: „Glynis!" Funken stoben von der Klinge auf, als er auf eine Steinsäule einschlug.

„Halt ein, Dagonet", sagte eine Stimme, die aus dem Nichts zu kommen schien. „Du darfst dieses Schwert nicht zerbrechen."

Dagonet blickte wild um sich. „Wer spricht da?"

„Lham-Dearg", antwortete die Stimme aus dem Nichts.

„Wer? Wo bist du?"

„Ich bin ein Dämon und ich wohne derzeit in dem Schwert, das du für deine eigenen Fehler verantwortlich machst."

Dagonet ließ sein Schwert fallen und wich zurück. „Was willst du?"

„Die Frage ist, was du willst", antwortete Lham-Dearg.

Der Schmerz über den Verlust von Glynis ließ Dagonet seine Angst vor Dämonen überwinden und verlieh ihm eine Tapferkeit, die ihm sonst abging. „Zeige dich, Dämon", befahl er.

„Ganz, wie du wünscht", erwiderte Lham-Dearg. „Dazu ist es notwendig, dass du das Schwert in die Scheide steckst. Dagonet hob das Schwert auf und schob es behutsam in die Scheide zurück. Sofort materialisierte sich der Dämon in einer blauschimmernden, wabernden Lichtwolke, die aus der Schwertscheide quoll.

Gemeiniglich macht man sich von Dämonen ganz falsche Vorstellungen. Die meisten Leute glauben, sie seien garstige Unholde, die aus der Tiefe der Hölle emporsteigen, um voller Bosheit den Menschen Verderben zu bringen. Das ist auch nicht verwunderlich, wenn man beispielsweise an die Erfahrungen denkt, die Dagonet bisher mit Dämonen gemacht hatte. Dennoch stimmt es nicht.

Dämonen sind nämlich im Allgemeinen recht friedfertige Geschöpfe, wenn man sie in Ruhe lässt. Es ist nur leider so, dass es immer wieder Menschen gibt, die sich nicht daran halten und dann oft selbst darüber entsetzt sind, wie unleidlich so ein Dämon werden kann, wenn man ihn belästigt.

Es gab einmal eine Zeit, von der kaum noch jemand weiß, da lebten Menschen und Dämonen gemeinsam auf der Erdoberfläche. Wo die Dämonen hergekommen sind, weiß man nicht. Ein Gelehrter, den man einmal danach fragte, antwortete: „Von dort, wo auch die Menschen hergekommen sind." Diese Antwort zeugte von großer Weisheit und war wie die meisten großen Weisheiten nutzlos.

Tatsache ist, dass sich Menschen und Dämonen lange Zeit den Lebensraum auf der Erdoberfläche teilten, und das trotz ihrer unterschiedlichen Art. Während bei den Menschen von den Essenzen, die ihr Wesen ausmachen, das Materielle überwiegt, ist es bei Dämonen gerade umgekehrt. Sie sind Geistwesen, die sich nur ausnahmsweise materiell manifestieren, wobei es ihnen freisteht, jede beliebige Gestalt anzunehmen. Sobald ihnen Menschen zu nahe kommen, pflegen sie aber meist als furchterregende Ungeheuer zu erscheinen, um die Störenfriede abzuschrecken.

Das Zusammenleben von Menschen und Dämonen war nämlich nie konfliktfrei. Es kam nicht selten zu Zusammenstößen, die auf beiden Seiten Opfer forderten. Denn auch wenn Dämonen über so manche Fähigkeiten verfügen, die man als übernatürlich bezeichnen kann, so sind sie doch nicht unverwundbar. Erfindungsreich wie die Menschen sind, ersannen sie daher so manche Methode, mit der man auch einem Dämon den Garaus machen konnte.

Nun regierte einstmals in Babylon ein König, der sich Beherrscher des Erdkreises und König der Könige nannte. Bei objektiver Beurteilung muss gesagt werden, dass er nur einen sehr kleinen Teil des Erdkreises beherrschte und es zahllose Völker gab, die noch nie von ihm gehört hatten. Dennoch lud dieser König die Anführer der Dämonen und jene Könige der Menschen, die sein Ruf erreichte, zu einer Konferenz, um den ewigen Konflikt zwischen Menschen und Dämonen zu beenden.

Nach langen Beratungen wurde ein Abkommen geschlossen, das als ‚Der Vertrag von Babylon' bekannt ist.

Darin wurde festgelegt, dass künftig die Erdoberfläche allein den Menschen gehören solle, während den Dämonen das Innere der Erde als Wohnsitz zugewiesen wurde. Die Dämonen empfanden das keineswegs als ungünstig und sie wunderten sich eher, dass sie nicht schon längst von selbst darauf gekommen waren. Denn als Geistwesen konnten sie sich aufhalten, wo sie wollten, und nicht wenige von ihnen empfanden die kochenden Lavaschlünde des Erdinneren als ausgesprochen angenehm und hatten sie auch bisher schon für gelegentliche Kuraufenthalte aufgesucht.

Der Vertrag wurde also in Keilschrift auf fünfundneunzig Tontafeln niedergeschrieben und den Vertragspartnern zur Unterschrift vorgelegt. Der König von Babylon siegelte jede Tafel mit seinem Ring und der König der Dämonen tat es ihm gleich, indem er seinen Daumenabdruck danebensetzte. Dabei war er entschieden zu sorglos, weil er nicht mitzählte. Denn jeder, der mit den Babyloniern schon Geschäfte gemacht hat, weiß, wie sehr man darauf achten muss, von ihnen nicht übers Ohr gehauen zu werden. In Wahrheit hatten die Babylonier dem König der Dämonen nämlich einhundert Tafeln zur Unterschrift vorgelegt. Diese zusätzlichen fünf Tafeln sind unter den wenigen Gelehrten, die darüber Bescheid wissen, als ‚Die Klausel des Sūmu-Abum‘ bekannt. Es handelte sich – um einen heutigen Ausdruck zu gebrauchen – um das Kleingedruckte im Vertrag, das der König der Dämonen übersehen hatte. Darin wurde festgelegt, dass jeder Dämon, wenn er unter Verwendung einer bestimmten Formel von einem Menschen namentlich angerufen wurde, diesem dienstbar sein müsse.

Als die Dämonen schließlich merkten, worauf sie sich eingelassen hatten, herrschte großer Unmut unter ihnen. Es spricht aber für ihr integeres Wesen, dass sie sich daran gebunden fühlten, da es nun einmal unterschrieben worden war.

In den folgenden Jahrhunderten und Jahrtausenden kursierte dieses Zusatz-protokoll zum ‚Vertrag von Babylon‘ in einem kleinen Kreis von Eingeweihten und gelangte immer wieder zur Anwendung. Besonders jener König Salomo, der einst über Israel herrschte, soll regen Gebrauch davon gemacht haben.

Wenngleich die Dämonen, vertragstreu wie sie sind, jedem Ruf, der an sie erging, Folge leisteten, so geschah das nicht selten mit einem gewissen Groll. Man erinnere sich nur jenes Mannes, der sich einen Dämon zu Diensten gemacht hatte, und nach einem heftigen Galleanfall von ihm verlangte, er solle dafür sorgen, dass er nie mehr krank werde. Darauf drehte der Dämon seinem Herrn den Hals um und fuhr, von seiner Verpflichtung befreit, wieder in die Unterwelt. Unter den Dämonen wurde dieser Vorfall heftig diskutiert. Man leitete sogar ein Disziplinarverfahren gegen den Täter wegen Vertragsverletzung ein, aber dieser verantwortete sich damit, er habe nur den Befehl seines Herrn befolgt und ihn vor jeder gegenwärtigen und künftigen Krankheit bewahrt. Auf welche Weise sei ihm überlassen gewesen, da sein Herr keine diesbezüglichen Anweisungen erteilt habe. Ganz überzeugte er mit dieser Argumentation nicht. Der dämonische Disziplinaranwalt wies nämlich darauf hin, dass nicht nur der Wortlaut eines Befehls, sondern auch dessen offensichtlicher Sinn zu berücksichtigen sei. So gesehen sei es gewiss nicht der Wunsch des Mannes gewesen, umgebracht zu werden. Trotzdem ließ man schließlich die Sache auf sich beruhen. Denn die Mehrheit der Dämonen war der Ansicht, dass dieser Vorfall geeignet sei, die Menschen von einem allzu ausufernden Gebrauch der von ihnen erschlichenen ,Klausel des Sūmu-Abum' abzuhalten.

Man sieht also, dass im Umgang mit Dämonen Vorsicht geboten ist und man sich sehr genau überlegen soll, was man sich von ihnen wünscht und wie man es formuliert.

Teil II

Die Kunst, mit Dämonen umzugehen

13

Dagonet starrte das verhutzelte kleine Männlein, das vor ihm stand, verdutzt an. „Du willst ein Dämon sein?"

„Wäre es dir lieber, wenn ich dir als geflügelte Bestie erscheine?", fragte das Männlein ärgerlich. „Dann würdest du wohl wegrennen, oder aus Angst kein Wort herausbringen."

„Du bist es also, der meinem Schwert seine Zauberkraft verleiht?"

„So ist es."

„Warum gibst du dich erst jetzt zu erkennen?"

„Weil du versucht hast, das Schwert, das mir anvertraut wurde, zu zerbrechen. Das darf ich nicht zulassen."

Dagonet überlegte und versuchte sich daran zu erinnern, was er über Dämonen wusste. „Wenn du ein Dämon bist", fragte er schließlich, „musst du mir dann zu Diensten sein?"

„Ich muss dem Schwert zu Diensten sein und damit bis zu einem gewissen Grad auch dem, der es führt. Nicht mehr und nicht weniger."

„Das verstehe ich nicht ganz."

„Vor langer Zeit", erklärte Lham-Dearg, „wurde ich von einem Magier in dieses Schwert gebannt. Mein Auftrag lautet, jeden, der diese Klinge in einer gerechten Sache führt, siegen zu lassen." Er seufzte. „Du kannst dir nicht vorstellen, wie schwierig das ist. Ich habe alle Gesetze studiert, die von den Menschen im Lauf der Jahrtausende geschaffen wurden. Sie widersprechen sich ständig und manche davon sind meiner Meinung nach ausgesprochen ungerecht. Ich habe auch eure Philosophen studiert und bin draufgekommen, dass euer Gerechtigkeitsbegriff höchst wandelbar und schwammig ist. Wie soll denn gerade ich wissen, was jetzt gerecht ist und was nicht? Also bin ich dazu übergegangen, im Einzelfall nach eigenem Ermessen zu entscheiden. Manchmal ist das ja ganz einfach, aber manchmal ist es für die Betroffenen reine Glückssache, das gebe ich zu. Dieses Schwert war im Laufe der Zeit im Besitz vieler Herren und keinem hat es Glück gebracht, denn alle haben es irgendeinmal für eine Sache eingesetzt, die ich nicht für gerechtfertigt gehalten habe. Wie das geendet hat, kannst du dir ja vorstellen."

„Ich brauche Hilfe", sagte Dagonet flehentlich. „Einer deiner Gefährten hat meine Geliebte entführt und ich muss sie befreien, wenn sie noch lebt."

Das Männlein zuckte mit den Achseln. „Daran bist du selber schuld. Er hat dich durch ein leicht durchschaubares Trugbild in diesen Tempel gelockt und du bist darauf hereingefallen. Wärst du bei ihr geblieben, wäre er gegen dein Schwert, also gegen mich, machtlos gewesen. Jetzt kann ich dir auch nicht mehr helfen."

„Kannst du nicht oder willst du nicht."

„Ich will nicht. Du musst eines wissen, Dagonet. Kein Dämon ist einem Menschen freiwillig zu Diensten. Ich habe eine gewisse Zuneigung für dich entwickelt, soweit man für einen Menschen überhaupt Sympathie empfinden kann, aber ich werde auch deinetwegen diese alte Regel nicht brechen. Vergiss nicht, dass ich nicht freiwillig als Knecht eines Schwertes hier auf Erden weile."

Dagonet sah einen Hoffnungsschimmer. „So wünscht du also von dieser Verpflichtung entbunden zu werden? Könnte ich dir die Freiheit geben?"

Lham-Dearg sah ihn aufmerksam an. „Ja, das könntest du. Aber keiner der zahlreichen Männer, die bisher dieses Schwert besessen haben, hat es getan, obwohl ich so manchen darum gebeten habe. Zu groß ist die Verlockung, die von der trügerischen Macht dieser Waffe ausgeht."

„Nicht für mich", versicherte Dagonet. „Ich schlage dir einen Pakt vor, Dämon. Du hilfst mir ohne jeden Vorbehalt, Glynis zu befreien und in Sicherheit zu bringen. Wenn sie aber, was die Götter verhindern mögen, den Tod gefunden hat, so hilfst du mir, ihre Mörder zu bestrafen. Danach gebe ich dir die Freiheit. Das gelobe ich, Dagonet, Prinz von Gwyn."

„Solltest du mich betrügen, so wie es Menschenart ist", sagte Lham-Dearg mit finsterer Miene, „so wird sich dein Schwert sehr bald gegen dich wenden."

„Du musst mir nicht drohen. Ich werde halten, was ich gelobt habe."

„Gut, dann gilt der Pakt", sprach Lham-Dearg feierlich.

Dagonet atmete auf und sagte. „Dann lass uns sogleich ans Werk gehen, ehe es zu spät ist. Was sollen wir unternehmen? Nach Burg Cotswoods reiten? Dort wird Glynis wahrscheinlich gefangen gehalten. In weniger als drei Tagen können wir dort sein."

Das Männlein wiegte den Kopf. „Du müsstest nicht einmal reiten. Ich könnte dich tragen. Wenn ich mir Zeit lasse, sodass du den Flug überlebst, sind wir in zwei Stunden auf Cotswoods. Dennoch ist das keine gute Idee. Vergiss nicht, dass auf Cotswoods fünf von meiner Sorte sind. Ich bin zwar mächtig genug, jeden einzelnen von ihnen zu überwältigen, aber ob ich alle fünf schaffe, ist ungewiss. Außerdem besteht die Gefahr, dass sie Glynis töten, wenn wir angreifen."

„Wir könnten versuchen, heimlich in die Burg zu gelangen und sie dann befreien", schlug Dagonet vor.

„Auch das scheint mir wenig erfolgversprechend zu sein. Jeder, auch der kleinste Dämon, kann einen Schutzzauber um eine Burg legen, sodass es unmöglich ist, unbemerkt einzudringen. Nein. Ich denke, wir warten zu."

„Zuwarten?", schrie Dagonet. „Ist das alles, was du mir bieten kannst? Das könnte ich auch ohne dich. Dazu brauche ich keinen Dämon. Weißt du nicht, was sie mit Eadgyth gemacht haben?"

„Sei vernünftig, Dagonet", besänftigte ihn Lham-Dearg. „Deine Glynis ist wahrscheinlich nicht grundlos entführt worden. Sie ist eine Geisel. Man will dich unter Druck setzen. Eadgyth war nur eine Warnung, was mit Glynis geschehen wird, wenn du dich nicht fügst. Was könnte Eadweard so dringend von dir wollen?"

„Den Brief", antwortete Dagonet. „Er will den Brief, den mir Eadgyth für den König gegeben hat. Da bin ich mir inzwischen sicher."

„Aha. Zeig mir den Brief."

Dagonet zog den Brief Eadgyths und auch jenen Eadweards aus seinem Wams und reichte beide Lham-Dearg. Der sah sie lange an, ohne die Siegel anzurühren und gab sie dann Dagonet zurück. „Kein Wunder, dass Eadweard nicht will, dass der Brief Eadgyths den König erreicht."

„Du weißt, was in diesen Briefen steht?", fragte Dagonet aufgeregt. „Ich habe bisher nicht gewagt, die Siegel aufzubrechen. Kannst du denn einen verschlossenen Brief lesen?"

Das verhutzelte Männlein lächelte. „Ja das kann ich. Hör zu: Eadgyth war eine Spionin, die der König von Lindsey nach Cotswoods geschickt hat, weil er Eadweard nicht traut. Dazu hat er auch allen Grund. In seinem eigenen Brief versichert Eadweard dem König seine Treue und stellt in Aussicht, dass er gemeinsam mit Lord Gray Truppen aufstellen und dem König für die zu erwartende Schlacht gegen Artus zuführen wird. Eadgyth hingegen berichtet dem König, dass Eadweard und Gray mit dem Feind paktieren. Sie werden zwar ihre Truppen auf das Schlachtfeld führen, diese werden aber zum Feind überlaufen und sich gegen die eigenen Leute wenden. Eadweard und Gray erwarten sich von Artus Landgewinn und einflussreiche Positionen, wenn sie ihm so helfen, Lindsey zu überrennen."

„Ich verstehe", sagte Dagonet erschüttert. „Die arme Eadgyth. Eadweard muss ihr auf die Schliche gekommen sein und sie hat unter der Folter gestanden, dass ich mit ihrem Brief schon unterwegs bin. Als mich seine Reiter nicht mehr einholen konnten, hat Eadweard Glynis durch einen seiner Dämonen entführen lassen, weil mich selbst das Schwert beschützt hat."

„So denke ich mir das auch", bestätigte Lham-Dearg. „Wahrscheinlich noch heute wird einer seiner geflügelten Boten eintreffen und den Brief von dir verlangen, ehe du ihn doch noch zustellst. Ich werde inzwischen wieder in das Schwert zurückkehren."

„Dann gilt es also doch, tatenlos zu warten", seufzte Dagonet. „Wie kann ich dich sprechen, wenn es notwendig ist?"

„Du kannst jederzeit mit mir sprechen, auch wenn ich im Schwert bin. Ich werde mich aber materialisieren, wenn wir uns beraten. Ich weiß, dass ihr Menschen euch leichter tut, wenn ihr ein Gegenüber habt und nicht eine Art Selbstgespräche führen müsst."

Lham-Dearg verblasste zu einer blauen Wolke, die von der Schwertscheide aufgesogen wurde. Dagonet setzte sich in den Schatten des Tempels und wartete.

Als die Sonne im Zenit stand, erschien am Himmel ein schwarzer Punkt, der rasch größer wurde. Dagonet zog behutsam das Schwert aus der Scheide und legte die blanke Klinge über seine Knie. „Er kommt", flüsterte er.

„Lass dich von seinem Aussehen nicht einschüchtern", antwortete die Stimme aus dem Nichts. „Und begnüge dich nicht mit Versprechen, die er im Namen Lord Eadweards überbringt. Du musst von ihm persönlich eine Zusicherung verlangen."

Der Dämon landete direkt vor Dagonet. Er war mehr als mannsgroß. Seine Krallen waren drohend gespreizt und die riesigen Fledermausflügel wirbelten Staub auf, als er mit ihnen den Boden peitschte. Das Gesicht hatte nichts Menschenähnliches. Es glich einer Hundeschnauze, über deren Unterlippe lange Fangzähne ragten.

Dagonet sprang auf und zückte sein Schwert. „Du kommst mir gerade recht, du Ausgeburt der Unterwelt", schrie er. „Ich werde dich in Stücke hauen, ehe du wieder in die Luft kommst, du Bestie."

„Wartet!", rief der Dämon. Er sprach mit menschlicher Stimme und faltete die Flügel hinter dem Rücken. „Ich weiß sehr wohl, dass Ihr mich mit diesem Schwert töten könnt, aber dann werdet Ihr nicht erfahren, was ich Euch zu sagen habe."

„Ich verhandle nicht mit Bestien."

„Aber dann vielleicht mit mir." Blauer Dunst verhüllte die Erscheinung und verflog wieder. Der Dämon war verschwunden. Vor Dagonet stand ein Edelmann.

„Aurelius", sagte Dagonet verblüfft. „Das also steckt in der Fledermaus. Fast dachte ich es mir schon. Was wollt Ihr?"

„Nicht viel und nichts, das Euch etwas bedeutet. Nur den Brief, den Euch Lady Eadgyth mitgegeben hat. Dafür bekommt Ihr Euren Knappen zurück."

„Behaltet diesen nutzlosen Burschen", sagte Dagonet verächtlich.

„Aber Sir Dagonet", erwiderte Aurelius geduldig. „Wir wissen doch beide, dass das kein nutzloser Bursche, sondern ein Mädchen ist. Wir haben das schon gewusst, als ihr Burg Cotswoods betreten habt. Ein Dämon kann eine Jungfrau nämlich eine Meile gegen den Wind riechen. Leider gibt *Die Klausel des Sūmu-*

Abum' Dämonen keine Macht über Jungfrauen. Aber zum Glück habt Ihr sie ja inzwischen von der Last der Jungfräulichkeit befreit, sodass ich sie mir holen konnte. Ich nehme an, dass sie Euch etwas bedeutet: Deshalb wiederhole ich mein Angebot: Den Brief gegen dieses Mädchen. Noch geht es ihr gut. Sie ist in den Gemächern der verstorbenen Lady Eadgyth untergebracht."

„Könnt Ihr mir garantieren, dass ich sie wohlbehalten zurückbekomme, wenn ich Euch den Brief gebe?"

„Nein, das kann ich nicht. Das ist allein Lord Eadweards Entscheidung. Ihr müsst seinem Versprechen vertrauen. Ich kann nur garantieren, dass ich Euch morgen Ihre Leiche vor die Füße werfe, wenn Ihr Euch weigert. Ihr wisst, was mit Lady Eadgyth geschehen ist. Genauso werden wir auch mit Eurem Liebchen verfahren."

„Du gewiss nicht", sagte Dagonet grimmig und zückte sein Schwert. „Dieser Handel ist nichts wert. Eadweard wird sie töten lassen, sobald er den Brief hat. Ich weiß nicht, welcher Pakt dich an Eadweard bindet, aber er endet jetzt und hier. Wenigstens habe ich so ihren Tod an dir gerächt."

Aurelius wich einen Schritt zurück. Dagonet folgte ihm auf dem Fuß. Blaue Lichtblitze huschten über die Klinge seines Schwertes.

„Wartet" rief Aurelius abermals. „Ich bin doch nur der Bote!"

„Du bist nicht nur der Bote. Du hast Glynis entführt. Du bist an allem schuld. Was Eadweard verspricht, ist ohne Wert. Wenn du leben willst, so gib du mir ein Versprechen. Wenn ich eines über Dämonen weiß, so ist es das, dass sie ihre Versprechen immer halten."

„Ich kann nicht", heulte Aurelius. Er begann zu flackern. Seine Konturen wurden unscharf und begannen sich in blauem Dunst aufzulösen.

„Wage ja nicht, zu verschwinden", drohte Dagonet. „Mein Schwert würde schneller sein."

Die Erscheinung des Aurelius gewann wieder an Festigkeit. „Ihr versteht das nicht, Prinz Dagonet" jammerte er. „Ich muss die Befehle seiner Lordschaft bedingungslos befolgen. Ich kann nicht anders."

„Welche Befehle hat er dir in Bezug auf das Mädchen Glynis gegeben?"

Aurelius senkte den Kopf. „Lord Eadweard war sehr erzürnt über Euch. Er hat geschrien: ‚Dieser Bettelprinz soll nicht einmal ihre Leiche haben, damit er an ihrem Grab weinen kann. Sobald du den Brief hast, beseitigst du die Schlampe und wirfst sie in den Dubglas. Dann lass Dagonet wissen, dass ich die Reste seines Liebchens an die Hunde verfüttert habe.' Das hat er mir befohlen und ich bin gezwungen, diesen Befehl auszuführen."

„Aha. Hat er das wörtlich gesagt?"

„Ja, genauso."

„Hat er das Wort ‚töten' gebraucht?"

„Nein, er hat nur das gesagt, was ich Euch berichtet habe."

„Nun, Dämon", sagte Dagonet sinnend. „Ich sehe eine Möglichkeit, wie wir nicht nur Glynis, sondern auch dein elendes Dasein retten können, ohne dass du deine Verpflichtungen brichst."

„Wie soll das gehen?", fragte Aurelius mit aufgerissenen Augen. „Wenn Ihr mich am Leben lasst, muss ich tun, was er mir aufgetragen hat."

„Das sollst du auch tun. Sag mir, Dämon, was verstehst du unter ‚beseitigen'?"

„Doch wohl, dass ich sie umbringen muss."

„Aber nur im übertragenen Sinn. Wörtlich bedeutet das doch nur, dass sie weggeschafft werden soll."

„So könnte man es auch interpretieren", räumte Aurelius ein.

„Siehst du, das ist auch schon die Lösung unseres Dilemmas. Ich gebe dir den Brief und du beseitigst Glynis, indem du sie von Burg Cotswoods wegbringst. Du fliegst mit ihr zum Fluss Dubglas, so wie es dir aufgetragen ist, und wirfst sie ins Wasser, aber bitte behutsam, so dass ihr nichts passiert und sie leicht das Ufer erreichen kann. Du sorgst dafür, dass sie ihren Dolch, diesen Beutel mit Geld, den ich dir gebe, und Verpflegung für mehrere Tage bei sich hat. Dann kehrst du zu mir zurück und meldest mir, dass ihre Reste an die Hunde verfüttert wurden. Gleichzeitig berichtest du mir aber wahrheitsgemäß, dass sie wohlbehalten das Ufer erreicht hat. Schwörst du mir, Dämon, dass du es so machen und darauf achten wirst, dass ihr kein Leid geschieht?"

Aurelius zögerte einen Augenblick, dann stimmte er zu.

„Ist es dir erlaubt, ihr eine Nachricht von mir zu übermitteln?"

„Ich habe keine gegenteiligen Befehle von Lord Eadweard."

„Gut. Dann sage ihr, dass ich sie liebe und dass sie möglichst an Ort und Stelle bleiben soll. Ich komme auf dem raschesten Weg zu ihr. Schwörst du, dass du alles so machen wirst, wie ich es dir gesagt habe?"Aurelius zögerte einen Augenblick. Die Schwertklinge in Dagonets Hand wippte hin und her und versprühte blaue Funken.

„Ich schwöre", sagte Aurelius.

„Lass ihn beim Siegel des Sūmu-Abum schwören", flüsterte eine kaum hörbare Stimme in seinem Ohr.

„Schwöre beim Siegel des Sūmu-Abum", forderte Dagonet.

„Ihr wisst aber gut Bescheid", wunderte sich Aurelius.

„Das muss man, wenn man gezwungen ist, mit Dämonen Umgang zu haben."

„Ich schwöre beim Siegel des Sūmu-Abum", sagte Aurelius ergeben.

Dagonet griff in sein Wams und reichte ihm den Brief Eadgyths. „Mach dich auf den Weg, Dämon. Ich erwarte dich noch heute an dieser Stelle zurück."

Aurelius nickte: „Ich höre und gehorche."

„Er ist viel zu gefügig", flüsterte die Stimme in Dagonets Ohr. „Er glaubt einen Ausweg gefunden zu haben und versucht dich zu betrügen. Sei vorsichtig!"

„Warte, Dämon", befahl Dagonet. „Wenn du alles so getan hast, wie wir es besprochen haben, dann hast du doch den Schwur vollständig erfüllt, den du vor mir abgelegt hast?"

„So ist es, Lord Dagonet. Das wolltet Ihr doch."

„Was hindert dich daran, danach zu Glynis zurückzukehren, dort wo du sie abgesetzt hast, um ihr doch noch den Hals umzudrehen?"

„Aber Lord Dagonet!", rief Aurelius und versuchte, schockiert zu wirken. Ihr traut mir nicht?"

„Kein bisschen." Die Schwertspitze kam der Kehle Aurelius' gefährlich nahe. „Du schwörst Folgendes: Du wirst Glynis weder jetzt noch später ein Haar krümmen", Dagonet hielt inne. „Nein, ich will es besser formulieren, damit es keine Missverständnisse gibt: Du schwörst, dass du ihr kein Leid antun wirst, weder heute noch zu einem anderen Zeitpunkt, weder direkt noch indirekt, indem du etwa einen deiner teuflischen Gefährten schickst und du schwörst überhaupt, dass du niemanden über das, was zwischen uns ausgemacht wurde, und was du daraufhin getan hast, informieren wirst."

Aurelius wand sich. „Ich weiß nicht, ob ich das kann. Was soll ich denn machen, wenn mich seine Lordschaft nach Einzelheiten fragt?"

„Das überlasse ich deiner Schlauheit. Dir wird sicher ein Weg einfallen, wie du unseren Pakt verschleiern kannst, ohne ihn direkt zu belügen."

„Es ist schwierig, mit Euch zu verhandeln, Lord Dagonet", klagte Aurelius.

„Es ist auch schwierig am Leben zu bleiben, Dämon, wenn man meine Liebste bedroht. Wie entscheidest du dich?" Aurelius zuckte zusammen, als die Schwertspitze seine Kehle berührte.

„Ich schwöre, so wie Ihr es verlangt habt." Aurelius versuchte sich in blauen Rauch aufzulösen.

„Dagebliebn!" Die Schwertklinge zerschnitt die Rauchschwaden, die daraufhin in sich zusammenfielen. „Hast du nicht etwas vergessen?"

„Ja, ja. Ich schwöre beim Siegel des Sūmu-Abum."

„So ist es recht. Jetzt kannst du gehen."

Aurelius verschwand eilig in einer blauen Wolke, die sich wieder zu einem Fledermausungetüm verfestigte und entschwand mit mächtigen Flügelschlägen.

14

Kaum war Aurelius verschwunden, steckte Dagonet das Schwert in die Scheide. Sofort manifestierte sich Lham-Dearg wieder vor ihm und sagte: „Du begreifst rasch, wie man einen widerspenstigen Dämon zur Räson bringt."

„Ich hatte Glück", antwortete Dagonet, „dass Eadweard seinen Befehl so ungenau formuliert hat, und ich hatte Glück, dass mir so rasch eine Lösung eingefallen ist. Ich danke dir auch für deine Ratschläge und Warnungen. Trotzdem habe ich ein ungutes Gefühl. Der Bursche ist heimtückisch und rachsüchtig. Wenn es irgendeine Möglichkeit gibt, mir eins auszuwischen, wird er es tun."

„Soweit ich sehe, sind die Schwüre, die du ihm abgenommen hast, wasserdicht und für einen Dämon absolut bindend", beruhigte ihn Lham-Dearg.

„Wir wollen es hoffen." Dagonet betrachtete das verhutzelte Männchen, das vor ihm stand. „Du gefällst mir nicht."

„Du mir auch nicht", entgegnete Lham-Dearg ungerührt. „Für einen Menschenmann magst du ja recht attraktiv sein, für einen Dämon bist du ausgesprochen hässlich."

Dagonet musste lachen. „So habe ich das nicht gemeint. Es könnte sein, dass wir eine Zeit lang gemeinsam reisen. Da wäre es mir lieber, wenn du mich in Menschengestalt begleitest. Man könnte mich sonst für verrückt halten, wenn ich ständig mit meinem Schwert rede. Ist es dir gestattet, für längere Zeit dein Schwert zu verlassen?"

„Ja, aber nur solange es in seiner Scheide ruht und ich mich in unmittelbarer Nähe aufhalte. Die kritische Distanz beträgt etwa hundert Menschenschritte. Wird sie überschritten, verschwindet meine Manifestation und ich kehre automatisch in das Schwert zurück, ohne dass ich etwas dagegen machen kann. Gleiches gilt für den Fall, dass das Schwert blank gezogen wird. Es tut mir leid, aber so sind die Regeln, denen ich unterworfen bin."

„Dem könnte man leicht abhelfen, wenn du selbst das Schwert bei dir trägst."

„Ein schlauer Einfall, Dagonet, aber es ist mir verboten, als Manifestation das Schwert zu tragen. Der Magier, der mich gebannt hat, hat schon gewusst, was er tut."

„Hundert Schritte reichen auch", befand Dagonet. „Jetzt müssen wir uns überlegen, in welcher Gestalt du mich begleitest."

„Wäre dir eine hübsche Frau, natürlich eine Menschenfrau, recht?"

„Das könntest du?"

„Ich gehöre zwar zur Klasse der Kriegerdämonen, aber ja, auch das könnte ich, wenn es sein muss."

„Nein", entschied Dagonet. „Glynis wäre das vielleicht nicht recht. Sie könnte einen falschen Eindruck gewinnen. Ich möchte lieber einen Knappen haben. Einen tüchtigen, aufgeweckten Jungen, der sich um die Reittiere kümmert und meine Sachen in Ordnung hält."

„Ich habe ja geahnt, dass es am Ende darauf hinauslaufen wird", seufzte Lham-Dearg. Er verschwand in blauen Schwaden und manifestierte sich gleich darauf als kräftiger, hübscher Junge. Er war ähnlich gekleidet, wie es Glynis gewesen war.

„Sehr gut", sagte Dagonet. „Nur dein Aufzug gefällt mir noch nicht. Ich möchte einen Knappen, der eines Prinzen würdig ist."

Abermals verwandelte sich Lham-Dearg. Er trug jetzt feine Kleider, wie sie in Gwyn nur die Edelknaben des Königs hatten.

„Nicht schlecht", lobte Dagonet. „Nur viel zu auffällig und nicht für Reisen geeignet. Irgendetwas dazwischen."

Die nächste Variante, die ihm Lham-Dearg bot, fand seine Zustimmung. „So geht es", verkündete er zufrieden. „Ich werde dich Earvin rufen. Kümmere dich jetzt um unsere Reittiere. Und dann warten wir gemeinsam auf Aurelius."

Es dämmerte bereits, als Lham-Dearg meldete: „Er kommt. Ich kann ihn spüren. Es wird besser sein, ich verschwinde. Er braucht nicht zu wissen, wie es zwischen uns beiden steht." Er löste sich in blauem Rauch auf, der von der Schwertscheide absorbiert wurde.

Gleich darauf stieß das geflügelte Dämonenwesen vom Himmel und landete etwa dreißig Schritte von Dagonet entfernt mit einem Plumps am Boden.

„Du bist spät, Dämon", tadelte Dagonet. „Komm näher!"

„Das wird nicht nötig sein", antwortete die Bestie mit der Stimme des Aurelius. „Meine Botschaft ist kurz. Ich soll Euch von Lord Eadweard bestellen, dass die

Reste Eures Liebchens an die Hunde verfüttert wurden. Gleichzeitig darf ich vermelden, dass das Mädchen Glynis wohlbehalten und unverletzt das Ufer des Dubglas erreicht hat."

„Hast du ihr meine Botschaft ausgerichtet?"

„Das habe ich, aber ich bin mir nicht sicher, wieviel sie davon verstanden hat. Sie hat nämlich die ganze Zeit über geschrien und mich gröblichst beschimpft und verflucht."

Dagonet lachte erleichtert. „Das darf dich nicht wundern. Jetzt musst du mir nur noch sagen, wo du sie genau abgesetzt hast."

„Nein, das muss ich nicht", antwortete das Ungeheuer. „Das war nicht Teil unserer Abmachung, das habe ich nicht geschworen. Ihr wart zwar gerissen, Lord Dagonet, aber nicht gerissen genug. Daran habt Ihr nicht gedacht. Der Dubglas ist lang und seine Ufer sind gefährlich. Sie könnte überall sein. Wer weiß, was ihr alles zustößt, ehe Ihr sie gefunden habt, wenn Ihr sie überhaupt findet."

Dagonet starrte die Bestie an, dann sprang er mit geschwungenem Schwert auf sie zu und brüllte: „Na warte, du Hundsfott, das sollst du mir büßen." Fast hätte er Aurelius noch erwischt. Die Klinge zischte unter den angezogenen Beinen des Untiers durch, als sich dieses in die Luft schwang. In fassungslosem Zorn sah Dagonet hinterher, wie es in der Ferne verschwand.

„Hast du das gehört?", schrie er.

„Natürlich habe ich es gehört", antwortete Lham-Dearg. „So ein abgefeimter Schurke. Ich muss gestehen, dass ich daran auch nicht gedacht habe. Aber mit so etwas muss man immer rechnen, wenn man es mit Dämonen zu tun hat. Deswegen hat er diesmal auch Abstand gehalten, damit wir ihn nicht wieder erwischen und ihm die Antwort abpressen können."

„Wie soll ich sie jetzt finden?", klagte Dagonet. „Kannst du sie nicht suchen? Verwandle dich in einen Vogel. Flieg hin und suche sie."

„Ich habe dir doch erklärt, dass ich mich von dem Schwert nicht weit entfernen darf."

„Dann nimm mich auf den Rücken und lass mich auf dir reiten."

„Wie stellst du dir das vor? Dass du auf dem Rücken einer riesigen Fledermaus über den Ufern des Dubglas schwebst und ‚Glynis' rufst? Davon rate ich dringend ab. Jenseits des Dubglas ist Feindesland. Dort streift Artus mit seinen Männern umher. Viele von ihnen sind Christen. Das sind gefährliche Leute, die Dämonen hassen, einfach nur deswegen, weil sie Dämonen sind. Das ist nämlich unser Schicksal: Menschen rufen uns und zwingen uns zu abscheulichen Dingen, die wir gar nicht tun wollen, und andere Menschen fürchten und hassen uns dafür und halten es für ein gottgefälliges Werk, wenn sie uns töten. Bei Artus ist ein Magier namens Merlin, der weiß, wie man das anstellt. Er hat schon mehrere meiner Art vernichtet und ist deswegen bei Artus hoch angesehen. Nein! Wenn wir uns an den Dubglas begeben, was wohl unumgänglich ist, so muss das zwar rasch aber unauffällig geschehen, und ohne dass jemand etwas von meiner Existenz merkt. Im Übrigen solltest du dir keine unnötigen Sorgen machen. Glynis weiß, wie man überlebt. Sie trägt Männerkleider und du hast ja auch dafür gesorgt, dass sie Geld, Verpflegung und eine Waffe hat. Außerdem versteht sie etwas von der Sprache der Briten. Ich weiß das, weil ich sie in dieser Sprache singen gehört habe. Ich denke, sie kommt fürs Erste ganz gut allein zurecht."

Dagonet war etwas beruhigt. „Wie kommen wir an den Dubglas?"

„Ich bringe uns nächste Nacht hin, so dass wir nicht gesehen werden. Vorher sollten wir aber den Brief Lord Eadweards abgeben. Die Bekanntschaft mit dem König könnte von Nutzen sein. Das kann aber erst morgen geschehen, denn die Nacht ist bereits angebrochen. Leg dich schlafen, Dagonet, und sei ohne Furcht. Ich halte Wache."

Dagonet erwachte im Schatten des römischen Tempels und sah sich um. Laute Stimmen hatten ihn geweckt. Earvin saß an einem kleinen Feuer und bereitete das Frühstück. Er nickte Dagonet beruhigend zu. Dieser tastete nach seinem Schwert. Um die Ecke bogen fünf bewaffnete Männer, die die Farben des Königs von Lindsey trugen. Sie stutzten, als sie Dagonet und Earvin sahen, dann kamen sie rasch näher. „Wer seid ihr, was macht ihr hier?", wollte ihr Anführer wissen.

„Ich bin ein Bote Lord Eadweards und habe eine Nachricht für den König", gab Dagonet Auskunft. „Wir sind gestern Abend angekommen und in die Irre gegangen, weshalb wir hier übernachtet haben." Er wies den Brief Eadweards vor.

„Ja, das ist das Siegel Lord Eadweards", bestätigte der Anführer und fuhr fort: „Wir wurden hergeschickt, um Nachschau zu halten. Ist euch gestern Abend etwas Ungewöhnliches begegnet? Es wurde gemeldet, dass etwas Großes, etwas Geflügeltes hier gesichtet wurde."

„Etwas Großes, Geflügeltes?", fragte Dagonet erschrocken. „Doch nicht etwa ein Dämon? Nein, hier bei uns war es zum Glück ruhig. Wir haben nichts Außergewöhnliches bemerkt."

„Das dachte ich", sagte der Anführer. „Die Leute sind abergläubisch und sehen Gespenster. Wie ist Euer Name? Ihr tragt das Wappen von Gwyn!"

„Dagonet. Und das dort ist mein treuer Knappe Earvin."

„Dagonet? Etwa Prinz Dagonet von Gwyn?"

„Ich war Prinz Dagonet. Jetzt bin ich nur mehr ein heimatloser Ritter, seit mein Bruder Altair den Thron bestiegen hat."

„Ja", sagte der Anführer respektvoll. „Wir haben auch hier davon gehört, dass Ihr Eure Heimat verlassen musstet. Mein Name ist Offa. Sobald Ihr Euch gestärkt habt, Prinz Dagonet, bringen wir Euch zu König Cretta."

Es erwies sich als Glücksfall, dass sie von einer Patrouille aufgespürt worden waren. Dagonet hätte den Rückweg nicht ohne weiteres gefunden und sich wahrscheinlich wieder verlaufen.

„Diese alten Mauern sind ein wahres Labyrinth" bestätigte Offa, mit dem er sich darüber unterhielt, „und besonders nachts recht unheimlich. Es verschwinden immer wieder Menschen, die man zuletzt gesehen hat, wie sie die Ruinenstadt betreten haben. Man kann das Ganze aber auch nicht einfach niederbrennen, weil Steine eben nicht brennen. Irgendwann wird man die Ruinen wohl zerstören müssen, aber dazu fehlen uns derzeit die Leute und wir haben dringendere Probleme."

„Artus?"

„Ja, Artus. Die Briten bereiten angeblich bereits den Flussübergang vor. Wenn sie den Dubglas überwunden haben, liegt die Ebene von Linnius vor ihnen und Lindum ist unmittelbar bedroht, wenn wir sie nicht vorher aufhalten können."

Sie gelangten an die Stelle, an der Dagonet die Ruinenstadt betreten hatte. Dort hatten die Soldaten ihre Pferde abgestellt. Gemeinsam saßen sie auf und ritten durch die Ansiedlung hinauf zur Oberstadt. Diese war von einer weitgehend intakten Mauer aus der Römerzeit umgeben. Das Tor wurde von zwei Steintürmen flankiert. Die Wachen grüßten Offa und ließen sie ungehindert passieren. Die Oberstadt bot ein ähnliches Bild wie die Unterstadt. Nur waren hier die erhaltenen Ruinen noch imposanter als unten. Ein palastartiges Gebäude war in guten Zustand versetzt worden und diente als Königsresidenz. Dagonet vermutete, dass hier einstmals der römische Statthalter seinen Sitz gehabt hatte.

Man behandelte sie mit Respekt. Ihre Reittiere wurden weggeführt, um sie zu versorgen. Offa geleitete Dagonet und Earvin ins Innere der Residenz. Boten wurden losgeschickt und kamen bald mit der Nachricht zurück, König Cretta erwarte Prinz Dagonet.

Während Earvin vor der Tür warten musste, wurde Dagonet in den Thronsaal eskortiert. Es handelte sich offenbar um den Raum, in dem der römische Statthalter Gericht gehalten und Gesandte empfangen hatte. Die römische Ausgestaltung des Saales war weitgehend erhalten geblieben. Ein Mosaik schmückte den Boden und Wandmalereien zeigten Szenen aus der römischen Religion, die Dagonet nicht deuten konnte.

Mit Marmorblöcken, die aus den Ruinen stammten, hatte man einen Thron zusammengefügt, auf dem Cretta saß. Man sah ihm an, dass er ein Krieger war, der lieber auf einem Pferd gesessen hätte als auf diesem Steinungetüm. Unter eisgrauen buschigen Augenbrauen blickte er Dagonet entgegen, der vor ihn trat und ehrerbietig das Knie beugte.

„Erhebt Euch, Prinz Dagonet", sagte Cretta, „und seid am Hof von Lindsey willkommen. Man hat mir gesagt, Ihr hättet eine Botschaft für mich?"

„So ist es, Majestät. Auf meiner Reise nach Lindum hat mir Lord Eadweard Gastfreundschaft gewährt und mich gebeten, Euch diesen Brief zu bringen."

Er verbeugte sich und reichte Cretta den Brief.

Dieser brach das Siegel auf und las die Nachricht. „Eadweard und Gray", sagte er schließlich, „zwei treue Männer." Dagonet vermeinte einen skeptischen Unterton in seiner Stimme zu hören.

„Ich habe noch eine Nachricht, die ich mündlich überbringen muss, und die streng vertraulich ist.", erklärte er.

Cretta nickte und machte eine Handbewegung. Die Krieger, die Dagonet hereingeführt hatten, verließen sofort den Raum. „Ihr könnt vor meinen Beratern offen sprechen", sagte Cretta und deutete auf die Männer, die beidseits seines Thrones standen. „Was bringt Ihr mir noch?"

„Es ist eine Nachricht, die im Zeichen des doppelköpfigen Drachens übermittelt wird."

„Ah, Lady Eadgyth!", rief Cretta. „Meine getreue Eadgyth! Wie geht es ihr?"

„Es schmerzt mich, Euch vermelden zu müssen, dass sie einen grausamen Tod gefunden hat. Eadweard hat sie töten lassen, um — wenngleich vergeblich — zu verhindern, dass ihre Nachricht an Euch gelangt. Diese Nachricht lautet: Eadweard und Gray haben ein Abkommen mit Artus geschlossen. Die Truppen, die sie auf das Schlachtfeld führen wollen, werden zu Artus überlaufen und sich gegen Euch wenden. Traut Ihren Treueschwüren nicht."

Die Berater beidseits des Thrones steckten die Köpfe zusammen und flüsterten aufgeregt miteinander.

„Eadgyth ist tot?", rief der König von einer heftigen Gemütsbewegung erfasst, „und Eadweard und Gray haben mich wahrhaftig verraten? Ich hatte zwar schon einen Verdacht, wollte es aber nie glauben. Seid Ihr Euch sicher, Prinz Dagonet?"

„Ich überbringe nur die Nachricht. Ich weiß es nicht. Aber so wie ich Eadweard kennengelernt habe, wird Lady Eadgyth schon recht haben."

„Die arme Eadgyth! Wie ist sie gestorben?"

„Eadweard hat sie von einem Dämon zu Tode foltern lassen. Ich habe ihre Leiche gesehen. Der Dämon hat sie mir vor die Füße geworfen. Mich selbst hat er nicht anzugreifen gewagt."

Dagonet legte die Hand an den Schwertgriff. Er spürte ein leichtes Vibrieren. „Earvin ist in das Schwert zurückgekehrt", dachte er.

„Ihr behauptet, Eadweard habe einen Dämon in seinen Diensten?"

„Nicht nur einen. Es sind fünf. Ich bin mir absolut sicher. Zumindest einen habe ich persönlich kennengelernt. Er nimmt bisweilen Menschengestalt an und nennt sich dann Aurelius."

„Aurelius?" rief einer der Berater. „Doch nicht jener Aurelius, der auf dem Gebiet von Cotswoods und Umgebung für Ordnung sorgen soll?"

„Genau der."

„Und Ihr behauptet, er sei ein Dämon im Dienste Lord Eadweards? Das ist ungeheuerlich und unglaublich. Ihr seid ein Lügner. Ebensowenig, wie Ihr der Prinz von Gwyn seid, entspricht Eure Nachricht der Wahrheit. Glaubt Ihr, weil Euch Aurelius als landschädlichen Menschen gejagt hat, dürft ihr ihn so frevelhaft verleumden? Was habt Ihr vor? Steht Ihr im Dienste von Artus, der Zwietracht zwischen uns säen will?"

„Wie ist Euer Name, Sir?", fragte Dagonet.

„Sachso, aber das tut nichts zur Sache."

„Er ist wirklich Prinz Dagonet", warf ein anderer der Berater ein. „Ich erkenne ihn wieder. Ich habe ihn gesehen, als ich vor zwei Jahren mit einer Gesandtschaft am Hof von Gwyn war."

Dagonet ließ sich nicht beirren. „Sir Sachso, Ihr habt mich einen Lügner genannt. Ihr lasst mir keine andere Wahl, als Euch zum Zweikampf zu fordern. Heute um die achte Stunde, wenn es Euch recht ist."

„Ich schlage mich nicht mit einem Betrüger", schrie Sachso.

„Gemach, gemach, Ihr Herren", befahl der König. „Ich möchte mich mit Prinz Dagonet unter vier Augen unterhalten."

„Aber mein König", protestierte Sachso. „Dieser Mann ist gefährlich. Man sollte ihn in Ketten legen lassen."

„Hinaus, alle hinaus! Auf der Stelle!", rief Cretta ungehalten.

Schweigend verließen die Berater den Saal. Dagonet und Cretta waren allein.

„Ihr könnt Sachso nicht vor Eure Klinge fordern", erklärte der König. „Ich werde das nicht zulassen. Wollt Ihr etwa einen alten Mann erschlagen?"

„Auch alte Männer können Verräter sein."

„Wie meint Ihr das?“

„Aurelius hat mich tatsächlich gejagt, um mich daran zu hindern, die Nachricht Lady Eadgyths zu überbringen. Davon habe ich aber bisher nichts erzählt. Wieso wusste dann Sachso davon? Mir scheint, vertrauliche Nachrichten reisen schnell in Lindsey.“

Der König nickte nachdenklich und fragte dann: „Gibt es noch etwas, Prinz Dagonet, das ihr mir bisher noch nicht erzählt habt?“

„Nur etwas, das mich persönlich betrifft. Durch die Tücke Eadweards und des Aurelius ist mir eine junge Frau entrissen worden, die meinem Herzen nahe steht. Sie irrt derzeit an den Ufern des Dubglas umher. Ich muss rasch hin, um nach ihr zu suchen. Ich will noch heute aufbrechen und erbitte dafür Eure Erlaubnis.“

„An den Dubglas? Dort wo Artus mit seinen Truppen steht?“

„Dort oder auch anderswo. Gleichgültig, was mich erwartet, ich muss zu ihr und sie retten.“

„Gut“, antwortete der König. „Ihr dürft Euch jetzt entfernen, Prinz Dagonet, und lasst mir Sachso in Frieden. Um den werden sich andere kümmern.“

Kaum hatte Dagonet den Saal verlassen, trat Offa hinter einem Vorhang hervor und steckte sein Schwert in die Scheide.

„Was denkst du?“, fragte Cretta.

„Er sagt die Wahrheit, oder zumindest das, was er für die Wahrheit hält.“

„Glaubst du, dass auch Sachso ein Verräter ist?“

„Ich will es nicht ausschließen. Er ist mit Gray verwandt. Wenn ich mich recht erinnere, war der Vater Grays sein Vetter. Ich werde mich darum kümmern und Sachso im Auge behalten.“

Cretta seufzte. „Dieser Artus ist ein wahrer Teufel. Er bedrängt mich mit seiner Armee und korrumpiert meine engsten Vertrauten und Gefolgsleute. Was treibt diesen Mann an? Warum will er mir mein Land nehmen? Ist es Machtgier?“

„Nein“, antwortete Offa. „Er hält das Land, auf dem wir sitzen, für das Land seines Volkes und will es zurückhaben. So sehr wir ihn verfluchen, so sehr wird er von seinem eigenen Volk als Befreier gepriesen.“

Cretta seufzte neuerlich. „Soll ich Dagonet ziehen lassen, so wie er es verlangt?"

„Er will unbedingt zu diesem Mädchen, das er offenbar liebt. Ich würde nur ungern versuchen, ihn aufzuhalten. Das könnte ein ziemliches Gemetzel werden. Er trägt nämlich das Schwert von Gwyn, das Zauberschwert, das auch das Schwert der Gerechtigkeit genannt wird."

„Wie kommst du darauf?"

„Er hat es selbst gesagt. Er hat gesagt, der Dämon habe nicht gewagt, ihn anzugreifen. Ein Dämon würde aber jedem Mann, und mag er auch noch so tapfer, geschickt und stark sein, ohne viel Federlesens den Garaus machen. Nur das machtvolle Schwert von Gwyn vermag einen Dämon in die Flucht zu schlagen."

„Dann sei es so", entschied Cretta. „Lasst ihn ziehen. Wenn er mit den Männern des Artus aneinandergerät und unter ihnen ein Blutbad anrichtet, soll es uns nur recht sein."

Draußen vor dem Thronsaal sah sich Dagonet um. „Wo ist mein Knappe?"

„Ich weiß nicht", antwortete einer der Männer verlegen. „Wir haben ihn mitgenommen, damit er in der Küche etwas zu essen bekommt. Auf einmal war er verschwunden. Er muss sich verlaufen haben, als ich nicht auf ihn geachtet habe. Anders kann ich mir das nicht erklären."

„Der Dummkopf verläuft sich ständig", erklärte Dagonet. „Ah, da ist er ja wieder!"

Hinter einer Säule trat Earvin hervor.

„Was war denn das?", fragte Dagonet, als sie gemeinsam weggingen.

„Die Hundert-Schritte-Regel", antwortete Earvin. „Das kann zu solchen Effekten führen. Was haben wir jetzt vor?"

„Wir lassen unsere Tiere in den königlichen Stallungen und gehen zu dem Tempel zurück. Dort sind wir ungestört, wenn wir in der Nacht aufbrechen. Ich hoffe, ich finde den Weg wieder."

„Mach dir keine Sorgen", grinste Earvin. „Dein dummer Knappe, der sich ständig verläuft, wird dich hinführen."

15

Earvin blickte in den Himmel. „Es ist dunkel genug", konstatierte er. „Wenn du bereit bist, können wir aufbrechen."

„Ich bin bereit."

„Dann tritt zurück und renn nicht gleich davon."

Earvin löste sich in blauen Rauch auf und manifestierte sich wieder als riesiges fledermausähnliches Geschöpf. Es war größer als die Manifestation des Aurelius und von tiefschwarzer Farbe. Lange Fangzähne ragten aus der hundeähnlichen Schnauze und die stämmigen Beine endeten in messerscharfen Krallen. Die ledrigen Flügel liefen jeweils in einer einzigen sichelförmigen Kralle aus. In seinen tassengroßen Augen loderte ein düsteres Höllenfeuer.

Dagonet wich noch weiter zurück und unterdrückte den Drang, die Flucht zu ergreifen. „Du siehst furchterregend aus, Dämon", sagte er schaudernd.

„Ein Dämon sieht eigentlich nach gar nichts aus", belehrte ihn Lham-Dearg, „weil wir als Geistwesen keine festgelegte Erscheinungsform haben. Was du hier siehst, ist bloß die Standardmanifestation für Kriegerdämonen. Sie wirkt abschreckend auf Menschen, eignet sich gut zum Kampf in der materiellen Welt, hat hervorragende Flugeigenschaften und ist am dunklen Himmel kaum auszumachen. Sie wird daher von uns sehr gern gebraucht. Wenn es dir aber lieber ist, kann ich mich auch in einen übergroßen Paradiesvogel verwandeln, obwohl das recht unpraktisch und ein ziemlicher Stilbruch wäre."

Dagonet schüttelte den Kopf. „Wie soll ich dich tragen?", fuhr Lham-Dearg fort. „Soll ich dich in meinen Krallen halten?" Dagonet betrachtete die mörderischen Krallen und schüttelte abermals entschieden den Kopf. „Das dachte ich mir. Dann klettere auf meinen Rücken."

Das Geschöpf kauerte sich auf den Boden und streckte die Flügel beidseits des Körpers am Boden aus.

Dagonet folgte der Aufforderung und entdeckte zu seiner Überraschung, dass am Rücken des Ungeheuers ein Sattel montiert war.

„Halte dich gut fest", befahl Lham-Dearg, „damit du nicht herunterfällst und dir das Genick brichst. Ich habe keine Lust, noch ein paar hundert Jahre in diesem Schwert festzusitzen."

Er machte einen gewaltigen Satz und schlug dabei heftig mit den Flügeln. Zuerst langsam und mühsam, dann immer schneller gewann er an Höhe und drehte nach Nordwesten ab. Die Ruinenstadt verschwand unter ihnen in der Dunkelheit.

Dagonet hielt sich krampfhaft an den Lederriemen fest, die am Sattel befestigt waren. Der Wind blies ihm ins Gesicht und trieb ihm die Tränen in die Augen. Der Flug war zuerst sehr unangenehm, weil er bedingt durch die heftigen Schläge der Fledermausflügel etwas Hüpfendes an sich hatte. Dann wurde er ruhiger und ging in einen angenehmen, lautlosen Gleitflug über. Dagonet schlug wieder die Augen auf. Die Nacht war wie geschaffen für ihr Unternehmen. Wolken bedeckten den Himmel und verhüllten Sterne und Mond. Niemand, der emporblickte, würde sie vor deren Licht erkennen können. Das Land unter ihnen war gleichfalls in Dunkelheit gehüllt. Nur hie und da deutete ein Lichtfunke auf ein Feuer und damit auf die Anwesenheit von Menschen hin. Dagonet begann den Flug zu genießen. Außer in seinen Träumen hatte er Derartiges noch nie erlebt. Dann plötzlich riss die Wolkendecke auf. Mondlicht ergoss sich über das Land unter ihnen und tauchte es in silbrigen Glanz. Hügel, Wälder und Gewässer traten deutlich erkennbar hervor. Dagonet beugte sich vor und flüsterte: „Ist das nicht wunderschön?"

„Nicht besonders", antwortete eine Stimme in seinem Kopf. „Es ist eine kalte, blasse Welt, selbst wenn die Sonne scheint. Du solltest einmal meine Heimat sehen. Dort, wo in unermesslichen Höhlen, die keines Menschen Fuß erreichen kann, Paläste aus Kristall wachsen. Dort, wo sich ewige Feuer in einem nie endenden Tanz um sich selbst drehen und alles voller Farben ist, wie sie noch kein Mensch gesehen hat. Dort, wo man sich in Feuerflüssen dahintreiben lassen kann, rund um die Erde, wenn man will. Dort, wo man hinabtauchen kann, durch geschmolzenes Gold und Diamantenseen, bis selbst die Feuer aufhören Feuer zu sein und alles nur mehr Licht und Energie ist. Dort ist es schön."

„Haben Dämonen Heimweh?", fragte Dagonet.

„Mehr als du dir vorstellen kannst. Warum wohl würde ich mich sonst mit dir abgeben? Nur wegen deines Versprechens, mir die Rückkehr zu gestatten. Vergiss das nie, Dagonet."

Nach einer Stunde tauchte unter ihnen ein Band auf, das im Mondlicht schimmerte.

„Der Dubglas", verkündete die Stimme in Dagonets Kopf. „Siehst du dort vorne die Feuer in der Nacht? Ich nehme an, das ist die Armee von Artus. Wir werden besser etwas Abstand halten. Ich suche uns einen Landeplatz."

Sie verloren rasch an Höhe und glitten dicht über dem Wasser dahin. Lham-Dearg nahm Kurs auf ein Uferstück, das frei von Baumbewuchs war und einen festen Untergrund zu haben schien, wo er eine erschütterungsfreie Landung zustande brachte. „Herunter mit dir", befahl er und kauerte sich auf den Boden.

Kaum hatte Dagonet, noch ganz benommen von diesem ungewöhnlichen Abenteuer, wieder festen Boden unter den Füßen, verschwand die Dämonengestalt Lham-Deargs in blauem Dunst, aus dem Earvin hervortrat.

„Da wären wir", sagte er. „Wir werden unter dieser Baumgruppe dort drüben lagern und uns bei Morgengrauen auf die Suche nach Glynis begeben."

„Könntest du nicht gleich etwas unternehmen?", drängte Dagonet.

„Wie oft muss ich dir noch sagen, dass das so nicht geht? Könnte ich mich frei bewegen, so hätte ich Glynis wahrscheinlich bald aufgespürt. Aber ich kann nicht allein losziehen. Wir müssen zusammenbleiben und du musst dabei das Schwert tragen. Oder willst du in der Dunkelheit durch sumpfiges Uferland stolpern, wo man nicht die Hand vor den Augen sieht? Leider bin ich bei diesem Unternehmen an deine menschliche Unzulänglichkeit gebunden. Versuche lieber etwas Schlaf zu finden. Morgen könnte ein langer Tag werden."

Dagonet kam nicht zur Ruhe. Hingestreckt unter einem Baum war ihm, als flöge er über endlose Landschaften. Bisweilen schien ihm, als könne er unter sich Glynis erkennen. Aber jedes Mal, wenn er sie rufen wollte, schreckte er hoch, um gleich darauf wieder in einem unruhigen Halbschlaf zu versinken. Als das erste trübe Morgenlicht durch das Laub schimmerte, sah er Earvin unbeweglich an einen Baum gelehnt dastehen und über den Fluss blicken. „Müssen Dämonen nicht schlafen?", fragte er und rappelte sich mühsam hoch.

„Wozu?", antwortete Earvin, ohne sich umzudrehen. „Unsere ganze Existenz ähnelt aus Sicht eines Menschen einem Traum. Wir selber brauchen keine Träume und daher auch keinen Schlaf. Versuch erst gar nicht, das zu verstehen. Mach dich lieber bereit. Wir können aufbrechen."

Dagonet kam zu Bewusstsein, dass er darauf vergessen hatte, Proviant mitzunehmen. Sein Magen begann zu knurren.

„Aber vorher sollten wir, das heißt besser gesagt du, etwas essen", meinte Earvin lächelnd.

Er hockte sich nieder und blies gegen den Boden. Ein Feuer, das offenbar keines Brennmaterials bedurfte, flammte auf. Earvin griff in die Luft und hielt eine Pfanne mit Speckstreifen und Brotstücken über die Flammen. Alsbald begann sich ein köstlicher Geruch nach gebratenem Speck und geröstetem Brot zu verbreiten.

„Es hat seine Vorteile, mit einem Dämon zu reisen", freute sich Dagonet. „Kann man essen, was du da zubereitest? Oder ist es nur ein Trugbild?"

„Du kannst es essen. Es ist ganz real und wie ich hoffe, auch wohlschmeckend und sättigend. Im Übrigen ist es für einen Menschen nur in ganz seltenen Ausnahmefällen vorteilhaft, mit einem Dämon zu reisen. Glaube mir das, Dagonet." Er betrachtete Dagonet kritisch. „Bevor wir losziehen, müssen wir deinen Aufzug verändern. Du kannst nicht mit dem Wappen von Gwyn auf der Brust herumlaufen. Das würde dich unweigerlich in Schwierigkeiten bringen, wenn wir mit Briten zusammentreffen."

Dagonet verspürte ein leichtes Scheuern am Hals. Er blickte an sich hinunter. Jetzt war er nicht mehr wie ein Prinz gekleidet, sondern wie ein Kriegsmann, von dem man nicht sagen konnte, zu welcher Seite er gehörte. Er fuhr sich mit den Fingern in den Kragen. „Das Kettenhemd ist zu eng", beklagte er sich.

„Unsinn! Das Kettenhemd ist wie maßgefertigt. Du bist bloß verweichlicht."

„Und was soll ich darstellen, falls mich jemand fragt?"

Earvin sah ihn nachdenklich an. „Weder einen Briten, noch einen Angelsachsen. Du stammst aus Gallien und bist daher Franke. Aber deine

Vorfahren waren Römer. Das ist eine Geschichte, die sowohl Briten als auch Angelsachen akzeptieren können, ohne dir gleich an den Kragen zu gehen. Das Schiff, mit dem du gekommen bist, hat Schiffbruch erlitten. jetzt bist du ein heimatloser Ritter auf der Suche nach einem Kriegsherrn, der dir ein Auskommen gibt."

Wenig später brachen sie auf und wanderten entlang des Flussufers. Manchmal konnten sie direkt neben dem Wasser gehen, manchmal mussten sie in den Wald ausweichen und kaum erkennbare Pfade benutzen. Sie kamen nur langsam voran. Dagonet blickte ständig aufmerksam um sich. Nach und nach kam ihm aber die Sinnlosigkeit ihrer Suche zu Bewusstsein.

„So finden wir sie nie", klagte er.

„Sag das nicht", beruhigte ihn Earvin. „Ich vermute, dass sie Aurelius in diesem Bereich abgesetzt hat. Deshalb bin ich auch hier gelandet. Der Dubglas hat nicht so viele Stellen, wo man jemanden so ins Wasser werfen kann, dass er mit Sicherheit unbeschadet das Ufer erreicht. Solche Stellen gibt es hier und viel weiter im Norden. Ich glaube nicht, dass Aurelius so weit geflogen ist. Er wird sie wahrscheinlich hier, in der Nähe von Artus' Lager abgesetzt haben, weil er in seiner Bosheit damit rechnet, dass sie von den Briten gefangen wird und du in Schwierigkeiten gerätst, wenn du sie befreien willst. In seinem Bemühen, es dir schwer zu machen, hat er es uns in Wahrheit leichter gemacht, sie zu finden."

Dagonet blickte mutlos um sich. „Das klingt ja ganz schön, aber wo ist sie jetzt?"

„Nicht weit." Earvin hob die Nase und witterte wie ein Jagdhund. „Sie war hier. Ich kann sie riechen."

„Du kannst sie riechen?", fragte Dagonet verblüfft.

„Dämonen können sich einen ausgezeichneten Geruchssinn zulegen, wenn sie materialisieren. Nur meistens tun wir es nicht, weil Menschen für unser Empfinden abscheulich stinken."

„Ihr habt wohl keine gute Meinung von uns", meinte Dagonet beleidigt. „Wenn ich deine bisherigen Äußerungen recht verstanden habe, haltet ihr uns für hinterhältige, hässliche und überriechende Wesen. Ja?"

„Ich hätte es nicht besser formulieren können, obwohl es noch einiges hinzuzufügen gäbe. Jetzt halt den Mund und lass mich wittern."

Abermals hob Earvin die Nase in den Wind und schnupperte. „Ja", sagte er schließlich zufrieden, „dort hinten." Er bahnte sich einen Weg durch die Büsche. „Bleib nicht zurück. Denk immer an die Hundert-Schritte-Regel."

Er verschwand hinter einem Busch. Dagonet folgte ihm und fand Earvin vor, wie er kniete und an etwas roch, das dort am Boden lag.

„Sie war hier", meldete Earvin. „Daran gibt es keinen Zweifel. Es war Glynis. Sie hat sich hier erleichtert, vor etwa einem Tag."

„Du hast an ihrer ...?", fragte Dagonet indigniert.

„Ja, ich habe an ihrer Scheiße gerochen", antwortete Earvin ungerührt. „Was findest du daran seltsam? Menschen sind in ihrer körperlichen Funktionsweise nun einmal ziemlich ekelerregend. Damit muss man sich als Dämon, der unter Menschen lebt, abfinden. Und du solltest es auch nicht ständig ignorieren. Oder dachtest du, deine wunderbare Glynis sondert Rosenblätter ab?" Er schnupperte neuerlich. „Nachdem sie ihren Darm entleert hat, ist sie in diese Richtung gegangen", verkündete er. „Direkt in die Richtung, in der das Lager der Briten liegt. Das war zu befürchten. Aber jetzt, da ich ihre Witterung aufgenommen habe, wird es leicht sein, ihrer Spur zu folgen. Bleib dicht hinter mir."

Dagonet tat wie ihm geheißen, konnte sich aber eine abschließende Bemerkung nicht verkneifen. „Du hast mir sehr ausführlich zu verstehen gegeben, Dämon, warum du die Menschen verabscheust. Lass dir jetzt von mir sagen, dass wir Menschen euch Dämonen noch viel abscheulicher finden."

Earvin gab ihm keine Antwort.

16

Die Aussicht, Glynis bald zu finden, machte Dagonet unvorsichtig. Daraus kann man ihm keinen besonderen Vorwurf machen, denn immerhin befand er sich in Gesellschaft eines ausgewachsenen Kriegerdämons, der ohne große Anstrengung eine ganze Räuberbande in der Luft zerreißen konnte.

Warum auch dieser Kriegerdämon unvorsichtig war, lässt sich schwer sagen. Die Vermutung liegt nahe, dass er gar nicht unvorsichtig war, sondern sich nur über die letzte Bemerkung Dagonets ärgerte. Nachtragend, wie Dämonen nun einmal sind, ließ er daher geschehen, was dann geschah, um Dagonet eine Lektion zu erteilen. Vielleicht auch, dass er das Ganze überdies für einen gelungenen Scherz hielt. Dämonenhumor ist schwer, eigentlich gar nicht zu verstehen. Denn was ein Dämon lustig findet, endet für die betroffenen Menschen oft fatal, wenn sie sich nicht durch ausgeklügelte Bannformeln zu schützen wissen.

Dagonet wollte sich umdrehen, weil er glaubte, hinter sich ein Geräusch gehört zu haben. Er kam nicht mehr dazu. Ein Prügel wurde ihm über den Kopf geschlagen und er verlor das Bewusstsein. Lange war er nicht bewusstlos. Als er wieder zu sich kam und die Augen aufschlug, erblickte er drei Männer, die vor ihm standen. Die drei waren wüste Gesellen: unrasiert, schmutzig und schlecht gekleidet.

Dagonet saß am Boden und hielt nach seinem Schwert Ausschau. Man hatte es ihm abgenommen und einer der Männer hatte es sich selbst umgeschnallt. Das Schwert hätte Dagonet ohnehin nichts genützt, weil man ihm die Hände am Rücken zusammengebunden hatte. Neben ihm hockte Earvin und wirkte sehr verschreckt. Die drei hatten darauf verzichtet, ihn zu fesseln, weil sie ihn für harmlos hielten.

„Er ist wieder unter den Lebenden", bemerkte einer der Wegelagerer und trat Dagonet in die Rippen.

„Vorübergehend unter den Lebenden", berichtigte ihn der Zweite und trat seinerseits nach Dagonet.

„Warum die Umstände?", fragte der Dritte. „Schlagt ihn einfach tot!"

„Zuerst will ich wissen, wer er ist", erklärte der Erste, der Dagonets Schwert trug, und trat Dagonet neuerlich. „Wer bist du?"

„Mein Name ist Dagonet", krächzte dieser. „Ich bin ein armer Ritter und besitze nichts, das zu rauben sich lohnt."

„Sag das nicht", meinte der Zweite. „Du hast ein Schwert, ein Kettenhemd, gute Kleider und feine Stiefel. Das können wir alles gut brauchen. Wo hast du dein Geld?"

„Schlagt ihn tot", forderte der Dritte hartnäckig. „Dann ziehen wir ihn aus und durchsuchen seine Kleider. So einfach ist das."

„Tu doch etwas", zischte Dagonet Earvin zu.

„Was schwebt dir denn vor", fragte Earvin und grinste hinterhältig. „Wenn du dein Schwert noch hättest, könnte ich dir helfen, die Bande zu erschlagen. Aber jetzt gehört das Schwert einem anderen, dem ich dienen muss, wenn er es benutzen will."

„Lham-Dearg", flüsterte Dagonet drohend. „Hast du wirklich die Absicht, diesem Strauchdieb zu dienen und dann für die nächsten hundert Jahre oder noch länger anderen Herrn? Hast du den Pakt vergessen, den wir geschlossen haben? Willst du nicht nach Hause zurück, zu deinen geliebten Feuerschlünden?"

„Ich fürchte, du hast recht", meinte Lham-Dearg. „Aber einen kleinen Scherz will ich mir doch noch gönnen."

„Was tuschelt ihr da?", schrie der dritte der Strauchdiebe. „Na warte, Bürschchen, mit dir mach ich den Anfang!" Er fasste Earvin beim Wams und zerrte ihn in die Höhe sodass der Stoff zerriss.

Der Bandit glotzte verblüfft. „Was ist denn das?" Er packte das Hemd und fetzte es Earvin vom Leib. Die Anwesenden, einschließlich Dagonet, staunten nicht schlecht. Zwei perfekt geformte Brüste kamen zum Vorschein und bebten leise, als Earvin zu schluchzen begann.

„Ein Weib", schrie der Erste begeistert. Gemeinsam legten sie Hand an Earvin und entledigten ihn seiner Kleider. Dann stand eine wunderschöne nackte Frau vor ihnen. Sie war zwar nicht so schön wie Glynis, fand Dagonet, aber doch sehr anziehend.

„Ich", schrie der zweite Bandit. „Ich will sie als Erster haben."

„Wieso du?", protestierte der Erste. „Ich bin euer Anführer. Mir steht der erste Stoß zu."

„Gnade, ihr Herren", flehte Earvin. „Ich bitte euch, verschont mich. Ich bin noch Jungfrau!"

„Aber nicht mehr lange", grölte der Dritte. „Lasst die Würfel entscheiden!" Er zog zwei Würfel aus der Tasche.

Die Drei würfelten eifrig. Mit einem Jubelschrei begrüßte der Dritte seinen Sieg. Er packte Earvin und führte ihn – eigentlich muss man sagen sie – hinter die Büsche.

„Wir lassen dich noch ein wenig am Leben", wandte sich der Erste an Dagonet, „damit du miterleben darfst, wie wir deine Kleine beglücken."

In den Büschen waren Schreie zu hören und heftige Bewegungen zu sehen.

„Bring sie nicht gleich um", schrie der Zweite. „Wir wollen vorher auch noch!"

Es wurde ruhig und Earvin trat aus den Büschen. Ihr schöner weißer Körper war blutbefleckt und aus den Mundwinkeln rann Blut.

„Was ist geschehen?", rief der Erste beunruhigt. „Wo ist unser Gefährte?"

„Ich habe ihn gefressen", sagte Earvin und leckte sich das Blut vom Mund. Ihre Zunge war lang und gespalten, wie die Zunge eines Drachens. Dann öffnete sie die Lippen zu einem furchtbaren Lächeln und entblößte zwei lange Reißzähne.

„Was ist das?", schrie der Zweite entsetzt.

Earvin veränderte sich. Aus der dämonischen Frau wurde ein riesiger schwarzer Mann, der zur Größe von mehr als zwei erwachsenen Männern anwuchs. Seine rechte Hand leuchtete in düsterem Rot. „Ich bin der Kriegerdämon Lham-Dearg", sprach er mit dröhnender Stimme. „Ich habe euch nicht gesucht, aber ihr habt mich gefunden. Jetzt muss geschehen, was immer geschieht, wenn mich jemand herausfordert."

Der erste der Banditen tastete nach dem Schwert, das er Dagonet abgenommen hatte. Dagonet hatte inzwischen schon so viel von dämonischen Regeln begriffen, dass er das Problem sofort erkannte. Wenn es dem Mann gelang, das Schwert zum Kampf zu ziehen, würde er Lham-Dearg in die Klinge bannen und dessen Manifestation, so mörderisch sie auch war, würde spurlos verwehen. „Lass ihn das Schwert nicht ziehen!", schrie er warnend.

Lham-Dearg packte blitzschnell zu. Es ging so rasch, dass Dagonet kaum mitbekam, was geschah. Dann lagen die beiden Männer mit gebrochenem Genick am Boden.

Der schwarze Riese wandte sich Dagonet zu und starrte ihn drohend an.

„Lass das", forderte Dagonet mit zitternder Stimme. „Ich möchte Earvin zurückhaben. Den Earvin, der mein Knappe ist, und nicht das dämonische Weib."

Der schwarze Riese schrumpfte zusammen und nahm wieder die Gestalt des Knappen Earvin an. Erstaunlicherweise war seine Kleidung unversehrt.

„Tu so etwas nie wieder", forderte Dagonet. „Du hättest es von Anfang an verhindern können. Da bin ich mir sicher. Wozu das Ganze?"

„Damit du nicht vergisst, mit wem du es zu tun hast und mir künftig mit mehr Respekt begegnest und auch damit du weißt, was dir droht, wenn du mich betrügst."

„Ich habe nicht vor, dich zu betrügen. Binde mich los!"

Schweigend löste ihm Earvin die Fesseln. Dagonet trat zu den beiden Toten und nahm sein Schwert wieder an sich.

Earvin bückte sich, packte die beiden Leichen, jede mit einer Hand und schleuderte sie mit spielerischer Leichtigkeit über die Büsche. Man hörte, wie sie ins Wasser des Flusses klatschten. „Lass uns weitergehen", befahl er kurz und setzte sich in Bewegung.

Obwohl Dagonet noch gerne pausiert hätte, weil ihm von dem ausgestandenen Schreck die Knie noch weich waren, folgte er ihm auf der Stelle.

Nach einer Weile fragte er: „Der Mann mit dem du hinter die Büsche gegangen bist, hast du ihn wirklich gefressen?"

„Fällt mir nicht ein", antwortete Earvin. „Ich habe ihm den Garaus gemacht und ihn in den Fluss geschmissen. Kein Dämon, der bei Sinnen ist, würde einen Menschen fressen. Abgesehen vom Gestank ist der Geschmack eines Menschen so ziemlich das Scheußlichste, das man sich vorstellen kann. Ihr seid absolut ungenießbar."

„Hinterhältig, hässlich, stinkend, ekelerregend und ungenießbar", murmelte Dagonet. „So sind wir also in deinen Augen. Obwohl Letzteres wahrscheinlich von Vorteil ist."

„Lass gut sein, Dagonet", meinte Earvin versöhnlich. „Ich wollte dich nicht kränken. Es ist nicht notwendig, dass wir uns gegenseitig vorhalten, was uns am anderen nicht gefällt. Wir sind halt sehr verschieden."

Sie setzten ihren Weg fort, wobei Earvin immer wieder die Nase in die Luft hob, um zu wittern. „Ihr Geruch wird stärker", bemerkte er. „Sie ist hier gewesen, gestern Nachmittag. Wir kommen ihr näher."

„Beeil dich", keuchte Dagonet, obwohl er mit Earvin kaum Schritt halten konnte. „Wenn sie gerastet hat, können wir sie vielleicht noch vor Einbruch der Dunkelheit einholen."

Bald zeigte sich, dass diese Hoffnung vergebens war.

Nach etwa einer weiteren Stunde zwang sie der sumpfige Uferstreifen dazu, wieder in den Wald auszuweichen. Ein Weg, den auch Glynis genommen hatte, wie Earvin erschnupperte, und der in eine kleine Lichtung mündete. Sie blieben stehen und sahen sich um. Eindeutige Spuren wiesen darauf hin, dass hier etliche Menschen gelagert hatten. Man sah die Reste eines Lagerfeuers, weggeworfene Essensreste und zertretenes Gras.

Earvin fluchte ausgiebig auf Dämonenart. Während Menschen beispielsweise bei allen Dämonen der Hölle fluchen, pflegen Dämonen ihrerseits bei allen Menschen der Oberwelt zu fluchen und halten das für einen ausgesprochen obszönen Fluch.

„Was ist?", fragte Dagonet besorgt.

„Sie ist hier auf mehrere Männer getroffen, deren Gestank, ich wollte sagen der Geruch sich mit dem ihren vermischt und ihn überlagert", erklärte Earvin verdrossen. „Wie mir scheint, hat es keinen Kampf gegeben. Jedenfalls gibt es keine Anzeichen dafür. Aber sie ist mit ihnen mitgegangen, ob freiwillig oder gezwungen kann ich nicht sagen."

„Was für Männer?", fragte Dagonet erschrocken. „Etwa solche Strauchdiebe, wie die, die wir heute getroffen haben?"

Earvin roch ausgiebig an Gras, Bäumen und Büschen. „Wohl nicht", sagte er dann. „Ich rieche viel Eisen. Sie waren gut bewaffnet und gewappnet. Also eher Krieger."

„Artus' Leute? Wie kommen die hierher? Ihre Armee steht jenseits des Flusses!"

„Das stimmt", meinte Earvin. „Es wird sie aber nicht daran hindern, Spähtrupps über den Fluss zu schicken. Wenn es zutrifft, dass Artus plant, den Dubglas zu übersetzen, ist das sogar anzunehmen. Vermutlich ist Glynis einem solchen Trupp in die Hände gelaufen. Wir wollen sehen, wo die Männer hinwollten."

Sie verließen die Lichtung und folgten dem Waldpfad bis er wieder zum Ufer zurückführte. In einer kleinen Bucht waren Spuren im Schlamm und im Sand zu erkennen.

„Hier hat ein Boot gelegen", verkündete Earvin, nachdem er die Spuren untersucht hatte. „Sie sind wieder über den Fluss zurückgefahren und Glynis haben sie mitgenommen. Das kann ich gerade noch riechen."

„Wie geht es ihr?", fragte Dagonet besorgt.

„Ich bin auch nicht allwissend. Es ist kein Blutgeruch wahrnehmbar. Also lebt sie noch und ist vermutlich unverletzt."

Dagonet trat nahe ans Wasser und starrte in die trüben Fluten. Er hatte unsagbare Angst, er könne dort im Ufergestrüpp einen leblosen Körper hängen sehen.

„Gib acht!", rief Earvin warnend.

Alarmiert hob Dagonet den Kopf. Am gegenüberliegenden Ufer standen mehrere Männer und sahen zu ihnen herüber. Zwei von ihnen waren mit Bögen bewaffnet. Sie zielten kurz und sorgfältig und ließen die Pfeile von der Sehne schnellen. Sie waren hervorragende Schützen. Die Pfeile hätten Dagonet, der wie erstarrt dastand, unweigerlich durchbohrt, wenn Earvin nicht eine unmerkliche Handbewegung gemacht hätte. Dicht neben Dagonet klatschen die Pfeile in einen Baumstamm."

„Weg da!", forderte Earvin.

„Nein", weigerte sich Dagonet. „Gib mir ein weißes Tuch, rasch!"

Earvin griff in die Luft und reichte Dagonet das Verlangte. Die beiden Schützen hoben bereits wieder ihre Bögen. Dagonet begann mit dem Tuch heftig zu winken. Die Schützen zögerten, ließen ihre Waffen sinken und berieten sich mit ihren Gefährten. Dann zogen die Männer ein Boot aus den Büschen, bemannten es und machten Anstalten, den Fluss zu übersetzen.

„Weißt du, was du tust?", fragte Earvin skeptisch.

„Wir müssen ohnehin hinüber und mit den Männern von Artus Kontakt aufnehmen", antwortete Dagonet. „Das scheint mir eine gute Gelegenheit zu sein."

„Sie könnten dir an den Kragen gehen, bevor du sie von deiner Harmlosigkeit überzeugt hast. Sie könnten dich sogar für einen feindlichen Spion halten."

„Und wenn schon. Dann erschlag ich sie mit meinem Schwert. Das hältst du doch für gerechtfertigt, oder?"

„Ich weiß nicht", zögerte Earvin. „Du provozierst möglicherweise einen tödlichen Kampf, den du leicht vermeiden könntest, indem du dich zurückziehst. Ich könnte uns nämlich nach Einbruch der Dunkelheit problemlos über den Fluss bringen."

„Earvin", mahnte Dagonet. „Ich will nicht bis zum Abend warten. Spitzfindigkeiten sind jetzt nicht angebracht. Sag ‚nicht gerechtfertigt', und ich renne davon. Sag ‚gerechtfertigt', und wir bleiben hier stehen."

„Gerechtfertigt", antwortete Earvin widerwillig und beobachtete das näherkommende Boot. „Du musst aber eines bedenken, Dagonet. Das Schwert macht dich zwar nahezu unbesiegbar, wenn ich dich unterstütze, es macht dich aber nicht unverwundbar oder gar unsterblich. Und wenn du es nicht rechtzeitig aus der Scheide bekommst, kann es dir gar nicht helfen."

„Aber du kannst mir dann helfen", antwortete Dagonet selbstgefällig, weil er das dämonische Regelwerk immer besser verstand. „Solange das Schwert noch in der Scheide ist, bleibt deine Manifestation intakt und du kannst jeden Angreifer, oder auch fünf Angreifer, denn so viele sind in dem Boot, massakrieren. Das hast du ja bei den drei Strauchdieben vorhin eindrucksvoll bewiesen."

Earvin wirkte irritiert. „Das stimmt. Der Bann, der mich an das Schwert bindet, sieht bloß nicht vor, dass ich auch als eigenständige Manifestation kämpfe."

„Aber es funktioniert, solange wir die Hundert-Schritte-Regel beachten. Der Magier, der dich gebannt hat, scheint eben einige Eventualitäten nicht in Betracht gezogen zu haben."

Das Boot hatte inzwischen das Ufer erreicht und legte an. Die fünf Insassen kletterten heraus und behielten Dagonet dabei wachsam im Auge. Dieser hörte nicht auf, mit seinem weißen Tuch zu winken. Earvin stand neben ihm und machte einen verängstigten Eindruck.

„Seid gegrüßt, edle Herren", rief Dagonet, als die Männer herangekommen waren, verbeugte sich und ließ endlich das Tuch sinken. „Ich komme in friedlicher Absicht. Mein Name ist Dagonet und ich bin auf dem Weg zu König Artus."

Der Anführer musterte Dagonet und fand ihn einer Vorstellung für würdig. „Ich heiße Aldwyn. Wo kommst du her?"

„Aus Gallien, Sir Aldwyn."

„So bist du ein Franke?"

„Ich lebe unter Franken. Meine Vorfahren waren Römer."

„So, so. Was hat dich nach Lindsey verschlagen?"

„Ein Sturm. Wir waren auf einer Mission zu König Artus. Kaum waren wir auf offener See, wurden wir durch die Unbilden des Wetters von unserem Kurs abgebracht und gegen die Küste getrieben. In der Nähe jenes Ortes, den die Römer Portus Dubris nannten, erlitten wir Schiffbruch. Ich konnte mich mit meinem Knappen retten. Wir durchquerten unter vielfältigen Gefahren angelsächsisches Gebiet und kamen hierher, weil wir hörten, dass Artus am Dubglas lagert."

„Welche Mission soll das gewesen sein?"

„Eine, die von Bischof Gregor geschickt wurde", flüsterte eine Stimme in Dagonets Ohr.

„Bischof Gregor wollte Unterhändler zu Artus schicken", erklärte Dagonet und fügte vorsichtshalber hinzu, ehe ihn Aldwyn danach fragen konnte: „Ich weiß nicht in welcher Sache. Ich war nur Mitglied der bewaffneten Eskorte und in diplomatische Belange nicht eingeweiht."

„Meinst du Bischof Gregor von Tours?" Dagonet nickte. „Also bist du Christ?" Dagonet nickte abermals. Aldwyn zog ein Holzkreuz hervor und hielt es Dagonet entgegen. „Schwöre bei diesem heiligen Kreuz, dass du gläubig bist und dass du in reiner Absicht kommst und nichts Böses gegen Artus und seine Getreuen im Schild führst. Sei gewiss, dass dich der gütige Gott auf der Stelle zerschmettern wird, wenn du freventlich schwörst."

Für Dagonet war der Gott der Christen nur einer aus der großen Schar von Göttern, die er kannte oder von denen er zumindest gehört hatte. Er glaubte an dessen Existenz genau so kritiklos, wie er auch an die der anderen glaubte. Also tat er keinen Meineid, als er feierlich sagte: „Ich schwöre bei deinem heiligen Kreuz."

Der Himmel blieb wolkenlos und keine höhere Macht machte Anstalten, Dagonet zu zerschmettern.

Aldwyn war zufrieden. „Willkommen Bruder Dagonet", sagte er. „Wir werden dich zu Artus bringen. Auch wenn du ihm nun keine Nachricht mehr vom heiligen Gregor bringen kannst, so kannst du uns doch in unserem Kampf gegen die heidnischen Landräuber beistehen, denn du scheinst mir ein wehrhafter Mann zu sein. Das ist gewiss auch im Sinne Bischof Gregors." Er wandte seine Aufmerksamkeit Earvin zu. „Was ist mit deinem Knappen? Ist auch er ein guter Christ?"

Man weiß bis heute nicht, ob Dämonen an ein höheres Wesen glauben und ob sie überhaupt eine Art Religion haben. Man weiß nur, dass sie die Götter der Menschen nicht fürchten. Es ist nämlich ein weit verbreiteter Irrtum, man könne einen Dämon durch die Anrufung irgendeines Gottes, der von Menschen verehrt wird, oder verehrt wurde, beeindrucken.

Earvin schaute Aldwyn treuherzig an, zeichnete mit der Hand ein Kreuz auf seine Brust und murmelte etwas von einem Vater, der im Himmel wohnt.

„Guter Junge", lobte Aldwyn fast gerührt und tätschelte Earvin die Wange. „Kommt, steigt in das Boot und lasst uns übersetzen."

17

Das Boot schaukelte auf den Wellen und wurde durch kräftige Ruderschläge gegen die Strömung auf Kurs gehalten.

„Sie war auf diesem Boot", flüsterte Lham-Deargs Stimme in Dagonets Ohr, während seine Manifestation als Earvin schweigend in die braunen Fluten starrte. „Ich kann sie deutlich riechen."

„Das ist ein sehr günstiger Flussübergang", bemerkte Dagonet zu Aldwyn. „Er wird gewiss oft von Briten genutzt, die vor der Unterdrückung durch die Angelsachsen fliehen."

„Nein", antwortete Aldwyn. „Es gibt dort drüben kaum noch Reste der alten Bevölkerung. Die Angelsachsen haben ganze Arbeit geleistet. Die wenigen von uns, die überlebt haben, haben sich mit der Situation abgefunden und versuchen sich anzupassen. Aber gestern haben wir tatsächlich einen Landflüchtigen aufgegriffen und über den Fluss gebracht. Einen jungen Burschen, der sich Godric genannt hat. Er hat uns erzählt, er sei Knappe bei einem sächsischen Ritter gewesen, der ihn so schlecht behandelt habe, dass er schließlich aus Angst um sein Leben geflohen sei. Er hat uns angefleht, ihn mitzunehmen, ehe ihn seine Verfolger einholen."

„Ich habe dir ja gesagt, dass du dir um sie keine Sorgen machen brauchst", sagte die Stimme in Dagonets Ohr. „Dieses Mädchen ist eine Überlebenskünstlerin. Sie war sogar klug genug, einen neuen Namen anzunehmen."

„Hat ihn Artus aufgenommen?", fragte Dagonet beiläufig.

Aldwyn nickte. „Artus hat Gefallen an ihm gefunden und ihn einigen Männern, die er nach seiner Residenz Tintagel geschickt hat, mitgegeben. Er hat angeordnet, dass der Junge in der christlichen Religion unterrichtet und zu einem ordentlichen Knappen ausgebildet werden soll. Denn sein früherer Herr hat ihm außer der Furcht vor Schlägen offenbar nicht viel beigebracht."

„Tintagel", fragte Dagonet enttäuscht und erschrocken. „Wo ist denn das?"

„Weit im Süden", antwortete Aldwyn. „Wenn man gut beritten ist und die alten Straßen benutzt, braucht man etwa zehn Tage."

Dagonet hörte in seinem Ohr Lham-Dearg fluchen, natürlich auf Dämonenart, während Earvin weiterhin verträumt in die Wellen blickte.

Das Heerlager des Artus befand sich nicht weit vom Fluss entfernt und war größer, als Dagonet erwartet hatte. Artus hatte eine beachtliche Streitmacht ins Land geführt. Zelt an Zelt, Reihe an Reihe erstreckte sich das Lager über die ganze Ebene.

Am Eingang machten sie bei der Lagerwache halt. Aldwyn besprach sich mit deren Kommandanten, während Dagonet und Earvin abseits warten mussten. Dann eilte ein Bote ins Innere des Lagers, um weitere Anweisungen einzuholen. Dagonet und Earvin, des Herumstehens müde, hockten sich schließlich auf einen umgedrehten Pferdetrog. Niemand kümmerte sich um sie, nur Aldwyn kam kurz zu ihnen und bat sie in höflichen Worten um etwas Geduld. Nach geraumer Zeit kehrte der Bote zurück und unterhielt sich leise mit Aldwyn und dem Kommandanten der Torwache.

„Kannst du hören, was sie reden?", flüsterte Dagonet. „Spitz die Ohren!"

Earvin spitzte die Ohren. Das tat er im wahrsten Sinn des Wortes. Dagonet konnte sehen, wie die Ohren seines Knappen länger und spitzer wurden, Haarbüschel bekamen und sich nach vorne drehten, wie die Ohren eines Luchses.

„Hör auf!", zischte er erschrocken. „Was sollen denn die Leute denken, wenn sie dich so sehen?"

Die Ohren seines Knappen wurden wieder zu Menschenohren. „Ich kann nichts verstehen", flüsterte er. „Obwohl ich ein vorzügliches Gehör habe, das nicht schlechter als mein Geruchssinn ist, stört etwas meine Wahrnehmung. Ich kann bloß starke Schwingungen von Magie spüren."

„Das gefällt mir nicht", sagte Dagonet.

„Mir noch viel weniger", antwortete Earvin.

Aldwyn trat wieder an sie heran. „König Artus wird Euch zur gegebenen Zeit empfangen, Sir Dagonet. Bis dahin bittet er Euch, seine Gastfreundschaft in Anspruch zu nehmen. Folgt mir!"

Sie betraten das Lager und durchschritten Zeltreihen, bis sie ein Areal erreichten, wo die Zelte nicht mehr so eng beieinander standen. Hier waren sie deutlich größer, als die des gemeinen Kriegsvolkes. Bei jedem Zelt standen noch weitere Unterkünfte für Pferde und Bedienstete. Vor jedem Hauptzelt war ein Pfosten in die Erde gerammt, auf dem ein Schild hing.

Aldwyn nannte Dagonet ehrfurchtsvoll die Namen der Ritter, die hier ihre Wappen präsentierten. Dagonet kannte keinen von ihnen. Dennoch zeigte er sich höflich beeindruckt. Dann war auch diese Zeltstadt zu Ende und vor ihnen erstreckte sich ein weiter Platz, in dessen Mitte ein schwarzes Zelt stand. Der Schild vor dem Eingang zeigte einen roten Schrägbalken auf weißem Grund, sonst nichts.

„Beliebt vorläufig in diesem Zelt Quartier zu nehmen, Sir Dagonet", sagte Aldwyn. „Es ist für Gäste bestimmt, über deren Schicksal der König noch nicht entschieden hat. Man wird Euch sogleich mit Speise und Trank versorgen."

„Wir müssen ehestens hinter Glynis her", sagte Dagonet, sobald sie allein waren. „Kennst du den Weg nach Tintagel?"

Earvin starrte einen Augenblick ins Leere, dann griff er in die Luft und hatte eine Rolle in der Hand.

„Wir wollen sehen." Er entrollte eine Landkarte. Dagonet hatte Derartiges noch nie gesehen. Die Karte war aus einem Material, das Pergament ähnelte. Flüsse, Berge, Ebenen, Wälder, Straßen und Ortschaften waren mit leuchtenden Farben unglaublich fein und genau eingezeichnet und beschriftet.

„Wo hast du das her?"

„Aus der Zentralbibliothek."

„Aus was?"

„Aus der Zentralbibliothek", wiederholte Earvin geduldig. „An jenem Ort, an dem auch unser König residiert, ist das gesammelte Wissen versammelt, über das wir Dämonen verfügen. Wir nennen es die Zentralbibliothek."

„Wie kann das sein", staunte Dagonet und befingerte die Karte. „Das müsste doch alles sofort verbrennen, dort wo ihr euch aufhaltet."

„Das was du hier siehst, ist nur eine Manifestation, die ich angefertigt habe, damit auch du die Karte betrachten kannst. Das Original ist – so wie unser gesamtes Wissen – in Form von unvergänglichen Lichtmustern gespeichert."

„Das verstehe ich nicht."

„Natürlich nicht. Es wird wohl noch geraume Zeit dauern, bis auch ihr Menschen auf diesen Trick kommt. Und selbst wenn es soweit ist, werden die wenigsten von euch begreifen, wie es funktioniert. Also zerbrich dir nicht den Kopf. Schau her! Hier unten ist Tintagel. Die Reisenden werden dieser Straße folgen. Einen anderen vernünftigen Weg gibt es gar nicht."

„Sie sind inzwischen höchstens zwei Tagesritte vorangekommen", überlegte Dagonet. „Wenn wir heute Nacht aufbrechen und ihnen nachfliegen, haben wir sie in kürzester Zeit eingeholt. Eigentlich ist es von Vorteil, dass Glynis nicht mehr hier im Lager ist. So ist es viel leichter, sie unauffällig von ihren Begleitern zu trennen und in Sicherheit zu bringen."

„Das ist ein weiterer Punkt, über den wir sprechen müssen", sagte Earvin mit ernster Miene. „Wann ist sie deiner Meinung nach soweit in Sicherheit, dass du deinen Teil unseres Paktes erfüllen kannst? Sobald ich sie dir übergeben habe, oder sobald ich euch an einen Ort gebracht habe, wo euch keine unmittelbare Gefahr droht, was auf dieser unruhigen Insel gar nicht so einfach ist. Denn sobald ich fort bin, wird dein Schwert nur mehr ein ganz gewöhnliches Schwert sein, mit dem du nicht übermäßig viel ausrichten kannst, so wie ich deine Fechtkünste einschätze."

Dagonet wollte jeden Zwist vermeiden, also sagte er: „Das überlasse ich deinem Gerechtigkeitssinn, dem du ja so sehr verpflichtet bist."

„Du bringst mich in arge Verlegenheit", antwortete Earvin missmutig. „Und was ist mit König Artus und seinem bevorstehenden Angriff auf Lindsey?"

„Was soll mit ihm sein?", fragte Dagonet befremdet, „Der Mann und seine Absichten interessieren mich nicht. Das mögen die Könige untereinander ausmachen. Ich kann mich schließlich nicht um alles kümmern. Mir ist nur Glynis wichtig. In wenigen Stunden bricht die Nacht an, und dann fliegen wir nach Tintagel zu Glynis. Artus kann mir gestohlen bleiben."

Der Vorhang vor dem Zelteingang teilte sich und Aldwyn trat ein. „König Artus wünscht Euch jetzt zu sehen, Sir Dagonet", sagte er förmlich. „Bitte folgt mir, aber seid so freundlich, vorher Euer Schwert abzulegen. Es ist Fremden nicht gestattet, bewaffnet vor den König zu treten. Das ändert sich natürlich, sobald Ihr in den Kreis der königlichen Ritter aufgenommen seid. Euer Knappe bleibt hier und kann Euer Schwert getreulich verwahren."

Dagonet warf Earvin einen verzweifelten Blick zu, aber der zuckte nur resignierend mit den Schultern. Weil ihm nichts anderes übrigblieb, schnallte Dagonet seinen Schwertgürtel ab und wollte ihn Earvin reichen. Im letzten Moment fiel ihm ein, dass dieser das Schwert nicht berühren durfte. Also warf er es kurzerhand auf den Strohsack, der in einer Ecke lag und folgte Aldwyn. Ohne die Gesellschaft Lham-Deargs fühlte er sich plötzlich allein gelassen. „Es ist nicht zu glauben", dachte er. „Ich habe mich so sehr an meinen Dämon gewöhnt, dass er mir abgeht, wenn er einmal nicht da ist."

Artus residierte in einem Zelt, das sich sowohl durch Größe als auch durch seine kostbare Ausstattung von den Quartieren seiner Ritter unterschied. Vor dem Eingang wehte auf einer in den Boden gerammten Lanze sein Banner: ein roter Drache auf gelbem Grund.

Dagonet wurde von Aldwyn in das Zelt geführt und trat dem berühmten König Artus gegenüber. Er hatte sich etwas anderes erwartet. Artus war ein stämmiger, mittelgroßer Mann mit einer Glatze, auf der ein schmaler goldener Reifen ruhte. Er hatte krumme Beine, was vom häufigen Reiten herrühren, aber auch angeboren sein konnte. Das Gesicht wurde von einem Schnauzbart beherrscht, der bis ans Kinn herabhing. Trotz seines eher barbarischen Aussehens war der König in eine römische Toga gehüllt, die das senatorische Purpur trug. Er saß auf einem Stuhl mit geschwungener Rückenlehne und gedrechselten Beinen, die in einem vierzackigen Stern ausliefen. Seine Stimme war dumpf und dröhnend, so als ob sie aus einem leeren Weinfass käme. Er sah Dagonet mit wässrigen Augen an und sagte: „Willkommen in meinem Heerlager, Sir Dagonet. Ihr kommt von Gregor?"

Dagonet sank in die Knie und beugte ehrerbietig das Haupt. „Ich danke Euch für Eure Freundlichkeit, großer König. Ich bedaure, dass ich Euch nicht mehr von Bischof Gregor bringen kann, als seine Grüße. Ich fürchte, dass ich der einzige Überlebende jenes Schiffunglücks bin, mit dem uns Gott geprüft hat. Damit ist auch jene Nachricht verlorengegangen, die der eigentliche Grund unserer Reise war."

„Sir Aldwyn hat mir schon davon berichtet. Kommt näher, Sir Dagonet, und erzählt mir mehr von Euch."

Der König stieß mit dem Fuß gegen ein Kissen, das zu seinen Füßen lag.

Dagonet war irritiert. Auf einem Kissen zu Füßen des Königs zu sitzen, war nicht der richtige Ort für einen Krieger, weder in Gwyn, noch in Lindsey und – wie Dagonet vermutete – auch nicht bei den Briten. Die Höflinge, die den Thron umstanden, wirkten unbeteiligt und ließen keine Gemütsregung erkennen. Dagonet ließ sich vorsichtig auf dem Kissen nieder. Jetzt wurde unter den Höflingen leise gelacht. Etwas drückte Dagonet. Er griff unter sich und zog unter dem Kissen einen Stab hervor, an dem drei Glöckchen befestigt waren.

„Ach, da ist es ja", rief Artus erfreut. „Ich habe es schon vermisst. Es hat meinem Narren gehört, der vor einigen Tagen verstorben ist, der Ärmste. Er hat sich aufgehängt, weil er mich mit seinen Lügengeschichten nicht mehr zum Lachen bringen konnte. Tut mir doch den Gefallen, Sir Dagonet, läutet noch einmal die Glöckchen. Zum Andenken an meinen treuen Narren, der lieber gestorben ist, als seinen König zu enttäuschen."

Dagonet schüttelte den Stab und brachte die Glöckchen zum Bimmeln.

„Sehr schön", lobte der König. „Der Klang der Narrenglocke hat mir gefehlt. Ich glaube, ihr habt auch das Zeug zu einem Narren in Euch, Sir Dagonet. Das erkenne ich schon an Eurer bitteren Miene. Ein wahrer Narr hat nämlich traurig und verbittert dreinzuschauen. Nichts ist schlimmer als ein ständig kichernder Narr. Wollt ihr nicht die Stelle meines Narren einnehmen? Vorerst nicht an dem Baum, an dem wir Euren Vorgänger baumelnd vorgefunden haben, sondern hier zu meinen Füßen?"

Die Höflinge lachten unverhohlen.

Dagonet erhob sich zornig. „Ihr beliebt mit mir Scherze zu treiben, erhabener König. Habe ich Euch Grund dafür gegeben, mich zu verspotten und mich mit so geringer Achtung zu behandeln?"

„Das habt Ihr in der Tat, Prinz Dagonet von Gwyn", schrie Artus. „Ihr seid nämlich tatsächlich ein Narr, wenn ihr glaubt, Ihr könnt Euch unerkannt in mein Lager schleichen und hier spionieren!"

„Das hatte ich nicht vor, großer König", antwortete Dagonet betroffen darüber, dass man ihn erkannt hatte. „Es trifft zu, dass ich einstmals Prinz von Gwyn war, aber mein Bruder, König Artair, hat mich des Landes verwiesen. Jetzt bin ich ein heimatloser Ritter, den nur der Zufall in Euer Lager verschlagen hat."

„Und weshalb habt ihr Euch dann nicht gleich zu erkennen gegeben, anstatt mir unverschämte Lügen zu erzählen?"

„Ich fürchtete, als ehemaliger Prinz von Gwyn nicht willkommen zu sein."

„Damit habt ihr grundsätzlich recht, obwohl es auch bei Euch drüben Männer guter Gesinnung gibt, die bereit sind, uns bei unserem gerechten Kampf zu unterstützen. Gehört Ihr zu diesen Männern, Prinz Dagonet? Würde es Euch gefallen, als mein Vasall anstelle Eures Bruders, der Euch verstoßen hat, auf dem Thron von Gwyn zu sitzen?"

„Ich bin kein Verräter", antwortete Dagonet.

„Diese Einstellung ehrt Euch, mein Prinz, auch wenn sie in der Situation, in der Ihr Euch befindet, lebensgefährlich ist. Also sagt mir, was Euch wirklich in mein Lager führt."

„Das darf ich nicht sagen, weil mich ein heiliger Eid verpflichtet, zu schweigen", log Dagonet, dem nichts Besseres einfiel und der auf keinen Fall von Glynis erzählen wollte. „Ich schwöre aber, dass ich nicht spionieren wollte, und mein Hiersein nichts mit dem Krieg zu tun hat, den Ihr vielleicht mit dem König von Lindsay führen werdet."

„Ein Schwur! Wie praktisch", spottete Artus. „Etwas Besseres ist Euch nicht eingefallen? Bei welchem Gott schwört Ihr denn? Dem einzig wahren Gott der Christenheit, zu dem ihr Euch bekannt habt?"

Dagonet nickte in seiner Verzweiflung. Im Übrigen war ihm der Christengott genauso recht wie jeder andere.

„Ihr glaubt also an die Existenz Gottes und an Christus, den Wiederauferstandenen?"

„Aber ja", sagte Dagonet, der keinen Grund fand zu zweifeln, obwohl er noch nie von einem wiederauferstandenen Gott gehört hatte.

„Glaubt ihr auch, dass dieser Gott der einzig Wahre ist und es keine anderen Götter neben ihm gibt?"

„Das nicht", antwortete Dagonet, dem die Vorstellung, es könne nur einen einzigen Gott geben, absurd und geradezu erschreckend vorkam.

Die Höflinge tuschelten und sahen Dagonet drohend an. Artus seufzte. „Ihr seid ebensowenig Christ, wie ich ein heidnischer Sachse bin. Ich frage mich jetzt, ob mir ein lebender Prinz Dagonet nützlicher sein kann, als ein toter."

„Ganz gewiss ein lebender", wagte Dagonet zu bemerken.

Artus lachte grimmig. „Ihr gebt ja doch einen überzeugenden Narren ab, Sir Dagonet. Ich lasse Euch vorläufig am Leben, um mir über Eure Nützlichkeit Klarheit zu verschaffen. Ihr dürft Euch frei im Lager bewegen und man wird Euch mit Respekt behandeln. Ihr dürft aber das Lager nicht verlassen. Solltet Ihr zu fliehen versuchen, wird man Euch auf der Stelle töten. Geht mir jetzt aus den Augen, bis ich Euch wieder rufen lasse, um Euch mein Urteil zu verkünden. Ach ja, Prinz Dagonet, ehe Ihr geht, läutet doch noch einmal die Narrenglöckchen, damit Ihr nicht vergesst, wie schnell man an einem Baum hängen kann, wenn man mir missfällt."

18

Dagonet wurde von Aldwyn wieder aus dem Zelt geführt. Beide Männer schwiegen auf dem Weg zu Dagonets Zelt: Aldwyn betreten, Dagonet verärgert. Schließlich durchbrach Dagonet das peinliche Schweigen: „Wart Ihr es, der mich erkannt hat, Sir Aldwyn?"

„Nein", antwortete Aldwyn. „Ich weiß nicht, wer Euch erkannt hat, aber – wenn Ihr mir die Bemerkung gestatten wollt – Euer Name, den zu ändern Ihr nicht für notwendig gefunden habt, war schon sehr verräterisch. Denn wir haben auch hier erfahren, dass Euch Euer Bruder des Landes verwiesen hat. Außerdem ist gestern ein Bote aus Lindsey im Lager eingetroffen, der Artus eine Nachricht überbracht hat. Vielleicht hat er unseren König informiert, dass Ihr auf dem Weg zu ihm seid."

„Ein Bote aus Lindsey?", fragte Dagonet betroffen, und dachte, dass dieser Bote wohl nur von Eadweard gekommen sein konnte. „Wisst Ihr zufällig seinen Namen?"

„Soweit ich mich erinnere, nannte er sich Aurelius. Kennt Ihr ihn?"

„Flüchtig", antwortete Dagonet und dachte: „Verdammter, hinterhältiger Dämon. Er hat zwar seinen Schwur Glynis betreffend gehalten, dafür aber Artus über meine baldige Ankunft im Grenzgebiet des Dubglas informiert, um meine Suche nach ihr möglichst zu sabotieren."

Sie näherten sich dem Zelt, das man Dagonet zugewiesen hatte, und dieser sah sofort, dass sich etwas verändert hatte. Man hatte in beträchtlicher Entfernung um das schwarze Zelt Holzpflöcke in den Boden geschlagen und mit einem Seil verbunden. Außerhalb dieses Kreises stand alle paar Schritte ein bewaffneter Mann.

Dagonet wurde von bösen Ahnungen erfüllt. „Was hat das zu bedeuten?", fragte er und versuchte sich der Absperrung zu nähern. Sofort trat ihm einer der Bewaffneten mit gefällter Lanze entgegen. „Was hat das zu bedeuten?", fragte Dagonet neuerlich und tastete vergeblich nach seinem Schwert, das – wie er sich erinnerte – im Zelt lag.

„Wir haben Euch eine andere Unterkunft zugewiesen, Prinz Dagonet", erklärte ein schwarz gekleideter Mann, der aus dem Schatten trat. „Diesem Zelt darf sich vorläufig niemand nähern."

„Weshalb nicht?", rief Dagonet. „Wer seid Ihr, Sir?"

„Man kennt mich unter vielen Namen. Hier nennt man mich Merlin."

„Merlin, der Zauberer?"

„So ist es, obwohl ich die Bezeichnung Magier vorziehe."

„Wie Ihr wünscht, Sir Merlin, Magier und nicht Zauberer. Ich frage Euch neuerlich: Warum darf ich mein Zelt nicht betreten? Ich will mein Schwert wiederhaben und wo ist mein Knappe?"

Merlin schüttelte den Kopf. „Das geht leider nicht, Prinz Dagonet. Während Eurer Abwesenheit musste ich nämlich feststellen, dass sich ein Dämon ins Lager eingeschlichen hat. Meiner Kunst ist es jedoch gelungen, ihn in jenem Zelt, das für unvorhergesehene Besucher vorgesehen ist, festzusetzen und gefangen zu halten. Ihr werdet aber verstehen, dass Euer Quartier dadurch für menschliche Gäste unbewohnbar geworden ist. Für die Unannehmlichkeiten, die Euch daraus entstehen, muss ich mich entschuldigen. Sobald ich den Dämon beseitigt habe, bekommt Ihr Euer Schwert wieder zurück. Ob das auch mit Eurem Knappen der Fall sein wird, kann ich nicht versprechen. Möglicherweise hat der Dämon den armen Jungen schon umgebracht."

„Aber ...", versuchte Dagonet einzuwenden. Merlin schnitt ihm das Wort mit einem kategorischen ‚Nein' ab, nahm ihn beim Arm und führte ihn außer Hörweite der umstehenden Männer.

„Ich war entzückt, als ich hörte, dass ihr freiwillig in unser Lager gekommen seid, Prinz Dagonet", sagte er leise, „und das Schwert von Gwyn mitgebracht habt. Denn Euer angeblicher Knappe ist, wie wir beide wissen, selber jener Dämon, der in Eurem Schwert haust. Und das Schwert liegt jetzt in diesem Zelt. Ich schmeichle mir, dass es mir auf höchst ungewöhnliche Weise gelungen ist, diesen Dämon zu fangen. Dazu war gar keine Magie nötig sondern nur die genaue Kenntnis der ‚Klausel des Sūmu-Abum'. Habt Ihr davon schon gehört? Wahrscheinlich nicht! Dort ist unter anderem die Option festgelegt, dass ein

Dämon, der an einen Gegenstand gebunden ist, diesen verlassen kann, solange dieser Gegenstand nicht benutzt werden soll, er sich aber nicht mehr als hundert Schritte von ihm entfernen darf. Üblicherweise wird bei der Bannung eines Dämons diese Möglichkeit aber ausgeschlossen, weil so ein freilaufender Dämon allerhand Unfug anstellen kann, auch wenn es ihm nur im Umkreis von hundert Schritten möglich ist. Jener Magier, der in das sogenannte Schwert der Gerechtigkeit einen Dämon gebannt hat, hat das aber unterlassen, was ich für einen schweren Kunstfehler halte, weil sich daraus unnötige Komplikationen ergeben. Üblicherweise wäre es nämlich ganz einfach: Jemand begibt sich in das Zelt, ergreift das Schwert und der Dämon muss ihm dienstbar sein. In unserem Fall ist es nur leider so, dass sich der Dämon außerhalb des Schwertes aufhält und jedem an den Kragen geht, der das Schwert anfassen will. Wir haben es ausprobiert und zwei Mann hineingeschickt. Sie wurden wie Puppen über die Absperrung zurückgeschleudert. Andererseits sitzt aber auch der Dämon fest und ist gefangen. Er kann sich nicht weiter als hundert Schritte von dem Schwert, das er nicht anfassen darf, entfernen. Diese Absperrung hier hat einen Durchmesser von zweihundertfünfzig Schritten und verhindert, dass sich jemand versehentlich in die Reichweite des Dämons begibt, vor allem aber dient sie dazu, Euch, Prinz Dagonet, daran zu hindern Euch des Schwertes zu bemächtigen und einen Kriegerdämon auf uns loszulassen. Es ist ein Patt, wie die Schachspieler sagen. Spielt Ihr Schach, Prinz Dagonet? Nein? Das habe ich schon gedacht. Ich habe es seinerzeit in Indien erlernt. Aber wahrscheinlich wisst Ihr nicht einmal, wo Indien ist. Jedenfalls verhält sich Euer Dämon ausgesprochen atypisch. Er scheint nur Euch dienen zu wollen und ich frage mich, wieso das so ist. Im Normalfall ist es für einen Dämon nämlich ohne Bedeutung, wem er dient, weil Dämonen alle Menschen gleichermaßen hassen und niemals eine Zuneigung zu ihrem Meister entwickeln. Könnte es sein, dass Ihr mit diesem Dämon einen zusätzlichen Vertrag geschlossen habt? Sagt mir, Prinz Dagonet, ist das so? Und wenn ja, was sind die Bedingungen dieses Vertrages?"

Dagonet hatte mit zunehmender Bestürzung dem selbstgefälligen Redefluss des Magiers gelauscht. Er antwortete kurz angebunden: „Ich habe Euch nichts zu sagen."

Merlin schüttelte den Kopf. „Ist das wirklich klug? Ich habe mir nämlich folgendes überlegt: Wenn Ihr sterbt, mein Prinz, wird Euer Vertrag mit diesem Dämon hinfällig und er wird dann wieder jedem dienen, der das Schwert ergreift. Was meint Ihr?"

„Und Ihr wollt ein Magier sein, der weiß, wie man mit Dämonen umgeht?", fragte Dagonet verächtlich. „Wenn Ihr mich tötet oder töten lasst, so werde ich nicht mehr in der Lage sein, meinen Teil des Vertrages zu erfüllen, den ich tatsächlich mit diesem Dämon geschlossen habe. Das wird den Dämon sehr verärgern. Ihr wisst doch, wie nachtragend und hinterhältig Dämonen sein können. Er wird es dann darauf anlegen, dass nur jemand das Schwert aufnimmt, der Euch feindlich gesonnen ist, und gemeinsam mit seinem neuen Meister Jagd auf Euch machen. Ich möchte nicht in Eurer Haut stecken. Er wird schon jetzt sehr verärgert über Euch sein. Es bleibt Euch gar nichts anderes übrig, als den Zirkel, in dem Ihr ihn festgesetzt habt, aufrecht zu erhalten. Aber wie lange wollt Ihr das tun? Ein Jahr, fünf Jahre? zehn Jahre? Das wird nicht gehen, denn dieses Lager wird bald aufgelöst und Eure Wachposten werden abgezogen. Dann wird sich der Dämon frei machen und – wenn ich nicht mehr hier bin – sich einen neuen Herrn wählen, mit dem er sich auf Eure Spur setzt. Ich zweifle nämlich nicht daran, dass es genug Männer und Frauen gibt, die Euch zutiefst hassen und daher dem Dämon gerade recht kommen. Denn Männer Eures Schlages sind zwar gefürchtet, aber kaum beliebt. Nein, Magier, in Wahrheit seid Ihr es, der in der Klemme sitzt."

Merlin wirkte bestürzt und wandte ein: „Ich weiß mich eines Dämons sehr wohl zu erwehren."

„Vielleicht könnt Ihr einen Dämon niederer Klasse abwehren, aber nicht diesen. Irgendwann, wenn Ihr nicht daran denkt und Euch in Sicherheit wähnt, wird er aus der Dunkelheit auf Euch zutreten und ehe Ihr etwas zu Eurer Verteidigung tun könnt, die Strafe an Euch vollziehen, die er für angemessen hält. Wollt Ihr mit dieser Bedrohung wirklich leben? Ich mache Euch einen Vorschlag: Ihr erlaubt mir mein Schwert zu nehmen und ich schwöre Euch, dass ich und mein Dämon zur selben Stunde dieses Lager verlassen und Euch nie mehr behelligen werden."

„Nein", lehnte Merlin entschieden ab. „Ihr schwatzt mir die Ohren voll wie ein babylonischer Teppichhändler. Ich traue Euch aber nicht und werde mir lieber in aller Ruhe überlegen, wie ich mit Euch und Eurem Dämon weiter verfahre." Er winkte Aldwyn zu sich. „Verdoppelt, nein besser verdreifacht die Wachen. Tötet jeden, der versucht in diesen Kreis einzudringen. Er wandte sich an die Wachen und sprach mit erhobener Stimme: „Und ihr, Männer, habt keine Furcht. Was immer ihr in diesem Zirkel sehen mögt, so schrecklich es euch auch vorkommt, es kann nicht heraus und es kann euch nichts anhaben. Habt ihr verstanden?"

„Ja, Meister", antworteten die Männer, die nicht wussten, wovor sie sich mehr fürchten sollten: vor Merlin selbst oder vor dem, was im Bannkreis lauern mochte.

„Prinz Dagonet bringt in einem anderen Zelt unter", fuhr Merlin fort, „denn er wird gewiss sein Quartier nicht mit einem Dämon teilen wollen. Der König würde es uns nie verzeihen, wenn unserem Gast etwas zustößt, das seine Majestät nicht selbst angeordnet hat. Macht schon, bringt ihn rasch weg!"

19

Man brachte Dagonet am anderen Ende des Lagers unter. Sobald er sein Zelt verließ, schlossen sich ihm zwei Krieger an, die darauf achteten, dass er nicht auf Abwege geriet, ihn aber ansonst unbehelligt ließen, was allerdings auch bedeutete, dass sie sich auf keine Unterhaltung einließen.

Dagonet verbrachte daher den folgenden Tag nach einem kurzen Ausgang lieber in seinem Zelt. Glynis fehlte ihm und er vermisste sogar Lham-Dearg. Er fühlte sich sehr einsam und er war keineswegs so zuversichtlich, wie er sich Merlin gegenüber gegeben hatte. Er hatte trotz allen Nachgrübelns keine Lösung gefunden, um seiner prekären Situation zu entrinnen. Der Gedanke, dass sowohl Merlin als auch Artus überlegten, ob es zweckmäßiger sei, ihn zu töten oder am Leben zu lassen, beunruhigte ihn zutiefst. Sein einziger Trost war, dass sich Glynis offenbar nicht in unmittelbarer Gefahr befand. Üblicherweise neigte er ja dazu, in Situationen, in denen er nicht weiterwusste, einfach zuzuwarten, in der Hoffnung, die Probleme würden sich von selbst lösen. Diesmal wurde ihm dieses Zuwarten aber aufgezwungen und er verlor zunehmend jedes Vertrauen in die problemlösende Wirkung des Untätigseins.

Dennoch schien dieses Prinzip nach wie vor zu funktionieren, denn die Dinge gerieten auch ohne sein Zutun wieder in Bewegung. Dagonet wurde nämlich zu seiner Überraschung von Merlin aufgesucht.

„Ich grüße Euch, Prinz Dagonet", sagte der Magier höflich, als er das Zelt betrat. „Hat man Euch gut untergebracht?"

„Ich kann nicht klagen", antwortete Dagonet, „obwohl ich wünschte, ich müsste nicht länger Eure Gastfreundschaft oder die Eures Königs in Anspruch nehmen."

„Das lässt sich leider nicht vermeiden." Merlin ließ sich auf einem der Stühle nieder, mit denen Dagonets Zelt ausgestattet war. „Es müssen vorher noch einige offene Punkte geklärt werden."

Dagonet, der es für klug hielt, sich gesprächsbereit zu zeigen, setzte sich dem Magier gegenüber und fragte: „Und was wären das für Punkte?"

„Ihr wisst es. Es handelt sich um Euer Schwert. Ich will kein Hehl daraus machen, dass ich die Absicht habe, es an mich zu bringen. Es hat mächtige Zauberkräfte und könnte in der Hand eines gewaltigen Kriegers, wie Artus einer ist, einen entscheidenden Vorteil in der bevorstehenden Schlacht gegen die Angelsachsen bedeuten."

„Wozu der Aufwand?", wunderte sich Dagonet. „Man sagt, Ihr seid ein mächtiger Zauberer, oder Magier, wenn Euch das lieber ist. Man sagt, Ihr hättet bereits für Artus ein Zauberschwert hergestellt, das ihn angeblich unbesiegbar macht. Wenn ihr noch ein Zauberschwert wollt, was hindert Euch daran, ein solches zu erschaffen?"

„Widrige Umstände", antwortete Merlin, dem es sichtlich schwerfiel, dieses Eingeständnis zu machen. „Ich beherrsche zwar viele magische Künste, aber ich kann weder Dämonen heraufbeschwören noch ein Zauberschwert machen."

„Ihr könnt keine Dämonen beschwören? Ihr, den man als den mächtigsten Magier weit und breit rühmt? Ich weiß, dass Euch Dämonen fürchten, weil Ihr in der Lage seid, sie zu vernichten!"

„Das ist etwas anderes. Dämonen zu töten ist schwierig, aber möglich. Ich konnte allerdings bisher nicht jenen Teil der ‚Klausel des Sūmu-Abum' erwerben, der die Formel enthält, mit der man Dämonen heraufbeschwört."

„Erstaunlich", meinte Dagonet. „Aber was ist mit dem Schwert Excalibur, das ihr für Artus gemacht habt?"

„Auch das habe ich nicht gemacht. Er hat es von einer Frau erhalten, die unter dem Namen Viviane, oder die Herrin vom See bekannt ist."

„Mir ist sie nicht bekannt. Viviane? Ich habe nie von ihr gehört."

„Dann schätzt Euch glücklich", antwortete Merlin bitter. „Sie gehört nämlich weder dem Geschlecht der Menschen an noch ist sie ein Dämon oder ein Geist. Sie ist etwas dazwischen, das sich nicht in Worte fassen lässt. Gnade dem Mann, der ihrer Schönheit und Klugheit verfällt. Denn am Ende wird sie ihm Verderben bringen. Ebenso verhält es sich mit Geschenken, die sie bisweilen einem Sterblichen macht. Nimmt er das Geschenk an, so wird auch ihm zunächst Glück und Erfolg beschieden sein. Sobald sich aber sein Schicksal wendet, bemächtigt sich Viviane seines Körpers und seiner Seele und er gehört für immer ihr. Deshalb traue ich auch dem Schwert Excalibur nicht."

Dagonet betrachtete nachdenklich sein Gegenüber und bemerkte: „Ihr scheint die Dame recht gut zu kennen, Sir Merlin."

„Besser als mir lieb ist und doch bereue ich keine Stunde, die ich mit ihr verbringen durfte. Ihr werdet jetzt verstehen, weshalb mir an Eurem Schwert so gelegen ist. Es könnte Excalibur ersetzen, ohne dass jemand etwas merkt. Zu einer solchen Täuschung wäre ich durchaus imstande, und mein Schützling Artus würde so aus dem Netz Vivianes befreit, sobald ich ihr Excalibur zurückgebe."

„Ich verstehe, und ich muss Euch enttäuschen. Ihr würdet Eurem König keinen Dienst erweisen, wenn Ihr ihn mit diesem Schwert in die Schlacht schickt. Denn Ihr könnt nicht wissen, ob es Eure Sache für gerecht hält."

„Gegen die landräuberischen Angelsachsen zu kämpfen ist doch gewiss eine gerechte Sache."

Dagonet seufzte. „Glaubt mir, Sir Merlin, ich habe dieses Schwert, oder besser gesagt den Dämon, der ihm Macht verleiht, schon recht gut kennengelernt. Jener Magier, der ihn in das Schwert gebannt hat, hat ihm die Freiheit gelassen, selbst zu entscheiden, was er für gerecht hält. Eine Aufgabe, die meinen Dämon oft genug überfordert und ihn unvorhersehbare Entscheidungen treffen lässt. Mir ist schon der Gedanke gekommen, dass sich sein erster Meister einen grimmigen Scherz geleistet hat, um die Fragwürdigkeit dessen, was man für gerecht oder ungerecht halten kann, aufzuzeigen."

Merlin schwieg eine lange Weile. dann sagte er: „Ich sehe, dass wir so auf keinen grünen Zweig kommen. Es kann sein, dass uns beiden die Entscheidung abgenommen wird. Wie ich erfahren habe, erwägt Artus ernstlich, Euch als Spion hinrichten zu lassen. Wir – Ihr leider nicht mehr – werden sehen, zu welchen Konzessionen Euer Dämon dann bereit ist, und was er verlangt, um mir zu Diensten zu sein."

Dagonet bekam es mit der Angst zu tun. „Könnt Ihr den König nicht umstimmen, Sir Merlin?"

„Warum sollte ich das tun? Gibt es etwas, das ihr mir dafür anbieten könnt, wenn es schon nicht Euer Schwert ist?"

Dagonet dachte angestrengt nach. Dann entschied er sich zur Preisgabe eines seiner Geheimnisse: „Sagt Euch der Name Aurelius etwas?"

„Meint Ihr den Boten, der aus Lindsey gekommen ist?"

„Genau den meine ich. Ist Euch an ihm etwas Ungewöhnliches aufgefallen?"

„Das kann ich nicht behaupten."

„Nun, dann lasst Euch sagen, dass dieser Aurelius ein Kriegerdämon ist: vermutlich ein Dämon zweiter Klasse, aber mehr als fies."

Merlin war fassungslos. „Was redet Ihr da! Aurelius ein Dämon? Das sollte mir entgangen sein?"

„So sieht es aus. Ich hatte schon mit ihm zu tun und ich kann Euch versichern, dass er sehr schlau und brutal ist. Ist er noch im Lager?"

„Das ist er. Er hält sich ständig in der Nähe des Königs auf. Er versucht, Artus darin zu bestärken, Euch als Spion hinrichten zu lassen."

„Das schaut diesem Miststück ähnlich. Er hegt nämlich einen tiefen Groll gegen mich. Nun, Sir Merlin, seht ihn Euch genauer an. Denn in ihm habt Ihr einen Dämon, den Ihr nicht erst heraufbeschwören braucht, und mit dem Ihr vielleicht etwas anfangen könnt."

„Wo kommt dieser Dämon her?"

„Das weiß ich auch nicht. Ich weiß nur, dass er im Dienst Lord Eadweards steht. Wieso es dazu gekommen ist, kann ich nicht sagen. Denn ich habe mich sehr beeilt, Eadweards Residenz auf Burg Cotswoods hinter mir zu lassen. Ich habe Euch jetzt etwas verraten, dass Euch sehr nützlich sein kann, Sir Merlin. Darf ich damit rechnen, dass Ihr Euch im Gegenzug beim König für mich einsetzen werdet?"

Merlin erhob sich langsam. „Ich werde mir Aurelius näher ansehen und wenn Eure unglaubliche Geschichte stimmt, werde ich sehen, was ich bei Artus für Euch erreichen kann. Bis dahin halte ich aber Euren Dämon weiterhin gefangen. Nur für alle Fälle, weil Artus nicht immer auf mich hört."

In diesem Fall schien Artus aber auf Merlin gehört zu haben. Denn obwohl Dagonet sorgenvoll auf jeden Schritt vor seinem Zelt hörte, so waren es doch nur seine Wachen, die sich von Zeit zu Zeit ablösten. Keine Eskorte erschien, um ihn zur Hinrichtung zu führen. Allerdings gestattete man Dagonet nicht mehr, sein

Quartier zu verlassen. So vergingen mehrere Tage, in denen nichts Erwähnenswertes geschah.

Dann, an einem trüben Morgen suchte ihn Merlin neuerlich auf. „Ihr habt recht gehabt", sagte er und verzichtete auf einleitende Floskeln. „Aurelius ist ein Dämon. Er hat sich sehr gut getarnt, aber es ist mir gelungen, sein wahres Wesen zu erkennen. Ich frage mich jetzt, was er hier will."

„Vermutlich ist er meinetwegen hier", erklärte Dagonet. „Ich habe Euch doch erzählt, dass er mit mir noch eine Rechnung offen hat. Ich wundere mich nur, weshalb er mich bisher noch nicht aufgesucht hat. Ohne mein Schwert wäre ich ihm hilflos ausgeliefert."

„Das habe ich mir nach unserem letzten Gespräch auch gedacht", antwortete Merlin selbstgefällig. „Deshalb habe ich vorsichtshalber um Euer Zelt einen Bannkreis gelegt. Kein Dämon darf einem Menschen, der sich innerhalb eines solchen Bannkreises befindet, etwas antun. Daher ist es für einen Dämon auch sehr gefährlich, einen solchen Zirkel zu betreten. Denn er wäre dem Angriff des so geschützten Menschen hilflos ausgeliefert. Ihr mögt ja keine besonders hohe Meinung von meinen magischen Fähigkeiten haben, aber so kleine Tricks beherrsche ich schon noch. Zu Eurem Glück, Prinz Dagonet. Deshalb habe ich auch angeordnet, dass Ihr Euer Zelt nicht verlassen dürft."

„Ich bin Euch zu Dank verpflichtet, Sir Merlin.

„Ja, das seid Ihr. Und damit komme ich zum Grund meines Besuches. Ich denke nicht, dass Aurelius nur Euretwegen hier ist. Erzählt mir, was genau Ihr auf Cotswoods erlebt habt, und wie Ihr die Bekanntschaft des Aurelius gemacht habt."

„Ich weiß, dass Eadweard und Grey bereit sind, ihren König zu verraten und zu Artus überzulaufen", antwortete Dagonet. „Ihr wusstet aber offenbar nicht, dass Euer Verbündeter Eadweard einen Dämon in seinen Diensten hat."

„Nein, das wussten wir nicht", gestand Merlin, „und dieser Umstand beunruhigt mich zutiefst."

„Dann macht Euch auf einen Schock gefasst. Eadweard hat nicht einen, sondern insgesamt fünf Dämonen in seinen Diensten. Es dürfte sich durchwegs um Kriegerdämonen handeln. Aurelius ist ihr Anführer."

„Wisst Ihr, was Ihr da so gelassen aussprecht!", rief Merlin heftig bewegt. „Habt Ihr überhaupt eine Vorstellung davon, was fünf Kriegerdämonen anrichten können? Sie würden absolut schlachtentscheidend sein!"

„Dann hat Artus ja beste Chancen, seinen Krieg zu gewinnen. Worüber regt Ihr Euch so auf?"

„Ja versteht Ihr denn nicht? Artus ist ein christlicher König. Er lässt in der Schlacht sogar das Bild der heiligen Jungfrau vor sich hertragen. Seine Gefolgsleute sind ebenfalls gläubige Christen. Das sind keine so aufgeklärten Leute wie Ihr oder ich, die über das wahre Wesen von Dämonen Bescheid wissen. Sie halten Dämonen bloß für Ausgeburten der Hölle. Würde sich Artus in der Schlacht ihrer bedienen, oder entstünde auch nur der Anschein, er habe mit Dämonen Umgang, so wäre sein Nimbus, sein Ruf, dahin. Seine Gefolgsleute würden sich von ihm abwenden und seinen Namen verfluchen. Auch wenn er eine Schlacht gewänne, so wäre das doch sein Ende und damit das Ende des Traums von einem freien Britannien!"

„Und dennoch wollt Ihr ihm mein Dämonenschwert verschaffen?"

„Das ist etwas anderes. Wie ich Euch bereits erklärt habe, würde ich den Austausch so vornehmen, dass die Leute und auch Artus selbst Euer Schwert für Excalibur halten. Niemand würde wissen, dass ihm ein Dämon innewohnt. Excalibur aber würde ich wieder in den See zurückwerfen, und Viviane so um ihr Opfer bringen."

„So etwas würde sie Euch gewiss übelnehmen."

„Was soll mir noch passieren", antwortete Merlin melancholisch. „Viviane wird mich ohnehin eines Tages zu Grunde richten. Das ist der Preis, den ich für ihre Liebe zu zahlen habe. Daran führt kein Weg mehr vorbei. Aber bis es soweit ist, muss ich jede Gefahr von meinem König abwenden."

„Dann solltet Ihr überlegen, was Eadweard und Grey wirklich im Sinn haben. Ich habe die beiden bisher für einfache Verräter gehalten, die zu Artus überlaufen wollen. Aber nach dem, was Ihr mir erklärt habt, würden sie Artus einen Bärendienst erweisen, wenn ihm Eadweard unter Einsatz seiner Dämonen zum Sieg verhilft. Ich will Euch in diesem Zusammenhang noch ein

Geheimnis anvertrauen, Sir Merlin: Ich habe Cretta, den König von Lindsey, über den geplanten Verrat seiner beiden Vasallen bereits informiert. Es wäre also möglich, dass es zwischen Cretta und Eadweard zu einer Auseinandersetzung kommt, in welcher Eadweard mit Hilfe seiner Dämonen die Macht in Lindsey an sich reißt. Ich bezweifle, dass Eadweard dann bereit sein wird, das Knie vor Artus zu beugen. Er wird vielmehr seine Dämonen auf Artus loslassen und ihm eine Niederlage bereiten. Es kann aber auch sein, dass Eadweard abwartet, wer im Kampf zwischen Cretta und Artus als Sieger hervorgeht, und erst dann dem geschwächten Sieger mit seinen Dämonen den Garaus machen. Jetzt, wo ich alles bedenke, glaube ich, dass Aurelius in euer Lager gekommen ist, um die beste Option auszuspionieren. Wenn Ihr Euren König liebt, Sir Merlin, solltet Ihr ihm dringend davon abraten, jetzt den Dubglas zu überschreiten. Er würde sonst auf die eine oder auf die andere Weise in sein Verderben laufen."

Merlin starrte Dagonet an. „Ihr seid ein scharfsinniger Mann, Prinz Dagonet. Sagt mir eines: Könnte Euer Dämon – Ihr nennt ihn Lham-Dearg, wie ich gehört habe – den Dämonen Eadweards Einhalt gebieten?"

„Soweit ich verstanden habe, ist Lham-Dearg ein Kriegerdämon erster Klasse. Er kann spielend mit jedem einzelnen von Eadweards Dämonen fertig werden. Sie fürchten ihn und ergreifen vor ihm die Flucht. Ob Lham-Dearg allerdings gegen alle fünf gleichzeitig bestehen kann, weiß ich nicht sicher, vermutlich aber schon."

„Versteht Ihr jetzt, wie wichtig es ist, dass ich Artus Euer Schwert verschaffe? Es würde ihn vor dieser Dämonenbrut, deren Hilfe er gar nicht will, schützen."

„Ich verstehe das durchaus, Sir Merlin, und ich sage Euch nochmals: Ich kann Euch dieses Schwert nicht geben. Lham-Dearg würde es nicht zulassen."

„Es gibt nur einen Grund, warum sich ein Dämon so verhalten sollte", meinte Merlin nachdenklich. „Ihr habt ihm die Freiheit versprochen, für einen letzten Dienst, den er Euch leisten soll. Habe ich recht?"

Dagonet hielt es für sinnlos zu leugnen. „Das trifft zu, Sir Merlin. Ich versichere Euch aber, dass dieser Dienst, den mir Lham-Dearg noch schuldet, überhaupt nichts mit Eurem König und seinem Krieg zu tun hat."

„Wollt Ihr mir nicht sagen, worum es sich dabei handelt? Auch ich könnte Euch vielleicht helfen, Euer Problem zu lösen."

„Nein", antwortete Dagonet.

„Traut Ihr mir etwa nicht, Prinz Dagonet?"

„Nein", wiederholte Dagonet. „Mich bewegt schon seit Tagen eine Frage: Weshalb seid Ihr eigentlich nicht in der Lage Lham-Dearg zu überwältigen. Ihr, der Ihr Euch rühmt, zu wissen, wie man Dämonen vernichtet?"

„Ich will ihn nicht vernichten, sondern für Artus dienstbar machen. Das ist etwas anderes."

„Aber Aurelius könntet Ihr doch eliminieren? Mir wäre wohler bei dem Gedanken, dass er keine Gefahr mehr für mich darstellt."

„Auch das ist nicht möglich", bekannte Merlin verlegen, „weil es mir im Augenblick an den nötigen Mitteln fehlt. Ich brauche dazu nämlich eine Jungfrau, die furchtlos genug ist, sich einem Dämon zu nähern und ihm eine Klinge in den Leib zu stoßen. Denn wie Ihr vielleicht wisst, dürfen Dämonen einer Jungfrau nichts antun. Sie sind einer Jungfrau wehrlos ausgeliefert, wenn sie nicht rechtzeitig fliehen können. Das ist auch so eine kuriose Bestimmung in der 'Klausel des Sūmu-Abum'. Ihr werdet verstehen, dass so etwas nicht leicht zu bewerkstelligen ist. Eine Jungfrau könnte ich zur Not ja noch auftreiben. Sie aber dazu abzurichten, kalten Herzens einen Dämon abzumurksen, ist gar nicht so einfach. Die allermeisten rennen schreiend davon, wenn sie einen Dämon nur von weitem sehen. Bis vor kurzem habe ich noch mit einem Mädchen zusammengearbeitet, das mir als Dämonentöterin gute Dienste geleistet hat. Aber dann hat dieses alberne Ding einem Ritter geglaubt, der sie als schönste Frau auf Erden gerühmt hat. Da war's dann bald vorbei mit der Jungfräulichkeit, obwohl ich sie eindringlich gewarnt habe. Natürlich taugt sie jetzt nicht mehr für die Dämonenjagd."

„Was sagt eigentlich Euer König dazu, dass Ihr einen Dämon in seinem Lager gefangenhaltet?"

„Er findet das sehr unpassend und drängt mich dazu, diese Ausgeburt der Hölle wieder dorthin zurückzuschicken, wo sie hingehört: nämlich in die Hölle."

„Und dazu seid Ihr mangels einer mörderisch veranlagten Jungfrau, die verrückt genug ist, sich nicht vor Dämonen zu fürchten, nicht in der Lage. Ihr könnt Lham-Dearg weder das Schwert wegnehmen, noch ihm sonst etwas anhaben, oder ihn gar zur Hölle schicken. Ach, Sir Merlin! Mir scheint, Ihr seid ein Magier mit vielen Problemen. Wäre es nicht doch einfacher, Ihr lasst mich samt meinem Dämon einfach wieder verschwinden? Wir würden Euch gewiss keine Scherereien machen."

„Nein", beharrte Merlin stur. „Mir wird schon noch eine Lösung einfallen, wie ich Euer Schwert bekomme."

Dagonet erhöhte den Einsatz. „Aber die Zeit läuft Euch davon, Sir Merlin. Ich mache Euch einen Vorschlag. Lasst mich das Schwert wieder in Besitz nehmen und wir – Lham-Dearg und ich – nehmen uns Aurelius vor, bevor wir unserer eigenen Wege gehen. Wir können ihn dazu zwingen, uns die Pläne Lord Edwards zu enthüllen. Das wäre für Euch viel nützlicher als ein Schwert, dessen Wunderkraft – wie oft soll ich Euch denn das noch sagen– höchst unzuverlässig ist."

Merlin schien einen Augenblick zu schwanken. Dann griff er sich an den Kopf und stöhnte: „Das ist alles sehr kompliziert. Ich brauche Zeit, um nachzudenken."

„Armer Magier", heuchelte Dagonet Mitleid. „Denkt nicht zu lange nach. Denn, wie ich schon sagte, die Zeit läuft uns allen davon."

20

Dagonet war also dazu verdammt, weiter untätig zuzuwarten. Glynis musste inzwischen schon fast in Tintagel angekommen sein. Zumindest fühlte er sich dank Merlins Schutzzauber vor den Nachstellungen des Aurelius sicher, solange er sein Quartier nicht verließ.

Das war eine trügerische Sicherheit, wie sich bald herausstellte. Denn bereits am nächsten Tag suchte ihn Aldwyn auf und überbrachte ihm eine Einladung von Artus zu einem festlichen Ritterspiel.

„Ein Ritterspiel?", fragte Dagonet erstaunt. „Ihr befindet Euch praktisch im Krieg. Habt ihr keine anderen Sorgen?"

Aldwyn zuckte mit den Schultern. „Der König zögert, den Angriffsbefehl zu geben und den Dubglas zu überschreiten. Die Gründe sind mir nicht bekannt. Vielleicht wartet er Verstärkung ab. Aber die lange Untätigkeit lässt die Männer unruhig werden. Besonders die Ritter verlangt es nach Schlachtenlärm und Heldentaten. Da ist so ein Kampfspiel eine gute Gelegenheit, damit sie sich abreagieren können."

„Und was soll ich dabei?", fragte Dagonet, dem bei dem Gedanken, den schützenden Bannkreis verlassen zu müssen, nicht wohl war. „Mich verlangt es zurzeit weder nach Schlachtenlärm noch nach Heldentaten."

„Ihr könnt die Einladung nicht ablehnen, Prinz Dagonet", erklärte Aldwyn verlegen. „Der König hat befohlen: ‚Schafft mir Dagonet, schafft mir meinen Narren her!'"

„Warum tut er das", erkundigte sich Dagonet verbittert. „Warum behandelt er mich so? Ich würde es verstehen, wenn er mich als Kriegsgefangenen betrachtet, ja sogar, wenn er mich als Spion hinrichten ließe. Aber warum macht er mich zum Narren? Ich bin immerhin Prinz von Gwyn!"

„Eben deswegen. Artus macht Euch öffentlich zum Gespött, um seinen Männern vor Augen zu führen, wie wenig von den Edelleuten und den Rittern der Angelsachsen zu halten ist." Aldwyn senkte die Stimme. „König Artus ist für Scherze bekannt, die bisweilen recht grausam sein können. Wenn Ihr Euch widersetzt, wird er an Euch ein Exempel statuieren und Euch an jenem Baum aufhängen lassen, den er als seinen Narrenbaum bezeichnet."

„Hat sich sein Hofnarr wirklich selbst erhängt?"

„So sagt man", antwortete Aldwyn, „und es wäre unklug, daran zu zweifeln."

Der Turnierplatz war eine weitläufige Wiese, die von den Zelten jener Ritter gesäumt wurde, die an den Wettkämpfen teilnehmen sollten. Vor jedem Zelt hing ein Schild, auf dem das Wappen seines Besitzers prangte.

Für die vornehmeren Zuschauer war eine Tribüne aus Holz gezimmert worden. Farbenfrohe Tücher und Teppiche bedeckten die Baumstämme und verliehen dem grobschlächtigen Aufbau ein festliches Aussehen. In der Mitte befand sich eine Loge, in der Dagonet König Artus und Mitglieder seines Hofstaates erkennen konnte. Seitlich davon war eine Gruppe von Musikanten aufgestellt worden, die sonderbare Blasinstrumente über den Schultern trugen. Dagonet hatte solche Blasinstrumente schon auf alten Abbildungen gesehen. Sie waren den römischen Legionen, die in die Schlacht zogen, vorangetragen worden.

Die übrigen Zuschauer standen oder hockten auf Bänken hinter einer Absperrung aus Seilen. Es war eine große Menge, die hauptsächlich aus einfachen Soldaten bestand, da man sich ja in einem Feldlager befand. Unter sie mischten sich aber auch Frauen, die dem Tross angehörten. Der Zuschauer-bereich zog sich den angrenzenden Hügel hinauf bis an den Waldrand und war mit lachenden und erwartungsvoll schwatzenden Menschen bedeckt.

Sie kamen gerade zum Defilee der teilnehmenden Ritter zurecht. Hoch zu Ross paradierten sie an der Königsloge vorbei und grüßten, indem sie ihre Lanzen senkten. Ein Herold verkündete dabei laut ihre Namen: Sir Gawain, Sir Parcival, Sir Tristan, Sir Galahad – und viele mehr. Dagonet kannte keinen einzigen von ihnen.

„Das ist die Elite der britischen Ritterschaft", flüsterte Aldwyn ehrfurchtsvoll. „Schade nur, dass der vorzüglichste unter ihnen, Sir Lancelot, nicht anwesend ist."

Dagonet hatte auch von Sir Lancelot noch nie gehört. Für ihn waren diese britischen Krieger lediglich gefährliche Aggressoren, die seine Welt bedrohten.

Aber er wollte nicht unhöflich sein und täuschte Interesse vor: „Ja, das ist wirklich schade. Weshalb ist Sir Lancelot verhindert?"

„Er und einige andere Männer begleiten Königin Ginevra, die Artus in seinem Lager aufgesucht hat, nach Tintagel zurück. Ich habe Euch davon erzählt, als wir uns das erste Mal getroffen haben."

„Ach ja", bestätigte Dagonet, dessen Herz plötzlich schneller schlug. „Sie haben auch den entlaufenen Knappen, der Godric heißt, wenn ich mich recht erinnere, mitgenommen. Nun, dann werden die Reisenden gewiss unbeschadet ihr Ziel erreichen, wenn sie von einem so vortrefflichen Ritter beschützt werden."

„Dessen bin ich mir ganz sicher. Sir Lancelot liegt das Wohl seiner Königin sehr am Herzen und er wollte es sich nicht nehmen lassen, sie persönlich nach Tintagel zu geleiten. Artus hat ihm diesen Wunsch nicht abgeschlagen, weil er Sir Lancelot wie einen Bruder liebt."

„Aha", sagte Dagonet. Dieses ‚Aha', das nicht mehr sein sollte, als eine höfliche Floskel, gewann durch Dagonets Erinnerung an Königin Lilias, die ebenfalls zwischen zwei Brüdern gestanden hatte, einen ungewollten Unterton, der dem hellhörigen Aldwyn nicht entging. „Was meint Ihr?", fragte er und sah Dagonet misstrauisch von der Seite an. „Da ist nichts, das zu unziemlichen Gedanken Anlass gäbe. Man darf böswilligen Gerüchten kein Gehör schenken. Die Königin ist über jeden Zweifel erhaben."

„Das sind Königinnen doch immer", antwortete Dagonet eilig. „Ich wollte nichts Gegenteiliges zum Ausdruck bringen. Sagt mir, Sir Aldwyn: Wer ist der Herr zur Rechten des Königs? Mir scheint, er wirkt etwas bekümmert."

„Das ist König Marke, der zu Gast im Lager weilt. Er hat allen Grund, bekümmert zu sein, denn sein Königreich wird von einem mächtigen Nachbarn bedroht, dem er wenig entgegensetzen kann. Er versucht, die Unterstützung unseres Königs zu gewinnen, aber der hat angesichts seines Feldzuges gegen die Angelsachsen wenig Lust, sich in eine Auseinandersetzung zwischen anderen britischen Königen einzumischen und dadurch seine Ressourcen zu schwächen. Das käme letztlich nur den Angelsachsen zugute. Die junge Dame, die neben König Marke sitzt, ist seine Gattin, Königin Isolde. Seht, jetzt bindet sie ihr

Tüchlein Herrn Tristan an die Lanzenspitze und macht ihn damit zu ihrem auserwählten Ritter.“

Dagonet betrachtete die Szene mit gerunzelter Stirn und bemerkte sarkastisch: „Ich nehme an, König Marke liebt Herrn Tristan ebenfalls wie einen Bruder.“

„Wie den Sohn seines Bruders“, berichtigte Aldwyn. „Sir Tristan ist sein Neffe.“

Dagonet unterdrückte ein neuerliches ‚Aha’, das sich auf seine Lippen drängen wollte. Stattdessen sagte er: „Das Defilee ist vorbei. Lasst uns über den Platz gehen, damit ich dem König meine Aufwartung machen kann.“

Artus betrachtete die beiden Männer, die sich ihm näherten mit zusammengekniffenen Augen, was ein Ausdruck der Missbilligung oder auch nur ein Symptom von Kurzsichtigkeit sein konnte. Dagonet hielt es jedenfalls für klug, Artus nicht zu reizen. Er beugte respektvoll das Knie vor dem König. Dabei registrierte er sorgenvoll, dass dicht hinter dem Thron Aurelius stand und verschlagen lächelte.

„Da ist ja mein Närrchen“, begrüßte ihn Artus mit falscher Freundlichkeit. „Ich dachte schon, Ihr wolltet nicht kommen, Prinz Dagonet. Was habt Ihr denn? Ist es Euch nicht recht, dass ich Euch zu meinem Narren gemacht habe? Wärt Ihr lieber einer meiner Ritter?“

Die Zuschauer, die den lauten Worten des Königs gelauscht hatten, grölten und lachten. Ihr Gelächter zog sich hinauf bis an den Waldrand.

„Es wäre mir eine Ehre“, antwortete Dagonet mit unbewegtem Gesicht, obwohl er innerlich vor Zorn kochte.

„Ja, Ihr wollt tatsächlich einer meiner Ritter sein“, rief Artus. „Das sehe ich Euch an. Was für eine närrische Idee. Aber Ihr sollt sehen, dass ich Euch gewogen bin, und dass sich selbst für einen angelsächsischen Edelmann ein angemessenes Plätzchen an meinem Hof findet. Bleibt knien, Dagonet, Prinz des armseligen Reiches von Gwyn, das verzagt auf meine Ankunft wartet. Ich will Euch zum Ritter schlagen.“

Er streckte die Hand aus und sogleich reichte ihm ein Höfling ein hölzernes Schwert. Der König trat hinter Dagonet und versetzte ihm mit dem Holzschwert einen heftigen Schlag über den Rücken. Dagonet konnte nur mit Mühe einen

Schmerzensschrei unterdrücken. „Erhebt Euch, Sir Dagonet vom Narrenbaum“, lachte der König. „Nun, da Ihr nun einer meiner Ritter seid, dürft Ihr auch am Turnier teilnehmen. Ihr, mein guter Aldwyn, kümmert Euch um Sir Dagonet!“

Aldwyn fasste Dagonet am Oberarm und murmelte mahnend: „Seid jetzt bloß nicht unbesonnen.“ Er führte Dagonet unter dem brüllenden Gelächter der Zuschauer weg.

Ganz am Rande der Zeltreihe war ein Zelt errichtet worden, das Dagonet bisher nicht aufgefallen war. Als er von Aldwyn hingeführt wurde, flammte neuerlich Wut in ihm hoch. Denn Artus hatte die fortgesetzte Demütigung seines Gefangenen sorgfältig inszeniert. Vor dem Zelt hing ein Schild, auf das eine Narrenschelle gemalt war. „Das ist Euer Zelt“, erklärte Aldwyn. „Ihr müsst hier warten, ob Euch einer der Ritter die Ehre gibt, Euch zum Kampf zu fordern. Legt inzwischen schon Eure Ausrüstung an.“

Dagonet betrat das Zelt. In der Ecke lag ein Haufen Schrott, der eine Rüstung darstellen sollte. Aldwyn war ihm behilflich, die einzelnen Teile anzulegen und mit Lederriemen festzuzurren. Die Rüstung war alt und schlecht. Sie war stellenweise schon angerostet und wies Beulen und Kratzer auf. Außerdem passte sie nicht richtig. Sie drückte und zwickte Dagonet an allen möglichen Stellen. Mit grobem Pinsel hatte man auf den Brustpanzer eine Narrenschelle gemalt.

„Besser wird's nicht“, bemerkte Aldwyn und betrachtete Dagonet kritisch. Unvermittelt fügte er hinzu: „Es tut mir leid, Prinz Dagonet, aber ich muss tun, was mir befohlen wird.“

„Ist schon recht“, antwortete Dagonet. „Gibt man mir wenigstens eine Waffe?“

Aldwyn reichte ihm ein Schwert. Es befand sich in einem ähnlichen Zustand wie die Rüstung: angerostet und schartig. Dagonet wog die Waffe in der Hand. „In Gwyn würde man es für unritterlich halten, einen Mann zum Zweikampf zu fordern, der so schlecht gewappnet ist“, sagte er verächtlich.

„Wir sind hier nicht in Gwyn“, sagte Aldwyn, der sehr verlegen wirkte. „Was immer auch geschieht, Prinz Dagonet, bewahrt Haltung und versucht zu überleben.“

Dagonet hockte sich auf einen groben Holzschemel, der die einzige Einrichtung des Zeltes bildete, und wartete.

Von draußen war das Klirren von Waffen zu hören, das Splittern von Lanzen, Hornstöße und immer wieder Anfeuerungsschreie und Applaus der Zuschauer.

Schon dachte Dagonet, dass sich kein Ritter für das beschämende Schauspiel hergeben werde, ihn in den Staub zu werfen, als eine laute Stimme vor seinem Zelt zu vernehmen war: „Sir Dagonet seid Ihr anwesend? Tretet heraus, wenn Ihr es wagt!"

„Los jetzt", zischte Aldwyn und zerrte Dagonet von seinem Hocker hoch. „Ihr könnt Euch nicht weigern!"

Mit steifen Knien, weil die verfluchten Scharniere seiner Rüstung nicht richtig passten, wankte Dagonet vor das Zelt. Auf hohem Ross saß König Marke in einer goldgeschmückten Rüstung vor ihm und schaute verächtlich auf ihn herab. Dann stieß er mit seiner Lanze gegen den Schild, der vor dem Zelt hing, dass dieser nur so dröhnte, wendete sein Pferd und ritt wortlos davon.

„Er hat Euch herausgefordert", erklärte Aldwyn. „Ihr müsst Euch ihm stellen. Dort kommt schon Euer Pferd." Wie nicht anders zu erwarten gewesen war, handelte es sich um einen elenden Klepper, den zwei Pferdeknechte herbeiführten. Aldwyn half Dagonet in den Sattel und reichte ihm eine Lanze. Die Spitze war abgenommen und durch eine geballte, eiserne Faust ersetzt worden.

„Ihr müsst jetzt vor die Königsloge reiten und Euch gemeinsam mit Eurem Kontrahenten präsentieren", wurde Dagonet von Aldwyn instruiert.

Dagonet trieb seinen Gaul an, der sich nur widerwillig in Bewegung setzte. Vor der königlichen Loge wartete bereits Marke auf ihn. Beide Kämpfer senkten ihre Lanzen vor Artus.

„Schick seht Ihr aus", sagte Artus zu Dagonet, „wenngleich man merkt, dass es angelsächsische Edelleute nicht gewohnt sind, eine Rüstung zu tragen. Versucht trotzdem, Eurem Volk Ehre zu machen, und dankt meinem guten Freund König Marke dafür, dass er Euch die Gelegenheit dazu gibt."

Artus entließ die beiden Gegner mit einer hoheitsvollen Handbewegung.

Als Dagonet sein Pferd wenden wollte, um zum Kampfplatz zu reiten, wurde er gerufen: „Sir Dagonet! Seid so freundlich und kommt her zu mir!"

Eine Dame, die am Ende der Tribüne Platz genommen hatte, so als wolle sie Abstand von Artus halten, rief ihn. Sie war hochgewachsen, hatte rabenschwarze Haare und war in ein dunkelgrünes Gewand gehüllt, Obwohl sie eine schöne Frau war, machte sie einen düsteren, fast unheimlichen Eindruck. Dagonet folgte dem Ruf und senkte abermals höflich seine Lanze.

Artus sprang auf und rief: „Was hast du vor, Morgana? Ich verbiete es! Du bringst Schande über dich und das Königshaus. Dieser Mann ist deiner nicht würdig."

„Willst du mir vorschreiben, wen ich zu meinem Ritter wählen darf und wen nicht, Herr Bruder?", fragte die Dame verächtlich. „Dieses Recht gestehe ich dir nicht zu."

Sie beugte sich über die Brüstung zu Dagonet. „Ihr ehrt mich, Mylady", flüsterte dieser. „Aber der König hat recht. Ich kann dieses Gefecht nicht gewinnen. Seht doch meine Rüstung und meinen armseligen Gaul an. Nehmt besser Abstand von dem, was Ihr tun wollt."

„Sei still, Dagonet", flüsterte die Dame ebenso leise, „und kämpfe deinen Kampf. Glaube mir, ich pflege nie auf Verlierer zu setzen." Laut rief sie: „Ich erwähle Sir Dagonet zu meinem Ritter!" Mit diesen Worten knüpfte sie ein grünes Seidentuch um Dagonets Lanze.

„Das wirst du bereuen, du Hexe!", schrie Artus außer sich vor Wut. „König Marke wird den Narren, den du dir erwählt hast, im Staub zermalmen!"

Morgana lachte boshaft. „Es ist nur schade, dass nicht auch dein Freund König Marke von einer Dame erwählt wurde, mein Herr Bruder. Aber seine Gattin hat ihr Tüchlein leider schon weggegeben."

Die Zuschauer waren dieser in aller Öffentlichkeit ausgetragenen Auseinandersetzung zwischen den königlichen Geschwistern gebannt gefolgt. Jetzt brachen sie in Gelächter aus, weil sie Morganas Anspielung sehr wohl verstanden. Es war ein offenes Geheimnis, dass Königin Isolde und Sir Tristan durch weit mehr als nur geschwisterliche Zuneigung miteinander verbunden waren. Ja es ging sogar hinter vorgehaltener Hand das Gerücht, Morgana habe diese Beziehung eingefädelt, indem sie die beiden dazu verleitet hatte, gemeinsam von einem verzauberten Elixier zu trinken, das sie in hoffnungsloser Liebe aneinander band.

König Marke waren diese Gerüchte nicht fremd. Sein Gesicht rötete sich vor Scham und Zorn. Dann riss er wortlos sein Pferd herum und ritt zum Ende der Kampfbahn.

Dagonet verbeugte sich vor Morgana und brachte seine Mähre mit guten Worten und sanften Stößen dazu, sich gemächlich ans andere Ende der Bahn zu begeben. Dort erwartete ihn Aldwyn und reichte ihm seinen Helm. Natürlich passte auch der Helm nicht richtig. Als Dagonet das Visier herunterklappte, konnte er kaum etwas sehen, weil die Sehschlitze an der falschen Stelle saßen. Wer immer vor ihm diesen Helm getragen hatte, er hatte einen wesentlich größeren Kopf gehabt als Dagonet, und er hatte mit Vorliebe Zwiebel, Knoblauch und deftigen Käse genossen. Dagonet verschlug es den Atem. Kurz entschlossen schob er das Visier wieder in die Höhe. Der Gestank blieb, aber wenigstens konnte er seinen Gegner sehen. König Marke bot in seiner glänzenden Rüstung einen imposanten Anblick. Die federgeschmückte Helmzier wehte im Wind. Sein massiges Streitross war mit prächtigen Schabracken geschmückt, Schaum stob ihm vom Maul, und es scharrte ungeduldig mit den Vorderhufen.

Ein Hornsignal ertönte und gab das Zeichen zum Beginn. Markes Pferd setzte sich unverzüglich in Bewegung und rannte in vollem Galopp gegen Dagonet an. Dessen Gaul war weit weniger ambitioniert. Dagonet konnte ihn nur zu einem leichten Trab bewegen. Der von den Hufen aufgewirbelte Staub geriet ihm in die Augen. Er blinzelte unter Tränen und es schien ihm, als ob sich das Tuch, das Lady Morgana um seine Lanze gebunden hatte, veränderte. Es wurde zu einer grünen Flamme, die den Lanzenschaft hinauflief, bis zu seinem Arm. Vielleicht war das aber auch nur eine Täuschung.

Marke traf mit voller Wucht auf ihn, noch ehe Dagonet das erste Drittel der Kampfbahn zurückgelegt hatte. Der Ausgang des Treffens schien unabwendbar. Markes Lanze prellte Dagonets Schild beiseite und traf ihn an der Brust. Die Kraft des Stoßes hätte ihn vom Pferd schleudern müssen. Aber Markes Lanze zersplitterte und hinterließ nur eine weitere leichte Beule an Dagonets Panzer. Dessen Lanze hingegen hielt stand. Die eiserne Faust an ihrer Spitze prallte gegen Markes Schulter und hob ihn aus dem Sattel. Marke fiel zwar nicht, aber er kam halb auf dem Rücken seines Pferdes zu liegen und konnte nur mit Mühe einen Sturz vermeiden.

Dagonet wendete seinen Gaul, um sich Marke neuerlich entgegenzustellen. Dessen Pferd war zum Stillstand gekommen. Marke wirkte benommen. Ohne Lanze war er weitgehend wehrlos. Zu jener Zeit waren die Turnierregeln noch nicht so ausgefeilt wie in späteren Jahrhunderten. Sieger war damals einfach derjenige, der seinen Gegner kampfunfähig machte, oder zum Eingeständnis seiner Niederlage zwang. Dagonet verhielt sich also durchaus regelkonform, als er neuerlich gegen Marke anritt. Auch Dagonets Pferd begann Gefallen an der Sache zu gewinnen. Wahrscheinlich erinnerte es sich daran, wie es in jüngeren Jahren siegreich über das Schlachtfeld gedonnert war. Jedenfalls brachte es einen ordentlichen Galopp zustande, dessen Schwung ausreichte, Marke endgültig vom Pferd zu werfen, als ihn Dagonets Lanze in die Rippen traf.

Dagonet hörte verschwommen das laute Geschrei der Zuschauer. Er brachte sein Pferd zum Stehen und ließ sich vorsichtig aus dem Sattel gleiten. Die elende Rüstung quietschte bei jedem Schritt, den er machte. Marke lag auf dem Rücken, wie ein gepanzerter Käfer und versuchte verzweifelt, sich umzudrehen, um wieder auf die Beine zu kommen. Dagonet zog sein Schwert und setzte es Marke an die Kehle. „Darf ich davon ausgehen. dass Ihr den Wunsch habt, diesen Kampf aufzugeben, König Marke?", fragte er höflich.

„Ich erwisch dich schon noch, du Hund", stöhnte Marke. „Der Tag kommt, dessen sei gewiss."

„Das mag so sein. Aber ergebt ihr Euch für heute?"

Marke schwieg verbissen.

„Ich bitte Euch", sagte Dagonet und verlieh seiner Schwertspitze etwas mehr Druck. „Es würde meinem Ansehen schaden, wenn ich einem wehrlosen Mann das Schwert in die Kehle stoße."

„Ich ergebe mich", krächzte Marke.

„Etwas lauter! Seid so gut! So dass es alle hören können." Auf Markes Kehle erschien ein kleiner Blutstropfen.

„Ich ergebe mich!", schrie Marke.

„Habt ihr es gehört?", wandte sich Dagonet an die Zuschauer.

Zustimmendes Gebrüll antwortete ihm. Dagonet steckte sein Schwert wieder in die Scheide und wankte mit knarrender und scheppernder Rüstung zu seinem Pferd zurück. Sogleich eilten Männer auf die Kampfbahn und halfen Marke in die Höhe. Um Dagonet kümmerte sich niemand. Mit großer Mühe gelang es ihm, wieder aufs Pferd zu kommen, wobei er sich auf seine Lanze stützte. Er wäre gern in flotter Gangart vor die Königsloge geritten, aber dazu war sein Pferd nicht bereit. Es war offensichtlich der Meinung, dass es seine Pflicht mehr als erfüllt habe und brachte nur einen gemächlichen Zockelgang zustande. Als sie die Loge erreichten, senkte Dagonet abermals die Lanze zum Salut. „Ihr habt nun gesehen, großer König", sagte er, „wie ein angelsächsischer Ritter mit britischen Königen verfährt, wenn sie versuchen, ihren Spott mit ihm zu treiben."

Artus sprang auf. Die Ader an seiner Stirn schwoll bedrohlich an. „Diese Keckheit sollst du büßen!", schrie er.

Dagonet dachte, dass er jetzt zu weit gegangen sei, und er sah sich schon am sogenannten Narrenbaum hängen. Den Zuschauern, die das cholerische Temperament ihres Königs kannten, schienen ähnliche Gedanken gekommen zu sein, und es war ihnen nicht recht, weil ihnen Dagonet einen guten Kampf geboten hatte. Zuerst leise, dann immer lauter begannen sie zu murren.

Artus verstand die Botschaft sehr wohl. Er bezähmte sich und wandte sich an seine Ritter. „Ist keiner unter Euch, Ihr Herren", fragte er mit zornbebender Stimme, „der diesen Narren, der bloß unverschämtes Glück gehabt hat, in seine Schranken weist? Wer will ihn als nächster fordern?"

Die Ritter schwiegen. Dann sagte jener, der – wie sich Dagonet erinnerte – Galahad hieß: „Niemand, mein König. Nicht heute. Die Ritterehre verbietet es, einen Mann zu fordern, der einen schweren Kampf hinter sich hat und erschöpft ist."

Artus ließ sich wieder auf seinen Thronsessel zurücksinken. „Ihr habt es gehört, Sir Dagonet. Keiner meiner Ritter hält Euch einer weiteren Forderung für würdig. Ihr dürft Euch entfernen."

Dagonet neigte den Kopf und trieb sein Pferd bis zu Morganas Platz. Neuerlich beugte sie sich über die Brüstung und setzte ihm einen aus Blumen geflochtenen

Kranz aufs Haupt. Dagonet sagte leise: „Ich danke Euch Mylady für Euer Vertrauen und Eure Hilfe." Bei diesen Worten strich er über das grüne Seidentuch, das an seiner Lanze hing.

Morgana lächelte. „Hab mehr Selbstvertrauen, Dagonet. Du hast meiner Hilfe gar nicht bedurft. Sei guten Mutes, du hörst bald wieder von mir. Ich glaube, ich kann dir helfen. Und jetzt zieh dich rasch zurück, ehe mein Bruder völlig die Kontenance verliert, wenn er uns miteinander tuscheln sieht."

Dagonet küsste seiner unvermutet gewonnenen Unterstützerin die Hand und machte, dass er davonkam.

21

Den folgenden Tag verbrachte Dagonet in seinem Quartier und erholte sich. Außer einem kräftigen blauen Fleck, dort wo ihn Markes Lanze getroffen hatte, war er unverletzt. Die alte Rüstung, so schäbig sie auch wirken mochte, hatte ihren Dienst getan. „Freilich", dachte Dagonet, „wenn Markes Lanze nicht zerbrochen wäre, würde ich jetzt ganz anders aussehen."

Um die Mittagszeit suchte ihn Aldwyn auf. „Ah, mein persönlicher Kerkermeister ist wieder da", begrüßte ihn Dagonet spöttisch. „Gestern, nach dem Turnier, hattet Ihr es ja recht eilig, mich zu verlassen."

„Ich hielt es für klug, unserem König aus den Augen zu kommen", gestand Aldwyn ohne Scheu. „Glaubt mir, Prinz Dagonet, ich bin nicht Euer Feind. Auch wenn ich den Befehlen meines Königs gehorchen muss, so versuche ich doch, Euch keinen Schaden zuzufügen."

„Ich weiß das durchaus zu schätzen, Sir Aldwyn", antwortete Dagonet, der für den Mann Sympathie empfand. „Hat sich König Artus inzwischen wieder beruhigt?"

„Davon kann keine Rede sein. Er ist fuchsteufelswild. Ihr habt ihm den Plan, seinen Gefolgsleuten zu demonstrieren, wie erbärmlich angelsächsische Ritter sind, gründlich verdorben. Anstatt selbst vorgeführt zu werden, habt Ihr König Marke und damit indirekt auch Artus gedemütigt. Die Protektion durch Prinzessin Morgana hat ein Übriges getan. Jetzt denkt Artus darüber nach, wie er weiter mit Euch verfahren soll."

„Das bedeutet sicher nichts Gutes", seufzte Dagonet. „Von Lady Morgana ausgezeichnet zu werden, hat mich allerdings selbst überrascht. Sie ist die Schwester des Königs?"

„Seine Halbschwester", erklärte Aldwyn.

„Sie tritt sehr selbstbewusst auf und lässt sich von Artus offenbar nichts befehlen. Ich habe mich gewundert, dass sich Artus das von ihr gefallen lässt. Ist er deswegen so duldsam, weil sie seine Verwandte ist?"

„Ganz sicher nicht. Artus würde nicht zögern, eine Verwandte beseitigen zu lassen, von der er sich herausgefordert fühlt. Nein, er fürchtet Morgana so sehr, dass er es nicht wagt, etwas gegen sie zu unternehmen." Aldwyn senkte die Stimme. „Es heißt, sie sei in vielerlei Zauberkünsten erfahren. Selbst Merlin, Artus' Hofzauberer, begegnet ihr mit Respekt und vermeidet es, sie zu provozieren. Es heißt sogar, Morgana wäre in der Lage, Dämonen heraufzubeschwören und sich dienstbar zu machen."

„Das fehlte noch!", entfuhr es Dagonet.

Aldwyn nickte mit ernster Miene und fuhr fort: „Bewiesen wurde das aber nie. Artus wäre es ja am liebsten, wenn sie ihrer eigenen Wege ginge, aber sie denkt nicht daran. Sie bleibt und beobachtet Artus, so wie die Schlange das Kaninchen anstarrt. Von Zeit zu Zeit spielt sie Artus einen boshaften Streich. Manche Leute munkeln bereits, dass auch Euer Sieg über Marke nicht Eurem Kampfesgeschick zu verdanken war, sondern Morganas Magie."

„Ich weiß es nicht", antwortete Dagonet. „Fest steht lediglich, dass ich sehr viel Glück hatte. Aber weshalb hasst Morgana ihren Halbbruder so?"

„Das ist eine alte Geschichte", berichtete Aldwyn, „und ich verrate keine Geheimnisse, wenn ich sie Euch erzähle, weil sie ohnehin vielen Leuten bekannt ist. In jungen Jahren hatten Artus und Morgana eine verbotene Liebesaffäre. Als sich Morgana von ihrem Halbbruder abwandte, weil sie Gefallen an einem anderen jungen Mann gefunden hatte, ließ Artus seinen Nebenbuhler mehr aus gekränkter Eitelkeit als aus Zuneigung zu Morgana umbringen. Morgana hat ihm das nie verziehen."

„Im Vergleich dazu geht es am Hof von Gwyn geradezu sittenstreng zu", befand Dagonet, „obwohl auch dort Dinge geschehen sind, die nicht sein hätten dürfen."

„Dennoch könnt Ihr Euch glücklich schätzen, dass Ihr von Morgana protegiert werdet, auch wenn sie es nur tut, um ihren Halbbruder zu ärgern. Erst heute Vormittag hat sie sich wieder schützend vor Euch gestellt. Jener Aurelius, der sich in letzter Zeit beim König beliebt macht, hat Artus dringend geraten, Euch ohne viel Federlesens aufknüpfen zu lassen. Morgana, die bei diesem Gespräch anwesend war, hat ihn daraufhin nur angeschaut und gesagt: ‚Schweigt still, Aurelius, und wagt es nicht, wegen einer persönlichen Kränkung, die Ihr Eurer eigenen Dummheit zuzuschreiben habt, meine Kreise zu stören.' Niemand hat verstanden, was Morgana damit sagen wollte und niemand hat sich getraut, sie danach zu fragen. Zur allgemeinen Überraschung hat Aurelius aber daraufhin den Kopf eingezogen und nichts mehr zu sagen gewagt. Der König war durch diesen Vorfall nur noch mehr verunsichert. Könnt Ihr Euch einen Reim darauf machen?"

Dagonet durchlief es siedendheiß. „Sie weiß es!", dachte er. „Sie weiß von Glynis und sie weiß, was zwischen mir und Aurelius vorgefallen ist. Das kann sie nur von Aurelius selbst erfahren haben, und sie hat die Macht, Aurelius zu befehlen, mich in Frieden zu lassen. Bedeutet das etwa, dass sie selber es war, die Aurelius und seine Kumpanen heraufbeschworen hat? Man sagt ja, sie hätte die Kenntnisse dazu! Das würde aber auch bedeuten, dass Eadweard gar nicht der eigentliche Herr der Dämonen ist, die er in seiner Burg beherbergt, auch wenn sie ihm in gewisser Weise zu Diensten sein müssen. Wenn meine Vermutung stimmt, welche ungeheure Intrige heckt Morgana da aus?"

„Ihr schaut so nachdenklich, Prinz Dagonet", meinte Aldwyn.

„In der Tat", antwortete Dagonet. „Was Ihr gesagt habt, hat mich nachdenklich gemacht. Es stimmt, dass ich den Mann, der sich Aurelius nennt, von früher kenne. Es stimmt auch, dass er Grund hat, mir zu grollen, weil ich ihn einmal dazu gezwungen habe, etwas zu tun, dass er nicht tun wollte. Es hat mich nur überrascht, dass Lady Morgana davon wusste."

„Das braucht Euch nicht zu überraschen", antwortete Aldwyn. „Diese Frau kennt viele Geheimnisse und ich will gar nicht wissen, wie sie das macht."

„So wird es wohl sein", bestätigte Dagonet. „Ich danke Euch für Eure Freundlichkeit, Sir Aldwyn. Vieles von dem, was Ihr mir erzählt habt, hilft mir, die Dinge besser zu verstehen. Ich wollte nur, Ihr könntet mir auch raten, wie ich aus diesem Lager wieder verschwinden kann."

„Das kann ich leider nicht", gestand Aldwyn, „vielleicht kann es Lady Morgana. Allerdings würde ich persönlich mehr dem Wohlwollen einer hungrigen Wölfin vertrauen als dieser Frau." Mit diesen Worten verließ er Dagonet, der aber nicht lange allein bleiben musste.

„Ich hoffe, Ihr befindet Euch wohl, Prinz Dagonet", grüßte Merlin und schlüpfte in das Zelt. „Habt Ihr Euch von den Anstrengungen des gestrigen Tages erholt? Ihr habt doch keine Blessuren erlitten?"

„Keine nennenswerten. Was verschafft mir diesmal die Ehre, Sir Merlin?"

„Die Sorge um Euer Wohlergehen."

„Wie ich schon sagte: Es geht mir gut."

„Ich meine nicht Euer gegenwärtiges Wohlergehen, sondern Euer künftiges. Euch ist schon klar, dass Ihr den König zutiefst verärgert habt? Er zögert nur deswegen, Euch auf der Stelle umbringen zu lassen, weil er nicht weiß, wie er das anstellen soll, ohne das Gesicht zu verlieren. Euer gestriger Sieg hat ihm das sehr erschwert. Ihr seid nämlich bis zu einem gewissen Grad populär geworden. Trotzdem solltet Ihr Euch nicht in Sicherheit wiegen. Dem König wird schon bald, sehr bald etwas einfallen. Denn wenn es um Mord geht, ist er sehr erfinderisch. Ihr solltet Euch auch nicht zu sehr auf den Schutz Lady Morganas verlassen. Diese Frau ist bösartig und unberechenbar. Warum wählt Ihr Euch nicht einen zuverlässigeren Verbündeten?"

„So wie Euch?"

„Ganz recht. So wie mich."

„Das will ich gern tun, Sir Merlin. Ich wiederhole meinen Vorschlag: Lasst mich und meinen Dämon ziehen. Ihr könnt Eurem König dann berichten, dass Ihr den Dämon wunschgemäß vernichtet habt, und dass bei der Gelegenheit zufällig auch ich ums Leben gekommen bin. Euch wird schon eine passende Geschichte einfallen. Ihr werdet sehen, alle sind glücklich. Der König, weil er den Dämon und mich losgeworden ist, ohne dass man ihm meinetwegen einen Vorwurf machen kann, Ihr selber, weil Ihr belobigt und hoffentlich reich belohnt werdet, König Marke und Aurelius, weil sie mich hassen und das ganze Volk, weil es eine schöne Geschichte ist, die man seinen Enkeln erzählen kann. Nur Morgana wird vielleicht unzufrieden sein, aber das kann man nicht sicher vorhersagen, weil sie – wie ihr zu bemerken beliebt – etwas unberechenbar ist. Was sagt Ihr: Ist das nicht ein guter Plan?"

„Nein", erwiderte Merlin verdrossen. „Stellt Euch nicht dumm. Ich will noch immer das Schwert, um es gegen Excalibur auszutauschen. Wenn Ihr mir das ermöglicht, bringe ich Euch in Sicherheit, und Ihr könnt ungestört Euren eigenen Plänen nachgehen."

„Darauf kann ich mich nicht einlassen und mein Dämon wird es auch nicht tun."

„Dann zwingt Ihr mich dazu, den Bannkreis um Euer Zelt aufzuheben. Macht Euch das nicht gefügig? Wie ist Euch bei dem Gedanken, dass jederzeit ein Kriegerdämon in Euer Zelt treten und seine Rache an Euch vollziehen kann? Seid Ihr nicht beunruhigt?"

„Nicht im Geringsten", antwortete Dagonet. „Ich bin vor Aurelius in Sicherheit, und das ganz ohne Euren Zauber."

Merlin starrte ihn fassungslos an. Dann zeichnete sich Verstehen auf seinem Gesicht ab. „Morgana", rief er. „Morgana hat Ihre Hände im Spiel. Was geht hier vor?"

„Das wüsste ich auch gern", sagte Dagonet, „aber glaubt mir, ich habe keine Ahnung."

„Argloser Narr", zischte Merlin, „Ihr wisst ja nicht, mit wem und auf was Ihr Euch da einlasst." Ohne eine Antwort abzuwarten, eilte er aus dem Zelt.

„Jetzt ist Morgana meine einzige Hoffnung", dachte Dagonet. Aber sosehr er auch auf eine Nachricht von ihr wartete, nichts geschah. Es wurde Abend, es wurde Nacht und Dagonet begann zu verzweifeln.

Dann war sie da. Sie kam aus der Dunkelheit, lautlos wie ein Schatten und stand plötzlich vor ihm. „Warum so verzagt, mein Held", fragte sie. „Hattest du Angst, ich hätte dich vergessen?"

„Lady Morgana!", rief Dagonet halblaut, um die Wachen vor seinem Zelt nicht aufmerksam zu machen. „Ich bin glücklich, Euch zu sehen!" Er küsste ihr die Hand.

„Das kann ich mir vorstellen. Komm jetzt, es ist Zeit für dich, uns zu verlassen."

Sie nahm ihn bei der Hand und führte ihn zum Ausgang. „Die Wachen", flüsterte Dagonet. „Sie werden mich nicht durchlassen."

„Kümmere dich nicht um die Wachen."

Sie traten ins Freie. Draußen standen zwei Männer auf ihre Lanzen gelehnt und sahen Dagonet verträumt an.

„Sie sehen uns nicht", erklärte Morgana. „Sie schlafen mit offenen Augen und träumen, dass sie wach wären und getreulich auf dich aufpassen."

Gemeinsam schritten sie durch die dunklen Zeltreihen, ohne bemerkt zu werden. Als sie einer bewaffneten Streife begegneten, dachte Dagonet schon, sie wären entdeckt worden, aber auch diese Männer schauten nur mit träumerischem Blick durch sie hindurch.

Das gleiche Bild bot sich Dagonet, als sie das schwarze Zelt erreichten. Die Wachen am Rande des Sperrkreises blickten sie an und schienen sie doch nicht wahrzunehmen.

„Wie macht Ihr das?", flüsterte Dagonet ehrfürchtig.

„Das ist eine leichte Übung", lächelte Morgana. „Vielleicht nicht für einen Haus- und Hofzauberer wie Merlin, aber für mich schon."

Sie nahm Dagonet neuerlich bei der Hand und führte ihn an den Wachen vorbei in den Sperrkreis. Als sie sich dem schwarzen Zelt näherten, trat Earvin heraus.

„Da bist du ja endlich", sagte er anstatt einer Begrüßung. „Ich dachte schon, du schaffst es nicht mehr. Aber wie ich sehe, hast du kompetente Unterstützung gefunden." Er neigte höflich den Kopf. „Ich grüße Euch, Lady Morgana."

Auch Morgana machte eine kleine Verbeugung und erwiderte nicht minder höflich: „Ich grüße Euch ebenfalls, Lord Lham-Dearg."

Dagonet blickte erstaunt zwischen den beiden hin und her. „Ihr kennt euch?"

„Wir hatten schon miteinander zu tun", nickte Morgana. „Du hast Glück, Dagonet, dass du so einen klugen und integren Dämon wie Lham-Dearg als Verbündeten gewonnen hast."

„Ihr habt nicht immer so freundlich über mich gesprochen", bemerkte Earvin lächelnd. „Welchem Umstand verdanke ich Eure überraschende Gunst?"

„Ich will vermeiden, dass Merlin Excalibur gegen Euer Schwert austauscht, so wie er es vorhat. Obwohl ich glaube, dass Ihr ihm auf Dauer gar nicht gut dienen würdet, Lord Lham-Dearg. Denn Euer Gerechtigkeitssinn gilt als ausgesprochen verquer. Irgendwann einmal würdet Ihr Artus sicher im Stich lassen, weil Ihr sein Vorhaben missbilligt. Ich muss gestehen, dass ich geschwankt habe, ob das nicht auch eine gute Lösung wäre, ihn zu verderben. Aber letztlich habe ich mich dafür entschieden, ihm Excalibur zu belassen und ihn nach seinem letzten Kampf der Macht Vivianes auszuliefern. Außerdem ist es mir lieber, Lord Lham-Dearg, Ihr verschwindet von der Erdoberfläche, sobald unser Freund Dagonet sein Versprechen einlöst und Euch freigibt. So könnt ihr beide wenigstens nicht meine Pläne stören."

„Das ist es, was ich an Euch so bewundere, Lady Morgana", sagte Earvin anerkennend. „Ihr denkt wie ein Dämon."

„Dann macht Euch jetzt auf den Weg, damit Dagonet seine geliebte Räuberbraut findet, und die Sache zu einem Ende kommt. Der Schlafzauber, den ich gewirkt habe, wird bald erlöschen."

„Wird man Euch nicht verdächtigen, mir zur Flucht verholfen zu haben?", fragte Dagonet.

Morgana lachte. „Machst du dir etwa Sorgen um mich, mein Held? Dazu besteht kein Anlass. Während wir hier reden, sehen mich zahlreiche Leute, wie ich im Mondenschein vor meinem Zelt sitze und ein trauriges Liebeslied singe. Natürlich wird es niemand wagen, sich mir zu nähern. Morgen früh wird man sich nicht erklären können, was vorgefallen ist. Ein Gerücht, das ich selbst in die Welt setzen werde, wird besagen, Merlin sei es endlich doch gelungen, den Dämon in dem schwarzen Zelt zu vernichten, so wie es der König befohlen hat. Dabei ist auch Dagonet versehentlich ums Leben gekommen, als er versucht hat, in den Sperrkreis einzudringen. Merlin wird nicht wissen, wie ihm geschieht, wenn er davon hört. Aber schlau wie er ist, wird er dieses Gerücht weder bestätigen noch dementieren, und so werden es die Leute glauben. Auf diese Weise wird der Plan, den du ihm heute unterbreitet hast, doch noch Wirklichkeit."

„Ihr wisst von meinem Gespräch mit Merlin?", rief Dagonet verblüfft.

„Ich war anwesend", bestätigte Morgana. „Du konntest mich bloß nicht sehen. Und frag jetzt nicht schon wieder, wie ich das gemacht habe. So etwas ist einfach für mich und du würdest es dennoch nicht verstehen, wenn ich es dir erkläre. Macht jetzt, dass ihr fortkommt, die dritte Nachtwache bricht bald an." Sie neigte den Kopf vor Earvin. „Ich wünsche Euch eine baldige und glückliche Heimkehr in die Unterwelt, Lord Lham-Dearg."

Earvin verbeugte sich ebenfalls vor ihr. „Ich danke Euch, Lady Morgana."

Morganas Kleid glühte in einer düsteren grünen Flamme auf, dann war sie verschwunden.

„Los jetzt", befahl Earvin. „Hol das Schwert aus dem Zelt und dann lass uns von hier verschwinden."

Wenig später versank das Lager des König Artus unter ihnen in der Dunkelheit und Lham-Dearg nahm mit gewaltigen Flügelschlägen Kurs Richtung Süden.

22

Sie flogen die ganze Nacht hindurch und landeten mit dem ersten Morgenlicht auf einem Hügel im äußersten Südwesten der englischen Insel. Lham-Dearg nahm wieder die Gestalt des Knappen Earvin an, deutete in das flache Tal, das vor ihnen lag und verkündete: „Tintagel, oder Tintagol, wie die Römer den Ort genannt haben."

Der Ort Tintagel war ein großes Dorf, mehr schon eine kleine Stadt, die soeben zum morgendlichen Leben erwachte und eine emsige Betriebsamkeit zu entfalten begann. Rauch stieg aus Schornsteinen auf, der Lärm von Handwerksbetrieben, zuerst vereinzelt, dann immer häufiger, füllte die Luft mit Hämmern, Sägen, Kreischen und Quietschen. Karren, hochbeladen mit Waren, wurden durch die Straßen gezogen. Alles in allem wirkte die Ansiedlung sehr gepflegt und wohlhabend. Dagonet war überrascht, weil er keinerlei Fortifikationen erkennen konnte. Die Bewohner Tintagels schienen keinen Feind zu fürchten und sich gut beschützt zu wissen.

Die Festung von Tintagel, die Residenz König Artus', war auf einem ins Meer vorgelagerten Felsplateau errichtet worden, das vom Festland über eine schmale Landzunge erreicht werden konnte. Die Burg selbst war nur durch einen steilen Pfad, gerade breit genug für zwei Reiter nebeneinander, zugänglich. Dagonet bestaunte dieses Wunder der Architektur mit offenem Mund.

Der Torbau mit seinen zwei Rundtürmen erinnerte noch an römische Architektur. Die übrigen Bauwerke glichen aber in nichts dem, was Dagonet bisher an Fürstensitzen gesehen hatte. Der kompakte Zentralbau wies zahlreiche Fensterbögen, Emporen und Laufgänge auf und wurde von einem Turm überhöht, der sich mit filigranen Fenstern und Balustraden in luftige Höhen emporschwang. Die Mauern waren mit weißem und rotem Kalkstein verkleidet und schimmerten märchenhaft in der Morgensonne.

„Wer hat das erbaut?", fragte Dagonet ehrfurchtsvoll. „Es ist für kriegerische Zwecke nur wenig geeignet, aber es ist wunderschön."

„Sein Name ist Camelot", entgegnete Earvin. „Ein begnadeter Architekt und ein guter Bekannter von mir."

„Willst du damit sagen, er sei ein Dämon?"

„Natürlich. Glaubst du, ein Mensch hätte Derartiges zustande gebracht? In einigen Jahrhunderten wird das vielleicht der Fall sein, aber bis dahin dauert es noch."

„Man wird dieses Bauwerk auch noch in Jahrhunderten bewundern."

Earvin wiegte den Kopf. „In diesem Punkt bin ich skeptisch. Der Auftrag Camelots lautete, ein Schloss zu erschaffen, das seinesgleichen nicht in der Welt hat, und das bestehen soll, solange britische Könige diese Insel regieren. Wenn ich die militärischen Kräfteverhältnisse richtig einschätze, wird es in absehbarer Zeit hier keine britischen, sondern nur mehr angelsächsische Könige geben. Daran kann auch Artus auf Dauer nichts ändern. Dann aber wird dieses Schloss spurlos verschwinden und nichts wird bleiben, außer ein paar Steintrümmern. Freilich, die Menschen werden sich noch einige Zeit daran erinnern und sie werden sich vielleicht auch an den Namen seines Baumeisters erinnern, aber sie werden bald nicht einmal mehr wissen, wo es gestanden hat. Schau nicht so bedrückt, Dagonet. Das ist der Lauf der Welt und dir kann es letztlich gleichgültig sein. Möchtest du jetzt frühstücken?"

Earvin machte eine Handbewegung. Vor Dagonet erschien ein Tischchen, auf dem eine dampfende Schüssel und ein Krug standen.

„Ahem", machte Dagonet.

„Du wirst auch immer anspruchsvoller", murrte Earvin und ließ zusätzlich einen gepolsterten Hocker erscheinen. „Jetzt erzähl mir, was du im Heerlager des Artus erlebt hast. Ich kann mir zwar einiges zusammenreimen, aber allwissend bin ich auch nicht."

Dagonet machte sich über sein Frühstück her und gab einen genauen Bericht über seine Erlebnisse. „Wer ist eigentlich jene Viviane, die man die Dame vom See nennt?", fragte er abschließend. „Kennst du sie auch?"

„Ich habe von ihr gehört", antwortete Earvin, „aber ich kenne sie nicht persönlich. Wir Dämonen gehen den Angehörigen des Geschlechtes, zu dem sie gehört, aus dem Weg. Sie sind weit älter als Menschen und Dämonen und verfügen über große Macht, die aber an bestimmte Orte gebunden ist. Man könnte sie als Naturgeister bezeichnen, obwohl sie auch eine materielle Existenz besitzen. Sich mit ihnen einzulassen, eine Liebesbeziehung mit ihnen einzugehen, wozu sie nicht abgeneigt sind, oder Geschenke von ihnen anzunehmen, liefert dich ihnen aus, was fatale Folgen haben kann, weil sie dann sehr besitzergreifend werden und sich deiner Seele für immer bemächtigen wollen."

„Artus ist nicht zu beneiden", meinte Dagonet und putzte den letzten Krümel aus seiner Schüssel. „Er hat ein Geschenk von so einer seelenraubenden Frau angenommen, seine ehemalige Geliebte und Halbschwester will ihn mit magischen Mitteln verderben und seine Frau betrügt ihn – wie ich vermute – mit seinem besten Ritter und Freund. Wahrscheinlich werden die Weiber sein Verderben sein."

„Höchstwahrscheinlich", bestätigte Earvin und ließ Tisch und Hocker wieder verschwinden. „Das ist der Stoff, aus dem Dramen und Legenden gemacht werden. Denn das, was ihr Menschen Liebe nennt, ist eure große Schwäche. Nun, mir kann es recht sein, weil ich deiner verliebten Vernarrtheit in das Mädchen Glynis schließlich meine Freiheit verdanken werde. Etwas anderes beunruhigt mich viel mehr. Deine Vermutung, Morgana sei es gewesen, die Aurelius und seine vier Gefährten heraufbeschworen hat, könnte nämlich richtig sein. Wie ich diese Frau kenne, verfolgt sie damit finstere Ziele. Wozu sollte man sonst auch Dämonen beschwören? Ich kann mich keines Falles erinnern, dass ein Dämon bloß deswegen gerufen wurde, um anderen Menschen Wohltaten zu erweisen." Earvin schüttelte den Kopf. „Sobald wir Glynis haben, bringe ich euch nach Gallien, wenn du das willst. Seit die Franken in Gallien herrschen ist Stabilität und Frieden eingekehrt und es gibt viele Gebiete, in denen noch die alten römischen Traditionen gepflegt werden. Dort wird es dir gefallen und du brauchst dir keine Gedanken mehr darüber zu machen, ob es jemand für nützlich oder auch nur unterhaltsam hält, einen Prinzen von Gwyn umzubringen."

„Das ist eine gute Idee", stimmte Dagonet zu. „Dann lass uns jetzt nach Tintagel reiten und Glynis finden. Sei so gut und winke uns Pferde herbei."

„Das geht nicht", erklärte Earvin. „Ich kann zwar alle möglichen Dinge herbeiwinken, wie du es formulierst, aber niemals Lebewesen. Ich könnte mich äußerstenfalls selbst in ein Reittier verwandeln, aber der Gedanke missfällt mir. Es genügt mir schon, wenn ich dich ständig durch die Luft tragen muss."

„Dann gehen wir eben beide zu Fuß", sagte Dagonet bereitwillig. „Du musst nur etwas wegen der Stiefel unternehmen, die du mir am Ufer des Dubglas verpasst hast."

„Was ist mit ihnen?"

„Sie drücken erbärmlich."

„Du bist bloß wehleidig. Ich bin doch kein Schuster!"

„Lham-Dearg", sagte Dagonet entschieden. „Ich habe mich bereit erklärt, zu Fuß zu gehen, weil du kein Pferd und sicher auch kein Maultier sein willst. Aber dann sei bitte so freundlich und richte meine Stiefel!"

Earvin starrte zuerst Dagonet wütend ins Gesicht und dann auf dessen Stiefel. „Wie ist es jetzt?", fragte er. Dagonet bewegte die Zehen. „Wunderbar", lobte er. „Jetzt gehe ich wie auf Wolken."

Earvin wandte sich ab und überließ es Dagonet, ihm auf dem Weg nach Tintagel zu folgen. Dabei murmelte er: „Menschen! Man hat nur Schwierigkeiten mit ihnen. Ständig meckern sie herum und haben Sonderwünsche."

Der Fußweg hinunter nach dem Ort Tintagel war länger und beschwerlicher, als Dagonet zunächst gedacht hatte. Die felsigen Hügel wiesen außer Moos und wenigen genügsamen Gräsern keine Vegetation auf. Man lief ständig in Gefahr, auf dem vom Morgentau noch feuchten Untergrund auszugleiten oder sich an scharfen Felsen zu verletzen. Da keine Bäume Schatten spendeten, brannte die Sonne, die trotz der frühen Tageszeit ihre Kraft zu entfalten begann, ungehindert auf die Wanderer nieder. Lediglich eine Brise, die vom Meer hereinwehte und nach Tang roch, brachte einige Erfrischung.

Auf halbem Weg bestand Dagonet darauf, eine Rast einzulegen, was Earvin zu einigen weiteren Bemerkungen über die Unzulänglichkeit des Menschengeschlechtes veranlasste. Sie fanden in einer Höhle Unterschlupf, die sich in unbekannte Tiefen zu erstrecken schien, deren Eingangsbereich aber angenehm temperiert und windgeschützt war. Dagonet ließ sich auf einem flachen Stein nieder und verzichtete darauf, von Earvin eine angenehmere Sitzgelegenheit zu fordern, weil der Dämon recht übellaunig wirkte.

„Was ist mit dir?", fragte Dagonet. „Trotz einiger Schwierigkeiten ist es bisher doch ganz gut gelaufen. Mit etwas Glück sind wir, du, Glynis und ich, schon heute Nacht auf dem Weg nach Gallien. Und dann bist du mich bald los und ich dich auch. Weshalb also diese mürrische Miene?"

„Ich weiß nicht", antwortete Earvin. „Ich habe ein ungutes Gefühl."

„Besitzt du das zweite Gesicht, kennst du etwa die Zukunft?"

„Nein, die Zukunft kennt niemand, weder Mensch noch Dämon. Auch nicht die Scharlatane, die behaupten, sie könnten es, oder die Orakeldeuter, die nach den Vögeln schauen, in den Eingeweiden von Opfertieren wühlen oder ähnlichen Unfug treiben. Die Kenntnis der Zukunft ist uns verschlossen. Aber ich habe schon viel erlebt und gelernt, den weiteren Verlauf der Ereignisse abzuschätzen. Das ist so, wie wenn du eine Straße vor dir siehst, die sich in der Ferne verliert. Aber manchmal scheint diese Straße unvermutet zu enden, und du kannst nicht genau erkennen, was ihren Lauf unterbricht: ein Fluss, ein Abgrund, ein Bergsturz oder sonst ein unüberwindliches oder gar tödliches Hindernis."

„Und so ein Hindernis ahnst du jetzt? Hast du etwa Angst?"

„Ich habe Angst um dich. Nicht weil ich dich so sehr schätze, denn du bist mir persönlich recht gleichgültig. Aber wenn du vor der Zeit stirbst, wird unser Vertrag hinfällig und ich muss wahrscheinlich weitere Äonen hindurch eine Gerechtigkeit üben, die ich selbst nicht verstehe."

„Deine Sorge um mein Wohlergehen rührt mich", antwortete Dagonet sarkastisch. „Dann lass uns besser einige Vorkehrungen treffen, damit ich unerkannt bleibe und dadurch sicherer bin. Ich werde mich künftig nicht mehr Dagonet nennen, sondern Erec. Sorge dafür, dass mein Aussehen dem eines britischen Ritters gleicht. Ach ja, die Stiefel, die ich anhabe, möchte ich behalten."

Earvin machte eine Handbewegung. Die Kleidung Dagonets veränderte sich ein wenig. Auf seinem Wams prangte jetzt eine Stickerei, die ein senkrecht stehendes Schwert zeigte, um das sich zwei Schlangen wanden.

„Was ist das?", fragte Dagonet.

„Dein Wappen, Sir Erec. Ich habe es mir ausgedacht, weil ich finde, dass es zu dir passt. Möchtest du ein anderes?"

„Lass nur, es gefällt mir ganz gut. Und jetzt zu dir. Falls jemand nach uns sucht, wird er nach einem Ritter mit seinem Knappen Ausschau halten. Also wird es gut sein, wenn auch du dein Aussehen veränderst. Ein zweites Mal soll man mich nicht so leicht erkennen und gefangen setzen."

„Was schwebt dir denn vor?"

„Ich habe an eine junge Frau gedacht. Nicht an dieses dämonische Weib, das unlängst den drei Wegelagerern den Garaus gemacht hat. Ich hätte gern etwas Lieblicheres."

Earvin murmelte etwas von Prüfungen, wie sie einem Kriegerdämon nicht zugemutet werden sollten, und verwandelte sich.

„Sehr hübsch", befand Dagonet. Vor ihm stand eine zierliche Blondine mit unschuldigen blauen Augen und Brüsten, die man als ausladend bezeichnen hätte müssen, wenn sie nur ein wenig größer gewesen wären. „Dein Kleid muss oben etwas höher sein. Du zeigst zu viel nackte Haut. Ja, so ist es gut. Wir werden dich Enite nennen. Wenn jemand fragt: Ich, der tapfere Ritter Erec habe deine Gunst bei einem Sperberkampf gewonnen und dich zur Freude deines Vaters zum Weib genommen."

Enite gab ein verzweifeltes Knurren von sich und sagte, sie hoffe, dass niemals in der Dämonenwelt bekannt werden möge, wie der gefürchtete Kriegerdämon Lham-Dearg in Weiberkleidern durch die Gegend gezogen sei und sich als Ehefrau eines Menschen ausgegeben habe."

„Hab dich nicht so", tröstete ihn Dagonet. „Es ist ja nur für einen Tag. Komm, lass uns jetzt weitergehen."

Sie setzten ihren Weg fort, der sich ab jetzt besonders für Lham-Dearg beschwerlich gestaltete, weil er in seiner Manifestation als Enite auf zierlichen Füßchen über Felsen und Moospolster stolpern musste. Er fluchte ständig leise vor sich hin, und obwohl ihn Dagonet gern gefrotzelt hätte, ließ er es lieber bleiben. Man soll schließlich einen Dämon nicht unnötig reizen.

Endlich erreichten sie den Ort Tintagel. So mancher Blick folgte ihnen, als sie durch die Straßen schritten, nicht weil der Anblick Fremder hier ungewöhnlich gewesen wäre, sondern weil Enite so hübsch daherkam. Ein Umstand, der Lham-Dearg mehr als unangenehm war.

„Ich habe es satt, wie mir diese Burschen auf die Brust und die Beine starren", flüsterte er Dagonet zu. „Lass uns in der Schenke einkehren, ehe ich mich vergesse und ein paar von ihnen in kleine Stücke reiße."

Aber auch in der Schenke erregten sie einige Aufmerksamkeit. Ortsunkundig wie sie waren, hatten sie ein Lokal erwischt, das hauptsächlich von Tagedieben und anderen unguten Typen frequentiert wurde. Als sie die rauchige Gaststube betraten, wurden sofort Pfiffe und anzügliche Rufe laut. Ein besonders wagemutiger versuchte sogar, Enite auf den Hintern zu klopfen.

„Würdest du es für gerechtfertigt halten, wenn ich ein paar von ihnen in Stücke haue?", fragte Dagonet im Scherz.

„Unbedingt", fauchte Lham-Dearg und meinte es bitter ernst. „Das Schwert der Gerechtigkeit steht dir dafür uneingeschränkt zur Verfügung. Ich sage dir, es wird einmal eine Zeit kommen, da wird man die unziemliche Belästigung ehrbarer Weiber so und nicht anders bestrafen."

Dagonet legte die Hand an den Schwertgriff und musterte die Anwesenden ernst. Jetzt erst wandte sich die Aufmerksamkeit ihm zu. Die pöbelnden Gäste sahen das Wappen auf seiner Brust, das Kettenhemd und das lange Schwert an seiner Seite. Es wurde schlagartig still. Die Frauen fremder Reisender zu belästigen war eine Sache. Sich mit einem gewappneten Ritter, der die Ehre seiner Dame verteidigte, anzulegen, eine ganz andere. Das konnte rasch in einem Blutbad enden.

„Tretet beiseite, ihr guten Leute", forderte Dagonet freundlich, „damit niemand zu Schaden kommt."

Sofort öffnete sich eine Gasse vor ihm und Enite. Dagonet trat an einen Tisch, an dem drei Männer saßen, die zuvor besonders anzügliche und kränkende Dinge gerufen hatten. „Man nennt mich Erec, den Geduldigen", verkündete er mit sanfter Stimme. „Meine Geduld ist auch der Grund, weshalb ihr noch am Leben seid, obwohl ihr Dinge gesagt habt, die mich und die Dame meiner Begleitung zutiefst betrüben. Solltet ihr aber in dreißig Herzschlägen noch hier sein, so werden das eure letzten Herzschläge gewesen sein, denn dann schlage ich euch die Schädel ein. Und niemand wird mich dafür tadeln, wenn er erfährt, wie sehr ihr uns beleidigt habt."

Es dauerte nicht einmal zwanzig Herzschläge bis die drei Rabauken das Lokal verlassen und den Tisch frei gemacht hatten. Dagonet rückte zuvorkommend den Stuhl für Enite zurecht, nahm auch selbst Platz und winkte den Wirt zu sich, der sichtlich erleichtert wirkte, weil sein Lokal nicht zum Schauplatz eines Gemetzels geworden war.

„Ihr müsst verzeihen, edler Herr", sagte er und verschmierte mit einem dreckigen Tuch die Getränkelachen auf dem Tisch, „aber in diesem Lokal verkehren üblicherweise keine Personen von Stand. Meine Gäste sind brave Leute, sie haben bloß keine Ahnung von höfischen Sitten. Womit darf ich Euch dienlich sein?"

„Einen Krug Wein, deinen besten, wenn ich bitten darf, und zwei Becher."

„Sofort, kommt sogleich, edler Herr."

„Zuvor sage mir aber, ist die Königin mit ihrem Gefolge schon angekommen?"

„Schon gestern, edler Herr."

„Ausgezeichnet!", freute sich Dagonet. „Weißt du, wer sie begleitet hat?"

„Sir Lancelot und einige Männer aus der Leibwache des Königs."

„War unter ihnen auch ein Junge, etwa sechzehn Jahre alt, ein Knappe?"

Der Wirt schüttelte den Kopf. „Ich denke nicht. Ich habe den Einzug der Königin selbst gesehen, aber ich kann mich nicht erinnern, dass da ein Junge war. Das waren nur erprobte Krieger."

Dagonet sah dem Wirt verstört nach, der forteilte, um den Wein zu bringen. „Hast du das gehört?", fragte er Enite. „Glynis ist offenbar nicht mit der Königin und ihrer Eskorte angekommen. Was kann da geschehen sein?"

„Vielleicht hat der Wirt nicht richtig beobachtet", versuchte ihn Enite zu beruhigen, obwohl sie selbst recht verunsichert wirkte. „Wir müssen auf die Burg. Dort werden wir sicher Näheres erfahren können."

„Und wie sollen wir das anstellen? Einfach hingehen und Einlass begehren? Einladen wird man uns ja wohl nicht. Einen Sir Erec kennt kein Mensch, weil ich ihn bloß erfunden habe."

Wie sich zeigte, hatte Dagonets dramatischer Auftritt in der Schenke aber offenbar rasch die Runde gemacht und die Nachricht davon war auch bis auf die Burg gedrungen. Noch während Dagonet und Enite den Krug leerten – hauptsächlich leerte ihn Dagonet, weil Enite erklärte, es gehöre sich nicht für eine Dame, zu saufen wie ein Bürstenbinder – traf ein Bote von der Burg ein. Die anderen Gäste, die noch in der Schenke waren, verhielten sich bei dessen Anblick ausgesprochen sittsam und senkten den Blick. Denn der Mann war fast zwei Meter groß, trug ein Kettenhemd und ein Schwert, mit dem man ohne weiteres einen Ochsen schlachten hätte können. Es passte gut zu ihm, dass sein Wappen ein roter Ochse war, oder besser gesagt ein roter Stier, wie Dagonet nach genauerem Hinsehen bemerkte.

„Habe ich die Ehre mit dem Ritter Sir Erec, den man den Geduldigen nennt?", fragte er mit dröhnender Stimme.

„So nennt man mich", antwortete Dagonet, ohne sich zu erheben.

„Mein Name ist Lucan. Ich überbringe Euch die Grüße Königin Ginevras und ihre Einladung, auf die Burg zu kommen und an dem Fest teilzunehmen, das heute Abend veranstaltet wird. Es ist der Wunsch Ihrer Majestät, dass alle Ritter teilnehmen sollen, die sich in Tintagel aufhalten."

Dagonet versuchte erst gar nicht, seine freudige Überraschung zu verbergen. „Das ist eine große Ehre für einen armen fahrenden Ritter, wie ich einer bin. Ich werde mit Freuden kommen, Sir Lucan."

Lucan, der nichts anderes erwartet hatte, nickte. „Diese Einladung gilt selbstverständlich auch für die Dame in Eurer Begleitung."

„Das ist Lady Enite, mein Eheweib", stellte Dagonet Lham-Dearg vor.

Enite senkte den Blick, errötete leicht und lispelte: „Ich grüße Euch, Sir Lucan."

Lucan betrachtete sie mit Wohlgefallen, verneigte sich und erklärte, sie werde gewiss eine Zierde der Festlichkeiten sein. Dann forderte er die beiden auf, ihm zu folgen, ihr Gepäck werde ihnen nachgebracht werden.

„Ach, Sir Lucan", sprach Dagonet mit bekümmerte Miene, „wie ich schon sagte, bin ich nur ein armer Ritter, ärmer, als Ihr denkt. Unsere Reise war gefahrvoll und von so manchem Unbill begleitet. Wir haben durch widrige Umstände nicht nur unser ganzes Gepäck verloren, sondern auch unsere Reittiere. Tatsächlich besitzen wir nicht mehr als das, was wir am Leib tragen."

„Es tut mir leid, das zu hören", erklärte Lucan, „aber ich bin mir sicher, es wird sich Abhilfe schaffen lassen."

Er sah die beiden abwartend an. Dagonet warf achtlos eine Silbermünze auf den Tisch, was den Wirt zu unausgesetzten Bücklingen veranlasste, und folgte Lucan ins Freie. Enite hielt sich dicht hinter ihm. Lucans Pferd, ein mächtiges Ross, das zur Statur seines Reiters passte, wurde von einem Bediensteten gehalten. Lucan erteilte ein paar knappe Befehle und schneller als es Dagonet für möglich gehalten hätte, brachte man zwei gesattelte Pferde herbei, einen stattlichen Braunen für Dagonet und einen zierlichen Schimmel für Enite.

Sie ritten durch die Ortschaft, Dagonet und Lucan voran und Enite hinter ihnen. Den Schluss bildete Lucans Bediensteter.

„Was führt Euch in unsere Gegend, Sir Erec?", fragte Lucan.

„Der Wunsch, König Artus meine Dienste anzubieten", log Dagonet.

„Da seid Ihr in die falsche Richtung gegangen. Artus hält sich nämlich nicht in der Residenz auf. Er befindet sich weit im Norden, an den Ufern des Dubglas, um die Angelsachsen zu züchtigen. Von wo kommt Ihr her?"

„Ich bin ein Untertan König Markes", sagte Dagonet, dem nichts Besseres einfiel.

„Ah, aus dieser Ecke kommt Ihr also. Das erklärt auch Euren sonderbaren Akzent. Ich glaube mich erinnern zu können, dass ich schon von Euch gehört habe. Wart Ihr nicht bei dem großen Turnier dabei, das Marke voriges Jahr veranstaltet hat?"

„Vorsicht! Er stellt dir eine Falle", flüsterte Lham-Dearg in Dagonets Ohr.

„Voriges Jahr?", fragte Dagonet und tat verwirrt. „Ich kann mich nicht daran erinnern, dass König Marke zu der Zeit ein großes Turnier veranstaltet hat. Das mag aber daran liegen, dass ich damals auf Reisen war. Ich war jedenfalls nicht auf Markes Turnier. Aber Ihr habt vielleicht von meiner Teilnahme am Sperberkampf auf Burg Tulmein gehört."

Dagonet war sich sicher, dass Lucan davon noch nie etwas gehört hatte, weil er diesen Wettstreit eben erfunden hatte, und Burg Tulmein zu abgelegen war, als dass man hier genau wissen würde, was dort vorging.

„Ja, das kann sein", bestätigte Lucan, der sich keine Blöße geben wollte. „Das wird es sein, an das ich mich erinnere."

Sie hatten die Landzunge erreicht, die zur Burg führte. Obwohl es möglich gewesen wäre, nebeneinander zu bleiben, zogen sie es vor, hintereinander zu reiten, weil das sicherer war, und den Pferden besseren Tritt bot. Dadurch wurde Lucan zum Glück die Möglichkeit genommen, weitere verfängliche Fragen zu stellen.

Sie behielten diese Marschordnung auch bei, als die Landzunge in einen steilen Weg überging, der zur Burg hinaufführte. Wenig später passierten sie die beiden Tortürme und ritten in den weitläufigen Innenhof. Dagonet betrat zum ersten und letzten Mal die sagenhafte Residenz von König Artus, an die sich ferne Generationen nur mehr unter dem Namen Camelot erinnern sollten.

23

Dagonet hatte nicht damit gerechnet, dass man besondere Umstände mit ihm machen werde, aber die Burg war mit Ressourcen ausgestattet, die eine Gastfreundschaft erlaubten, wie sie Dagonet noch nie erlebt hatte. Man wies ihm und Enite ein reich ausgestattetes Zimmer zu. Auf dem Bett lagen Kleidungsstücke und in einem Nebenraum stand ein großer Zuber, der mit heißem Wasser gefüllt war.

Dagonet war wie die meisten seiner Zeitgenossen kein Reinheitsfanatiker. Aber inzwischen juckte es ihn an allen möglichen und unmöglichen Körperstellen und er hatte das sichere Gefühl, dass er stärker stank, als in guter Gesellschaft tolerierbar war. Also legte er eilig seine Kleider ab, befreite sich von seinem Kettenhemd, was ihm eine große Erleichterung verschaffte, und kletterte in den Zuber. Zwei dralle Mägde, bewaffnet mit Seife und Tüchern betraten den Raum und fragten, ob sie ihm behilflich sein könnten. Dagonet war nicht abgeneigt und duldete es, dass sie ihn einseiften und abschrubbten. Das Wasser im Zuber begann sich dunkel zu färben, während Dagonets Haut deutlich heller wurde. Die beiden Mägde wurden schließlich entschieden zu übermütig. Dabei kicherten sie laut und machten unmissverständliche Bemerkungen.

„Seid leise", flüsterte Dagonet, „mein Eheweib ist im Nebenzimmer."

Sie kicherten daraufhin leiser und setzten ihre Bemühungen unverdrossen fort. Als ihr selbstloses Treiben schließlich zum Erfolg geführt hatte, verabschiedeten sie sich mit dem Bemerken, sie würden gerne noch länger bleiben, aber es warteten noch einige andere Herren ungeduldig auf ihren Beistand.

Enite trat in die Tür und sah ihn vorwurfsvoll an. „Jetzt sind wir kaum einen halben Tag verheiratet und schon treibst du es mit dem Gesinde. Sag schämst du dich nicht?"

„Ich nehme an, das soll ein Scherz sein", antwortete Dagonet. „Du bist nicht meine Ehefrau, sondern bloß ein mürrischer alter Dämon, der meine Ehefrau spielt. Was hast du da in der Hand?"

„Kleider. Man hat mir einen Stoß Kleider hingelegt, damit ich mich für heute Abend hübsch machen kann, weil wir doch unser ganzes Gepäck verloren haben."

„Noch hübscher?", spottete Dagonet. „Da wirst du sicher eine Menge Männerherzen brechen. Das wird eine ganz neue Erfahrung für dich sein, weil du den Leuten sonst immer nur das Herz aus der Brust reißt. Nimm das blaue Kleid. Die Farbe passt wunderbar zu deinen Augen."

„Alle guten Geister steht mir bei", murmelte Lham-Dearg verzweifelt und begann sich umzukleiden. Man weiß natürlich nicht, ob das nur eine Redensart war, oder ob er wirklich den Beistand von Geistern erflehte. Wenn das der Fall gewesen sein sollte, dann waren es sicher keine Geister, die auch ein Mensch als gut bezeichnet hätte.

Schließlich war Enite fertig. Bei objektiver Betrachtung muss gesagt werden, dass sie entzückend aussah. Das fand auch Dagonet. „Wenn ich nicht wüsste, dass in dir nur ein garstiger Dämon steckt", sagte er lachend, „würde ich mich auf der Stelle über dich hermachen, mein geliebtes Weib."

„Ich rate dir gut, Dagonet, treib es nicht zu weit!", grollte Lham-Dearg. „Diese Maskerade ist das Peinlichste, das ich je ertragen musste."

Auch für Dagonet hatte man höfische Garderobe bereitgelegt. Zu seiner Erleichterung bemerkte er, dass sich dabei auch ein schön geschmückter Schwertgurt befand. Er hatte schon befürchtet, ohne sein Schwert erscheinen zu müssen, was wegen der Hundert-Schritte-Regel dazu führen hätte können, dass Enite plötzlich verschwand, wenn sie sich zu weit vom Schwert entfernte. Es wäre schwer gewesen, das plausibel zu erklären. Er kleidete sich ganz neu ein und fühlte sich sauber und sehr wohlriechend. Lediglich sein Wams behielt er, weil er das Wappen mochte, das ihm Lham-Dearg gemacht hatte. Es passte aber auch vorzüglich zu den anderen Sachen. „Wie sehe ich aus?", fragte er und drehte sich im Kreis.

Enite sah ihn befremdet an. „Genau wie sonst auch: hässlich, bloß nicht so dreckig und stinkend wie vorher."

„So spricht ein liebendes Weib", meinte Dagonet belustigt. „Wenn wir nicht auffallen sollen, wirst du dich bei dem Fest aber etwas charmanter geben müssen." Er wurde ernst. „Hast du inzwischen eine Spur von Glynis aufnehmen können?"

Enite schüttelte den Kopf. „Nein, ich kann sie nicht wittern. Inzwischen bin ich mir fast sicher, dass sie nie hier war. Dieses Abenteuer gestaltet sich schwieriger und schwieriger."

„Beim Fest werden wir sicher mehr erfahren", antwortete Dagonet und tat zuversichtlich, obwohl er eine tiefe Enttäuschung empfand.

Wenig später suchte sie ein Page auf und bat sie mitzukommen, weil der Einzug der Gäste bereits vorbereitet werde.

Der Page führte sie durch Gänge und über Treppen bis sie in den Vorraum des Festsaales kamen, der seinerseits ein kleiner Saal war. Dort hatten bereits zahlreiche Paare vor einer Flügeltür Aufstellung genommen. Dagonet und Enite reihten sich an der Stelle ein, die man ihnen zuwies, und warteten.

Schließlich wurde geflüstert, die Königin und ihr Gefolge seien bereits eingetroffen. Drei Fanfarenstöße ertönten, die Flügeltüren schwangen auf und gaben den Blick in den Festsaal frei. Dagonet hatte noch nie so einen großen, prächtigen Saal gesehen. In der Residenz von Gwyn gab es nichts Vergleichbares. Die freitragende Decke wölbte sich in gekreuzten Rippen und bildete dabei sternförmige Muster, die in hohe spitzbogige Fenster übergingen, die ihrerseits den Blick aufs Meer öffneten. Sie waren – ein unvorstellbarer Luxus in dieser Zeit – zur Gänze verglast. Leuchter hingen herab und trugen hunderte Kerzen, die den Saal mit mildem Licht füllten. Die Wände waren teils mit farbenfrohen Malereien, teils mit Tapisserien geschmückt, die höfische Szenen und Jagdmotive zeigten. Dem Eingang gegenüber war unter einem Baldachin ein Thron, auf dem eine große blonde Frau, Königin Ginevra, Platz genommen hatte. Neben ihr standen Mitglieder des Hofstaates und etwas abseits Musikanten, die ihre Instrumente bereithielten.

Der Einzug der Gäste begann. Sobald ein Paar den Saal betrat, rief ein Herold laut ihren Namen.

Schließlich waren Dagonet und Lham-Dearg an der Reihe. „Sir Erec und Lady Enite", verkündete der Herold.

Die beiden setzten sich in Bewegung und durchschritten unter den neugierigen Blicken der Anwesenden den Saal in seiner ganzen Länge. Vor dem Thron beugte Dagonet das Knie, wie er es von den vorangegangenen Paaren gesehen hatte. Enite brachte einen formvollendeten Hofknicks zustande und verharrte in demütiger Haltung mit gesenktem Kopf. Dagonet konnte sich vorstellen, wie Lham-Dearg unter dieser weibischen Übung litt. Sir Lucan, der hinter dem Thron stand, flüsterte der Königin etwas zu.

„Seid willkommen auf Tintagel, Sir Erec", begrüßte ihn Ginevra mit melodischer Stimme. „Wir haben schon von Euch gehört. Wart Ihr nicht erst kürzlich bei dem Wettstreit auf Burg Tulmein erfolgreich? Ihr dürft Euch erheben."

Dagonet stand auf und sagte: „Ihr seid sehr gütig, Majestät, Euch meiner bescheidenen Taten zu erinnern. Es ist mir und meinem Eheweib, Lady Enite, eine Freude und Auszeichnung, hier sein zu dürfen."

Ginevra geruhte Enite zur Kenntnis zu nehmen. Sie beugte sich vor, fasste sie unters Kinn und hob ihr das Gesicht empor. „Ganz entzückend", befand sie. „Wenn Ihr länger am Hof bleiben wollt, Lady Enite, so würde ich Euch gern in meine Dienste nehmen. Die Hüterin meiner Toilette ist nämlich erkrankt und ich suche standesgemäßen Ersatz. Ihr scheint mir dafür sehr geeignet zu sein."

„Hoffentlich kapiert Lham-Dearg nicht, dass es dabei hauptsächlich um das Ausleeren des Nachttopfes der Königin geht und dreht auf der Stelle durch", dachte Dagonet besorgt.

Enite verhielt sich jedoch vorbildlich und flüsterte, wie sehr sie sich geehrt fühle. Ginevra entließ die beiden mit einer huldvollen Handbewegung und das nächste Paar trat vor. Dagonet und Enite reihten sich unter jene Gäste ein, die die Vorstellung schon hinter sich hatten.

„Du warst souverän", flüsterte Dagonet.

„Noch nie musste sich ein Dämon seine Freiheit auf so demütigende Weise erkaufen wie ich", zischte Enite verbittert zurück. „Hast du gehört, was dieses Menschenweib gesagt hat? Ich wäre sehr geeignet, ihre Scheiße und ihr Wasser zu entsorgen. Das darf nie bekannt werden! Ich müsste sonst ja hundert Mann oder mehr erschlagen, um meinen lädierten Ruf als einer der furchtbarsten Kriegerdämonen wieder herzustellen.“

„Man kann es auch anders sehen“, versuchte Dagonet Lham-Dearg zu besänftigen. „Sie wusste ja nicht, wer du wirklich bist. Und selbst wenn dieser Vorfall bekannt werden sollte, würde man dich nach wie vor als überaus schrecklich und darüber hinaus auch noch als überaus verschlagen rühmen, weil es dir gelungen ist, so eine schwierige Situation unerkannt zu meistern.“

„Meinst du?“, fragte Enite zweifelnd. „Trotzdem ist mir die Sache mehr als unangenehm.“

Das Defilee der Gäste war zu Ende. Die Königin gab das Zeichen, mit den Lustbarkeiten zu beginnen. Es waren etwa hundert Gäste anwesend, die sich in kleinen Gruppen zusammenfanden. Die Musik spielte auf, es wurde getanzt, gelacht und gescherzt. Narren und Akrobaten traten auf und erfreuten die Anwesenden mit ihren Darbietungen. Ständig eilten Bedienstete hin und her und brachten Speisen und Getränke, die auf kleinen Tischen serviert wurden.

Dagonet hielt sich im Hintergrund und beobachtete. Schon bald fiel ihm ein hochgewachsener Ritter auf, der auffällig die Nähe der Königin suchte und oftmals vertraute Blicke mit ihr tauschte. Was heimliche, ehebrecherische Beziehungen betraf, so war Dagonet ja eine Art Fachmann, wenn man sich nur an sein Verhältnis mit Königin Lilias erinnert. „Das muss Sir Lancelot sein“, dachte er. „Die beiden sind verdammt unvorsichtig, so wie sie in aller Öffentlichkeit turteln. Das wird auf Dauer nicht gut gehen.“

„Ich werde mich an Lancelot heranmachen und ihn ausfragen“, flüsterte er Enite zu. „Bleib in meiner Nähe, oder besser gesagt in der Nähe des Schwertes. Wenn du dich plötzlich in blauen Rauch auflöst, wären wir nämlich aufgeflogen.“

Er drängte sich durch die Menge und richtete es so ein, dass er Lancelot über den Weg lief, als dieser seinen Platz verließ, um den Pokal der Königin zu füllen, was er keinem Bediensteten überlassen wollte.

„Sir Lancelot“, sagte er höflich und verbeugte sich.

Lancelot blieb stehen, den gefüllten Pokal in der Hand, und musterte ihn. Dann erinnerte er sich, wen er vor sich hatte. „Ah, Sir Erec. Gefällt Euch das Fest?“

„Es ist wundervoll. Mich bekümmert nur, dass ich den berühmten König Artus nicht persönlich kennenlernen durfte."

„Artus befindet sich zurzeit am Dubglas und bereitet eine große Schlacht vor. Ich wäre gern dabei gewesen, aber Artus hat darauf bestanden, dass ich seine Königin sicher nach Tintagel geleite."

„Das war gewiss eine gute Entscheidung, denn die Zeiten sind unruhig und es treibt sich viel Gesindel auf den Straßen umher. Hattet Ihr eine gute Reise?"

„Alles in allem ja, wenn man von dem Ärger mit dem Jungen absieht."

Dagonets Puls beschleunigte sich. „Ärger mit dem Jungen?", fragte er und stellte sich unwissend.

„Ja. Ein Knappe namens Godric, den der König nach Tintagel geschickt hat, damit er seine Ausbildung vollendet. Am fünften Tag ist er plötzlich verschwunden. Königin Ginevra, die ihn gemocht hat, hat darauf bestanden, dass er gesucht wird. Dadurch haben wir einen ganzen Tag verloren, ohne ihn zu finden. Es wird wohl so sein, dass er davongelaufen ist. Er hat nämlich auch reichlich Proviant gestohlen und mitgenommen."

„Wie undankbar", bemerkte Dagonet.

Lancelot zuckte mit den Schultern, nickte Dagonet zu und begab sich wieder zu seiner Königin.

„Hast du gehört?", fragte Dagonet aufgeregt Enite, die sich dicht hinter ihm gehalten hatte. „Was kann das bedeuten?"

„Ich kann auch nur raten", antwortete Enite. „Am fünften Tag ihrer Reise waren sie Lindum so nahe, wie es auf der Straße, die sie benutzt haben, nur möglich ist. Ich vermute, Glynis hat die Gelegenheit ergriffen und versucht sich nach Lindum durchzuschlagen. Das ist auch vernünftig, denn Lindum ist der letzte Ort, an dem ihr zusammen wart, ehe ihr getrennt wurdet. Sie wird hoffen, dass du denselben Gedanken hast und sie wieder in Lindum suchst."

„Du hast recht!", rief Dagonet. „Lass uns noch heute Nacht aufbrechen!"

Enite schüttelte den Kopf. „Es hat keine Eile. Lindum liegt weit im Osten und sie muss durch dicht bewaldetes, teilweise unwegsames Gelände. Wenn sie gut vorankommt, kann sie Lindum frühestens in zwei Tagen erreichen."

Ihr Gespräch wurde unterbrochen, weil Sir Lucan das Podest erklommen hatte, auf dem die Musiker saßen, und Aufmerksamkeit forderte.

„Edle Damen und Herren!", rief er. „Zur Kurzweil und zum Vergnügen wollen wir jetzt prüfen, welche der anwesenden Damen ihrem Ritter stets treu waren."

Lautes Gelächter und Scherzworte antworteten ihm. Einer der Ritter rief, er zweifle nicht an der Tugendhaftigkeit jeder einzelnen Dame im Saal, zumal es wohl unmöglich sei, das Gegenteil zu beweisen.

„Und doch ist es so", verkündete Sir Lucan. „Denn die Schwester unseres geliebten Königs, Prinzessin Morgana, hat uns zum vergnüglichen Zeitvertreib durch einen Boten ein Mittel gesandt, um die Probe aufs Exempel zu machen. Man muss ja nicht daran glauben, aber man kann, wenn man will."

„Besonders, wenn die Probe zum Vorteil der Dame ausfällt", rief einer aus dem Publikum. „Andernfalls kann man ja noch immer einen Scherz vermuten."

Wiederum lachten die Anwesenden.

Lucan hob die Hand. „Nun, dann lasst es uns einfach versuchen. Tretet ein, Sir Aurelius!"

24

Mit allem hatte Dagonet gerechnet, nur damit nicht. Durch eine Nebentür trat Aurelius ein. Er war dem Anlass entsprechend höfisch gekleidet und wirkte sehr distinguiert. Vor der Königin sank er in die Knie.

„Erhebt Euch, Sir Aurelius", sagte Ginevra, „und seid uns willkommen. Ihr bringt uns etwas von unserer geliebten Schwester Morgana?"

„Prinzessin Morgana entbietet Euch, meine Königin, und all Euren Gästen, ihre Grüße. Sie bedauert sehr, dass sie an Eurem Fest nicht teilnehmen kann, aber sie hält es für ihre Pflicht, in diesen schweren Kriegszeiten an der Seite des Königs auszuharren."

„Das war ein ordentlicher Seitenhieb", dachte Dagonet, der sich hinter einem hochgewachsenen Ritter versteckte, damit ihn Aurelius nicht sofort sehen konnte. „Er übt damit Kritik an der Königin, die sich in Sicherheit gebracht hat und Feste feiert, während sich ihr Gatte auf eine Entscheidungsschlacht vorbereitet."

Ginevra schien das auch so zu empfinden, denn ihre Augenbrauen zogen sich ärgerlich zusammen. „Vielleicht ist Prinzessin Morgana bloß deswegen im Heerlager geblieben", sagte sie fast verächtlich, „weil ich sie nicht eingeladen habe, mich nach Tintagel zu begleiten. Dennoch rührt mich ihre Anhänglichkeit, die sie veranlasst hat, mir einen Boten mit einem Geschenk nachzuschicken. Ihr müsst schon kurz nach uns aufgebrochen sein, Sir Aurelius."

„Keine Rede davon", dachte Dagonet. „Der Kerl ist erst aufgebrochen, nachdem ich aus dem Lager verschwunden war. Er ist genauso, wie ich und Lham-Dearg es getan haben, einfach im Dunkel der Nacht hergeflogen."

Aurelius neigte das Haupt. „Es war der Wunsch Prinzessin Morganas, etwas zu dem Fest beizutragen, das ihr kurz nach Eurer Ankunft in Tintagel ausrichten wolltet. Sie sendet Euch diesen Mantel, mit dem ihr zur Kurzweil und Erheiterung Eurer Gäste die Treue der hier anwesenden Damen prüfen könnt."

Mit diesen Worten legte Aurelius der Königin ein Bündel zu Füßen.

„Und wie soll das vor sich gehen?"

„Die Dame legt sich den Mantel um die Schulter. Passt er, so soll die Sittsamkeit der Trägerin gerühmt werden, passt er hingegen nicht, so wird man diesen Umstand mit freundlichen Scherzen und Gelächter quittieren, und ein Schelm ist, wer Böses dabei denkt."

Ginevra sah ihn nachdenklich an. Die Gäste schwiegen gespannt, nur einige der Damen kicherten. „Gut", entschied Ginevra entschlossen. „Wir wollen es versuchen. Meldet sich eine der Damen freiwillig? Ihr Lady Lynn? Dann tretet vor und beschämt alle jene, die jetzt noch miteinander tuscheln und lachen."

Eine füllige Frau mittleren Alters trat vor und verneigte sich vor der Königin. Hurtig bückte sich Aurelius, nahm das Bündel auf und entrollte es. Es war ein Mantel von dunkelgrüner Farbe, geschmückt mit einem weißen Pelzkragen. Zuvorkommend legte Aurelius der Frau den Mantel um die Schultern. Obwohl Lady Lynn eine sehr stattliche Figur hatte, war ihr der Mantel viel zu weit, in der Länge reichte er ihr aber nur bis ans Knie.

„Oho", rief Lady Lynn lachend. „Dieser Mantel ist wahrhaftig schlecht geschnitten. Ich bin mir zwar keiner Schuld bewusst, zumal ich seit Jahren verwitwet bin, aber es kann sein, dass sich der Mantel an meine jüngeren Jahre erinnert."

Einige der Herren, die im gleichen Alter wie Lady Lynn waren, und sich gut an deren und auch an ihre eigenen jüngeren Jahre erinnern konnten, riefen, dies könne sehr wohl sein, man solle daraus aber keine falschen Schlüsse ziehen. Dabei zwinkerten sie einander zu.

Die nächste Kandidatin war ein noch junges Mädchen, das sich bald verheiraten sollte, und das von ihrem Bräutigam begleitet wurde. „Wenn der Mantel Lady Lynn zu weit war", sagte sie. „Dann wird er mir wohl überhaupt nicht passen. Was soll das schon beweisen?" Sie ließ sich den Mantel bereitwillig um die Schultern legen. Überraschenderweise passte sich der Mantel ihrer schlanken Figur perfekt an, aber er war auch ihr zu kurz, viel zu kurz. Er reichte ihr nur knapp bis zur Mitte der Oberschenkel.

„Aber Hagarun", rief ihr Verlobter, der nicht wusste, ob er mit den anderen lachen oder eifersüchtig sein sollte.

„Wenn der Mantel die Wahrheit sagt", meinte Hagarun gelassen, „dann solltest du dich fragen, mein lieber Ivain, wer mich zur Untreue verleitet hat."

Sogleich riefen einige der Anwesenden Ivain zu, er solle seine Braut nicht wegen etwas schelten, das er selbst verschuldet habe, sondern sich vielmehr glücklich schätzen, dass er sie erobern konnte. Es war nämlich allgemein bekannt, dass sie, als sie Ivain kennenlernte, schon mit einem anderen Mann verlobt gewesen war. Erleichtert stimmte Ivain in das allgemeine Gelächter ein.

So probierten die Damen, eine nach der anderen, den Mantel an. Keiner passte er. Er war entweder zu lang, zu kurz, zu weit oder zu eng. Nach und nach wurde das Gelächter leiser, wurden die Scherze gequälter. Eine Atmosphäre von Misstrauen und Befremden begann sich über die fröhliche Gesellschaft zu legen.

Schließlich rief Sir Lucan im Bestreben, die Stimmung aufzuheitern: „Genug jetzt. Das ist bloß ein Schabernack. Der Mantel wird keiner Dame passen. Denn darin besteht sein ganzes Geheimnis. Er weiß nichts von Treue und Untreue, er verändert sich bloß so, dass er keiner passt und überlässt es den anderen, zu raten, warum das so sein könnte. Ist es nicht so, Sir Aurelius?"

„Das können wir ganz leicht herausfinden", antwortete Aurelius boshaft lächelnd. „Es gibt eine Dame, deren Tugendhaftigkeit und eheliche Treue außer Zweifel steht. Nämlich Königin Ginevra. Darin wird mir sicher jeder beipflichten. Wenn sie den Mantel umlegt, so werdet ihr sehen, dass er wie angemessen passt, und ihr werdet erkennen, dass der Mantel die Wahrheit sagt."

Ginevra und Lancelot wechselten einen besorgten Blick.

„Das schaut Morgana ähnlich", flüsterte Enite. „Darum geht es also. Sie will auf diese Weise Ginevra und Lancelot bloßstellen und damit Artus Probleme bereiten. Was machst du denn? Halte dich da heraus!"

Ohne auf Enite zu hören drängte sich Dagonet in den Vordergrund und rief mit lauter Stimme: „Das ist unangemessen!"

Es wurde still im Saal. „Die Treue der Königin auf die Probe stellen zu wollen", fuhr Dagonet fort, „ist Majestätsbeleidigung, denn einer solchen Probe bedarf es nicht. Wer die erhabene Königin so kränkt, ist in meinen Augen ein Hochverräter!"

Aurelius kniff die Augen zusammen und versuchte zu erkennen, wer da gesprochen hatte. „Was unterstellt Ihr mir? Wollt Ihr mich beleidigen und herausfordern, Sir?", rief er.

Dagonet trat endgültig in den Vordergrund, so dass ihn Aurelius sehen konnte. Mit Befriedigung registrierte er, wie Aurelius blass wurde.

„Ich will Euch nicht beleidigen, Sir Aurelius", erklärte er, „denn ich glaube nicht, dass man Euch überhaupt beleidigen kann. Wenn Ihr Euch aber trotzdem beleidigt fühlt, so will ich das gern gelten lassen und Ihr könnt Euch von mir als herausgefordert betrachten."

Mit diesen Worten legte er die Hand an den Griff seines Schwertes.

„Haltet ein ihr Herren", rief Ginevra. „ich verbiete Euch, in mein Fest Mord und Totschlag zu tragen. Seid bedankt für Eure guten Worte, Sir Erec, aber nehmt die Hand vom Schwert."

„Sir Erec hat recht", mischte sich Lancelot ein. „Das Ansinnen Sir Aurelius' an die Königin hat den Scherz zu weit getrieben."

„Ich wollte doch nur die Zauberkraft des Mantels unter Beweis stellen", verantwortete sich Aurelius.

„Das könnt Ihr haben", sagte Dagonet. „Enite unterzieh du dich der Probe."

Enite warf ihm einen Blick voller dämonischen Zorns zu, aber sie tat, was er gefordert hatte. Sie trat vor die Menge und ließ sich den Mantel umlegen. Er schmiegte sich um ihre zarten Schultern, umschloss ihren Körper wie angemessen und fiel in schönen Falten bis an ihre Knöchel, kein Fingerbreit zu kurz oder zu lange. Sie drehte sich langsam um die eigene Achse und ließ sich von allen Seiten bewundern. Anerkennende Rufe aus dem Publikum wurden laut.

Aurelius starrte sie mit grenzenloser Verwunderung an. Denn das wahre Geheimnis des Mantels bestand darin, dass er nicht nur gelebte, sondern auch nur geträumte und heimlich gedachte Untreue aufzeigte. Keiner Frau konnte dieser Mantel daher passen, es sei denn...

„Lham-Dearg", flüsterte Aurelius.

Enite nahm den Mantel von der Schulter und ließ ihn Aurelius vor die Füße fallen. Dabei setzte sie ihr entzückendstes Lächeln auf und flüsterte so leise, dass es sonst niemand hören konnte: „Flieh, Dämon, flieh von diesem Ort, so schnell und so weit du nur kannst. Denn deine Umtriebe bereiten mir viel Ungemach, und ich verspüre den Wunsch in mir, dich zu töten. Flieh, ehe dieser Wunsch übermächtig wird und die Reste deiner irdischen Existenz den Boden besudeln." Laut sagte sie: „Euer Mantel mag zwar zu meiner Figur passen, Sir Aurelius, aber das beweist gar nichts, denn er kleidet mich nicht. Er hat nämlich eine scheußliche Farbe, die weder zu meinem Kleid noch zu meinen Augen passt. So gesehen hat der Mantel auch mir nicht gepasst. Nehmt dieses verunglückte Stück wieder an Euch und bittet Ihre Majestät um Urlaub. Niemand von uns wird Euch vermissen."

Aurelius warf der Königin einen scheuen Blick zu. Die war aber zu verblüfft, um zu reagieren. An ihrer Stelle übernahm Sir Lancelot die Antwort. „Königin Ginevra entspricht Eurem Wunsch, Sir Aurelius. Ihr dürft Euch entfernen. Ich nehme an, Ihr werdet ehestbald wieder abreisen. Verabsäumt es nicht, Prinzessin Morgana von uns zu grüßen und ihr für den Beitrag zu unserem Fest zu danken."

Aurelius raffte den Mantel an sich, verbeugte sich mehrmals und eilte aus dem Saal.

Die Stimmung entspannte sich zusehends. Ein alter Ritter klopfte Dagonet auf die Schulter und sagte anerkennend: „Gut gesprochen und wacker gehandelt, junger Mann. So verhält sich ein wahrer Edelmann." Die Zuhörer nickten beifällig.

Auch Enite wurde viel Aufmerksamkeit zuteil. Man lobte sie wegen ihrer klugen Worte, die das Mantelspiel als Taschenspielertrick ohne jede Aussagekraft entlarvt hatte, und machte ihr viele Komplimente, auch wegen der Farbe ihres Kleides, die so gut zu ihren schönen Augen passte.

Dagonet war in Sorge, Lham-Dearg könne der Sache überdrüssig werden und sich zu einer peinlichen Reaktion hinreißen lassen, aber der Dämon bewies Haltung. Enite senkte das Köpfchen, errötete gelegentlich leicht, zeigte sich charmant und ehrerbietig und gab so das Musterbeispiel einer Frau ab, die sich nicht nur durch kluge Einsicht, sondern auch durch angemessene weibliche

Demut auszeichnete. Das trug ihr viel Sympathie ein, mehr bei den anwesenden Herren als bei den Damen.

Der Abend, der gedroht hatte, in Unstimmigkeit und Zwietracht zu enden, nahm doch noch einen erfreulichen Verlauf. Dagonet wurde die seltene Ehre zuteil, mit der Königin tanzen zu dürfen, während Enite von Sir Lancelot zum Tanz geführt wurde. Ungläubig beobachtete er, wie sie zierlich Füßchen vor Füßchen setzte und Lancelot auf eine Weise anlächelte, die Dagonet veranlasste, die Königin in ein intensives Gespräch zu verwickeln, damit sie nicht mitbekam, wie ihr Geliebter mit einer anderen flirtete.

Der Morgen dämmerte bereits, als sich die Gäste von der Königin, die bis zum Schluss geblieben war, verabschiedeten und ihren Unterkünften zustrebten.

„Was, bei allen Menschen der Oberwelt, ist dir eingefallen, dich einzumischen und dich mit Aurelius anzulegen", fragte Lham-Dearg unwillig.

„Ich weiß nicht genau", gestand Dagonet. „Ich glaube Ginevra und Lancelot haben mir einfach leid getan."

Enite schüttelte den Kopf. „Du kannst den unabwendbaren Gang der Ereignisse nicht aufhalten, Dagonet. Früher oder später wird Artus erfahren, dass ihn seine Frau mit seinem ersten Ritter betrügt. Ich glaube allerdings, er weiß es schon jetzt. Es kommt aber nicht darauf an, was er weiß, sondern nur darauf, ob andere wissen, dass er es weiß. Erst dadurch wird er zum Handeln gezwungen. Sobald das geschieht, wird es aber der Anfang vom Ende für Artus sein."

„Das sind erstaunliche Einsichten für einen Dämonen", wunderte sich Dagonet. „Hast du dich eigentlich gut unterhalten? Du hast deine Rolle vorbildlich gespielt."

„Ich habe mich überhaupt nicht gut unterhalten. Es war eine einzige Tortur für mich. Aber ich habe bemerkenswerte Erkenntnisse in das Verhalten der Menschen im Vorfeld der Fortpflanzung gewonnen. Sobald ich wieder zu Hause bin, werde ich eine Abhandlung darüber verfassen und an der Universität veröffentlichen."

„Universität?"

„Ein Ort, an dem Wissenschaften gelehrt werden. In einigen Jahrhunderten werden auch die Menschen so etwas haben, vermute ich."

„Wie pflanzen sich eigentlich Dämonen fort?", fragte Dagonet. „Gibt es auch weibliche Dämonen?"

„Wozu sollte das gut sein? Nein, Dämonen beginnen einfach und wenn ihre Zeit gekommen ist, hören sie wieder auf. Ich will erst gar nicht versuchen, dir genau zu erklären, wie das funktioniert. Du würdest es nicht verstehen. Dämonen pflanzen sich nicht so fort, wie du es mit Glynis gemacht hast."

„Ich habe mich mit Glynis zwar geliebt, aber doch nicht fortgepflanzt!"

„Dann ist dir etwas entgangen und du wirst noch eine Überraschung erleben. Sie weiß es übrigens selbst noch nicht."

„Du meinst ...", fragte Dagonet und wagte es nicht, deutlicher zu werden. „Bist du dir da sicher. Wie kannst du das wissen?"

„Ich weiß es und ich bin mir sicher. Ich werde dir und Glynis ein eigenes Kapitel in meiner Abhandlung widmen. Ihr seid ein interessantes Paar."

Dagonet schluckte mehrmals, um die Neuigkeit zu verdauen. „Wenn das so ist", sagte er schließlich, „wenn Glynis wirklich ein Kind von mir erwartet, dann müssen wir sie umso schneller finden."

Enite nickte zustimmend. „Morgen Nacht fliegen wir los."

Sie hatten ihre Unterkunft erreicht. „Ruh dich ein paar Stunden aus", empfahl Lham-Dearg. „Ich werde mir inzwischen Notizen für meine Abhandlung machen. Das Konzept der Treue, auf die ihr Menschen so viel Wert legt, im Zusammenhang mit den Verhaltensmustern der Eifersucht, fasziniert mich. Es ist ein wahres Glück, dass wir Dämonen vor solchen Anfechtungen sicher sind."

Teil III

Die Kunst, Entscheidungen zu treffen

25

Dagonet wurde durch den verlockenden Duft von Speisen geweckt. Er schlug die Augen auf und sah Enite am Fenster sitzen. Sie schrieb mit schwarzer Tinte auf einem Blatt, das viel zu weiß war, als dass es Pergament sein konnte. „Man hat das Frühstück gebracht", sagte sie, ohne den Kopf zu heben.

Dagonet rappelte sich hoch und setzte sich an den Tisch. Obwohl er hungrig war, zweifelte er daran, beide Portionen allein vertilgen zu können.

„Isst du gar nichts?", fragte er.

Enite sah ihn befremdet an. „Natürlich nicht. Hast du denn gar nichts über Dämonen gelernt? Meine Manifestation als Menschenweib ist nur soweit ausgestaltet, damit die Täuschung perfekt ist. Ich kann zwar vortäuschen, dass ich esse oder trinke, aber ich brauche es nicht, zumal ich darauf verzichtet habe, auch das zu simulieren, was mit den Speisen geschieht, sobald ihr sie verschlungen habt." Enite schauderte sichtlich zusammen.

„Ich verstehe", sagte Dagonet. „Was schreibst du da?"

„Ich arbeite an meinem Aufsatz über die Beweggründe menschlichen Verhaltens. Obwohl ich schon so lange an der Oberwelt bin, habe ich dem bisher kaum Beachtung geschenkt. Erst die Bekanntschaft mit dir hat mein Interesse daran geweckt. Ich glaube auch gar nicht, dass unter den anderen Dämonen viel darüber bekannt ist. Meine Arbeit wird sicher große Beachtung finden."

„Es ist schön, jemanden zu kennen, der um die Geheimnisse der menschlichen Seele Bescheid weiß, selbst wenn es nur ein übellauniger Dämon ist", entgegnete Dagonet belustigt. „Was hast du über Glynis und mich herausgefunden?"

„Ihr seid vortreffliche Demonstrationsobjekte, weil ihr sozusagen die Standardsituation darstellt", erklärte Enite: „Ein Mädchen trifft einen jungen Mann, verführt ihn und bindet ihn durch ein Fortpflanzungsritual an sich. Ein einfaches und doch sehr effizientes Konzept. Mir ist bloß unklar, was Glynis an dir gefunden hat, um dich als Gefährten zu erwählen. Denn du bist langweilig, faul, nicht besonders klug und wenig entscheidungsfreudig."

„Hör mal, so schlimm ist es auch wieder nicht", protestierte Dagonet.

„Ich will zugeben, dass du dich ein wenig zu deinem Vorteil verändert hast, seit wir zusammen reisen", räumte Enite ein. Ich würde zu gerne wissen, ob das auf meinen Einfluss zurückzuführen ist oder ob es auch etwas mit Glynis zu tun hat. Trotzdem bleiben ihre Beweggründe für mich unklar."

„Ich bin immerhin ein Prinz", warf Dagonet ein.

„Und du glaubst, das hat für sie eine Rolle gespielt?"

„Vielleicht keine ausschlaggebende Rolle, aber es hat ihr sicher imponiert."

„Interessant!" Enite machte sich Notizen auf ihrem Blatt.

Dagonet hatte inzwischen beide Frühstücksportionen verputzt und rülpste. „Weil ich kein vorgetäuschter, sondern ein richtiger Mensch bin, muss ich jetzt etwas tun, das dir vielleicht missfällt." Er bückte sich und suchte unter dem Bett nach dem Nachttopf.

„Aber nicht hier im Zimmer", forderte Enite entschieden. „Draußen am Gang, zwanzig Schritte nach rechts, findest du, was du suchst."

„Für einen, der die Menschen erforscht, bist du aber ganz schön zimperlich, Dämon", grinste Dagonet.

Er suchte den von Enite bezeichneten Ort auf und war einmal mehr von dem ungewöhnlichen Luxus überrascht. In einem Raum mit Marmorboden war eine Marmorbank integriert, die fünf Besuchern Platz bot. Dankenswerterweise hatte man die Sitzfläche mit warmem Holz verkleidet, was die Behaglichkeit des Aufenthaltes erheblich steigerte. Ein Besucher war schon anwesend. Dagonet neigte höflich den Kopf und grüßte: „Sir Agravain."

„Sir Erec", erwiderte Agravain und gab ein grollendes Geräusch von sich, das davon zeugte, dass seine Bemühungen von Erfolg gekrönt waren. Dagonet ließ die Hose hinunter und nahm neben Agravain Platz.

„Habt Ihr Euch gestern gut unterhalten, Sir Erec?", eröffnete Agravain das Gespräch.

„Ich muss gestehen, dass ich dergleichen noch nie erlebt habe."

Agravain nickte. „Ja, Feste zu feiern versteht unsere Königin, selbst in Kriegszeiten. Ihr habt Euch gestern sehr in die Schanze geworfen, um ihre Ehrenhaftigkeit und Treue zu verteidigen."

„Ich hielt es für richtig", antwortete Dagonet vorsichtig.

„Ihr seid fremd und wisst daher nicht, dass es in Wahrheit nichts mehr zu verteidigen gibt, weil die Festung längst gefallen ist. Und dieser Umstand muss an die Öffentlichkeit gebracht werden, damit sich Artus zum Handeln entschließt, und Lancelot, der sich bisweilen gebärdet als wäre er selbst König, endlich in seine Schranken weist."

„Ihr sprecht in Rätseln, Sir Agravain. Ob etwas verborgen bleiben oder eröffnet werden soll, ist wohl eine Frage des Standpunktes und der Vernunft."

„Ihr versteht es, Euch hinter klugen Worten zu verbergen und wisst doch sehr genau, was ich meine, Sir Erec", erwiderte Agravain und wischte sich den Hintern mit einem der feuchten Tücher sauber, die in einem Eimer bereitlagen. „Wie ich schon sagte: Ihr seid fremd hier. Mischt Euch nicht in Dinge, von denen Ihr nichts versteht und die Euch nichts angehen. Wir haben Euch das gestern durchgehen lassen, weil wir Euren guten Willen und Eure Unwissenheit anerkannt haben. Das ist ab jetzt anders. Seid also gewarnt. Wir rechnen damit, dass Ihr bald wieder abreist und Euch um Eure eigenen Angelegenheiten kümmert."

„Wer seid ihr? Weshalb sprecht Ihr in der Mehrzahl?"

„Wir sind eine Gruppe von Männern guten Willens, denen das Wohl des Königreichs ebenso am Herzen liegt wie die Ehre des Königs."

Agravain zog seine Hose hoch, fixierte den Gürtel, nickte Dagonet zu und verließ den Abtritt.

„Was soll man davon halten?", fragte Dagonet Enite, der er brühwarm von seiner Begegnung mit Agravain berichtet hatte. „Das klingt ja ganz so, als ob eine Verschwörung im Gange wäre. Eine Verschwörung, die sich gegen die Königin und Lancelot und damit letzten Endes auch gegen Artus richtet."

Enite nickte. „Das ganze Artusreich geht auf diese Weise früher oder später den Bach hinunter. Ihr Angelsachsen braucht euch in Wahrheit gar nicht vor den Briten fürchten. Sie werden sich selbst zerfleischen. Uns kann es egal sein. Schon morgen sind wir in Lindum und damit hoffentlich am Ende unserer Reise."

„Dann will ich mich vorher im Schloss etwas umsehen. Ich glaube nicht, dass ich Derartiges noch einmal zu Gesicht bekommen werde. Begleitest du mich?"

„Mir wird nichts anderes übrigbleiben, solange du das Schwert trägst. Aber ich werde vorsichtshalber unsichtbar bleiben."

Ehe Dagonet etwas sagen konnte, löste sich Enite in blauem Rauch auf und ein leichtes Vibrieren des Schwertes zeigte Dagonet an, dass Lham-Dearg an seinen angestammten Platz zurückgekehrt war. Er begab sich in den Schlosshof, besichtigte die Schlosskapelle, bestaunte die Glasmalereien an den Fenstern und gelangte schließlich in einen abgelegenen Teil der Innenanlage, der als Rosengarten diente. Dort sah er Lancelot auf einer Bank sitzen und vor sich hinstarren. Bevor er sich zurückziehen konnte, hatte ihn Lancelot erblickt und winkte ihn zu sich.

„Seid gegrüßt, Sir Erec, wo habt Ihr Eure bezaubernde Gattin gelassen?"

„Sie ruht sich etwas aus", erwiderte Dagonet. „Der gestrige Abend, oder besser gesagt die gestrige Nacht war doch sehr anstrengend für sie."

„Eure Gattin ist eine bemerkenswerte Frau, Sir Erec. Damit meine ich nicht nur ihre Schönheit und ihren Charme, sondern auch die Art, wie sie diesem unseligen Aurelius entgegengetreten ist. Keine andere Frau hier am Hof hätte das gewagt. Sie hat ihn praktisch fortgeschickt. Und was noch erstaunlicher ist, dieser hochmütige Mensch hat ihr in panischer Angst gehorcht und ist geflohen, sobald sich die Gelegenheit dazu geboten hat. Könnt Ihr mir das erklären?"

„Meine Frau und ich hatten schon früher mit Aurelius zu tun, und er hat allen Grund, uns zu fürchten", sagte Dagonet und hoffte, dass diese Antwort ausreichen werde.

Lancelot sah ihn forschend an. „Wer seid ihr wirklich? Nehmt mir die Frage nicht übel, aber Sir Erec seid Ihr nicht. Es gibt keinen Ritter dieses Namens. Niemand hat je von ihm und seinem schönen Eheweib, Lady Enite gehört. Ihr habt auch nicht im vorigen Jahr auf Burg Tulmein an einem Wettkampf teilgenommen. Was ihr vielleicht nicht wisst: Tulmein wurde vor drei Jahren zerstört und ist bis auf die Grundmauern niedergebrannt. Von wo kommt Ihr wirklich?"

Dagonet geriet zunehmend in Bedrängnis, aber er wollte möglichst nahe an der Wahrheit bleiben. „Zuletzt war ich im Heerlager von König Artus."

„Wie kann das sein? Ich habe Euch dort nicht gesehen."

„Ich bin angekommen, nachdem Eure Eskorte das Lager bereits seit einigen Tagen verlassen hatte."

„Und doch habt Ihr uns fast eingeholt und Tintagel knapp hinter uns erreicht!"

„Ich reise schnell."

„Ihr reist schneller, als es je ein Eilbote geschafft hat? Und das in Begleitung einer zarten Frau und ohne Reittiere?"

„So wird es sein. Ich bitte Euch, Mylord, dringt nicht in mich und begnügt Euch mit der Versicherung, dass ich der Königin und Euch nichts Böses will."

„Das will ich Euch gern glauben, denn das habt Ihr gestern auf dem Fest bewiesen. Sagt mir nur noch eines: Sobald der nächste Bote aus dem Lager eintrifft, wird er mir von Euch berichten können?"

„Nicht von mir, aber von einem gewissen Dagonet, der dem König und Merlin einigen Ärger bereitet hat, und der dann spurlos verschwunden ist. Er ist angeblich ums Leben gekommen, als Merlin einen Dämon vernichtet hat. Eine schöne Geschichte, die es wert ist, am abendlichen Kaminfeuer erzählt zu werden. Aber wenn dieser Bote eintrifft, werde ich nicht mehr hier sein, um von ihm erkannt zu werden. Sir Erec wird genauso spurlos verschwinden, wie es Sir Dagonet getan hat. Ich breche noch heute Abend auf, weil ich morgen schon in Lindum sein will."

„Heute Abend? Ihr wollt doch nicht bei Nacht reisen! Und nach Lindum sind es mehr als zehn Tagesritte!"

„Wie ich schon sagte: Ich reise bei Nacht und ich reise schnell. Ich habe Euch mehr erzählt, Sir Lancelot, als ich jedem anderen Mann geoffenbart hätte, aber ich wollte Euch nicht belügen. Ich bitte Euch aber, gebt Euch mit dem zufrieden, was ich Euch gesagt habe."

Dagonet verneigte sich und wollte sich entfernen. Als er fast schon den Ausgang des Gartens erreicht hatte, rief ihn Lancelot: „Sir Erec!"

Dagonet drehte sich um.

„Was soll ich tun, Sir Erec?"

„Ihr fragt mich, was Ihr tun sollt?"

„Es gibt sonst niemanden, dessen Rat ich erbitten könnte."

Dagonet ging langsam zurück und setzte sich wieder neben Lancelot. „Die Sache ist die, Sir Lancelot. Ihr seid der erste Ritter des Reiches und viele Männer verehren und folgen Euch. Ihr seid in Wahrheit genauso mächtig oder noch mächtiger als Artus. Solange Ihr mit Artus zusammensteht, kann kein Feind von innen oder außen das Reich gefährden. Es gibt aber Männer, und das sind nicht die Angelsachsen, die bestrebt sind, einen Keil zwischen Artus und Euch zu treiben. Sie tun dies aus selbstgerechter Überzeugung, aus Bosheit, aus Rachsucht, aus Machtgier oder bloß aus Gewinnstreben. Verräter sind sie alle. Das Mittel, mit dem sie ihr Ziel erreichen wollen, ist Euch bekannt. Es ist der Ehebruch, den Ihr mit der Königin begeht. Glaubt mir, auch ich war einmal in genau derselben Situation, in der Ihr Euch jetzt befindet. Mir wurde von einem günstigen Schicksal die Trennung von meiner Geliebten aufgezwungen. Ihr müsst Euch selbst helfen. Ihr müsst der Königin entsagen. Trennt Euch von ihr und begebt Euch ungesäumt ins Heerlager Eures Königs. Eine andere Rettung gibt es für Euch und Artus nicht."

„Ich kann mich von ihr nicht trennen", flüsterte Lancelot.

„Ich weiß", sagte Dagonet traurig und ging fort.

„Was sollte denn das?", fragte Lham-Deargs Stimme in seinem Ohr. „Warum erzählst du ihm so viel? Hast du keine Angst, dass er versucht uns festzuhalten?"

„Er ist ein Ehrenmann und wird nichts gegen mich unternehmen. Er erinnert mich an meine Situation, als ich aus Gwyn fortmusste, und ich habe versucht, ihm zu helfen."

„Das ist dir nicht gelungen. Ich denke daran, in meiner Abhandlung auch ein Kapitel über Lancelot und Ginevra zu schreiben. Das scheint mir ein gutes Exempel für die verderbliche Wirkung von Leidenschaft, Liebe und Eifersucht zu sein. Und da wären natürlich noch Tristan und Isolde. Aber über die weiß ich zu wenig. Das reicht nur für eine Fußnote. Was ist eigentlich mit dir und Lilias?"

„Was weißt du denn darüber?"

„Einiges. Ich habe gehört, was der Hauptmann der Leibwache zu dir gesagt hat, und ich habe ihren Brief gelesen, bevor du ihn verbrannt hast."

„Du hast ihren Brief gelesen?"

„Natürlich. Damals waren wir ja schon beisammen, obwohl du noch nicht gewusst hast, dass ich da bin."

„Was ich und Lilias getan haben ist wahrscheinlich noch schlimmer als das, was Lancelot und Ginevra tun", bekannte Dagonet bekümmert.

„Ausgezeichnet!", freute sich Lham-Dearg. „Das ist das Material, das ich brauche. Du musst mir gelegentlich alles genau erzählen. Eines würde mich noch interessieren: Warum hast du versucht, Lancelot und Ginevra und damit auch Artus zu retten? Hast du nicht bedacht, dass sie Feinde deines Volkes sind?"

„Das wohl", gestand Dagonet. „Aber ich habe mir gedacht, es ist ohne Bedeutung, weil Lancelot ohnehin nicht auf mich hören wird."

„Aha. Du hast dich selbstlos, ritterlich und ehrenhaft verhalten, wohl wissend, dass du das leicht tun kannst, weil es ohne Konsequenzen bleibt. Andernfalls hättest du sicher geschwiegen und ihn in sein Verderben rennen lassen."

„Wäre das heuchlerisch von mir gewesen?"

„Für einen Dämon wäre so ein Verhalten ganz in Ordnung. Aber für einen Menschen, für einen edlen Ritter? Ich weiß nicht recht. Es kann nicht schaden, Dagonet, wenn du dich ein wenig schämst."

Lham-Deargs Stimme verklang mit einem leisen Kichern.

Als es Abend wurde, spazierten Dagonet und Enite aus dem Schlosstor und kletterten über Böschungen, bis sie sich unbeobachtet fühlten. Enite verwandelte sich aus einer hübschen jungen Frau in ein Fledermausungetüm, das sich auf den Boden kauerte und die Flügel spreizte. Dagonet kletterte geschickt hinauf und setzte sich in den Sattel. Dann beugte er sich vor, streichelte dem Ungeheuer über den Kopf und sagte: „Guter Dämon, braver Dämon."

„Lass das bleiben, du Dummkopf, ich bin doch kein Haustier!", fauchte Lham-Dearg erbost und warf sich mit einem gewaltigen Satz in die Luft, Richtung Lindum.

Weit unter ihnen stand Lancelot auf den Zinnen der Burg und sah zu, wie sich vor dem Sternenhimmel ein geflügelter Schatten abzeichnete, rasch kleiner wurde und schließlich hinter einer Wolkenbank verschwand. „Wie es scheint, ist es Merlin doch nicht gelungen, den Dämon zu vernichten, ebensowenig wie ein

Mann namens Dagonet dabei den Tod gefunden hat", sagte er leise zu sich selbst. „Ich bin wirklich neugierig, welche Nachrichten wir demnächst über die beiden aus dem Lager bekommen werden." Lancelot kniff die Augen zusammen und starrte vergeblich in den Himmel, in der Hoffnung, doch noch einen Blick auf das geflügelte Wesen werfen zu können. „Ihr reist wahrhaftig schnell, Sir Erec oder Dagonet oder wie immer Ihr auch heißen mögt", flüsterte er. „Ich wünsche Euch eine gute Reise und mehr Glück, als mir beschieden sein wird. Ich fürchte, wir werden uns nicht mehr wiedersehen. Schade, ich hätte gern einen Mann wie Euch an meiner Seite gehabt."

Zum Glück verwehten seine Worte ungehört in der Nacht, ansonst hätte Lham-Dearg sicher nicht mit ätzenden Bemerkungen über den Nutzen eines Begleiters wie Dagonet gespart.

26

Im Morgengrauen tauchten unter ihnen die ersten Ruinen von Lindum auf und ragten wie die verfaulten Zähne eines gefallenen Riesen empor.

„Geh dort hinunter, wo mir Glynis entrissen wurde!", rief Dagonet in den Wind. „Beim Tempel der römischen Schicksalsgöttin!"

„Du brauchst nicht zu brüllen, ich hör dich auch so", antwortete Lham-Dearg und ging in einen Sinkflug über. Er drehte mehrere Kreise über der Ruinenstadt, dann hatte er sein Ziel gefunden und landete punktgenau vor dem Tempel. „Da wären wir wieder. Hier hat alles angefangen und hier wird hoffentlich alles zu Ende kommen." Er verwandelte sich und nahm die Gestalt Enites an.

Dagonet betrachtete sie kritisch. „Du bist zwar recht nett anzusehen", sagte er, „aber so kann ich dich nicht brauchen. Nicht hier in Lindum. Was soll ich denn sagen, wenn wir auf Menschen treffen, besonders auf solche, die mich von meinem letzten Besuch, der nur wenige Tage zurückliegt, kennen? Wie soll ich erklären, wo mein Knappe hingekommen ist, und woher ich auf einmal eine Frau habe? Nein! Ich will wieder den Knappen Earvin zurück und ich möchte Frühstück."

Enite starrte ihn erbost an. „Bitte", fügte Dagonet hinzu.

Enite seufzte, verwandelte sich in Earvin und ließ einen Frühstückstisch vor Dagonet erscheinen.

„Was machen wir als Nächstes?", wollte Dagonet mit vollem Mund wissen.

„Zuwarten", antwortete Earvin. „Etwas anderes bleibt uns gar nicht übrig. Wenn ihr auf der Reise nichts zugestoßen ist, so wird sie morgen oder übermorgen hier auftauchen."

Sie warteten fünf Tage, aber von Glynis war nichts zu sehen. Die Vorfreude, die Dagonet bei dem Gedanken an ein baldiges Wiedersehen mit Glynis empfunden hatte, verwandelte sich in Enttäuschung, Sorge und schließlich in Verzweiflung.

Lham-Dearg war nicht verzweifelt. Solche Anwandlungen waren einem Dämon, der sich nicht besonders viel aus dem Schicksal eines Menschen machte, nämlich fremd, aber er verlor zunehmend die Geduld. „Sie kommt nicht mehr", sagte er verdrossen zu Dagonet. „Wahrscheinlich hat sie einen Unfall erlitten. Die Wälder sind voller Gefahren, ganz besonders für ein allein reisendes Mädchen, so beherzt es auch sein mag. Ich fürchte, wir müssen das akzeptieren. Da kann man leider nichts machen."

„Das wäre schrecklich", entsetzte sich Dagonet. „Du weißt aber schon, was das für dich bedeutet? Unsere Abmachung gilt nur für den Fall, dass wir Glynis in Sicherheit bringen, oder ihren Tod an ihren Mördern rächen. Von einem Unfall war nie die Rede. Also solltest du lieber davon ausgehen, dass sie noch am Leben ist. Es ist in deinem eigenen Interesse, sie möglichst bald zu finden und zwar lebend."

„Dagonet!", sprach Earvin mit drohender Stimme. „Willst du mich betrügen? Ich habe getan, was möglich war. Habe ich mir dafür nicht die Freiheit verdient?"

„Ich denke nicht", antwortete Dagonet, „weil nur das Ergebnis zählt und das haben wir in unseren Pakt festgelegt. Aber du bist ja der Spezialist in Sachen Gerechtigkeit. Ich überlasse die Entscheidung dir und werde mich ihr unterwerfen."

Earvin starrte Dagonet so erbost an, dass dieser fürchtete, sein Knappe werde sich gleich in einen mörderischen Riesen verwandeln und ihm an den Kragen gehen. Aber Earvin wandte sich von ihm ab und versank in tiefer Nachdenklichkeit. Dagonet hielt es für klug, ihn dabei nicht zu stören. Schließlich seufzte Earvin abgrundtief und sagte: „Ich habe alles bedacht und keinen Ausweg für mich gefunden. Ich fürchte, du hast recht, Dagonet. Ich habe meinen Teil der Abmachung nicht erfüllt. Du beginnst immer mehr wie ein Dämon zu denken und das beunruhigt mich zutiefst."

„Noch ist nichts verloren", antwortete Dagonet und gab sich zuversichtlicher, als er es war. „Ich verstehe nur nicht, warum du plötzlich so verzagt bist. Du verhältst dich ja fast so, wie ich es früher getan hätte. Hör zu: Glynis muss auf dem Weg zwischen hier und der Straße nach Tintagel drüben im Britenland verlorengegangen sein. Wir machen folgendes: Wir versuchen sie auf dem Weg, den sie vermutlich genommen hat, zu finden. Wir werden alles menschen- und dämonenmögliche unternehmen, um ihr Schicksal aufzuklären. Sollte sie den

Tod gefunden haben, was die Götter verhüten mögen, so will ich auch das wissen. Sobald ich aber Gewissheit über ihr Schicksal habe, so werde ich dir die Freiheit geben, auch wenn wir Glynis nicht mehr retten konnten."

Earvin sah ihn mit grenzenloser Verwunderung an. „Dazu bist du nicht verpflichtet, weil es nicht von unserem Pakt umfasst ist. Du musst das nicht tun."

„Ich weiß es und ich habe es bereits getan. Mein Versprechen gilt. Du kannst es als Ergänzung zu unserem Pakt ansehen."

Earvin war sprachlos, was bei einem Dämon äußerst selten vorkommt. Dann verbeugte er sich vor Dagonet und sagte bloß ‚danke', was man von einem Dämon überhaupt noch nie gehört hatte.

In den folgenden Nächten flogen sie über die dichten Wälder und landeten immer wieder an Stellen, wo sich Wege und Pfade kreuzten. Lham-Dearg versuchte dabei vergeblich, eine Spur von Glynis zu entdecken. Zum Glück waren die Nächte sternenlos, weil der Himmel von einer Wolkendecke bedeckt war. Dadurch blieben ihre nächtlichen Ausflüge unbemerkt und sie wurden auch im Tempel, in dem sie sich tagsüber versteckten, nicht behelligt. Endlich, am vierten Tag hatten sie Erfolg. Sie landeten auf einer kleinen Lichtung, auf der sich mehrere Wege, die kaum mehr als Wildpfade waren, kreuzten. Die Stelle lag abseits ihres bisherigen Suchgebietes, aber sie hatten nichts unversucht lassen wollen. Lham-Dearg nahm die Gestalt Earvins an, schnupperte und rief erfreut: „Sie war hier. Sie war tatsächlich hier."

„Was kannst du riechen", fragte Dagonet mit heftig klopfendem Herzen. „Geht es ihr gut?"

„Es scheint so. Die Spur ist schon etliche Tage alt. Sie ist vom Weg nach Lindum abgewichen und diesem anderen Pfad gefolgt. Sie muss sich verirrt haben."

„Wohin?", fragte Dagonet aufgeregt.

Earvin griff in die Luft und entrollte eine Landkarte. Mit einem kleinen Licht, das er zwischen seinen Fingern erscheinen ließ, leuchtete er, damit auch Dagonet etwas sehen konnte. „Lass uns sehen", sagte er und fuhr eine Linie entlang. „Da haben wir es schon. Bei allen Menschen der Oberwelt und ihren Tücken, das schaut nicht gut aus."

„Was siehst du?", fragte Dagonet und versuchte vergeblich, sich auf der Landkarte zu orientieren.

„Sie hat den direkten Weg nach Cotswoods eingeschlagen", antwortete Earvin, „und wenn sie die Richtung beibehalten hat und nicht wieder abgebogen ist, müsste sie dort schon angekommen sein."

„Wir müssen sofort hinterher, damit wir die Spur nicht wieder verlieren", verlangte Dagonet entschieden. „Kannst du ihrer Witterung rasch folgen?"

„Das kommt darauf an, ob …", antwortete Earvin und hielt inne, weil plötzlich ein sonderbares Geräusch zu hören war.

Es klang als ob kleine Silberglöckchen läuteten. Gleichzeitig erschien zwischen den Bäumen ein blasses Licht und hüllte wie der Schimmer ferner Sterne eine wundersame Erscheinung ein. Auf einem weißen Ross saß eine Frau von überirdischer Schönheit. Sie trug ein reich geschmücktes Kleid und die Zügel ihres Pferdes waren tatsächlich mit Silberglöckchen behangen. Obwohl der Wald so unwegsam war, dass man nicht hoffen konnte, mit einem Pferd voranzukommen, hatte die Reiterin damit keine Schwierigkeiten. Unterholz, Büsche, ja sogar Bäume schienen vor ihr zurückzuweichen und ihr den Weg freizugeben. Mit leiser Stimme begann die Frau zu singen. Ihre Stimme war klar und süß, die Melodie unendlich traurig, sodass Dagonet die Tränen in die Augen stiegen, weil er plötzlich an Glynis denken musste. Die Silberglöckchen nahmen die Melodie auf, ohne dass sie bewegt worden waren, und trugen sie durch den finsteren Wald.

Earvin packte Dagonet an den Schultern und drückte ihn nieder, sodass er Deckung hinter einem gefallenen Baumstamm fand. „Still", zischte er Dagonet ins Ohr, „hoffentlich hat sie uns noch nicht bemerkt."

„Wer ist das?", flüsterte Dagonet zurück und beobachtete fasziniert die Reiterin, die langsam näher kam.

„Sie gehört zu demselben Geschlecht, zu dem auch die Dame vom See gehört. Vermutlich ist sie die Herrin dieses Waldes. Was immer auch geschieht, sei sehr vorsichtig. Diese Wesen, so schön sie auch aussehen mögen, und so freundlich sie sich geben, stehen jenseits von Moral und Gerechtigkeit, wie sie Menschen und bis zu einem gewissen Grad auch Dämonen kennen. Sie sind personifizierte Naturkräfte und folgen nur ihren eigenen Gesetzen."

Dagonet und Earvin duckten sich noch tiefer in ihr Versteck und kurze Zeit hofften sie, die Reiterin werde an ihnen vorbeiziehen, ohne sie zu bemerken. Aber das Pferd spitzte plötzlich die Ohren, schnob mit den Nüstern, ging in ihre Richtung und blieb direkt vor ihrem Versteck stehen.

Die Frau unterbrach ihren Gesang und rief mit glockenheller Stimme: „Sieh da! Zwei Reisende in später, dunkler Nacht mitten im Wald. Habt ihr euch auch verirrt?"

Dagonet erhob sich: „Nein, edle Frau. Wir kennen unseren Weg und bitten um Verzeihung, falls wir Euch gestört haben."

Die Frau musterte ihn eingehend. „Ein Ritter", konstatierte sie dann. „Noch dazu einer, der nicht nur sein Schwert zu gebrauchen versteht, sondern der auch eine Dame höflich anzusprechen weiß. Wunderst du dich nicht, eine einsame, wehrlose Frau ganz allein im Wald zu treffen? Weckt das in dir nicht verbotene Wünsche?"

„Nein, edle Dame. Solche Wünsche hege ich nicht und ich halte Euch auch keineswegs für wehrlos."

„Du bist nicht nur höflich, sondern auch klug! Vor einigen Wochen – oder waren es Jahre? Ich weiß es nicht mehr – habe ich zwei Männer getroffen, die nicht so wohlerzogen und klug waren wie du. Sie wollten ihre Kurzweil mit mir haben. Jetzt hängen ihre Gebeine in den Zweigen der Bäume und Vögel nisten zwischen ihren Rippen."

Dagonet schauderte zusammen. „Ich hoffe, Ihr seht keinen Grund, mit mir ebenso zu verfahren, Mylady."

„Nein, ich denke nicht, denn ich finde Gefallen an dir. Wenn du willst, so darfst du mich küssen." Sie beugte sich über den Hals des Pferdes zu ihm hinunter. Dagonet wurde von ihrer Schönheit magisch angezogen. Die Musik von Silberglocken schien den ganzen Wald zu erfüllen. Er fühlte sich glückselig benommen, und ohne dass es ihm bewusst wurde, trat er auf sie zu und hob sein Gesicht zu ihr empor.

„Halt!", schrie Lham-Dearg. „Tu das nicht! Wenn du sie küsst, bist du ihr für sieben Jahre verfallen!"

Die Musik brach mit einem Misston ab, die Dame fuhr zurück und Dagonet empfand eine plötzliche Ernüchterung.

„Wer wagt es, meine Kreise zu stören?", rief die Dame erzürnt. „Tritt hervor und zeige dich!"

Earvin kam der Aufforderung nach und verbeugte sich. Die Dame trieb ihr Pferd näher an ihn heran, dann verzog sich ihr Gesicht voller Abscheu. „Ein Dämon! Ein scheußlicher Dämon in meinem Wald! Wer bist du, Abgesandter der Unterwelt, und was willst du hier?"

Earvin verbeugte sich neuerlich. „Man nennt mich Lham-Dearg, Lady Niamh, und es liegt mir fern, Euch behelligen zu wollen. Nur unglückliche Umstände haben mich dazu gezwungen, Euer Herrschaftsgebiet zu betreten."

„Lham-Dearg? Ich habe deinen Namen schon gehört. Man sagt, du seist ein übler, streitlustiger Bursche."

„Die Leute reden so und so, Mylady, und das meiste stimmt nicht. Tatsächlich ist es meine derzeitige Bestimmung, für Gerechtigkeit zu sorgen."

„Gerechtigkeit? Einer wie du weiß was Gerechtigkeit ist?"

„Leider nicht genau, und das macht meine Aufgabe ja so schwierig."

Die Dame Niamh brach in Gelächter aus. „Das kommt davon, wenn man sich mit Menschen einlässt. Ich habe nie verstanden, warum ihr Dummköpfe den ‚Vertrag von Babylon' überhaupt abgeschlossen habt. Ihr hättet euch auch ganz ohne Vertrag in eure abgründigen Gefilde zurückziehen können, wohin euch kein Mensch folgen kann. Dann wäre euch auch die Misere mit der ‚Klausel des Sūmu-Abum' erspart geblieben. Jetzt hat dich ein Mensch also dazu verdammt, Gerechtigkeit zu üben. Etwa der da?" Sie deutete auf Dagonet.

„Nein, Mylady. Von ihm erhoffe ich mir, von meiner Verpflichtung entbunden zu werden."

„Aha! Daher also deine Sorge, ich könnte mich seiner für sieben Jahre bemächtigen. Sage mir, Dämon, was ist der Preis für deine Freiheit? Die Menschen wollen zwar vieles umsonst haben, aber nie etwas umsonst geben."

„Ich muss ein Mädchen namens Glynis finden, das hier in diesem Wald verlorengegangen ist.“

Niamh wandte sich an Dagonet. „Dann musst du Dagonet sein.“

„Ja!“, rief Dagonet. „Habt Ihr Glynis gesehen? Habt Ihr sie etwa …“

„Nur keine Sorge. Ich habe mich ihr nicht zu erkennen gegeben. Deinen Namen kenne ich, weil sie ihn oft gesagt hat, wenn sie sich in den Schlaf geweint hat.“

„Wo ist sie jetzt? Ich bitte Euch, sagt mir, wie es ihr geht und wo ich sie finden kann.“

„Das wünschst du dir? Nun gut, dann will ich dir helfen.“ Die Dame zog unter ihrem Kleid eine Kristallkugel hervor und fuhr fort: „In dieser Kugel kannst du deine Glynis sehen, so wie sie im Augenblick ist. Sieh her!“

Sie hielt ihm die Kugel vor die Augen. Dagonet konnte darin eine dunkle Gestalt erkennen, die sich zwischen den Wurzeln eines großen Baumes zusammengekauert hatte, und er konnte ein leises Weinen hören.

„Glynis!“, rief er.

„Sie kann dich nicht hören“, antwortete die Dame. „Aber sie ist noch immer in diesem Wald. Sie hat sich nämlich verirrt und findet nicht mehr heraus. Das kommt immer wieder vor. Ständig betreten Menschen meinen Wald und so mancher findet den Rückweg nicht mehr. Ihre Körper dienen dann den Geschöpfen des Waldes als Nahrung und ihre Seelen gehören mir. Siehst du die Irrlichter zwischen den Bäumen? Das sind sie und bald schon wird sich auch deine Glynis zu ihnen gesellen, wenn du sie nicht rettest. Denn der Proviant ist ihr ausgegangen und sie weiß sich nicht von den Früchten des Waldes zu ernähren. Schon schleichen Füchse und anderes Getier um sie und hoffen auf eine baldige Mahlzeit. Ich denke in zwei, spätestens in drei Tagen ist es so weit. Du darfst auch nicht damit rechnen, sie mit Hilfe deines Dämons und seiner Schnüffelnase rechtzeitig zu finden. Er würde ihre Spur bald wieder verlieren, weil sie zeitweise einem Bachbett gefolgt ist, in der irrigen Annahme, es werde sie aus diesem Wald führen.“

„Bitte!“, rief Dagonet flehentlich.

„Aber ja doch! Sieh weiter her. Erkennst du den kleinen roten Pfeil hier oben? Er weist dir den Weg, den du gehen musst, um zu ihr zu gelangen. Mit dieser Kugel kannst du sie noch rechtzeitig finden.“

„Bitte", wiederholte Dagonet und streckte die Hand aus.

„Du willst, dass ich dir diese Kugel schenke? Nun, dann sei es so."

Earvin machte eine abwehrende Handbewegung.

„Hast du Bedenken, Dämon?", fragte die Dame spöttisch.

„Er begreift nicht, was es bedeutet, wenn er ein Geschenk von Euch annimmt, Lady Niamh", erwiderte Earvin.

„Er weiß es sehr wohl. Das sehe ich an seinen Augen. Aber was kümmert dich das, Dämon? Wenn er mein Geschenk annimmt, bedeutet das auch für dich die Freiheit. Wie entscheidest du dich Dagonet? Ich werde dein Leben nicht stören, aber im Zeitpunkt deines Todes werde ich zu dir kommen und meinen Lohn verlangen. Glaube mir, es ist der einzige Weg, Glynis zu retten. Wie entscheidest du dich?"

„Gib mir die Kugel."

Die Dame beugte sich neuerlich über den Hals des Pferdes zu ihm hinunter, gab ihm die Kugel und küsste ihn überraschend auf den Mund.

„Keine Sorge", lachte sie. „Dieser Kuss verpflichtet dich zu nichts. Er soll nur unseren Pakt besiegeln." Mit diesen Worten wendete sie ihr Pferd und ritt davon. Ein Schwarm Irrlichter schloss sich ihr an, verschwand aber rasch zwischen den dunklen Bäumen. In der Ferne hörte man ihren wundersamen Gesang und die Silberglöckchen verklingen.

„Weißt du, worauf du dich eingelassen hast?", fragte Earvin.

„Es gab keinen anderen Weg, das hast du doch gehört", antwortete Dagonet. „Wir müssen jetzt so schnell wie möglich diesem Pfeil folgen. Wie stellen wir das an?"

Earvin verwandelte sich in einen Wolf, der die Größe eines Ponys hatte. „Sitz auf", knurrte er, „und gib mir die Richtung an."

27

L ham-Dearg rannte mit großer Geschwindigkeit durch den Wald. Dagonet duckte sich tief und verbarg das Gesicht im struppigen Fell seines Reittieres, um nicht von den Ästen getroffen zu werden, die nach ihm peitschten. Nur von Zeit zu Zeit warf er einen Blick auf die Kristallkugel und korrigierte ihre Richtung. Nach drei oder vier Stunden wilden Rittes bemerkte er, wie sich der Zeiger, der im Inneren der Kugel schwebte zu verändern begann. Er krümmte sich zusammen und begann die Form eines Kreises anzunehmen. „Sie muss hier ganz in der Nähe sein!", rief er Lham-Dearg zu.

Dieser verlangsamte seinen rasenden Lauf und schnupperte mit hoch erhobener Schnauze. „Ich kann sie tatsächlich riechen", verkündete er. Er brach durch das Unterholz und gelangte zu dem Baum, den Dagonet in der Kugel gesehen hatte. Und da war sie. Zusammengekauert lag Glynis zwischen den Wurzeln und schlief einen unruhigen Schlaf.

Dagonet sprang ab und lief zu ihr. Er nahm sie in die Arme und flüsterte eindringlich ihren Namen. Sie schlug die Augen auf, sah ihn lächelnd an und sagte: „Ich liebe dich auch Dagonet." Dann sickerte die Erkenntnis in ihren schlaftrunkenen Verstand, dass dies kein Traum, sondern Wirklichkeit war. „Dagonet!", rief sie. „Du hast mich gefunden!" Sie schlang die Arme um seinen Hals, als ob sie ihn nie wieder loslassen wolle.

„Das war auch ein anständiges Stück Arbeit", bemerkte Lham-Dearg. Glynis schaute über Dagonets Schulter, um zu sehen, wer da gesprochen hatte. Hinter Dagonet stand ein riesiger schwarzer Wolf und fletschte seine furchtbaren Zähne zu einer Grimasse, die er selbst für freundlich hielt. Das war zu viel für die geschwächte Glynis. Sie wurde ohnmächtig.

„Schau, was du angerichtet hast!", schrie Dagonet. „Hast du denn gar kein Gefühl dafür, wie schrecklich du anzusehen bist, wenn du als Ungeheuer auftrittst? Sofort verwandelst du dich wieder in den Earvin, damit du sie nicht zu Tode erschreckst!" Dagonet tätschelte Glynis die Wangen und rief vergeblich ihren Namen. Sie gab nur ein leises Wimmern von sich.

„Das wird schon wieder", besänftigte ihn Lham-Dearg und schnupperte an Glynis. Dagonet sah ihn empört an. „Ja, ja, ich mach ja schon", knurrte der Wolf und verwandelte sich wieder in den Knappen Earvin. „Sie ist ganz in Ordnung, glaub mir. Lass sie jetzt schlafen. Morgen früh, nach einem tüchtigen Frühstück, ist sie wieder ganz die Alte."

Dagonet bettete sich neben Glynis auf den Waldboden und nahm sie in die Arme.

Earvin beobachtete die beiden eine Weile, dann griff er in die Luft, ließ eine Schriftrolle erscheinen, die er sorgfältig las und gelegentlich Kommentare und Korrekturen anbrachte. Dabei schaute er immer wieder nach seinen Schützlingen und schüttelte gelegentlich den Kopf.

Bald darauf traf ein Bär in ihrem provisorischen Lager ein. Er war der Spur von Glynis schon seit zwei Tagen gefolgt, hatte ihre zunehmende Schwäche registriert und hielt nun die Zeit für gekommen, sie sich einzuverleiben. Zu seiner Überraschung bemerkte er, dass sich seine Mahlzeit inzwischen verdreifacht hatte. Er richtete sich zu seiner ganzen imposanten Größe auf, entblößte das Gebiss und ließ ein furchteinflößendes Brummen hören.

„Hau ab", sagte Earvin unwillig, „oder ich zieh dir das Fell über die Ohren." Der Bär sah ihn ungläubig an, dann wankte er auf den Hinterbeinen auf den schmächtigen Knaben zu und streckte die Vordertatzen aus, um ihn zu zermalmen. Es ist eine wenig bekannte Tatsache, dass Tiere, anders als Menschen, die das überhaupt nicht können, in der Lage sind, die Manifestation eines Dämons zu durchschauen, wenn sie nur nahe genug an ihn herankommen. Der Bär hielt plötzlich inne, weil er erkannte, wer sich hinter diesem mickrigen Menschenkind verbarg. Was er sah, erfüllte ihn mit derartigem Schrecken, dass er sich abwandte und davonrannte, so schnell er konnte. Es stimmt nicht, dass Bären nur brummen oder brüllen, aber nicht schreien können. Das bewies dieser Bär. Seine entsetzten Schreie waren noch lange zu hören, während er ohne Rücksicht auf Hindernisse durch den Wald flüchtete.

Dagonet und Glynis merkten nichts davon. Sie schliefen tief und fest, wohl behütet von einem Dämon, der sich in dieser ungewohnten Rolle ein wenig unbehaglich fühlte.

Als der Morgen dämmerte, erwachte Glynis und mit ihr auch Dagonet. Earvin beobachtete sie, wie sie einander versicherten, dass dies kein Traum, sondern die Wirklichkeit sei, wie glücklich sie seien, einander wiedergefunden zu haben, und wie sehr sie einander liebten. Dabei machte er eifrige Notizen auf seiner Schriftrolle.

Schließlich sagte Glynis. „Als du mich gefunden hattest, schien mir, als ob ein gewaltiger schwarzer Wolf hinter dir stand. Ich muss wohl fantasiert haben."

„Du hast schon richtig gesehen", erwiderte Dagonet. „Das war der da." Er deutete auf Earvin, der mit einem Frühstückstisch hantierte, auf dem für zwei Personen gedeckt war.

Erst jetzt bemerkte Glynis Earvin. „Wer ist das?", fragte sie erstaunt. „Was hat dieser Junge mit einem Riesenwolf zu tun? Und wo kommen all diese Speisen, der Tisch und die Hocker her?"

„Das ist einfach zu erklären", antwortete Dagonet und war der Meinung, dass es auch leicht zu glauben sei, weil er selbst sich schon so sehr an die Gesellschaft eines Dämons gewöhnt hatte. „Er ist ein Dämon, der Lham-Dearg heißt. Ich nenne ihn aber meist Earvin. Er hat mir geholfen, dich zu finden. Gestern ist er in der Gestalt eines Riesenwolfes aufgetreten. Es tut ihm leid, wenn er dich erschreckt hat. Aber du solltest ihn erst einmal sehen, wenn er als Fledermausungeheuer oder als mörderischer Riese daherkommt. Die Speisen hat er für uns hergezaubert. Er kann das, es ist gar kein Problem für ihn. Setz dich doch und iss etwas, damit du wieder zu Kräften kommst."

„Ein Dämon?", fragte Glynis halb erschrocken, halb erstaunt. „Dieser nette Junge? Doch nicht etwa so einer wie der, der mich gefangen, durch die Luft geschleppt und dann in den Fluss geschmissen hat?"

„Genau so einer, nur viel größer und schrecklicher. Du brauchst dich aber nicht vor ihm zu fürchten. Ohne ihn hätte ich dich nicht finden können. Er ist unser Freund."

„So weit würde ich nicht gehen", murmelte Earvin und fügte unter Dagonets mahnendem Blick versöhnlich hinzu: „Es freut mich, dich kennenzulernen, Glynis. Ich hoffe, dir wird schmecken, was ich für dich zubereitet habe."

Er rückte einen der beiden Hocker an dem Frühstückstisch zurecht.

Glynis sah ihn einen Augenblick forschend an, dann trat sie an ihn heran, schlang die Arme um seinen Hals, küsste ihn herzhaft auf beide Wangen und sagte: „Danke, Lham-Dearg."

Earvin erstarrte zur Salzsäule. „Das geht nicht", erklärte er sichtlich erschüttert. „Menschen küssen keine Dämonen und umgekehrt ebensowenig. Niemals! Das ist einfach widernatürlich. Tu das nie wieder!"

„Trotzdem, danke, Lham-Dearg." Glynis setzte sich an den Frühstückstisch und griff herzhaft zu.

Nachdem Glynis und Dagonet fertig gegessen hatten, ließ Earvin Tisch und Hocker mit einer lässigen Handbewegung wieder verschwinden.

„Das ist aber praktisch", staunte Glynis. „Das erspart eine Menge Arbeit. Sollte ich je einen eigenen Haushalt haben, wünsche ich mir einen Dämon wie dich."

„Nein, das wünscht du dir sicher nicht", sagte Earvin entschieden. „Hör zu Glynis! Wir müssen einiges klarstellen: Dämonen sind schrecklich, bösartig und hinterhältig. Sie mögen grundsätzlich keine Menschen und Menschen sollten sich daher besser von ihnen fernhalten. Die Tatsache, dass ich mich mit euch beiden abgebe und mich freundlich stelle, anstatt euch den Kragen umzudrehen, ist nur darauf zurückzuführen, dass ich mit Dagonet einen Pakt geschlossen habe. Das bedeutet aber lange noch nicht, dass wir Freunde sind. Hast du mich verstanden?"

„Ich denke schon", antwortete Glynis, „obwohl ich nicht glaube, dass du wirklich so schlimm bist, wie du behauptest. Ich werde dich auch Earvin nennen, wenn es dir recht ist. Was schreibst du da auf diese Schriftrolle?"

„Das geht dich nichts an."

„Du musst wissen, dass Lham-Dearg nicht nur ein gewaltiger Krieger, sondern auch ein Wissenschaftler ist", erklärte Dagonet. „Er studiert die Menschen und schreibt darüber eine Abhandlung. Wir beide sind so eine Art Studienobjekt für ihn."

Earvin war diese Eröffnung sichtlich unangenehm. Er machte eine abwehrende Handbewegung, mit der er die Schriftrolle und den Federkiel verschwinden ließ. „Wir werden hier bis zum Abend lagern", entschied er, „dann fliegen wir im Schutz der Dunkelheit nach Lindum zurück. Von dort bringe ich euch an die Küste, wo ihr ein Schiff nach Gallien besteigen könnt. Damit endet dann unsere gemeinsame Reise, und auch mein Aufenthalt auf dieser ungastlichen Oberwelt ist zu Ende."

„So soll es sein", bestätigte Dagonet, dem dieser Aufenthalt sehr recht war. Denn er verspürte das heftige Verlangen, Glynis seine Zuneigung zu bekunden und sie war seinen Absichten alles andere als abgeneigt.

Dagonet störte es allerdings, dass Earvin keine Anstalten machte, sie allein zu lassen, sondern sie aufmerksam beobachtete und neuerlich auf seiner Schriftrolle herumkritzelte. Als Dämon war er über das, was Menschen Liebe nannten, gefühlsmäßig natürlich erhaben, aber er wollte sich offenbar nicht die Gelegenheit entgehen lassen, das befremdliche Verhalten von Menschen in solchen Situationen zu studieren.

„Wir wollen ungestört sein", verkündete Dagonet entschieden.

„Ich störe euch doch nicht", erwiderte Earvin erstaunt. „Macht nur weiter und kümmert euch gar nicht um mich. Ich schreibe mir nur auf, was ihr treibt und was ihr dabei sagt."

„Das wollen wir aber nicht", erklärte Dagonet entschlossen. „So etwas gehört sich nicht. Glynis und ich gehen jetzt ein Stück in den Wald und du bleibst hier." Er schnallte sein Schwert ab und legte es unter einen Baum. „Das Schwert bleibt auch hier, damit du dich nicht doch zu uns gesellst und behauptest, dir wäre gar nichts anderes übriggeblieben, weil ich mich weiter als hundert Schritte entfernt hätte. Komm, Glynis!"

Er nahm Glynis bei der Hand und verschwand mit ihr hinter den Büschen.

Earvin blickte ihnen halb belustigt, halb enttäuscht nach und sah sich in seiner schon länger gehegten Vermutung bestätigt, dass Menschen das Fortpflanzungsritual nicht nur zu dem einzig vernünftigen Zweck der Fortpflanzung, sondern offenbar auch zum Vergnügen vollführten und dabei unbeobachtet bleiben wollten. Er notierte diese Erkenntnis sorgfältig auf seiner Schriftrolle.

Dagonet und Glynis zogen sich ein gutes Stück in den Wald zurück, bis sie einen weichen Moospolster fanden, der die Ausmaße eines Bettes hatte und ihren Absichten sehr entgegenkam.

Wir wollen ihren Wunsch, bei dem was sie dann taten, unbeobachtet zu bleiben, respektieren und kehren erst zu dem Zeitpunkt zu ihnen zurück, als sie in der Dämmerung erwachten.

„Es wird Abend", flüsterte Dagonet und weckte Glynis mit zärtlichen Küssen. „Wir müssen zu Earvin zurück. Bald ist es dunkel genug, damit wir unbemerkt durch die Nacht fliegen können."

Hand in Hand liefen sie durch den Wald, noch immer beschwingt und liebestrunken, bis sie den Lagerplatz erreichten. Von Earvin war nichts zu sehen.

„Er muss in der Nähe sein", erklärte Dagonet. „Er kann sich von dem Schwert nämlich nicht weiter als hundert Schritte entfernen." Er sah zu der Stelle, wo er sein Schwert abgelegt hatte und wurde bleich.

„Was hast du?", fragte Glynis, die sein Erschrecken bemerkt hatte.

„Mein Schwert", antwortete Dagonet mit tonloser Stimme. „Es ist ebenfalls verschwunden."

28

Obwohl er wusste, dass es sinnlos war, durchsuchte Dagonet die ganze Umgebung des Lagerplatzes. Er fand keine Spur von Lham-Dearg. Die Dunkelheit und Dagonets Verzweiflung nahmen zu. Da Lham-Dearg in einer seiner Manifestationen das Schwert nicht berühren durfte, gab es nur eine Erklärung. Während sie schliefen, war jemand oder etwas ins Lager gekommen und hatte sich des Schwertes und damit auch Lham-Deargs bemächtigt. Unklar war lediglich, wie das geschehen hatte können. Es war unvorstellbar, dass Menschen, nicht einmal eine ganze Kohorte wäre dazu imstande gewesen, Lham-Dearg überraschen oder gar überwältigen hätten können. Auch Dämonen wären dazu nicht ohne weiteres in der Lage gewesen, weil Lham-Dearg zur ersten und damit zur wehrhaftesten Klasse der Kriegerdämonen gehörte. Einen Augenblick hatte Dagonet Lady Niamh, die Herrin des Waldes, im Verdacht, verwarf diesen Gedanken aber wieder. Auch wenn sie und Lham-Dearg einander nicht wohl gesonnen waren, so hatten sich doch beide – in Kenntnis der Macht des anderen – merkbar bemüht, eine Konfrontation zu vermeiden.

„Hat er uns im Stich gelassen?", fragte Glynis.

„Gewiss nicht freiwillig. Denn selbst wenn er es gewollt hätte, er hätte es nicht gekonnt", antwortete Dagonet und erklärte Glynis die Sache mit dem Schwert und dessen Gesetzmäßigkeiten. „Es muss jemand gewesen sein, der ungehindert das Schwert aufnehmen konnte, ohne von Earvin beziehungsweise von Lham-Dearg sofort massakriert zu werden. Sobald er das Schwert hatte, hatte er auch Lham-Dearg. Wahrscheinlich können wir von Glück sagen, dass es der Betreffende nicht auf uns abgesehen hatte. Denn hätte er uns in unserem Versteck aufgespürt, wäre ich ohne Waffe praktisch wehrlos gewesen."

„Wer könnte das gewesen sein?"

„Ich habe keine Ahnung", gestand Dagonet und nahm seine Spurensuche trotz der Dunkelheit wieder auf.

Es war Glynis, die den entscheidenden Hinweis fand. Sie kniete am sumpfigen Rand eines schmalen Wassergerinsels und rief nach ihm. Dagonet eilte zu ihr, nahm die Spuren, die sich im Schlamm abgedrückt hatten, im blassen Mondlicht in Augenschein und stieß erschrocken den Atem aus. „Dämonen", sagte er, „mindestens einer, vielleicht auch zwei. Siehst du diese krallenbewehrten Drachenfüße? Das ist die typische Manifestation von Kriegerdämonen. Sie sind aber kleiner, als die, welche Lham-Dearg hinterlassen hätte. Ich verstehe nicht, wie sie Lham-Dearg überwältigen konnten."

„Da sind noch mehr Spuren", rief Glynis. „Das hier scheinen Spuren von einem Menschen zu sein."

„Tatsächlich", bestätigte Dagonet. „Es scheint, dass der oder die Dämonen Reiter getragen haben."

„Was bedeutet das?"

„Ich weiß es nicht. Ich weiß nur, dass wir in großen Schwierigkeiten sind. Ich habe nämlich keine Ahnung, wo wir sind und wie wir aus diesem Wald kommen sollen. Wir haben außer deinem Dolch keine Waffen, und wir haben keinen Proviant, weil ich darauf vertraut habe, von Lham-Dearg versorgt zu werden."

„Das schaut schlimm aus", stimmte ihm Glynis leise zu.

Dagonet nahm die Kristallkugel zur Hand, die ihm die Herrin des Waldes gegeben hatte. Sie war dunkel. Auch der Pfeil im Inneren war verschwunden.

„Was ist das?"

Dagonet erzählte Glynis von seiner Begegnung mit der geheimnisvollen Frau und wie ihm die Kugel den Weg zu ihr gewiesen hatte.

„Vielleicht kann uns die Kugel auch zeigen, wo Lham-Dearg ist", schlug Glynis vor.

„Ich wüßte nicht wie." Dagonet schüttelte die Kugel und drehte sie nach allen Seiten. Sie blieb dunkel.

„Konzentriere dich auf Lham-Dearg", riet Glynis. „Denk mit aller Kraft an ihn."

„Weshalb glaubst du, dass das nützt?"

„Ich stell mir einfach vor, dass Zauberdinge so funktionieren. Schaden kann es ja nicht. Versuch es einfach!"

Dagonet kniff die Augen zusammen und dachte angestrengt an Lham-Dearg. Die Kugel erwachte zum Leben. Sie wurde hell und Linien liefen durch sie hindurch. Dagonet verstärkte seine Anstrengungen. Die Linien kamen zum Stillstand. Einen Augenblick erschien ein unscharfes Bild, das einen Burghof zu zeigen schien. Dann brach das Bild wieder zusammen und die Kugel wurde dunkel. Dagonet wischte sich den Schweiß von der Stirn. „Ich kann es nicht", klagte er.

„Du bist zu verkrampft", meinte Glynis. „Lass es mich versuchen."
Sie nahm ihm die Kugel aus der Hand, schloss einen Moment die Augen und starrte dann konzentriert in die Kugel. Auf der Stelle erschien ein gestochen scharfes Bild.

Dagonet stieß einen überraschten Schrei aus und schaute Glynis bewundernd an. Man konnte ein Verlies erkennen, das von einer rauchenden Öllampe notdürftig erhellt wurde und auf den ersten Blick leer schien. Dann sah Dagonet auf der Pritsche das Schwert liegen. Es war aus der Scheide gezogen worden, die abseits lag. „So halten sie ihn also gefangen", rief Dagonet. „Sobald das Schwert gezogen ist, wird er in dessen Klinge gebannt und kann sich nicht mehr außerhalb manifestieren. Wo befindet sich dieses Verlies? Kannst du das auch herausbekommen?"

Glynis konzentrierte sich neuerlich und drehte die Kugel leicht. Das Bild zeigte einen neuen Blickwinkel, so als ob sie sich jetzt außerhalb der Zelle befänden. Man konnte durch die Gitterstäbe in die Zelle hineinsehen. Vor den Gitterstäben saß an einem Tisch ein junges Mädchen in leichter Rüstung. Sie hatte vor sich ein kurzes scharfes Schwert liegen und sah von Zeit zu Zeit wachsam in die Zelle.

„Unglaublich", murmelte Dagonet. „Ein Mädchen als Wächterin für einen Dämon. Die Kleine kann kaum älter als sechzehn Jahre alt sein." Eine vage Erinnerung, ein Gedanke huschte ihm durch den Kopf und war verschwunden, ehe er ihn festhalten konnte. „Mach weiter. Ich will wissen, wo dieses Verlies ist."

Glynis drehte die Kugel etwas stärker. Neuerlich änderte sich der Blickwinkel. Es war, als würden sie durch festes Mauerwerk und Räume huschen, bis sich plötzlich die Sicht auf einen mondhellen Hof öffnete, der von wehrhaften Bauten umgeben war.

„Das ist Burg Cotswoods!", stieß Dagonet hervor. „Deshalb also die Dämonenspuren. Es war ja klar. Darauf hätte ich gleich kommen können. Nirgends sonst hat man in der Gegend von Dämonen etwas gesehen oder gehört. Das Verlies muss im Nordturm sein. Ich frage mich bloß, weshalb die dämonischen Handlanger Lord Eadweards Lham-Dearg fangen wollten."

„Vielleicht will ihn Eadweard gar nicht für sich selbst."

„Wie meinst du das?"

„Nun, du hast mir doch von deinen Abenteuern am Hofe von König Artus erzählt. Dort gibt es schon jemand, der ihn und das Schwert unbedingt haben will."

„Merlin!", rief Dagonet. „Du könntest recht haben. Ich dachte, ich wäre Merlin nach meiner Flucht aus dem Heerlager von König Artus entronnen, aber er muss mit großer Hartnäckigkeit meiner Spur gefolgt sein. Als Verbindungsmann zu Lord Eadweard dient vermutlich dieser verfluchte Aurelius. Erinnerst du dich an ihn? Der Bursche ist in Wahrheit auch ein Dämon. Für uns ist im Augenblick aber die entscheidende Frage, wie wir auf dem kürzesten Weg aus diesem Wald herauskommen. Kannst du auch dazu etwas herausfinden?"

Glynis ließ die Kugel durch die Hände gleiten und zog angestrengt die Augenbrauen zusammen. Ein zuerst verschwommenes, dann immer deutlicher werdendes Bild erschien. Es war, als würden sie in großer Höhe dahingleiten, ganz so wie es Dagonet erlebt hatte, als er auf dem Rücken Lham-Deargs flog. Unter ihnen tauchten Hügel, Täler, Wasserläufe und endlose Wälder auf, die nur gelegentlich von Lichtungen durchbrochen wurden und im raschen Flug wieder versanken. Schließlich wichen die Bäume zurück, der Pfeil im Inneren der Kugel rollte sich zu einem Kreis zusammen und die rasende Fahrt kam zum Stillstand.

Sie sahen vor sich die Silhouetten einer Stadt im Mondlicht.

„Das ist Lindum", stellt Dagonet fest. „Der kürzeste Weg hier heraus führt uns also in die Ausläufer dieses Waldes oberhalb von Lindum."

„Wie weit mag das wohl sein?"

„Das ist schwer zu sagen. Ich schätze, dass wir vier oder fünf Tage brauchen werden. Ich hoffe, dass uns die Kugel dabei einen Weg weist, auf dem wir gut vorankommen."

„Das können wir schaffen", sagte Glynis entschlossen, „auch wenn wir keinen Proviant haben. Trinkwasser gibt es hier genug. Wichtig ist nur, dass wir uns nicht wieder verlaufen. Aber zum Glück haben wir ja jetzt die Kugel. Morgen früh brechen wir mit dem ersten Licht auf. Sobald wir aus diesem Wald herauskommen, sind wir in Sicherheit. Niemand wird sich für uns interessieren. Du hast nämlich keine geheimen Botschaften und auch kein Zauberschwert mehr. Wir werden es so machen, wie Lham-Dearg gesagt hat. Wir schlagen uns zur Küste durch und nehmen das nächste Schiff nach Gallien. Dann können uns Artus, Merlin, Eadweard, Aurelius und wie sie alle heißen mögen ..." Glynis schloss diese Rede mit einem sehr undamenhaften Ausdruck, der damals schon gebräuchlich war, aber erst viele hundert Jahre später in die Literatur einging.

„Ja", sagte Dagonet zögernd.

Glynis sah ihn an und fragte: „Was hast du? Was gefällt dir nicht an meinem Plan?"

„Lham-Dearg."

„Was ist mit ihm? Er ist ein Dämon, der jetzt nicht schlechter dran ist, als er es vorher war. Er wird eben einem anderen Herrn dienen, so wie er es auch schon früher getan hat. Ich glaube nicht, dass ihm jemand etwas anhaben kann, solange er in seinem Schwert bleibt."

„Er wollte so gern von seiner Aufgabe erlöst werden und wieder nach Hause gehen. Es widerstrebt mir, ihn im Stich zu lassen."

„Wir können ihm nicht mehr helfen. Es würden viele Tage vergehen, bis wir nach Cotswoods kommen und selbst wenn wir es schaffen, was willst du dann unternehmen? Du hast kein Zauberschwert mehr! Wir beide können gar nichts ausrichten. Abgesehen davon, wird er dann wahrscheinlich gar nicht mehr in Cotswoods sein, sondern Artus wird das Schwert bereits an seiner Hüfte tragen. Willst du etwa in sein Heerlager reisen und ihm das Schwert abnehmen? Du weißt, dass das nicht möglich ist."

„Du hast recht", antwortete Dagonet. „Ich muss vorerst dich in Sicherheit bringen und dann Cotswoods erreichen, ehe sie das Schwert fortschaffen." Dagonet stand auf und rief mit lauter Stimme, die im dunklen Wald wiederhallte: „Lady Niamh! Auf ein Wort! Ich bitte Euch!"

Zuerst geschah gar nichts, dann tauchte ein Schwarm Irrlichter auf, die auf und ab tanzten.

„Was immer auch geschieht", flüsterte Dagonet Glynis zu, „verhalte dich höflich und geh auf kein Angebot ein, das sie dir macht und nimm auch kein Geschenk von ihr an."

Niamh erschien zwischen den Bäumen. Diesmal war sie unberitten, aber sie war noch immer kostbar gekleidet und wunderschön. Unter ihren bloßen Füßen erschienen bei jedem Schritt weiche Moospolster und schützten sie vor dem harten Boden. Hoheitsvoll schritt sie auf Dagonet und Glynis zu. Dagonet verneigte sich und Glynis sank mit gesenktem Blick auf die Knie.

„Du hast mich gerufen, Dagonet? Hältst du mich für jemanden, der dienstbeflissen herbeieilt, bloß weil man seinen Namen nennt? Weißt du nicht, was ich mit Menschen mache, die mich freventlich anrufen? Ich frage mich, ob du unverfroren oder bloß dumm bist."

„Keines von beiden, Mylady, sondern nur sehr besorgt. Ich bitte um Vergebung, dass ich nach Euch gerufen habe, aber ich brauche Hilfe."

„Habe ich dir nicht schon genug geholfen? Du hast das Mädchen Glynis gefunden, nach dem du so verlangt hast. Steh auf, mein Kind und sieh mich an! Du hast inzwischen ja herausbekommen, wie euch meine Kugel aus diesem Wald herausführt. Was also wollt ihr noch?"

„Es geht um Lham-Dearg. Er wurde entführt."

„Ich weiß. Ich habe herzlich gelacht, als ich zugesehen habe, wie dieser eingebildete Haudrauf übertölpelt wurde. Seid froh, dass ihr ihn los seid. Für Menschen ist es nie von Vorteil, wenn sie Gemeinschaft mit Dämonen pflegen."

„Ihr habt gesehen, wie es zugegangen ist?", fragte Dagonet aufgeregt. „Ich habe Spuren von Dämonenfüßen und auch solche von Menschen gefunden."

„Du hast richtig gesehen. Es waren zwei geflügelte Dämonen, die zwei Reiterinnen getragen haben. Die Dämonen haben aber bloß als Reittiere und zur Ablenkung gedient. Während eine der beiden Reiterinnen Lham-Dearg mit ihrem Schwert attackiert und ihn zurückgetrieben hat, hat sich die zweite das Zauberschwert geschnappt und aus der Scheide gezogen. Da musste Lham-Dearg in die Klinge zurück, wo er hingehört, und war gefangen. Sie haben das Schwert einfach mitgenommen."

Die Dame brach bei der Erinnerung an diesen Vorfall neuerlich in glockenhelles Lachen aus.

„Zwei Reiterinnen? Zwei Frauen oder Mädchen sollen das getan haben?", rief Dagonet verblüfft.

„Jungfrauen", erklärte die Dame, „die Schwachstelle aller Dämonen, weil ihnen die *Klausel des Sūmu-Abum'* absurderweise verbietet, einer Jungfrau etwas anzutun. Irgendjemand hat die beiden Mädchen dazu abgerichtet, ihre natürliche Angst vor Dämonen zu überwinden und sich im Bewusstsein ihrer Unangreifbarkeit mit ihnen anzulegen. So einfach ist es, einen Dämon in seine Schranken zu weisen."

„Lord Eadweard!", rief Dagonet. „Deshalb hat er von seinen Untertanen gefordert, dass sie ihm Jungfrauen auf die Burg schicken."

Die Dame zuckte mit den Schultern und meinte gleichgültig: „Mag sein. Das beantwortet aber noch nicht die Frage, weshalb du es gewagt hast, mich zu rufen."

„Ich muss auf dem schnellsten Weg, schneller als wir es zu Fuß schaffen können, nach Cotswoods kommen und Lham-Dearg befreien, ehe man ihn fortschafft."

„Bist du verrückt, Dagonet? Nicht nur, dass du es wagst, meinen Zorn zu erregen, indem du meinen Namen durch die Wälder schreist, willst du einem Dämon, der dir am liebsten den Hals umdrehen würde, zu Hilfe eilen? Glynis! Du scheinst mir ein vernünftiges Mädchen zu sein. Überzeuge deinen Freund davon, dass er ein Narr ist, und ich will ihm noch einmal verzeihen."

„Wenn es Dagonet für richtig hält, Lham-Dearg zu helfen, dann halte auch ich es für richtig, Mylady", antwortete Glynis mit fester Stimme.

Die Irrlichter stoben in die Höhe und flogen wild durcheinander, wobei sie ein leises aber aufgeregtes Klingeln hören ließen.

„Seid still, ihr Guten", befahl ihnen Niamh und betrachtete Glynis nachdenklich. „Weißt du, was der Preis dafür war, dass ich diesem verblendeten Mann geholfen habe, dich zu finden? Seine Seele! Nach seinem Tod wird er mir dienen, wie diese hier." Die Irrlichter sanken zu ihr herab und umschmeichelten ihren Kopf und ihre Schultern. Der Klang von Silberglöckchen erfüllte den Wald. „Dasselbe biete ich dir an, Glynis. Dann werde ich euch helfen."

„Nein", rief Dagonet erschrocken. „Denk daran, was ich dir gesagt habe. Lass dich darauf nicht ein, Glynis. Willst du bis in alle Ewigkeit als Irrlicht herumfliegen?"

„Rede keinen Unsinn, Dagonet", unterbrach ihn die Dame unwillig. „Von Ewigkeit oder Unendlichkeit war nie die Rede. So etwas gibt es gar nicht. Alles endet einmal. Dieser Pakt gilt nur, solange es mich gibt. Und mich gibt es nur, solange es diesen Wald gibt. Ist er verschwunden, und das wird gewiss einmal der Fall sein, dann endet auch meine irdische Existenz und all die Geister, die ich an mich gebunden habe, werden frei. Was dann mit ihnen geschieht, weiß ich allerdings nicht, ebensowenig wie ich mein eigenes weiteres Schicksal kenne, obwohl ich hoffe, wieder in der Anderswelt, aus der ich komme, aufgenommen zu werden. Das ist der Pakt, den ich dir vorschlage, Glynis. Er hätte sogar den Vorteil – wenn du das dann noch als Vorteil betrachten wirst – dass du auch noch nach deinem Tod mit diesem Dummkopf zusammen sein könntest. Zumindest noch eine Weile. Was sagst du dazu?"

„Dann soll es so sein", antwortete Glynis ohne zu zögern.

„Verführerin", schrie Dagonet.

„Schweig still, Dagonet", befahl die Dame streng. „Es wurde ausgesprochen und der Pakt gilt." Die Irrlichter schwebten in die Höhe und begannen mit ihren Glockenstimmen zu jubilieren.

„Und jetzt zum praktischen Teil." Lady Niamh klatschte in die Hände. Aus dem Waldesdunkel trabten zwei riesige Bären. Der eine wirkte ein wenig verunsichert, weil er erst kürzlich ein traumatisches Erlebnis mit einem Dämon gehabt hatte, und auch der Anblick von Glynis machte ihn verlegen, hatte er sie doch vor noch nicht allzu langer Zeit verspeisen wollen.

Niamh legte ihnen die Hände auf die Köpfe und sagte: „Diese guten Tiere werden euch in raschem Trab durch den Wald tragen. Wenn ihr sofort aufbrecht und nur kurze Pausen macht, könnt ihr noch vor morgen Abend in Cotswoods sein. Das ist alles, was ich für euch tun kann. Solltet ihr bei diesem wahnwitzigen

Unternehmen den Tod finden, was ich annehme, sehen wir uns ohnehin bald wieder, ansonst ein wenig später. Bis dahin lebt wohl."

„Ich werde auch ein Schwert brauchen", wagte Dagonet leise zu bemerken.

„Hältst du mich für eine Waffenhändlerin?", fragte die Dame Niamh unwillig. „Ich weiß zwar, dass eine meiner Schwestern Schwerter zu vergeben pflegt, um angehende Helden an sich zu binden, aber das ist nicht meine Art. Dennoch habe ich dich reicher beschenkt, als du es verdienst. Blick in die Kugel, die ich dir gegeben habe. Sie kann mehr, als dir den Weg zu weisen und entfernte Dinge zu zeigen."

Dagonet sah in die Kugel und nahm im Inneren ein Geflatter wahr, wie von unzähligen Schmetterlingen. Dann kam eines der winzigen Flatterdinger näher, so dass er es genauer sehen konnte. Es hatte die Gestalt eines kleinen Mädchens mit lieblichem Gesicht. Ihre Hände und Füße liefen aber nicht in Fingern und Zehen aus, sondern in langen messerscharfen Krallen, Die Kleine verzog das Gesicht, schien zu fauchen und ließ ihre Fangzähne sehen. Auch die anderen Geschöpfe waren aufmerksam geworden. Sie flatterten heran und streckten ihre Fänge nach Dagonet aus. Dabei stießen sie immer wieder gegen die durchsichtige Wölbung der Kugel, wie gefangene Insekten."

„Die schauen aber bösartig aus", sagte Glynis erschrocken.

„Oh, sie sind bösartig, aber nicht undankbar", erklärte Niamh. „Wenn jemand diese Kugel zerbricht und sie freilässt, werden sie ihm in einem Kampf beistehen. Glaube mir, sie können selbst Dämonen in arge Bedrängnis bringen, ganz zu schweigen von Menschen. Sie werden das aber nur einmal tun. Danach kehren sie zu mir zurück und die Kugel ist für euch für immer verloren. Überlege dir daher sehr genau, ob und wann du sie als Waffe einsetzt. Und achte darauf, dass sie niemand anderer in die Hände bekommt und gegen dich verwendet. Meine kleinen Lieblinge würden da nämlich keinen Unterschied machen und sich dann gegen dich wenden. Erkennst du jetzt, wie großzügig ich war, du undankbarer Wicht?"

„Ihr seid voller Wohlwollen und Güte, edle Dame", antwortete Dagonet beherzt, „und nur deswegen wage ich es, eine weitere geringe Bitte zu äußern. Zeigt mir eine Möglichkeit, wie wir unerkannt Burg Cotswoods betreten können."

Die Irrlichter stoben davon, so als ob sie sich fürchteten. Ihr Geklingel nahm einen Misston an.

Zorn überschattet das Gesicht der Dame. „Was hindert mich eigentlich daran, euch auf der Stelle von meinen Bären zerreißen zu lassen, ihr undankbaren, maßlosen Menschenkinder?", stieß sie hervor.

Der eine der Bären sah Glynis an und fasste Hoffnung, sie doch noch verzehren zu dürfen, zumal er keinen Dämon in der Nähe wahrnehmen konnte. Er leckte sich voller Vorfreude über die Schnauze.

„Weil du dann unsere Seelen nicht bekommst", sagte Glynis einer Eingebung folgend. „Unser Pakt lässt es sicher nicht zu, dass du uns umbringst, weil er sonst ja sinnlos wäre."

Niamh sah sie verblüfft an und begann dann zu Dagonets Überraschung zu lachen. „Was für ein kluges kleines Mädchen du doch bist, Glynis. Es stimmt, was du sagst. Auf ein Seelchen wie dich werde ich gewiss nicht verzichten. Gerade deswegen habt ihr aber von mir nichts mehr zu hoffen, denn euer Unternehmen führt euch ganz von selbst in den Tod."

„Habt Ihr es so eilig?", fragte Dagonet bitter. „Was bedeuten ein paar Jahre oder auch Jahrzehnte schon für Euch? Haben wir Euch nicht alles gegeben, was wir zu geben hatten, nämlich unsere Seelen? Ich hätte Euch wahrhaftig für großzügiger gehalten!"

Die Irrlichter stoben im blanken Entsetzen davon und verbargen sich hinter den Bäumen.

Neuerlich setzte Niamh Dagonet in Erstaunen. Der erwartete Zornesausbruch blieb aus. „Du willst mit mir rechten und dich auf meine Großzügigkeit berufen?", fragte Niamh. „Nun gut. Du hast zwar nicht meine Großzügigkeit geweckt, denn die hat Grenzen, aber doch meine Neugier. Ich wüßte nämlich zu gern, wie die Sache ausgeht. Also werde ich dir ein letztes Mal helfen."

Sie klatschte in die Hände. Aus dem Wald trat ein junger Mann. Er war altmodisch gekleidet, so wie ein römischer Legionär ausgesehen haben mochte. Sein Brustpanzer schimmerte im Mondlicht und ein roter Umhang lag um seine Schultern. An der Seite trug er ein kurzes Schwert, so wie es längst nicht mehr in

Gebrauch war. In den Händen trug er ein Päckchen. Die Irrlichter hatten sich ihm angeschlossen und kamen mit leisem Geklingel vorsichtig wieder näher.

„Mylady?", fragte der Legionär höflich.

„Gib unseren Gästen, was ich für sie vorbereitet habe, Marcus", befahl Niamh.

Der junge Mann legte das Päckchen Dagonet vor die Füße, verbeugte sich und trat respektvoll zurück.

„Ich danke dir, Marcus", sagte Niamh freundlich. „Du darfst dich zurückziehen. Ich werde bald wieder bei dir sein." Sie streichelte ihm leicht übers Gesicht. Marcus haschte nach ihrer Hand, drückte einen zärtlichen Kuss darauf, was sie lächelnd duldete. Dann verschwand er wieder in der Dunkelheit.

„Wer war das?", fragte Glynis verblüfft."

„Marcus? Einer meiner liebsten Begleiter", antwortete Niamh. „Es betrübt mich, dass er mich schon sehr bald verlassen wird, aber seine Zeit mit mir nähert sich ihrem Ende."

„Er hat dich geküsst!", rief Dagonet ahnungsvoll.

„Er hat mich schon oftmals geküsst", lachte Niamh. „Aber du vermutest richtig. Auf den ersten Kuss kommt es an. Damit war er mir für sieben Jahre verfallen. Du selbst warst ja dumm genug, dieses Angebot schnöde zurückzuweisen."

Glynis stieß einen erschrockenen Schrei aus und klammerte sich an Dagonet, so als ob sie ihn festhalten wollte.

„Ich habe noch nie jemanden gesehen, der so gekleidet war", flüsterte Dagonet, den eine böse Ahnung befiel.

„Zu der Zeit, als wir uns kennenlernten, war das durchaus üblich. Er gehörte zu der römischen Armee, die damals ins Land kam."

„Aber seither sind hunderte von Jahren vergangen!"

„In der Welt der Menschen vielleicht, für ihn waren es nur sieben Jahre, so wie ausgemacht. Sieh diese uralten Bäume, aus denen ich meine Kraft schöpfe, Dagonet! Für mich hat Zeit eine andere Bedeutung als für euch Menschen."

„Er wird in einer Welt aufwachen, die ihm fremd ist und in der alle Menschen, die er gekannt hat, längst tot sind", rief Dagonet erschrocken. „Das ist grausam!"

„Du vergisst, was er dafür bekommen hat", antwortete Niamh. „Sieben Jahre Glück mit mir, die ihm wie ein langer schöner Traum vorkommen werden."

„Es wird ihm das Herz brechen, wenn er nicht mehr bei Euch sein darf", flüsterte Glynis.

Niamh schien über diese Bemerkung erfreut zu sein. Sie lächelte Glynis huldvoll zu und deutete auf das Päckchen vor Dagonets Füßen. „Das ist mein letztes Geschenk an euch. Seht es euch an."

Dagonet bückte sich und entrollte das Päckchen. Es waren zwei halbdurchsichtige Umhänge, die aus Gräsern, Spinnweben und Moos gewebt schienen. Dagonet zögerte einen Augenblick, dann legte er sich den einen Umhang um die Schultern. Glynis stieß einen entsetzten Schrei aus.

„Was hast du?", fragte Dagonet, dem keine Änderung an sich aufgefallen war.

„Du bist alt geworden", stieß Glynis hervor. „So als ob fünfzig Jahre oder mehr vergangen wären. Du schaust wie ein achtzigjähriger Greis aus."

„Was habt Ihr getan!", schrie Dagonet und starrte Niamh vorwurfsvoll an.

„Ich habe deinen Wunsch erfüllt. Diese Umhänge lassen euch in einem Alter erscheinen, das ihr wahrscheinlich nie erreichen werdet. Mit dieser Tarnung könnt ihr euch unerkannt hinbegeben wo ihr wollt. Niemand wird in einem solchen Tattergreis und seinem verschrumpelten Weib eine Gefahr vermuten. Nur keine Angst. Es ist ein Trugbild, wenngleich ein so perfektes, dass es nicht einmal ein Dämon durchschauen kann. Wenn du den Umhang ablegst, bist du wieder der, der du vorher warst. Versuch es nur."

Sofort befolgte Dagonet diesen Rat.

„Jetzt bist du wieder jung", verkündete Glynis erleichtert.

„Es hat mich einige Mühe gekostet, in aller Eile diese Umhänge herzustellen", fuhr Niamh fort, „aber ich muss sagen, sie sind sehr gut gelungen."

„Ihr konntet doch gar nicht wissen ...", stammelte Dagonet.

„Dass du noch einmal nach mir schreien und meine Hilfe verlangen wirst? Aber natürlich habe ich das gewusst, ebenso wie ich gewusst habe, dass du Lham-Dearg nicht im Stich lassen wirst. Mit wem glaubst du, hast du es zu tun? Mit einer launenhaften Frau, die einer wie du beschwatzen kann? Nein, Dagonet, ich kann ein wenig in den Seelen der Menschen lesen und ihre Wesensart erkennen. Du bist auf dem besten Weg, mein Lieber, dich von einem verlotterten Prinzen in einen Ehrenmann zu verwandeln. Also habe ich mich dazu entschlossen, dir zu helfen, wenngleich ich der Versuchung nicht widerstehen konnte, meine Scherze mit dir zu treiben. Tu also, was du nicht lassen willst, und wenn du wider Erwarten Lham-Dearg siehst, so grüße ihn von mir. Ich muss mich jetzt Marcus widmen. Der arme Junge vergeht wahrscheinlich schon vor Sehnsucht nach mir. Und wage es ja nicht, mich nochmals zu behelligen, bis an den Tag, an dem ich dich holen komme."

Sie wandte sich ab und schritt davon, begleitet von Irrlichtern, die triumphierend klingelten.

Zurück blieben die beiden Bären, die Dagonet und Glynis erwartungsvoll ansahen.

29

Es war ein Höllenritt, der keinen Vergleich mit dem gesattelten Rücken Lham-Deargs zuließ. Die Bären rannten mit unglaublicher Geschwindigkeit, die nur auf einem Zauber beruhen konnte, durch den Wald. Dabei achteten sie überhaupt nicht auf die Befindlichkeit ihrer Reiter. Nur wenn Dagonet vom Rücken seines Reittieres geworfen wurde, was einige Male geschah, blieb das zottelige Ungetüm stehen und brummte unwillig. Glynis hielt sich besser, wahrscheinlich weil sie kleiner und leichter war als ihr Gefährte. Sie fiel nur einmal herunter. Ihr Bär blieb stehen, schnupperte an ihr, leckte ihr übers Gesicht und seufzte sehnsuchtsvoll. „Er hat dich zum Fressen gern", bemerkte Dagonet in einem mühsamen Versuch zu scherzen und wusste nicht, wie recht er mit dieser Bemerkung hatte.

Sie ritten die ganze Nacht und den folgenden Tag. Die Bären machten keine Anstalt anzuhalten und hatten offenbar die Absicht, die ganze Strecke in einem einzigen albtraumhaften Galopp zurückzulegen. Zum Glück kam Dagonet dahinter, dass er sein Tier anhalten konnte, wenn er es kräftig an den Ohren zog. Das ist natürlich keine allgemein zu empfehlende Methode, mit einem Bären umzugehen, aber Dagonet vertraute darauf, dass ihn der Befehl, den Niamh den Bären gegeben hatte, vor einem kräftigen Tatzenhieb schützte. So war es auch, und auf diese Weise konnten sie sich einige kurze Pausen verschaffen.

Um die Mittagsstunde des folgenden Tages, als sie ihrem Ziel schon nahegekommenen waren, wie die Kristallkugel verriet, ordnete Dagonet eine letzte Rast an. Er war wieder einmal von seinem Bären abgeworfen worden, weil das blöde Tier über einen gefallenen Baumstamm gesprungen war, was Bären üblicherweise nie tun. Jetzt weigerte er sich aufzusitzen und zwang dadurch auch den zweiten Bären anzuhalten. Den beiden Untieren war das gar nicht recht. Sie hätten diesen unangenehmen Auftrag gern möglichst rasch hinter sich gebracht. Daher brummten und drohten sie mit den Tatzen. Weil sich Dagonet und Glynis davon aber nicht beeindrucken ließen, gaben sie schließlich nach und betteten sich unter einem Baum.

Dagonet massierte der stöhnenden Glynis den Nacken.

„Ich komme mir wie gerädert vor", sagte sie, „und ich habe solchen Hunger, dass ich einen ganzen Bärenschinken aufessen könnte."

Man weiß nicht, ob Niamh den beiden Bären die Gabe verliehen hatte, die Sprache der Menschen zu verstehen. Es wird aber wohl so sein, weil der Bär, der Glynis getragen hatte, den Kopf hob und sie zutiefst befremdet ansah. Es kam ihm sehr sonderbar, ja geradezu erschreckend vor, dass dieser appetitliche Happen, der ihm verwehrt war, seinerseits erwog, einen Bären zu fressen. Dann tat er etwas Unerwartetes. Er stand auf und verschwand im Dickicht. Nach etwa einer halben Stunde kehrte er mit einem Kaninchen im Maul zurück und warf es Glynis vor die Füße. Es musste ihn eine gewaltige Willensanstrengung gekostet haben, seine Jagdbeute nicht selbst zu fressen. Warum er sich so verhielt, kann nicht erklärt werden. Bärenliebe ist nämlich noch schwerer zu verstehen als die zwischen Menschen.

„Du bist aber ein ganz Lieber", sagte Glynis gerührt und kraulte ihn hinter den Ohren. Der Bär schloss ergeben die Augen und versuchte, ihren appetitanregenden Geruch zu ignorieren.

Glynis bereitete das Kaninchen zu und Dagonet briet es über einem kleinen Feuer. Nach dieser Mahlzeit und einem kühlen Trunk aus einem nahegelegenen Wasserlauf fühlten sie sich gestärkt genug, um die letzte Etappe ihrer Reise in Angriff zu nehmen. Am späten Nachmittag lichtete sich der Wald und sie kamen auf einer Wiese am Waldesrand zu stehen. Zu ihren Füßen lag das Dorf Cotswoods.

Die beiden Bären hatten ihren Auftrag erfüllt und legten keinen Wert auf Abschiedszeremonien. Sie drehten sich kurzerhand um und rannten in den Wald. Lediglich derjenige, der Glynis getragen hatte, blieb einmal stehen, wandte den Kopf und sah zu ihr zurück. Glynis winkte ihm freundlich nach.

Dagonet und Glynis stiegen den Hügel hinunter. Als sie in die Nähe des Dorfes kamen, legten sie Ihre Tarnumhänge um. Es fiel ihnen nicht schwer, gebrechliche alte Leute zu imitieren, weil ihnen von dem Bärenritt noch alle Knochen wehtaten. Dagonet hatte zwei Äste abgeschnitten und daraus grobe Stöcke geschnitzt, auf die sie sich mühsam stützten.

Sie erregten keine Aufmerksamkeit, als sie durch die Dorfstraße humpelten. Dazu wirkten sie viel zu unauffällig und elend. Man hielt sie wahrscheinlich für Bettler.

Dieser Meinung war auch der Wirt jenes Gasthauses, in dem sie bei ihrem ersten Besuch in Cotswoods eingekehrt waren. „Wir geben nichts", sagte er entschieden. „Macht, dass ihr fortkommt!"

„Nur eine warme Mahlzeit, guter Herr", krächzte Dagonet. „Ich kann auch bezahlen." Er zog einige geringe Münzen hervor und präsentierte sie auf der Handfläche. Der Wirt überschlug deren Wert und nickte dann widerwillig. „Setzt euch dort hinten hin und behelligt die anderen Gäste nicht."

Er streifte die Münzen ein und ging fort. Zu seiner Ehrenrettung muss gesagt werden, dass er sich nicht lumpen ließ. Dagonet und Glynis bekamen zwei große Teller mit einer kräftigen, wohlschmeckenden Fleischbrühe, etliche Brotstücke und einen Krug Wein. Der Wein war stark gewässert und sauer, er löschte aber vorzüglich den Durst, den die stark gewürzte Suppe verursachte.

„Wo kommt ihr her?", fragte der Wirt, als er den Tisch abräumte.

„Aus Lindum, guter Herr", antwortete Dagonet. „Wir sind den ganzen Weg zu Fuß hergegangen."

„Aus Lindum? Zu Fuß? In eurem Alter?"

„Es war eine große Mühsal", bestätigte Dagonet. „Aber jetzt sind wir glücklich an unser Ziel gekommen."

„Cotswoods ist euer Ziel? Was um der Götter Willen wollt ihr hier? Es ist fast überall besser als hier!"

„Wir hoffen hier unseren Neffen zu finden, der uns in unserem Alter und Elend gewiss nicht im Stich lassen wird. Aber warum meint Ihr, dass es in Cotswoods nicht gut zu leben ist?"

Der Wirt beugte sich vor und flüsterte: „Davon könnt ihr euch bald selbst ein Bild machen. Morgen ist wieder Zinstag. Da müssen die Abgaben auf Burg Cotswoods gebracht werden und junge Leute werden ausgewählt, die auf der Burg Frondienst zu leisten haben. Der Burgherr wünscht sich ganz besonders junge Mädchen. Ihr könnt von Glück sagen, dass ihr arm seid und ein Alter erreicht habt, in dem von euch nichts mehr zu erwarten ist, und in dem ihr nichts mehr zu befürchten habt, als die Mühsal des nächsten Tages."

„Es ist gewiss ein Glück, dass uns die Götter ein langes Leben geschenkt haben", antwortete Dagonet melancholisch, „wenngleich ich den Zustand, in dem wir uns jetzt befinden, nicht gerade als glückhaft bezeichnen möchte. Ich hatte mir einen beschaulicheren Lebensabend gewünscht."

Der Wirt, der im Grunde kein schlechter Kerl war, betrachtete ihn mitleidig. „Wie heißt euer Neffe?", wollte er wissen. „Ich kenne die meisten Leute in Cotswoods."

Dagonet, der auf diese Frage nicht vorbereitet war, nannte den erstbesten Namen, der ihm einfiel: „Marcus heißt er."

Der Wirt schüttelte den Kopf. „Hier wohnt niemand der so heißt. Das ist kein einheimischer Name. Er klingt römisch. Ich habe einmal einen gefangenen Briten gekannt, der so geheißen hat, aber mit dem seid ihr sicher nicht verwandt."

Dagonet wurde einer näheren Erklärung enthoben, weil ein neuer Gast eintraf, der sofort die ganze Aufmerksamkeit des Wirtes in Anspruch nahm. „Seid gegrüßt, Lord Aurelius!", rief er ehrerbietig und buckelte. „Womit darf ich Euerer Lordschaft dienen?"

„Wein", befahl Aurelius, „deinen besten, nicht das saure Zeug, das du sonst ausschenkst."

„Sogleich, ich eile, edler Herr, belieben Eure Lordschaft inzwischen Platz zu nehmen."

Der Wirt eilte davon und Aurelius sah sich in der Gaststube um. Sofort bemerkte er Dagonet und Glynis. Er runzelte nachdenklich die Stirn und ging dann auf sie zu.

„Nur ruhig", flüsterte Dagonet Glynis zu. „Er kann unsere Tarnung nicht durchschauen, das hat Niamh versprochen."

Aurelius blieb vor ihnen stehen und musterte sie ausgiebig. „Ihr kommt mir bekannt vor", sagte er. „Sind wir uns schon einmal begegnet?"

Dagonet hob den Kopf und sah Aurelius aus trüben, wässrigen Augen an. „Meine Augen sind im Laufe vieler Jahre schlecht geworden und mein

Gedächtnis noch viel schlechter", erklärte er in jämmerlichem Ton, „aber ich bin mir fast sicher, dass wir uns schon begegnet sind, edler Herr. Wart Ihr es nicht, der mir eine mildtätige Gabe gereicht hat?" Mit diesen Worten streckte er eine zitternde Greisenhand aus und hielt sie Aurelius hin.

Der schwankte zwischen Ärger und Heiterkeit und entschied sich zum Glück für letztere. „Alt magst du sein, aber ein Schelm bist du trotzdem", lachte er. „Da hast du deine mildtätige Gabe, an die du dich zu erinnern glaubst." Er ließ eine kleine Silbermünze in Dagonets Hand fallen und wandte sich ab, ohne auf dessen überschwängliche Dankesworte zu hören.

„Was sagt man dazu", flüsterte Glynis. „Von einem Dämon, der ohne Gegenleistung einen Bettler beschenkt, hat man auch noch nie gehört."

„Das tut er sicher nur, um in seiner Manifestation glaubhafter zu wirken und nicht aus Menschenfreundlichkeit", flüsterte Dagonet zurück.

Der Wirt trat wieder an ihren Tisch und brachte noch einen Krug Sauerwein. „Ist schon bezahlt", sagte er abwehrend, als Dagonet in die Tasche griff. „Lord Aurelius hat mir befohlen, euch etwas zu trinken zu bringen. Ich empfehle euch, morgen früh auf die Burg zu gehen, wo sich alle zinspflichtigen Untertanen einfinden werden. Vielleicht trefft ihr dort euren Neffen. Wenn ihr wollt, könnt ihr die Nacht im Stall verbringen."

„Habt Dank, guter Herr", sagte Glynis mit schwacher Altweiberstimme. „Die Menschen in Cotswoods sind überaus gastfreundlich und hilfsbereit."

Der Wirt wiegte zweifelnd den Kopf. „Wie man's nimmt. Bei Lord Aurelius ist Freundlichkeit eine eher seltene Ausnahme. Ihr habt Glück, dass er heute guter Laune zu sein scheint."

Dagonet und Glynis verbrachten den Abend in der Gaststube und beobachteten das Kommen und Gehen der Gäste. Dabei versuchten sie, aus deren Gesprächen Informationen aufzuschnappen. Aber alles, was sie mitbekamen, war ein deutlicher Unmut über die Abgaben, die ihnen am nächsten Tag abgepresst werden würden. Nach und nach leerte sich die Gaststube.

„Wir gehen schon, guter Herr", sagte Dagonet eilig, als der Wirt neuerlich an ihren Tisch trat. „Habt nochmals Dank für Eure Großzügigkeit."

Ihr Aufbruch verzögerte sich allerdings, weil ein letzter, später Gast eintraf. Die Tür wurde aufgestoßen und in ihrem dunklen Viereck stand ein römischer Legionär. Seine Rüstung glänzte wie frisch poliert, der rote Mantel lag um seine Schultern, den Helm hatte er unter dem Arm und die Hand an den Griff seines Gladus gelegt. Er sah sich um und fragte mit herrischer Stimme: „Wo bin ich hier? Antworte, Mann, im Namen des göttlichen Claudius."

Der Wirt war verwirrt, weil er diese sonderbare Erscheinung nicht einordnen konnte. Das selbstsichere Auftreten, die gute militärische Ausrüstung – auch wenn sie nicht dem Standard der Zeit entsprach – und das Schwert veranlassten ihn aber zur Vorsicht. „Ihr seid hier in Cotswoods, edler Herr."

„Cotswoods? Nie davon gehört. Wo ist das Heerlager?"

„Welches Heerlager? Ah, Ihr meint wahrscheinlich die Burg. Darf ich fragen, mit wem ich die Ehre habe?"

„Ich heiße Marcus Didius Secundus, Tribun der Zwanzigsten Legion. Wo sagst du, ist das Castrum?" Er sprach einen schwer verständlichen Dialekt, vermengt mit lateinischen Ausdrücken.

„Ihr gehört wahrscheinlich zu den Söldnern, die Lord Eadweard für die große Artusschlacht anwirbt", vermutete der Wirt, dem keine andere plausible Erklärung einfiel. „Von einer Legion habe ich allerdings noch nie gehört. Wo soll denn die sein?"

„Ich weiß auch nicht", antwortete der Legionär, dessen Selbstsicherheit zu schwinden begann, je mehr ihm die Fremdartigkeit seiner Umgebung zu Bewusstsein kam. „Ich bin am Waldesrand eingeschlafen und muss mich in der Dunkelheit verlaufen haben, als ich wieder wach wurde."

Dagonet war dem Wortwechsel mit ungläubigem Staunen gefolgt. Jetzt stand er auf und rief: „Marcus, mein guter Junge! Wie freue ich mich, dich zu sehen. Es war ein weiter Weg zu dir, aber jetzt sind wir da!" Er humpelte auf den verblüfften Legionär zu und umarmte ihn. „Das ist mein Neffe Marcus", erklärte er dem verblüfften Wirt. „Ist er nicht ein Prachtbursche?" Leise fügte er hinzu: „Achtet nicht auf sein Geschwätz. Er neigt zu Tagträumen und Phantastereien, die ihn bisweilen die Realität vergessen lassen. Aber er ist ein guter Junge."

Er fasste den widerstrebenden Marcus fest am Oberarm. „Komm mit, Neffe. Wir dürfen im Stall schlafen. Dort kannst du uns auch erzählen, was du erlebt hast, seit wir uns das letzte Mal gesehen haben."

Der Wirt sah dem sonderbaren Trio, das dem Stall zustrebte, kopfschüttelnd nach, dann verriegelte er die Tür, löschte die Lampen und begab sich zur Ruhe.

30

Kaum hatten sie den Stall betreten, schüttelte Marcus Dagonets Hand ab. „Was soll das Gerede, ich wäre dein Neffe, alter Mann? Ich kenne dich nicht, Was geht hier eigentlich vor? Warum sprechen die Leute so sonderbar und wo ist die Legion? Auch wenn ich in die Irre gegangen bin, so müssten doch überall Soldaten sein."

„Sie sind nicht mehr hier", antwortete Dagonet und überlegte, wie er Marcus möglichst schonend die Wahrheit beibringen sollte. „Sie sind schon lange abgezogen."

„Was redest du da? Hat das Alter deinen Verstand getrübt? Gestern waren sie doch noch hier. Eine Legion kann nicht über Nacht spurlos verschwinden!"

„Du hast geträumt", warf Glynis leise ein. „Es war ein langer, schöner Traum."

„Das ist wahr", sagte Marcus und rieb sich die Stirn. Sein Gesicht nahm einen sehnsuchtsvollen Ausdruck an. „Wieso weißt du von meinem Traum?"

„Weil wir uns in deinem Traum schon einmal begegnet sind", antwortete Dagonet. „Sieh her!" Er warf den Umhang ab und erschien in seiner wahren Gestalt.

Marcus sah ihn fassungslos an und rief: „Was geht hier vor? Ja, jetzt erkenne ich dich! Du bist der Fremde, der meine Herrin Niamh gerufen hat, und dem sie diesen Umhang gegeben hat. Meine Erinnerung kehrt zurück! Niamh! Ich habe sie geküsst und durfte sieben Jahre bei ihr bleiben! War das kein Traum? Ist das wirklich geschehen? Sind seither wirklich sieben Jahre vergangen?"

„Mehr als das", sagte Dagonet behutsam. „Es sind fast fünfhundert Jahre vergangen. Eine neue Zeit ist angebrochen. Du hast es doch selbst gesehen. Die Römer haben das Land, das sie lange beherrscht haben, schon längst wieder verlassen. Sieben Jahre im Reich Niamhs sind Jahrhunderte im Leben der Menschen."

„Steht mir bei, ihr Götter", stöhnte Marcus und bedeckte das Gesicht mit den Händen.

Dagonet schwieg, um Marcus Gelegenheit zu geben, das Gehörte zu verarbeiten. Schließlich hatte sich Marcus gefasst. Er stand auf und erklärte entschlossen: „Ich muss zurück. Ich muss zurück zu Niamh. Sie kann mich nicht so einfach fortschicken. Der Wald ist nicht weit. Noch diese Nacht bin ich wieder bei ihr."

„Ich weiß nicht, ob das so eine gute Idee ist", zweifelte Dagonet.

„Warum denn nicht? Wir haben uns geliebt!"

„Vielleich hast du sie geliebt. Niamh hat die Macht, die Herzen der Menschen zu betören. Aber sie selbst liebt nicht so, wie wir Menschen einander lieben. Sie ist ein magisches Geschöpf, bisweilen liebevoll und großzügig, bisweilen auch grausam und gnadenlos, so wie die Natur selbst, jenseits aller menschlichen Moralvorstellungen."

„Ist sie eine Göttin?"

„Ich weiß es nicht. Wahrscheinlich würden sie manche Menschen als Göttin bezeichnen. Andere hingegen – ich denke da vor allem an die Christen – würden sie für eine Dämonin halten, eine Vorstellung, welche die echten Dämonen empört zurückweisen würden. Ich habe keine Worte dafür, was sie wirklich ist."

„Ich muss sie dennoch wiedersehen und wenn es mich das Leben kostet."

„Das wird es vermutlich auch. Sie schätzt es gar nicht, wenn man ihre Wünsche missachtet, und sie hat offenbar nicht den Wunsch, dich wiederzusehen."

„Das kannst du nicht wissen. Sie hat mich bloß deswegen weggeschickt, weil es so vereinbart war. Vielleicht verzehrt auch sie sich vor Sehnsucht nach mir."

Dagonet zögerte einen Augenblick, dann zog er die Kristallkugel hervor und sagte: „Versuchen wir, uns über ihre Absichten Klarheit zu verschaffen."

Er konzentrierte seine Gedanken auf Niamh. Diesmal gelang es ihm problemlos, ein gestochen scharfes Bild heraufzubeschwören. Niamh saß auf einem Felsblock, der wie ein Thron geformt war. Auf beiden Seiten lagerten riesige Bären und ließen sich von ihr hinter den Ohren kraulen. Es war, als ob Niamh spürte, beobachtet zu werden. Sie hob den Kopf und fragte unwillig: „Bist du das, Dagonet? Du wirst immer lästiger! Dafür habe ich dir meine Kugel nicht überlassen, damit du mir nachspionierst."

„Verzeiht, wenn ich Euch schon wieder behellige, Mylady", entschuldigte sich Dagonet, „aber ich habe einen verstörten römischer Legionär namens Marcus aufgelesen, der den dringenden Wunsch geäußert hat, zu Euch zurückzukehren. Ich habe versucht, ihm das auszureden, aber er will nicht auf mich hören. Jetzt weiß ich nicht, was ich mit ihm machen soll."

„Und deswegen störst du meinen Frieden? Denkst du, du bist vor meinem Zorn sicher, weil du meinen Wald verlassen hast, du Tor?"

Das Bild begann sich zu trüben. Es waren ganze Schwärme von winzigen geflügelten Wesen zu erkennen, die ihre nadelspitzen Zähne fletschten und wütend gegen die Wand der Kugel prallten, als ob sie diese durchbrechen wollten."

„Haltet ein, Mylady", rief Dagonet erschrocken. „Ich habe es doch nur gut gemeint!"

„Gut! Was bedeutet das schon? Mir gar nichts! Diesmal bist du entschieden zu weit gegangen, Dagonet. Warum mischt du dich eigentlich ungebeten in meine Angelegenheiten?"

Die Miniaturbestien im Inneren der Kugel verstärkten ihre Anstrengungen, aus der Kugel auszubrechen. Dagonet schien, als ob sich im Kristall bereits kleine Risse zeigten.

„So wartet doch", flehte Dagonet. „Ich will mich ganz gewiss nicht in etwas einmischen, das mich nichts angeht. Marcus soll meinetwegen zu Euch zurückkehren, wenn er glaubt, Euch mehr zu lieben, als sein Leben."

„Du törichter Wicht! Er würde durch den Wald irren und mich nicht finden. Auf diese Weise müsste er beides verlieren: mich und sein Leben."

„Aber auf eine andere Weise könnte er sein Leben behalten und Euch wieder gewinnen?", fragte Glynis, die bisher geschwiegen hatte, unvermutet.

Die kleinen Ungeheuer stellten ihre Bemühungen ein, die Kristallkugel zu zerbrechen. Nur einzelne von ihnen klebten noch an der Innenseite der Kugel, an der sie halbherzig kratzten. Das Bild wurde wieder scharf. Einer der beiden Bären hob den Kopf, als er die Stimme von Glynis hörte, und begann aufgeregt zu schnuppern.

„Ich habe schon immer gewusst, dass du ein sehr kluges Mädchen bist, Glynis", lachte Niamh. „Viel klüger als dein Prinz. Ich freue mich schon darauf, wenn mir dein Seelchen Gesellschaft leisten wird. Ja, du hast meine Worte richtig gedeutet. Es gibt für Marcus eine Möglichkeit, zu mir zurückzukehren, wenn er das wirklich so dringend wünscht."

„Und die wäre?", fragte Dagonet, den es insgeheim wurmte, dass Niamh Glynis für klüger hielt als ihn.

„Er soll mir Acca zurückbringen, dann werde ich ihn erhören."

„Aha. Wer oder was ist Acca?"

„Acca ist eine Wölfin, und sie war eine meiner liebsten Begleiterinnen. Durch ein Missgeschick, das ich nicht rechtzeitig verhindern konnte, ist sie in die Gewalt von Menschen geraten. Jetzt wird sie an einem Ort, den die Menschen Burg Cotswoods nennen, in einem elenden Zwinger gefangen gehalten. Wenn ich dich recht verstanden habe, Dagonet, hast du ohnehin dort zu tun. Bei der Gelegenheit kannst du Marcus mitnehmen, damit er mir beweist, wie sehr er mich liebt. Besteht er die Probe und rettet Acca, dann darf er bei mir bleiben und sich meiner Liebe erfreuen, solange er will. Du selbst bist natürlich nicht verpflichtet, Marcus zu helfen. Ich werde nicht versuchen, dich dazu zu zwingen. Das ist ganz allein deine Entscheidung, Dagonet."

Marcus, der mit aufgerissenen Augen verfolgt hatte, wie Dagonet mit einer Kristallkugel sprach, konnte nicht länger an sich halten. Er drängte sich hinter Dagonet und versuchte einen Blick in die Kugel zu werfen. „Niamh!", rief er sehnsuchtsvoll. „Weshalb kann ich in dieser Kugel nichts sehen?"

„Weil ich es nicht will", antwortete Niamh. „Aber du hast meine Stimme gehört und du hast gehört, was du tun musst, um mich wiederzusehen."

„Lady Niamh", sagte Dagonet nachdenklich, „kann es sein, dass ihr das alles geplant habt, als ihr davon erfahren habt, was ich nach Cotswoods will? Habt ihr mich deshalb mit Hilfsmitteln ausgestattet? Habt ihr geplant, dass ich auf Marcus treffe, und habt Ihr damit gerechnet, dass ich mit Euch Kontakt aufnehme, damit Ihr ihm den Preis für Eure Liebe nennen könnt? Aber wie könnt Ihr Euch sicher sein, dass ich ihm helfen werde?"

„Sag du es mir, Dagonet", erwiderte Niamh, „und ruf mich nicht mehr an, weder durch diese Kugel, noch indem du im Wald meinen Namen schreist. Wir sehen uns ohnehin bald genug wieder."

Die Kugel wurde dunkel. In ihrem Inneren erschienen wieder die kleinen geflügelten Ungeheuer und schleppten eine Art Spruchband hinter sich her, auf dem zu lesen war: *„Kein Anschluss unter dieser Nummer."*

„Was soll denn das bedeuten?", wunderte sich Glynis.

„Ich habe keine Ahnung", gestand Dagonet. „So genau kenne ich mich mit diesen Zauberdingen auch nicht aus. Wahrscheinlich will sie nicht mehr mit uns reden."

Er wandte sich an Marcus. „Jetzt habe ich also auch dich am Hals. Als ob meine Mission nicht ohnehin schon schwierig genug wäre."

„Du musst mir nicht helfen", erklärte Marcus stolz. „Ich komme auch ohne dich zurecht. Du brauchst mir nur zu zeigen, wo sich dieses Castrum befindet, in dem Acca gefangengehalten wird."

„Vielleicht wärst du wirklich besser daran, wenn du es allein versuchst", meinte Dagonet. „Denn das, was ich vorhabe, ist weit schwieriger, als eine Wölfin zu befreien."

„Was hast du denn vor?"

„Ein Freund von mir sitzt im Kerker von Burg Cotswoods gefangen. Er ist zwar nur ein griesgrämiger, alter Dämon, aber ich will ihn nicht im Stich lassen und muss ihn dort herausholen."

„Ein richtiger Dämon?, fragte Marcus verblüfft. „Gibt es Dämonen wirklich? Ich dachte, das wären nur Schreckgestalten, die sich die Dichter ausgedacht haben."

„Es gibt sie und sie sind häufiger, als mir lieb ist. Auf Burg Cotswoods befinden sich nämlich fünf weitere Dämonen, die mir ausgesprochen feindlich gesinnt sind."

„Das klingt nicht gut", befand Marcus. „Ich denke, du kannst jede Hilfe brauchen, die du bekommen kannst. Ich, Marcus Didius Secundus, Tribun der ruhmreichen Zwanzigsten Legion, werde dir beistehen. Denn ich schulde dir

Dank für deine Freundlichkeit und weil du mir gezeigt hast, wie ich Niamh, die ohne Zweifel eine Göttin ist, für mich gewinnen kann."

„Nun gut", antwortete Dagonet, nachdem er einen Augenblick nachgedacht hatte. „Dann soll es so sein. Mein Name ist Dagonet, Prinz von Gwyn."

„Du bist ein Prinz?", staunte Marcus. „Hast du keine Armee? Die Zwanzigste würde mit dem, was die Barbaren Festung nennen, kurzen Prozess machen!"

„Nein, ich habe keine Armee und du bist alles, was von der ruhmreichen Zwanzigsten geblieben ist." Er deutete auf Glynis, die ihren Umhang abgelegt hatte. „Dieses bezaubernde Geschöpf heißt Glynis. Sie ist eine Räuberin und Diebin und meine zukünftige Ehefrau."

Marcus, den schon gar nichts mehr wunderte, verbeugte sich und sagte, er sei geehrt, ihre Bekanntschaft zu machen.

„Künftige Ehefrau?", fragte Glynis. „Davon habe ich ja noch gar nichts gewusst. Darüber müssen wir uns sehr ausführlich unterhalten."

„Das werden wir, sobald ich von Cotswoods zu dir zurückkomme."

„Was soll denn das wieder heißen? Du denkst doch nicht im Ernst daran, dass ich mich irgendwo verstecke, während du nach Cotswoods gehst? Nein, mein Lieber, wenn du willst, dass ich dich heirate, was keineswegs sicher ist, dann musst du mich mitnehmen. Nein, versuch erst gar nicht mich umzustimmen! Wir gehen gemeinsam nach Cotswoods oder du suchst dir eine andere Ehefrau!"

Dagonet sah hilfesuchend nach Marcus. Dieser betrachtete Glynis nachdenklich. „Sie ist eine Räuberin?", fragte er. „Eine Brigantin? Kann sie kämpfen, wenn es darauf ankommt?"

„Mit dem Schwert nicht besonders gut", erklärte Dagonet. „Aber sie ist meuchlerisch veranlagt. Als wir uns kennengelernt haben, hat sie versucht, mich im Schlaf mit meinem eigenen Schwert abzumurksen. Außerdem hat sie einen mörderischen Dolch, den sie Leuten, die ihr zu nahe kommen, unversehens in den Leib rennt. Sie klaut, was nicht niet- und nagelfest ist, und ich vermute, sie kann auch Schlösser aufbrechen."

„Na hör mal", protestierte Glynis, „was soll denn Marcus von mir denken, wenn du mich so hinstellst. Ich bin eine ausgesprochen ehrliche und gutmütige Person."

Marcus nickte aber wohlwollend. „Ausgezeichnet! Wie ich schon sagte: Wir können jede Hilfe brauchen. Also nimm sie mit. Sie könnte nützlich sein, und sie wird dir ohnehin nicht gehorchen, wenn du es ihr verbietest."

„Ganz sicher nicht", bestätigte Glynis entschlossen.

Dagonet gab nach. „Vielleicht ist es so vorherbestimmt", meinte er resignierend. „Dann gehen wir morgen also zu dritt auf Burg Cotswoods, befreien einen Dämon und eine Wölfin, und die Götter mögen uns beistehen. Jetzt lasst uns noch ein wenig schlafen, denn uns steht ein schwerer Tag bevor."

31

„Er will andere Kleidung?", wunderte sich der Wirt und betrachtete Marcus. „Ich habe nichts, um einen Kriegsmann auszurüsten."

„Das ist auch nicht notwendig", erklärte Dagonet. „Er braucht einen Bauernkittel, einen möglichst schlechten, um ohne Aufmerksamkeit zu erregen, die Burg betreten zu können. Dazu braucht er auch einen Korb, in welchen du Sachen legen sollst, die ein armer Bauer als Abgaben bringen würde."

„Was hast du vor, alter Mann", fragte der Wirt misstrauisch. „Ich will keine Schwierigkeiten bekommen, und wer soll das alles bezahlen?"

Dagonet beugte sich vor und flüsterte verschwörerisch: „Bist du ein getreuer Untertan König Crettas?" Gleichzeitig legte er eine Goldmünze zwischen sich und dem Wirt auf den Tisch.

„Das bin ich wohl", flüsterte der Wirt zurück und nahm rasch die Münze. „Seid ihr etwa …"

Dagonet nickte ernst. „Dem König sind Gerüchte zu Ohren gekommen, dass auf Burg Cotswoods sonderbare Dinge vor sich gehen, und dass Lord Eadweard seine zinspflichtigen Leute über die Maßen bedrückt. Er hat uns hergeschickt, damit wir uns umsehen und ihm berichten. Dazu wollen wir uns unter die Leute mischen, die heute auf die Burg gehen, um ihre Abgaben zu leisten."

„Ich wusste es", sagte der Wirt. „Es musste ja soweit kommen und ich habe immer gesagt, dass uns der König nicht vergessen wird. Aber Ihr solltet sehr vorsichtig sein, guter Herr. Lord Eadweard ist ein grausamer Mann und Lord Aurelius – ihr habt ihn gestern kennengelernt – ist noch schlimmer. Lasst Euch nicht dadurch täuschen, dass er sich freundlich gestellt hat. Ihr seid auch nicht die Ersten, die sich auf der Burg umsehen wollten."

Der Wirt verstummte und ein Schatten von Argwohn flog über sein Gesicht.

„Sprichst du von einer Frau?"

„Mag sein", antwortete der Wirt, den es schon reute, soviel gesagt zu haben.

„Antworte! Meinst du Lady Eadgyth?" Gleichzeitig zog Dagonet Eadgyths Siegelring aus der Tasche und zeigte ihn seinem Gesprächspartner.

„Der doppelköpfige Drache!", rief der Wirt erleichtert. „Das ist das Zeichen, an dem ich erkenne, dass ihr tatsächlich von König Cretta kommt. Ja, ich meine Lady Eadgyth. Sie hat mich gelegentlich heimlich aufgesucht und sich berichten lassen, was die Leute so reden. Jetzt habe ich aber schon lange nichts mehr von ihr gehört und ich befürchte, dass ihr etwas zugestoßen ist."

„Es ist ihr etwas zugestoßen", bestätigte Dagonet. „Eadweard hat sie foltern und töten lassen. Ich habe ihre Leiche gesehen. Aber sei unbesorgt. Sie hat deinen Namen offenbar nicht erwähnt, sonst wärst du nicht mehr am Leben."

Der Wirt stieß einen Schreckensschrei aus und schlug die Hand vor den Mund.

„Deshalb gebe ich dir deinen guten Rat zurück", fuhr Dagonet fort. „Sei sehr vorsichtig, verstecke die Ausrüstung meines Begleiters gut und schweige, auch deinem Weib gegenüber."

„Das werde ich gewiss tun", versicherte der Wirt. „Aber da ist noch etwas, das Ihr wissen sollt, und das Euch vielleicht weiterhelfen kann. Auf der Burg gibt es noch jemanden, der Lady Eadgyth mit Informationen versorgt hat. Es ist ein Soldat, der Aelfric heißt. Von dem werdet Ihr wohl am ehesten erfahren, was auf der Burg vorgeht."

„Du bist ein guter Mann", lobte Dagonet und schob dem Wirt eine zweite Goldmünze zu. „Und jetzt mach aus meinem Begleiter hier einen armen Bauernjungen."

Das zweite Geldgeschenk hatte die Bedenken des Wirts endgültig zerstreut und seine Kooperationsbereitschaft erhöht. „Wenn Ihr aufgefordert werdet, Euren Namen zu nennen", instruierte er Marcus, „und das wird man tun, wenn Ihr Eure Abgaben abliefert, so sagt, Ihr seid der junge Lebuin. Euer Vater könne nicht selbst kommen, weil ihn die Gicht aufs Bett geworfen hat. Ich weiß nämlich zufällig, dass der junge Lebuin erst vor ganz kurzer Zeit aus dem Land geflohen ist, um der Bedrückung durch den Burgherrn zu entgehen. Er wird Euch also nicht in die Quere kommen."

„Wie ich schon sagte: Du bist ein guter Mann", verkündete Dagonet und schob eine dritte Goldmünze über den Tisch. „Ich werde nicht verabsäumen, deinen Namen dem König gegenüber lobend zu erwähnen."

Wenig später strebten zwei alte Leute und ein junger Bauer, der einen großen Korb schleppte, der Burg zu.

„Wir hatten unwahrscheinliches Glück, dass der Wirt für Eadgyth spioniert hat und dem Burgherrn nicht wohlgesonnen ist", sagte Dagonet. „Ich hätte zwar auf jeden Fall versucht, ihn mit Gold zu bestechen, aber so ist es besser. Er wird uns nicht verraten, weil er selbst genug zu verbergen hat."

Marcus nickte und sah sich aufmerksam um. „Wie sonderbar fremd die Gegend ist", klagte er. „Ich habe alles ganz anders in Erinnerung."

Dagonet zuckte mit den Schultern. „Fünfhundert Jahre sind eine lange Zeit."

„Warum sind unsere Leute abgezogen? Wir hatten das Land doch ganz gut im Griff, überhaupt nachdem Aulus Plautius das Kommando übernommen hat!"

„Ich weiß es auch nicht genau", antwortete Dagonet und versuchte sich daran zu erinnern, was ihm seine Lehrer erzählt hatten. „Ich glaube, das war damals, als die Germanen Gallien überrannt haben."

„Gallien ist auch nicht mehr römisch?"

„Schon lange nicht mehr. Jetzt herrscht dort ein Volk, das man Franken nennt."

„Warum versucht der Kaiser nicht, Gallien zurückzugewinnen? Den römischen Legionen werden auch diese Franken nicht widerstehen können."

„Es gibt keinen Kaiser und keine Legionen mehr. Rom ist gefallen, und was davon übrig ist, wird jetzt von Fremden regiert."

„Das ist unvorstellbar", flüsterte Marcus verstört. „Rom hat einst den ganzen Erdkreis beherrscht und während ich in den Armen Niamhs lag, ist es im Verlauf einer Nacht – so kommt es mir jedenfalls vor – verlorengegangen."

„Das ist der Lauf der Welt. Vergiss Rom und konzentriere dich auf die Aufgabe, die vor uns liegt."

„Haben wir einen Plan?"

„Nein", gestand Dagonet. „Wir haben keinen Plan. Wir müssen zuerst in die Burg hinein und dann werden wir weiter sehen."

Während sie sprachen, waren immer mehr Menschen zu ihnen gestoßen. Bald bewegten sie sich in einer lockeren Schlange von Bauern und anderen

Tributpflichtigen auf das Burgtor zu. Die Posten, die dort standen, prüften die Ankommenden nur sehr flüchtig. Marcus durfte eintreten, nachdem ein Soldat einen kurzen Blick in seinen Korb geworfen hatte. Dagonet und Glynis nützten den Umstand, dass vor ihnen ein Bauer mit seiner Frau einen Leiterwagen zog. Als sie den Posten passierten, griffen sie in die Speichen und taten, als ob sie halfen, den Wagen zu schieben. So konnten sie ungehindert eintreten.

Der Burghof war voller Menschen. Man hatte Tische aufgestellt, hinter denen Bedienstete saßen, die lange Listen vor sich hatten. Auf diesen hakten sie ab, wer seine Abgaben ablieferte und verzeichneten diese genau. Knechte eilten hin und her und trugen das, was die Leute gebracht hatten, in die Gewölbe der Burg. Dagonet stieß Marcus an. „Stell dich dort drüben an", zischte er. „Dort ist die Schlange am längsten. Halte Augen und Ohren offen. Wir versuchen inzwischen Aelfric zu finden."

Er und Glynis bewegten sich auf den Küchentrakt zu, wo ihnen auch bald ein Mädchen mit aufgelösten Haaren und geröteten Wangen über den Weg lief. Sie schleppte einen Korb mit einigen lebenden Hühnern, die angstvoll zeterten.

„Verzeih, mein Kind", sagte Glynis mit zittriger Altweiberstimme. „Kannst du mir wohl sagen, wo ich Aelfric finde?"

Das Mädchen hielt kurz inne und verschnaufte. „Aelfric? Dort drüben steht er ja!" Sie deutete auf einen Soldaten, der den Zugang zum Hauptturm bewachte.

„Ach ja", krächzte Glynis. „Meine Augen sind schon recht schlecht geworden. Ich danke dir, mein Kind."

Das Mädchen nickte kurz und setzte seinen Weg fort. Dagonet und Glynis gingen zum Hauptturm, wo sie sich mit erbärmlichem Ächzen und Stöhnen auf den untersten Stufen niederließen.

Sofort trat der Soldat an sie heran und befahl: „Ihr könnt hier nicht sitzen. Verschwindet!"

„Bist du Aelfric?", fragte Dagonet.

„Wer will das wissen? Wer bist du, Alter?"

„Ein ergebener Diener des Königs", antwortete Dagonet und streckte die linke Hand aus, an deren kleinem Finger er den Ring Eadgyths trug.

Aelfric fuhr zusammen und sah sich um. Niemand beachtete sie. „Bist du von Sinnen?", flüsterte er. „Weißt du nicht, was mit Lady Eadgyth geschehen ist?"

„Ich weiß es wohl, weil ich sie begraben habe. Der König ist nicht gesonnen, so einen Frevel durchgehen zu lassen."

„Ist das königliche Heer in der Nähe?", fragte Aelfric mit aufgerissenen Augen.

„Wo ich bin, ist auch der König nicht weit", antwortete Dagonet kryptisch. „Von dir möchte ich jetzt nur zwei Dinge wissen: Es gibt einen ganz besonderen Gefangenen, der im Nordturm gefangen gehalten wird. Wie komme ich ungesehen dort hinein?"

„Überhaupt nicht", entgegnete Aelfric. „Weder gesehen, noch ungesehen. Der einzige Zugang wird streng bewacht. Es ist auch gar nicht empfehlenswert, in diesen Turm zu gehen. Dort hausen Geschöpfe, denen du sicher nicht begegnen willst."

„Ich bin ihnen schon begegnet. Aber wie ich sehe, betritt soeben ein Mädchen mit einem Korb den Turm, und sie wird anstandslos eingelassen."

„Sie bringt die Verpflegung für ihre Gefährtin, die im Turm Wache hält. Das nutzt dir aber nichts, weil du kein junges Mädchen bist."

„Es wird sich eine Möglichkeit finden, mein guter Junge", warf Glynis ein und täuschte einen jämmerlichen Hustenanfall vor.

Aelfric sah sie mitleidig an und schüttelte den Kopf. „Ich verstehe nicht, weshalb der König so alte Leute schickt, die sich kaum mehr auf den Beinen halten können."

„Weil uns niemand verdächtigen wird. Jetzt sag mir ein Zweites, Aelfric. In der Burg wird eine Wölfin gefangen gehalten, die man unlängst eingefangen hat. Wo ist sie?"

„Eine Wölfin? Was willst du denn mit einer Wölfin?"

„Zerbrich dir darüber nicht den Kopf. Beantworte einfach meine Frage."

Aelfric zuckte mit den Schultern und zeigte zum Nordturm. „Siehst du diesen Mauerdurchbruch? Durch ihn gelangst du auf ein Plateau außerhalb der Burgmauer, wo sich die Hundezwinger befinden. Dort ist auch die Wölfin eingesperrt und macht durch ihre bloße Anwesenheit die anderen Biester halb verrückt."

„Wozu braucht seine Lordschaft überhaupt eine Wölfin?"

Aelfric beugte sich vor und flüsterte noch leiser als bisher: „Lord Eadweard ist ein gestrenger Richter. Wenn er jemanden zum Tode verurteilt hat, lässt er ihn bisweilen von seinen ausgehungerten Hunden zerreißen und erfreut sich an diesem Schauspiel. Es heißt, er beabsichtige, diese Hinrichtungsmethode auch mit Wölfen auszuprobieren."

„Wie abscheulich!", konnte sich Glynis nicht enthalten einzuwerfen.

„Seine Lordschaft würde Verurteilte auch gerne von Bären zerreißen lassen. Er hat gesagt, er wisse von einem römischen Kaiser, der das auch so gemacht hat. Zu diesem Zweck hat er erst unlängst fünf Männer in den Wald geschickt, um einen Bären zu fangen. Obwohl sie erfahrene Jäger waren, ist keiner von ihnen zurückgekommen und man weiß nicht, was ihnen zugestoßen ist."

„Ich kann es mir vorstellen", murmelte Dagonet. „Sie werden Lady Niamh begegnet sein."

„Was geht hier vor?", fragte eine strenge Stimme.

Dagonet blickte auf und sah zu seinem Schrecken Aurelius vor sich stehen. „Ich kenne euch", fuhr Aurelius fort. „Was habt ihr hier zu suchen?"

„Das was wir immer suchen, gütiger Herr", antwortete Dagonet, der sich im Vertrauen auf den Schutz seines Umhanges rasch gefangen hatte, mit zittriger Stimme. „Wir suchen eine Möglichkeit, durch die Mildtätigkeit guter Menschen den nächsten Tag zu überleben."

„Das sind Bettler, die sich in die Burg geschlichen haben. Soll ich dieses Gesindel aus dem Tor prügeln?", fragte Aelfric dienstbeflissen, um nur ja nicht den Verdacht aufkommen zu lassen, er habe mit Dagonet und Glynis etwas zu tun.

Aurelius starrte das greise Paar, das vor ihm hockte, misstrauisch an. „Ich kann mir nicht helfen, sagte er, aber ihr kommt mir bekannt vor."

„Natürlich, edler Herr", versicherte Dagonet. „Ihr habt uns gestern im Gasthaus beschenkt und ich hoffe in aller Demut, dass ihr das auch heute tun werdet."

„Nein, das meine ich nicht. Sind wir uns schon zuvor einmal begegnet?"

„An einen so großmütigen Mann würde ich mich gewiss erinnern", antwortete Dagonet und streckte bittend die Hand aus.

Aelfric stieß ihm den Schaft seines Spießes in die Rippen und befahl: „Fort mit euch, ihr unverschämtes Pack."

Aurelius hielt ihn mit einer Handbewegung zurück und fragte: "Von wo kommt ihr her?"

„Aus Lindum, gütiger Herr."

„Das ist aber eine lange Reise für so alte Leute."

„Ihr sagt es. Es war eine lange und überaus mühselige Reise, Euer Lordschaft."

„Und Cotswoods war euer Ziel?"

„Heute Cotswoods, morgen ein anderer Ort, wohin uns unsere müden, alten Beine auch immer tragen mögen". erklärte Dagonet melancholisch.

„Weit werdet ihr nicht mehr kommen. Sag mir, alter Mann, ist euch auf eurem Weg von Lindum hierher etwas Sonderbares begegnet?"

„Wir haben viele Menschen getroffen: Manche waren hartherzig und voller Neid, andere gütig und freigiebig, so wie Ihr, edler Herr."

„Sagt dir der Name Dagonet etwas?"

„Es soll in Gwyn einen Prinzen dieses Namens gegeben haben. Ich habe unterwegs in einer Schenke gehört, er habe das Land verlassen und sich diesem Landräuber Artus angeschlossen. So habe ich es gehört, aber ich weiß nicht, ob es stimmt und ich weiß auch sonst nichts über einen Dagonet."

„Sonderbar, sehr sonderbar", murmelte Aurelius. „Kann es sein, alter Mann, dass wir uns früher nicht doch schon einmal begegnet sind? Zu einer Zeit, als du noch wesentlich jünger warst?"

„Zu einer Zeit, als ich noch wesentlich jünger und ein stattlicher Mann war, großmütiger Herr, wart Ihr wohl noch nicht geboren", antwortete Dagonet traurig.

„Nun gut", beendete Aurelius abrupt das Gespräch, „geht in die Küche und lasst euch etwas zu essen geben. Sagt ich hätte euch geschickt."

„Ich danke Euch, Lord Aurelius."

„Woher kennst du meinen Namen?", fragte Aurelius mit neu erwachtem Misstrauen.

„Der Wirt in der Schenke hat mir gestern Abend den Namen unseres Wohltäters genannt." Dagonet hielt Aurelius bittend die Hand entgegen.

Aurelius stieß ein Knurren aus, warf Dagonet eine kleine Münze zu und entfernte sich raschen Schrittes.

„Das war knapp", sagte Aelfric erleichtert. „Lord Aurelius macht mit so einem Gesindel, wie ihr es seid, sonst nicht viel Federlesens. Jetzt geht rasch in die Küche, damit ihr nicht noch mehr Aufmerksamkeit auf euch und damit auch auf mich zieht."

Auf dem Weg zur Küche stießen sie auf Marcus, der seinen Korb samt Inhalt los geworden war. „Sie haben mir abgenommen, dass ich dieser Lebuin bin", berichtete er, „und mir befohlen noch zu warten. Es soll eine Musterung stattfinden, bei der junge Leute ausgewählt werden, die auf der Burg Dienst tun sollen. Ich habe laut geklagt und gesagt, mein Vater sei krank und brauche mich, um den Hof zu bewirtschaften, aber das hat niemanden interessiert."

„Ausgezeichnet", sagte Dagonet. „Dann kannst du dich weiterhin auf der Burg aufhalten, ohne Verdacht zu erregen. Das müssen wir ausnützen. Siehst du die Mauerlücke neben dem Nordturm? Versuche bei guter Gelegenheit unauffällig durchzuschlüpfen. Diese Öffnung führt auf einen Platz außerhalb der Burgmauer. Dort befinden sich die Hundezwinger und dort ist auch Acca eingesperrt. Wird dir Acca gehorchen, wenn du sie findest?"

„Sie kennt mich und sie versteht die Sprache der Menschen. Sie wird wissen, dass ich komme, um sie zu befreien, und sie wird tun, was ich ihr sage."

„Sehr gut. Dann erkunde die Situation. Wenn eine Möglichkeit besteht, Acca heimlich aus ihrem Käfig zu befreien und mit ihr den Burgberg abzusteigen, nütze sie. Macht euch so rasch als möglich davon und versucht, den Wald zu erreichen. Dort seid ihr in Sicherheit, denn Lady Niamh wird euch beschützen. Sollte eine solche Flucht aber nicht möglich sein, etwa weil Wachen da sind, oder der Burgberg dort unpassierbar ist, begehe keine Unbesonnenheit. Begnüge dich damit, alles so genau als möglich zu erkunden und mir darüber zu berichten. Wir werden dann eine andere Möglichkeit finden, Acca zu befreien."

„Selbst wenn ich jetzt gleich mit Acca fliehen könnte, würde ich das nicht tun, weil ich dir beistehen muss", erklärte Marcus stolz.

„Du musst vor allem meinen Befehlen gehorchen, Soldat", erwiderte Dagonet streng. „Nicht anders, als du früher deinem Legionskommandanten gehorcht hast. Meine Aufgabe wird wesentlich einfacher sein, wenn ich dich und Acca in Sicherheit weiß, und ich mich nicht auch noch um euch sorgen muss."

„Wie du befiehlst, mein Prinz", gab Marcus widerstrebend nach und schlug die Faust in einer militärischen Geste gegen die Brust, so wie es zur Zeit der Römer üblich gewesen war.

„Hör auf", zischte Dagonet erschrocken, „und verhalte dich unauffällig!"

Dagonet und Glynis betraten bald darauf die Küche, nur um sofort wieder hinausgeworfen zu werden. Ein derber Küchengehilfe packte sie beim Kragen und schob sie unter wüsten Beschimpfungen zur Tür hinaus.

„Aber Lord Aurelius hat doch gesagt, ihr sollt uns etwas zu essen geben", protestierte Dagonet.

„Lord Aurelius? Der gewiss nicht! Das glaube ich dir nicht, du Lump", erwiderte der Knecht und versetzte Glynis einen Stoß in den Rücken.

„Dort drüber steht er. So frag ihn doch, wenn du uns nicht glaubst", jammerte Glynis und deutete über den Hof, wo Aurelius bei den Tischen der Eintreiber stand.

So als ob er gespürt habe, dass die Rede von ihm war, sah Aurelius zu ihnen herüber und machte eine Handbewegung, als ob er ein lästiges Insekt vertreiben wolle.

Der Knecht bezog diese Geste auf sich und hatte nicht den geringsten Wunsch, den Unwillen des Aurelius zu erregen. „Das wusste ich nicht", sagte er eilig. „Kommt herein und setzt euch dort hinten in die Ecke, wo ihr nicht stört. Ich lasse euch gleich einen Happen bringen."

Dagonet und Glynis setzten sich in die ihnen zugewiesene Ecke und taten sich an einem Hühnerbraten gütlich, der ihnen auf einem Holzteller serviert wurde.

„Was jetzt?", fragte Glynis. „Zu essen gibt es ja genug bei diesem Abenteuer. Aber wie soll es weitergehen?"

„Halte die Augen offen", riet Dagonet mit vollem Mund. „Ich sehe nur eine Möglichkeit, um in den Nordturm zu kommen. Nämlich dann, wenn die Verpflegung für die Wächterin in den Turm gebracht wird. Achte darauf, ob ein Mädchen mit einem Korb losgeschickt werden soll. Wir folgen ihr dann und sehen, ob sich eine Situation ergibt, die wir ausnützen können."

32

Dagonet und Glynis dehnten ihren Aufenthalt in der Küche über Gebühren aus. Sie saßen in ihrer Ecke, versuchten sich möglichst unsichtbar zu machen und beobachteten aufmerksam, was um sie herum vorging. Der Tag näherte sich langsam seinen Ende und Dagonets Hoffnung erfüllte sich nicht. Er konnte nicht bemerken, dass jemand mit einem Essenskorb zum Nordturm geschickt wurde, und er zweifelte inzwischen auch daran, ob sich dadurch wirklich eine Gelegenheit geboten hätte, dort unbemerkt einzudringen, weil noch zu viele Menschen im Burghof waren.

Schließlich wurden er und Glynis unverhohlen aufgefordert, sich fortzuscheren, denn immerhin hätten sie lange genug in der Küche gehockt und ihre Mahlzeit bekommen.

Sie folgten dieser Aufforderung und befanden sich in arger Verlegenheit. Der Burghof begann sich nämlich langsam zu leeren und sie mussten sich unverrichteter Dinge den abziehenden Bauern anschließen, wollten sie nicht auffallen.

„Ich werde ein Versteck suchen und die Dunkelheit abwarten", flüsterte Dagonet Glynis zu. „Vielleicht kann ich im Schutz der Dunkelheit etwas ausrichten. Ich möchte, dass du jetzt die Burg verlässt und dich in Sicherheit bringst."

„Das hatten wir doch schon", protestierte Glynis unwillig und war ebenso fest entschlossen, bei ihm zu bleiben, wie er entschlossen war, sie fortzuschicken.

Ehe sich daraus ein Streit entwickeln konnte, schrie jemand mit lauter Stimme: „Der Wolf ist los!" Ein anderer rief, dass der junge Lebuin den Wolf befreit habe und ebenfalls geflohen sei. Es erhob sich ein Tumult und man hörte Lord Eadweard laut fluchen und Befehle brüllen. Ein Trompetensignal ertönte. Die Tür neben ihnen wurde aufgestoßen, fünf Soldaten stürmten heraus und rannten durch den Burghof in Richtung des Nordturms. Die allgemeine Aufmerksamkeit wandte sich diesen Ereignissen zu, und obwohl Dagonet und Glynis von Menschen umgeben waren, waren sie für einen Augenblick völlig unbeobachtet. Glynis durchschaute die Situation geistesgegenwärtig. Sie schob den verdutzten Dagonet durch die offene Tür und schloss sie rasch hinter sich. Halbdunkel umfing sie.

„Bist du verrückt?", flüsterte Dagonet. „Wenn uns hier jemand erwischt, sind wir aufgeflogen."

„Wenn uns jemand erwischt, sagen wir, wir hätten uns aus Angst vor dem Wolf in Sicherheit bringen wollen", entgegnete Glynis kaltblütig. „Weißt du, wo wir hier sind?"

Dagonet sah sich um. „Das ist der Westturm", erklärte er leise. „Im Obergeschoß befindet sich eine Waffenkammer, aus dem die Männer gekommen sind, als Alarm gegeben wurde. Im Geschoß darüber ist der Raum, den Eadgyth bewohnt hat und darüber ist ein Aussichtsposten, der seinen Platz aber nicht verlassen darf."

„Dann wollen wir hoffen, dass Eadgyths Zimmer noch immer unbewohnt ist", meinte Glynis entschlossen und begann die Treppe hochzusteigen. Dagonet folgte ihr notgedrungen, weil er erkannte, dass sie nicht auf ihn hören werde. Sie passierten die unbesetzte Waffenkammer und erreichten das zweite Obergeschoß. „Eine bessere Chance bekommen wir nicht", meinte Glynis und öffnete vorsichtig die unversperrte Tür.

Es hatte sich nichts verändert, seit Dagonet hier gewesen war. Es sah aus, als habe Eadgyth das Zimmer nur kurz verlassen. Selbst kleine persönliche Besitztümer lagen noch herum. Eine dünne Staubschicht bedeckte alles und wies darauf hin, dass in letzter Zeit niemand hier gewesen war.

„Glück gehabt", seufzte Glynis erleichtert. „Hier können wir uns wahrscheinlich sogar ein oder zwei Tage verstecken. Gegessen und getrunken haben wir ja genug." Sie trat ans Fenster und sah vorsichtig hinaus. „Sie schicken einen Suchtrupp aus, um Marcus und Acca wieder einzufangen", berichtete sie.

„Das kommt davon, wenn eine Burg nicht ordentlich gesichert ist", sagte Dagonet. „Die Stelle bei den Zwingern kann offenbar erstiegen werden und dort sind keine Befestigungen. Angreifer könnten auf diese Weise leicht in die Burg eindringen. Das ist eine ausgesprochene Schwachstelle. Ich habe gleich bei meinem ersten Besuch festgestellt, dass die Wehranlagen mehr als verbesserungsbedürftig sind. Das hat sich jetzt aber zu unserem Vorteil ausgewirkt. Ich bin recht froh, dass Marcus und Acca so einfach die Flucht gelungen ist. Wenigstens bin ich diese Sorge los. Mir tun eher ihre Verfolger leid, wenn sie versuchen, ihnen in den Wald zu folgen. Ich glaube, Lady Niamh wird dann sehr drastische Maßnahmen ergreifen."

Wie sich zeigte, hatte sich der Suchtrupp aber nicht allzu weit in den Wald vorgewagt. Als es begann dunkel zu werden, hörten Dagonet und Glynis, wie er zurückkam, und ihr Anführer Lord Aurelius berichtete, dieser Lebuin sei gesehen worden, wie er in schnellem Lauf dem Waldrand zustrebte, wobei ihm eigenartigerweise ein großer Hund, möglicherweise die entlaufene Wölfin, gefolgt sei, dann habe sich seine Spur aber verloren.

„Jetzt hat Aurelius dem Kommandanten eine Ohrfeige gegeben", flüsterte Glynis, die neben dem Fenster kauerte und hinauslugte.

„So gewinnt ein Anführer nicht die Loyalität seiner Truppe", bemerkte Dagonet kritisch. „Aber was soll man von einem Dämon wie Aurelius sonst schon erwarten. Geh weg von diesem Fenster, damit dich niemand bemerkt. Wir warten jetzt, bis es Nacht ist, dann sehen wir weiter."

Glynis gehorchte und trat ins Zimmer zurück. „Das also ist Lady Eadgyths Bett", sagte sie mit neutraler Stimme und strich über die Pölster.

Dagonet merkte sehr wohl, dass sie dabei an die Liebesnacht dachte, die er mit Eadgyth in diesem Zimmer verbracht hatte.

„Lass gut sein", antwortete er besänftigend. „Die arme Eadgyth ist tot." Kaum hatte er es gesagt, stieg ihm ein süßlicher Verwesungsgeruch in die Nase. Er wich von dem Bett zurück und fragte sich verstört, von wo dieser Todeshauch herkam, oder ob ihm seine überreizten Sinne einen Streich spielten.

Ehe er sich darüber schlüssig werden konnte, raunte Glynis: „Still! Ich glaube, jemand ist auf der Treppe."

„Wahrscheinlich die Ablöse für den Aussichtsposten", flüsterte Dagonet zurück.

„Vielleicht, aber darauf sollten wir es nicht ankommen lassen." Glynis sah sich um. „Wo können wir uns hier bloß verstecken?"

„Nur unter dem Bett, eine andere Möglichkeit gibt es nicht", antwortete Dagonet hastig. Das Bett ruhte auf vier Beinen, die hoch genug waren, um darunter zu kriechen. Der Zwischenraum zum Boden wurde durch herabhängende schabrackenartige Schmuckdecken verborgen. Solange niemand auf die Idee kam, diese Decken zu lüften und unter das Bett zu schauen, war das ein vorzügliches und auch das einzige brauchbare Versteck, das ihnen zur Verfügung stand.

Glynis zögerte keinen Augenblick, denn Schritte näherten sich und hielten vor der Tür. Behände schlüpfte sie unter das Bett, dicht gefolgt von Dagonet. In ihrem Versteck war es eng, dunkel und staubig und es stank. Dagonet tastete um sich und er fühlte einen aufgedunsenen, pelzigen kleinen Körper. Obwohl er es nicht sehen konnte, vermutete er, dass er eben den verwesenden Kadaver einer Ratte angegriffen hatte. Ein Würgen befiel ihn, das er nur mühsam unterdrücken konnte.

Er hörte, wie die Tür des Zimmers aufgestoßen wurde und Lord Eadweard sagte: „Tretet ein, Mylady. Hier sind wir ungestört und vor neugierigen Ohren sicher."

„Seid Ihr Euch sicher, Eadweard?", fragte Prinzessin Morgana spöttisch.

„Völlig sicher. Vertraut mir Mylady."

„Es fällt mir zunehmend schwerer, Euch zu vertrauen, Eadweard."

Man hörte, wie Stühle zurechtgerückt wurden und das Knarren der Weidenbespannung. Die Gesprächspartner hatten offenbar Platz genommen.

„Aber Mylady!", beteuerte Eadweard. „Niemand ist Euch treuer ergeben, als ich!"

„Ist das so? Und weshalb missachtet Ihr dann meine Befehle?"

„Ich verstehe nicht, was ihr meint."

„Habe ich Euch nicht befohlen, Euch von diesem Scharlatan Merlin fernzuhalten und jeden Kontakt zu ihm zu meiden? Was aber tut Ihr? Ihr setzt einen Dämon fest, in der Absicht, ihn Merlin auszuliefern und damit Artus das Schwert von Gwyn zu verschaffen. Wie habt Ihr es überhaupt geschafft, Lham-Dearg auf die Spur zu kommen?"

„Aurelius hat mir den Hinweis gegeben. Ihr hattet ihn ja nach Tintagel geschickt, um der Königin und Lancelot einen Streich zu spielen. Dort ist er aber auf den ihm verhassten Lham-Dearg gestoßen, der ihn in Gestalt einer jungen Frau übel blamiert und praktisch fortgejagt hat. Das hat seinen Zorn aufs Neue entfacht. Er hat Tintagel nicht sofort verlassen, sondern ist Dagonet und Lham-Dearg nach ihrem Aufbruch heimlich durch die Wälder gefolgt. Er hat auch beobachtet, wie Dagonet und Lham-Dearg das Mädchen Glynis gefunden haben. Es ist mir unerklärlich, wie die kleine Schlampe überlebt hat. Aurelius hat mir nämlich versichert, er habe sie im Fluss ersäuft. Sie neuerlich anzugreifen hat er aber nicht gewagt, denn er fürchtete die Macht des Schwertes von Gwyn. Aber dann hat sich eine überraschende Möglichkeit geboten. Dagonet und das Mädchen Glynis haben sich nämlich von Lham-Dearg vorübergehend getrennt und ein gutes Stück in den Wald zurückgezogen, um bei dem, was sie tun wollten, unbeobachtet zu sein. Das Schwert haben sie bei Lham-Dearg zurückgelassen. Aurelius hat sofort die Chance erkannt, die sich daraus ergab, ist im raschen Flug nach Cotswoods geeilt und hat mich veranlasst, ihm zwei meiner jungfräulichen Dämonenwächterinnen zur Verfügung zu stellen, es gelte einen Dämonen zu fangen. Ich dachte, in Eurem Sinn und in Eurem Auftrag zu handeln. Aurelius hat mir nämlich versichert, dass dies Euer Wille sei."

„Mir scheint, Ihr habt die Dämonenbande, die Euch nach meinem Willen dient, nicht im Griff, Eadweard. Ich habe Aurelius keinen solchen Auftrag gegeben. Dieser verschlagene Dämon tanzt Euch auf der Nase herum. Es geht ihm einzig und allein darum, sich an Lham-Dearg zu rächen. Habt Ihr Aurelius befohlen, die Wahrheit zu sagen, als er Euch von meinen angeblichen Absichten unterrichtet hat?"

„Das hielt ich nicht für nötig, Mylady. Aurelius und seine Gefährten sind mir zum Gehorsam verpflichtet. Wenn mich Aurelius dennoch belogen hat, so werde ich ihn bestrafen."

„Und wie wollt Ihr das anstellen? Mit Hilfe Eurer Leibwache von Jungfrauen? Diese Dämonen sind Euch zwar zugekommen, aber Ihr versteht es nicht, mit ihnen umzugehen. Ihr versteht es nicht, ihnen eindeutige Befehle zu geben, die keinen Spielraum für Eigenmächtigkeit lassen. Ja, Ihr habt sogar Angst vor ihnen und fürchtet, sie könnten sich gegen Euch wenden. Deshalb habt Ihr versucht, ein paar Jungfrauen zu Eurem Schutz auszubilden. Merkt Ihr nicht, wie töricht Ihr seid? Wer nicht das Wissen und den Verstand hat, Dämonen zu beherrschen, sollte sie fliehen und nicht versuchen, sie für seine Zwecke zu gebrauchen."

„Ihr geht sehr hart mit mir ins Gericht, Mylady. Ich habe den Dämonen heilige Schwüre abgenommen, dass sie mir nichts antun werden und bin mir ihrer Loyalität sicher."

„Nein, das könnt Ihr ganz und gar nicht sein, und das wisst Ihr auch. Ein Dämon ist niemals loyal, ganz im Gegenteil. Er gehorcht nur gezwungenermaßen Befehlen. Wisst ihr überhaupt genau, mit welchem Bann ich diese Dämonen belegt habe, als ich sie heraufbeschwor?"

„Das weiß ich. Aurelius hat es mir gesagt. Er und seine Gefährten müssen demjenigen dienen, der das Amulett trägt, das Macht über sie verleiht. Seht her, ich trage es ständig bei mir."

„Könnt Ihr mit diesem Wissen noch ruhig schlafen? Euer Tod würde diesen Dämonen die Freiheit verschaffen, und das ist das höchste Ziel für einen Dämon."

„Das verstehe ich nicht."

„Weil Euch Aurelius nicht die ganze Wahrheit gesagt hat. Nach dem Tod ihres dritten Meisters sind er und seine Gefährten frei. Der erste war ich, weil ich sie heraufbeschworen habe, der zweite Euer Bruder, dem ich das Amulett überlassen habe, damit er die Dämonen nach meinem Willen einsetzt, wenn die Zeit gekommen ist. Der dritte Meister aber, mein lieber Eadweard, seid Ihr."

„Aurelius und seine vier Begleiter mussten mir schwören, mein Leben zu schützen", sagte Eadweard mit zitternder Stimme.

„Sicher, und seither sinnen sie darüber nach, wie sie diesen Schwur umgehen können. Erinnert Ihr Euch daran, wie Ihr selbst der Meister über diese Dämonen wurdet? Ihr schweigt verlegen? Glaubt Ihr, ich weiß es nicht? Ihr habt Eurem eigenen Bruder nach dem Leben getrachtet, um die Herrschaft über Cotswoods und seine Dämonen zu erlangen. Ihr habt ihm vorgemacht, Ihr wüsstet, wo ein

Schatz vergraben sei. Ihr habt ihm den Mund so wässrig gemacht, dass er seinen Dämonen befohlen hat, weit in den Norden zu fliegen und an der Stelle zu suchen, die Ihr ihm als Schatzversteck vorgegaukelt habt. Oh ja, Aurelius hat sehr wohl geahnt, was Ihr vorhabt, aber er ist bereitwillig dem Befehl seines Meisters gefolgt und hat ihn schutzlos zurückgelassen, damit Ihr ihn töten könnt."

„Ihr tut mir Unrecht, Mylady. Mein Bruder ist an einer Lebensmittelvergiftung gestorben."

„An einem Pilzgericht, das nach einem speziellen Rezept zubereitet wurde, um genau zu sein. Fürchtet nicht, dass ich Euch deswegen verurteile, Eadweard, denn Bruderliebe zählt nicht zu meinen Tugenden. Ich habe geduldet, dass Ihr das Amulett und damit die Macht über Aurelius und seine Gefährten an Euch gebracht habt, denn Ihr wart ebenso wie Euer Bruder bereit, mir zu dienen und Ihr seid ein Mann, der zu jeder Art von Verrat bereit ist. Inzwischen aber beginne ich meine Entscheidung zu bereuen."

„Dazu habt Ihr keinen Grund Mylady. Sobald es soweit ist, werde ich mit meinen Truppen zu Artus stoßen und meine, oder besser gesagt Eure Dämonen werden die Schlacht zu seinen Gunsten entscheiden und gleichzeitig seinen Nimbus als christlichen Herrscher zerstören, weil er sich höllischer Mächte bediente. Das wird letztlich zu seinem Untergang führen."

„Das oder die Untreue seiner Frau. Wir werden sehen. Was habt Ihr veranlasst, nachdem ihr Lham-Dearg in Eurem Kerker hattet?"

„Im Glauben, dies sei Euer Wille, habe ich Aurelius zu Merlin geschickt und ihm das Schwert von Gwyn angeboten. Merlin ist bereits auf dem Weg hierher."

„Er wird noch einige Tage brauchen. Er reist nicht ganz so schnell wie ich und er ist gewiss nicht bereit, auf dem Rücken eines Dämons zu reiten. Ich werde mir überlegen, wie wir diese Situation am besten bereinigen. Ihr dürft Euch jetzt entfernen, Eadweard. Ich gedenke, heute hier zu übernachten. Ihr braucht Euch nicht um meine Bequemlichkeit zu sorgen. Ich wünsche bloß ungestört zu bleiben."

„Wie Ihr befehlt, Mylady", antwortete Eadweard demütig. Man hörte zuerst den Stuhl und dann die Dielenbretter knarren. Die Tür öffnete sich und fiel wieder ins Schloss. Einen Augenblick war es ganz still im Zimmer. Dann sagte Morgana gelassen. „Du kannst jetzt unter dem Bett hervorkommen, Dagonet."

33

Dagonet war weniger überrascht, als man erwarten sollte. Seine bisherige Bekanntschaft mit Morgana hatte ihm einen gehörigen Respekt vor dieser zauberkundigen Frau eingeflößt und es wunderte ihn nicht besonders, dass sie von seiner Anwesenheit wusste. Er gab Glynis einen aufmunternden Stoß, kroch unter dem Bett hervor und erlebte die Genugtuung, dass er es war, der Morgana überraschte.

Sie sah ihn fassungslos an und rief: „Bist du das Dagonet? Was bei allen Göttern ist dir widerfahren? Was hat dich in wenigen Tagen zu einem kläglichen Greis altern lassen? Und was ist das für ein altes Weib, das wie eine halbtote Spinne unter dem Bett hervorgekrochen kommt?"

„Ich bin es wirklich, Mylady", versicherte Dagonet, „und dieses alte Weib ist meine Gefährtin Glynis. Aber zum Glück sind wir noch nicht so alt, wie wir scheinen." Er streifte seinen Umhang ab und erschien in seiner normalen Gestalt.

„So gefällst du mir schon besser", meinte Morgana erleichtert. „Du bist eine Quelle ständiger Überraschungen, Dagonet. Wie hast du diese Täuschung angestellt?"

„Eine Dame war mir dabei behilflich."

„Eine Dame? Mir scheint, mein Prinz, du hast ein Talent dafür, die Hilfsbereitschaft von Damen zu wecken." Sie ließ die Hand über den Umhang gleiten und murmelte: „Was für eine wunderbare Arbeit. Man könnte glauben, du bist Lady Niamh begegnet."

„Ihr vermutet richtig Mylady. Diese Umhänge hat uns Lady Niamh gegeben, damit wir unbemerkt Burg Cotswoods betreten können."

„Tatsächlich? Wie ich Niamh kenne, hat sie dafür einen hohen Preis gefordert." Sie wandte sich an Glynis. „Leg endlich deinen Umhang ab, Mädchen, damit ich dich in deiner wahren Gestalt sehen kann."

Glynis folgte unverzüglich dieser Aufforderung, sank vor Morgana in die Knie und sagte ehrerbietig: „Zu Euren Diensten, Mylady."

Morgana musterte sie kritisch. „Du bist also Glynis, das Mädchen, wegen dem Dagonet den ganzen Aufstand verursacht und die Pläne vieler Menschen durcheinandergebracht hat." Sie schüttelte den Kopf. „Du bist recht hübsch, aber auch nicht gerade eine Schönheit. Wie hast du es geschafft, unserem Prinzen den Kopf zu verdrehen?"

„Ich weiß es nicht, Mylady", antwortete Glynis demütig.

„Wahrscheinlich weiß es Dagonet selber auch nicht, deshalb frage ich ihn erst gar nicht", bemerkte Morgana lächelnd. „Die Dinge sind eben, wie sie sind. Aber etwas anderes möchte ich wissen: Ihr beide habt euch letztlich doch noch gefunden. Weshalb seid ihr nicht längst auf dem Weg in eine Gegend, in der ihr sicher seid? Was veranlasst euch dazu, die Höhle des Löwen aufzusuchen, wo ihr euch unter einem Bett versteckt und nicht wisst, wie es weitergehen soll?"

„Lham-Dearg", erklärte Dagonet.

„Was ist mit ihm? Sei froh, dass du ihn los bist!"

„Wir hatten einen Pakt. Er hat seinen Teil erfüllt und mir geholfen, Glynis zu finden. Jetzt bin ich dazu verpflichtet, meinen Teil zu erfüllen und ihm die Freiheit zu geben. Dazu muss ich ihn aus dem Kerker holen."

„Du bist verrückt, Dagonet", sagte Morgana unwillig. „Wie willst du das anstellen? Und wieso ist bei diesem selbstmörderischen Unterfangen dieses Mädchen Glynis bei dir?"

„Ich habe ihr befohlen, sich in Sicherheit zu bringen, aber sie hat mir nicht gehorcht."

„Ja, sie stellt sich freundlich und unterwürfig – steh auf Glynis, du musst nicht die ganze Zeit vor mir knien – aber sie ist recht stur, das sehe ich ihr an. Was wollt ihr als Nächstes tun?"

„Euch um Hilfe bitten, Mylady", sagte Dagonet mutig. „Ich glaube, ein gütiger Gott hat Euch zu uns geschickt."

„Ich kenne keinen Gott, der gütig ist, Dagonet, sondern bloß günstige oder ungünstige Zufälle. Ich habe dir einmal geholfen, Lham-Dearg zu befreien, ein zweites Mal werde ich es wahrscheinlich nicht tun."

„Aber Mylady!", rief Dagonet enttäuscht. „Das würde doch alle Probleme lösen. Wenn ich Lham-Dearg die Freiheit gebe, verliert das Schwert von Gwyn seine Macht und Merlin kann durch die Finger schauen. Das ist es doch, was Ihr wollt."

„Ich bin unschlüssig, Dagonet. Du hast ja mein Gespräch mit Eadweard belauscht und kennst auch meine Absicht, Artus zu vernichten. Dafür stehen mir drei Wege offen: Mein ursprünglicher Plan, jener, den Eadweard erwähnt hat, nämlich ihn in Verruf zu bringen, mit höllischen Mächten zu paktieren. Das würden seine ach so christlichen Gefolgsleute nicht akzeptieren und sie würden sich schaudernd von ihm abwenden. Oder ich mache die ehebrecherische Beziehung seiner Frau zu Lancelot offenkundig, so dass Artus nicht länger so tun kann, als wisse er von nichts. Das würde zum Kampf zwischen ihm und Lancelot führen und das ganze System seiner Gefolgschaft müsste zusammenbrechen. Die dritte Möglichkeit bestünde tatsächlich darin, ihm das Schwert von Gwyn zu verschaffen und Merlin, diesem Tor, der die Gefahr nicht erkennt, seinen Willen zu lassen. Wie wir beide Lham-Dearg kennen, würde das seinen Gerechtigkeitssinn auf eine harte Probe stellen und wahrscheinlich überfordern. Er müsste nicht nur bei jedem Schwertstreich, den Artus in diesem Krieg führen will, entscheiden, ob dieser gerechtfertigt ist, nein, er müsste die grundsätzliche Entscheidung treffen, ob der Krieg, den Artus führt, überhaupt gerechtfertigt ist. Es wäre vermutlich nur eine Frage der Zeit, bis das Schwert von Gwyn Artus den Dienst verweigert und ihn schutzlos seinen Feinden ausliefert. Im Grunde wäre das die eleganteste Lösung, weil sie am wenigsten spektakulär ist, und mit mir nicht in Zusammenhang gebracht werden kann. Man würde Merlin die Schuld geben, was mir eine zusätzliche Genugtuung bereiten würde."

„Artus das Schwert von Gwyn zu überlassen, birgt aber auch so manche Unsicherheit in sich", wandte Dagonet ein. „Denn niemand kann wirklich vorhersehen, wie sich Lham-Dearg verhalten wird."

„Artus kann einem leidtun", warf Glynis spontan ein.

„Oh ja. Er soll leiden", bestätigte Morgana grimmig. „So wie ich gelitten habe, als er meinen Geliebten ermorden ließ und noch mehr. Du hast recht, Dagonet. Ihm das Schwert von Gwyn zu überlassen, ist nicht der richtige Weg.

Er verdient es nicht, ehrenvoll in der Schlacht zu fallen. Er verdient es nicht einmal, wegen eines Paktes mit Dämonen geschmäht, aber auch heimlich bewundert zu werden. Er soll als das dastehen, was er ist: Ein gehörnter Ehemann, den sein Weib und sein bester Freund betrogen haben, und der deswegen Reich, Ehre und Leben verloren hat. Ich habe mich entschieden. Ich werde dafür sorgen, dass der Ehebruch Ginevras mit Lancelot vor den Augen der Welt offenkundig wird."

„Dann spricht doch nichts dagegen, Lham-Dearg zu befreien", meinte Dagonet, der sein eigentliches Ziel nicht aus dem Auge verloren hatte.

„Ich werde dich nicht daran hindern", antwortete Morgana.

„Werdet Ihr mir helfen? Ich verspreche, dass wir mit ihm spurlos verschwinden und niemandem Ärger bereiten werden."

Morgana seufzte. „Du stellst meine Gutmütigkeit auf eine harte Probe, Dagonet. Vielleicht wäre es wirklich am besten, Lham-Dearg und auch dich aus dem Spiel zu nehmen, damit ihr meine Pläne nicht länger stört. Aber du kannst dich nicht ständig darauf verlassen, Dagonet, dass dir jemand hilft oder dass sich deine Probleme von selbst lösen. Nur einen Rat will ich dir noch geben: Wenn du versuchen willst, Lham-Dearg zu befreien, dann tu es heute Nacht. Die Stunde nach Mitternacht wäre dazu am besten geeignet, denn dann wird die Burg in tiefem Schlaf liegen." Sie machte eine abwehrende Handbewegung. „Nein, ich will nichts mehr hören! Es wird Zeit für mich, etwas zu ruhen."

„Das Bett steht ganz zu Eurer Verfügung", sagte Dagonet verzagt.

Morgana lachte. „Du denkst doch nicht im Ernst, dass ich in diesem elenden Quartier schlafe? In meinem Schloss habe ich es weitaus bequemer."

Sie drehte sich einmal um die eigene Achse, wurde einen Augenblick von einer grünen Flamme umhüllt und war verschwunden.

„Was nun?", fragte Glynis, nachdem sie sich von ihrer Überraschung erholt hatte.

„Ich werde tun, was sie gesagt hat", antwortete Dagonet. „Ich werde genau zu Beginn der dritten Nachtwache zum Verliesturm schleichen und sehen, was sich machen lässt."

„Wir werden sehen", stellte Glynis klar. „Ich bleibe sicher nicht allein hier sitzen und kaue vor Angst um dich an meinen Fingernägeln. Was immer uns auch erwartet, wir werden es gemeinsam durchstehen. Wann ist es soweit?"

Dagonet trat ans Fenster und schaute hinaus. Der Himmel war wolkenbedeckt und verhüllte Mond und Sterne. Man konnte kaum die Hand vor den Augen erkennen. „Ich weiß nicht", bekannte er, „ich habe keine Ahnung, wie spät es ist."

„Vielleicht kann uns die Zauberkugel helfen, die dir Lady Niamh gegeben hat. Vielleicht weiß sie auch die Zeit."

„Ich wüßte nicht, wie das gehen soll", sagte Dagonet und betrachtete ratlos die Kugel, die dunkel in seiner Hand lag.

„Du musst dich auf etwas konzentrieren, das mit Zeit zu tun hat", riet Glynis.

Dagonet schloss die Augen. Die Kugel erwachte zum Leben und zeigte ein Firmament, auf dem sich Tag und Nacht abwechselten, während Sonne und Mond in rascher Bahn vorüberzogen. Dann erlosch das Bild. Aus dem Dunkel der Kugel kam eines der grimmigen Flattergeschöpfte, prallte gegen die Wand und fletschte seine Fangzähne.

„So wird das nichts", sagte Glynis. „Lass es mich versuchen." Sie nahm ihm die Kugel aus der Hand und starrte hinein. Plötzlich tauchten mehrere der kleinen Ungeheuer auf und schleppten ein Band mit sich, das sie entrollten. Darauf standen rätselhafte Zeichen: 23:45:17.

„Was ist das?", fragte Glynis verblüfft. „Das kann mit Zeit nichts zu tun haben. Oder doch? Sieh nur, die letzten Zeichen verändern sich im selben Rhythmus, in dem auch mein Herz schlägt! Was hat das zu bedeuten?"

„Ich weiß nicht, ich verstehe von diesen Zauberdingen doch auch nichts." Dagonet klopfte mit dem Fingerknöcheln gegen die Wand der Kugel und befahl ärgerlich: „Zeigt mir endlich, wie spät es wirklich ist!"

Die kleinen Ungeheuer im Inneren der Kugel gerieten in Aufruhr. Sie flatterten hin und her, steckten die Köpfe zusammen, als ob sie sich berieten, und rollten dann das Band wieder zusammen. Gleich darauf tauchten andere auf, die eine Sanduhr trugen. Sie hielten sie empor, sodass man sie gut sehen konnte.

Dagonet kniff die Augen zusammen und blickte angestrengt in die Kugel. „Das ist etwas anderes", verkündete er zufrieden. „Diese Uhr zeigt die Stunden der Nacht. Siehst du diese Markierung? Die zweite Nachtwache ist fast vorüber. Nur ein kurzes Weilchen noch, dann ist es Mitternacht. Das habt ihr gut gemacht, ihr kleinen Bestien."

Die geflügelten Wesen im Inneren der Kugel, denen der letzte Teil seiner Worte gegolten hatte, schnitten ihm furchtbare Fratzen und machten mit ihren Krallenhänden obszöne Gesten. Dann wurde die Kugel wieder dunkel.

34

Dagonet und Glynis schlichen durch den Burghof. Das Feuerbecken in dessen Mitte war erloschen. Es war stockdunkel. Sie hatten ihre Umhänge abgelegt, weil ihnen deren Zauber auch nicht helfen würde, wenn man sie bei ihrem Befreiungsversuch ertappte. Weder Eadweard noch Aurelius würden sie verschonen, bloß weil sie alt waren.

Sie tasteten sich an den Mauern entlang, bis sie den Nordturm erreicht hatten. Dagonet ließ die Hand über die Wand gleiten, bis er die Metallbeschläge der Tür spürte. Er tastete weiter und fand den Türknauf. „Hoffentlich ist sie unversperrt", flüsterte er Glynis zu. „Sobald wir drinnen sind, überwältigen wir die Wächterin. Das dürfte nicht schwer sein, denn es ist ja nur ein junges Mädchen, das zwar für einen Dämon gefährlich ist, aber gegen normale Menschen nichts ausrichten kann."

Er drückte probeweise den Knauf nieder und lehnte sich vorsichtig gegen die Tür. Sie gab sofort nach. Dagonet zögerte nicht, stieß die Tür zur Gänze auf und sprang in den Raum. Die Wächterin, ein junges Mädchen, saß an einem kleinen Tisch vor den Gittern der Zelle und hatte ein kurzes Schwert vor sich liegen. Sie zuckte zusammen, als die Tür aufsprang, darüber hinaus zeigte sie aber keine Reaktion. Sie sah Dagonet gelassen entgegen und machte keine Anstalten, nach ihrer Waffe zu greifen oder auch nur um nach Hilfe zu schreien. Dagonet hielt abrupt inne und blieb in der Mitte des Raumes stehen. Irgendetwas stimmte nicht. Es war schon ungewöhnlich genug, dass die Tür unversperrt gewesen war, aber das Verhalten des Mädchens war ausgesprochen beunruhigend. Die Tür fiel hinter ihm ins Schloss.

„Willkommen auf Burg Cotswoods, Prinz Dagonet", sagte Lord Eadweard höhnisch. „Ich hätte nicht gedacht, dass Ihr mir noch einmal die Ehre gebt, aber ihr seid ja doch noch gekommen. Unser gemeinsamer Freund Aurelius wird sich freuen, er hat nämlich noch eine Rechnung mit Euch offen. Und auch die kleine Glynis, die ich schon tot glaubte, ist wieder da. Ich fürchte, mein kleines Kätzchen, heute werden wir das letzte deiner neun Leben auslöschen."

Eadweard stand breitbeinig da und stützte sich auf ein langes, blankes Schwert. Hinter Dagonet erhob sich jetzt die Wächterin und bedrohte ihn und Glynis mit ihrem Kurzschwert. Dagonet war unbewaffnet. Er überlegte krampfhaft, was er tun sollte. Er entschied sich für einen überraschenden Angriff auf das Mädchen. Wenn es ihm gelang, sich ihres Kurzschwertes zu bemächtigen, hatte er vielleicht eine kleine Chance gegen Eadweard. Vorher wollte er aber versuchen, etwas Zeit zu gewinnen und seine beiden Gegner unvorsichtig zu machen.

„Wie ich sehe, habt Ihr mich erwartet, Lord Eadweard", sagte er. „Darf ich fragen, was mich verraten hat?"

„Ihr solltet besser fragen, wer Euch verraten hat. Eure Gönnerin, Lady Morgana, hat aus Gründen, die mir unbekannt sind, ihre schützende Hand von Euch abgezogen und mich wissen lassen, dass Ihr heute Nacht, kurz nach Mitternacht hier auftauchen werdet. Und siehe da, Ihr seid gekommen. Ich sehe, wie es in Eurem Kopf arbeitet, Prinz Dagonet, aber was immer Ihr auch plant, versucht es erst gar nicht. Selbst wenn Ihr an mir vorbeikämet, würden Euch meine getreuen Dämonen fassen, noch ehe Ihr den halben Hof überquert habt. Was sie dann Euch und Eurem Liebchen antun, könnt Ihr Euch ja vorstellen, denn Ihr habt gesehen, was sie mit Eadgyth gemacht haben."

„Warum zögert Ihr noch, sie gleich hereinzurufen?"

„Weil ich noch einige Fragen habe, die ich Euch bitte, wahrheitsgetreu zu beantworten. Wenn Ihr mir bereitwillig Auskunft gebt, gewähre ich euch beiden einen raschen gnädigen Tod, wenn nicht, werden sich Aurelius und seine Gefährten mit euch vergnügen."

In diesem Augenblick tat Glynis etwas Unerwartetes. Sie heulte angstvoll auf und warf sich dem überraschten Eadweard an den Hals. „Gnade edler Lord", winselte sie unter Tränen. „Verschont mich. Ich bin doch nur ein unwissendes Mädchen, das aus eigenem Unverstand an diesen Strauchdieb geraten ist. Macht mit ihm was Ihr wollt, aber verschont mich!"

Eadweard stieß sie brutal zurück. Sie taumelte und fiel in Dagonets Arme. Er spürte, wie sie ihm etwas in die Hand drückte und sah sie ungläubig an. „Es ist genau das, was du denkst", flüsterte Glynis fast unhörbar. Dann sank sie erbärmlich schluchzend in sich zusammen.

„Soviel zum Thema wahre Liebe", lachte Eadweard verächtlich. „Nun, wie habt Ihr Euch entschieden, Prinz Dagonet?"

„Ich fürchte Eure Dämonen nicht", antwortete Dagonet stolz, „Wenn Ihr wollt, so ruft sie nur herein."

„Ich werde dich lehren, Furcht zu empfinden!", grollte Eadweard. Er hob die Stimme: „Aurelius, und auch ihr andern, herbei, herbei!"

Draußen am Hof war ein Knattern zu hören, als ob gewaltige Flügel die Luft und den Boden peitschten. Dann flog die Tür auf und Aurelius trat mit seinen Gefährten ein. Sie hatten das Aussehen von Soldaten angenommen. „Was befehlt Ihr, Meister?", fragte Aurelius und sah dabei Dagonet grinsend an.

„Nehmt euch das Mädchen vor", befahl Eadweard. „Aber schön langsam, damit sie nicht gleich stirbt. Ich will doch sehen, ob das unseren Prinzen nicht gefügig macht. Auch wenn sie ihn schnöde verraten hat, könnte er doch noch etwas für sie empfinden."

Aurelius setzte sich in Bewegung.

„Steh still, Dämon!", rief Dagonet und hob den Arm. In seiner Hand hielt er eine goldene Kette, an der ein Amulett baumelte.

Aurelius erstarrte. „Was soll das?", fragte er verunsichert.

„Was bedeutet das?", schrie Eadweard. Er griff an seine Brust, an der er das Amulett, das Gewalt über die Dämonen verlieh, getragen hatte, und sah Glynis entsetzt an.

„Ganz recht", sagte diese und erhob sich. „Ich habe Euch vorhin das Amulett geklaut. Als Räuberin mag ich zwar nicht viel taugen, aber als Taschendiebin bin ich wirklich gut."

Eadweard erkannte die Bedrohlichkeit seiner Situation. „Her zu mir", rief er der Wächterin zu. „Stell dich zwischen mich und diese Dämonen!"

Ehe die Wächterin reagieren konnte, trat Glynis an sie heran und schmetterte ihr den Knauf ihres Dolches gegen den Kopf. Mit einem leisen Wehlaut sank das Mädchen bewusstlos zu Boden.

Aurelius machte einen Schritt vorwärts. „Nur ruhig", befahl Dagonet. „Haltet mir diesen Burschen vom Leib", er deutete auf Eadweard, „aber tut ihm kein Leid an. Ich will, dass er vorläufig am Leben bleibt." Er hielt bei diesen Worten Aurelius das Amulett vors Gesicht.

„Du kannst uns gar nichts befehlen", sagte Aurelius verunsichert. „Wir sind nur verpflichtet drei Meistern zu dienen, nicht aber einem vierten."

„Da irrst du dich", antwortete Dagonet. „Dein Pakt besagt, dass du dem dienen musst, der dieses Amulett besitzt. Er besagt auch, dass ihr frei seid, sobald euer dritter Meister stirbt. Darin liegt kein Widerspruch. Es kann einen vierten oder fünften Meister geben. Ihnen allen müsst ihr dienen, solange jener, der euer dritter Meister war, noch am Leben ist. Versuche erst gar nicht, mit mir zu diskutieren, Dämon, denn du weißt, dass ich recht habe. Also befolgt meine Befehle!"

Eadweard versuchte auf Dagonet loszuspringen und nach dem Amulett zu haschen. Aurelius griff blitzschnell zu und riss ihn zurück.

„So ist es gut", sagte Dagonet. „Ich sehe, du hast begriffen, Aurelius. Nun zu uns beiden: Ich verabscheue dich zutiefst, Dämon, denn du hast furchtbare Dinge getan. Ich billige dir aber zu, dass du es nur gezwungenermaßen getan hast. Ich frage dich also: Bist du bereit, künftig mir zu dienen?"

„Wir müssen dir dienen, solange du Meister dieses Amuletts bist, und solange Eadweard noch lebt", antwortete Aurelius widerwillig.

„Andererseits könnte ich aber auch Lham-Dearg auf euch loslassen. Er würde euch mit Vergnügen den Garaus machen und eure verabscheuungswürdige Existenz beenden."

„Das liegt in deiner Macht", antwortete Aurelius mit dumpfer Stimme.

„Glynis", sagte Dagonet. „Nimm dem Mädchen die Zellenschlüssel ab, sperre die Zelle auf auf und bring mir mein Schwert."

Glynis gehorchte schweigend. Dagonet wog das Schwert in der Hand. Es zitterte in seiner Hand, als könne es gar nicht erwarten zuzuschlagen. Blaue Blitze eilten über die Klinge.

Aurelius senkte ergeben das Haupt.

„Es gäbe noch eine dritte Möglichkeit", erklärte Dagonet überraschend. „Ich schenke euch auf der Stelle eure Freiheit."

Dämonen sind im Allgemeinen rasch von Begriff. Diesmal war es aber Eadweard, der als erster die Bedeutung dieser Worte erkannte. „Das kannst du nicht tun", rief er entsetzt.

„Ich kann es tun", sagte Dagonet ernst. „Eadweard, du bist weit schuldiger als es diese Dämonen sind. Du hast deinen Bruder ermordet, du hast Lady Eadgyth grausam töten lassen, du hast deinen König verraten, du hast mir und Glynis nach dem Leben getrachtet und du hast über zahllose andere Menschen Unglück gebracht. Du hast den Tod verdient. Aurelius, ich ermächtige dich, dir deine Freiheit zu nehmen. Tu was dazu nötig ist."

Jetzt hatte auch Aurelius verstanden. Er stieß einen triumphierenden Schrei aus und brach Eadweard mit einer einzigen kraftvollen Bewegung das Genick.

Der Lord sank entseelt zu Boden. Aurelius starrte Dagonet abwartend an.

„Es ist getan", sagte dieser. „Ihr seid frei. Zwischen uns ist kein Streit mehr, Aurelius. Geht in Frieden."

Aurelius verbeugte sich schweigend und seine Gefolgsleute taten es ihm gleich. Dann waren sie auf einmal verschwunden, und niemand hat jemals wieder von ihnen gehört.

Dagonet schob sein Schwert wieder in die Scheide. Auf der Stelle materialisierte sich Lham-Dearg. Wie aufgewühlt er war, konnte man daran erkennen, dass er versuchte, die Gestalt des Riesen mit der roten Hand anzunehmen.

„Lass das", mahnte Dagonet. „Du stößt dir nur den Kopf an der Decke oder, was noch schlimmer wäre, du bringst sie über uns zum Einsturz."

Lham-Dearg schrumpfte wieder zusammen und erschien als Knappe Earvin. „Was macht ihr hier?", stieß er hervor.

„Begrüßt man so seine Freunde?", fragte Dagonet. „Wir sind gekommen, um dich hier herauszuholen. Oder hast du Lust, mit Artus in den Krieg zu ziehen?"

Lham-Dearg rang nach Worten. „Nur meinetwegen seid ihr gekommen?", fragte er schließlich.

„Aber ja. Oder hast du geglaubt, ich erlasse dir den Rest deiner Aufgabe? Du hast versprochen, uns in Sicherheit zu bringen!"

„Nachdem ich gesehen habe, was ihr hier angerichtet habt, glaube ich nicht, dass ihr mich dazu noch braucht."

„Wir wollten dich trotzdem nicht im Stich lassen", sagte Glynis. Sie umarmte Earvin und küsste ihn auf beide Wangen. Lham-Dearg leistete keinen Widerstand. Das war ein weiteres Zeichen für seinen bedenklichen Gemütszustand. Eine derartige Toleranz gegen menschliche Annäherung hatte man bei einem Dämon nämlich bisher noch nie beobachten können.

„Machen wir, dass wir fortkommen", unterbrach Dagonet die rührselige Szene. Er packte das Mädchen, das bereits wieder zu Bewusstsein kam, und sperrte es in die Zelle. Dann schaute er vorsichtig aus der Tür. „Draußen ist es ruhig", flüsterte er, „und der Mond ist aufgegangen. Am besten wird sein, Lham-Dearg nimmt uns auf den Rücken und wir fliegen direkt vom Burghof los."

Sie traten in den Burghof. Dagonet hielt inne. Auf der Umfassung des Brunnens, von hellem Mondlicht übergossen, saß Morgana und blickte ihnen entgegen. „Lady Morgana!", rief Dagonet vorwurfsvoll. „Warum habt Ihr das getan?"

„Was hast du?", fragte Morgana. „Es ist doch alles gut gegangen."

„Ihr habt mich in eine Falle gelockt!"

„Man kann es auch umgekehrt betrachten. Ich habe Eadweard in eine Falle gelockt. Ich war seiner überdrüssig und auch die Dämonenbande hat mir nur Ärger bereitet. Ich habe weder Eadweard noch Aurelius und seine Gefährten mehr gebraucht und mich ihrer daher mit deiner Hilfe entledigt. Wie ich sehe, habt ihr auch Lham-Dearg befreit und damit die Pläne Merlins zum Scheitern verurteilt. Sehr gut!"

„Ich grüße Euch, Lady Morgana", sagte Lham-Dearg höflich.

„Wie konntet Ihr annehmen, dass wir mit Eadweard fertig werden?", insistierte Dagonet. „Beinahe wäre es schiefgegangen und nur dank der Geschicklichkeit von Glynis konnte ich uns retten."

„Ich habe nicht daran gezweifelt, dass es so kommt. Die Kenntnis der Zukunft ist uns zwar allen verschlossen, aber in ganz seltenen Fällen kann man doch einen kurzen Blick darauf erhaschen. Ich hatte eine Vision, in der ich euch auf einem Schiff Richtung Gallien fahren gesehen habe."

„Nun, wenn das so ist, Mylady, dann wollen wir dafür dankbar sein, dass Ihr eine echte Vision und keinen bloßen Wunschtraum hattet. Mit Eurer Erlaubnis, werden wir jetzt aufbrechen und an die Küste fliegen."

„Ich habe dir nichts zu erlauben oder zu verbieten Dagonet, nur einen weiteren Rat gebe ich dir. Bleib noch etwas hier und übergib die Burg König Cretta. Er hat sich letztendlich davon überzeugt, dass Eadweard und Gray Verräter sind, wie du es ihm mitgeteilt hast. Burg Waddington ist bereits gefallen, und Gray wurde als Verräter hingerichtet. Das königliche Heer lagert jetzt wenige Meilen vor Cotswoods und wird morgen angreifen. Der König wird sehr erfreut sein, dass ihr ihm die Arbeit abgenommen habt und die Burg kampflos übergebt. Ich nehme an, er wird dir zum Dank ein Schiff zur Verfügung stellen, damit du wohlbehalten Gallien erreichst. Leb wohl, mein Prinz, leb wohl Glynis und dir, du hässlicher Dämon, wünsche ich eine glückliche Heimkehr. Ich nehme an, wir werden uns nicht wiedersehen."

Der zauberhafte Schein einer grünen Flamme vermischte sich mit dem Mondlicht und dann war Morgana verschwunden.

35

Es erwies sich als überraschend einfach, die Kontrolle über die Burg zu übernehmen, wobei ihnen ein günstiger Zufall zu Hilfe kam. Als die ersten Sonnenstrahlen das Ende der vierten Nachtwache ankündigten, trat nämlich der Soldat Aelfric aus einer Tür und eilte zu einem Schuppen, in dem sich, wie sich Dagonet erinnerte, die Latrine befand. Dagonet wartete geduldig, bis Aelfric zurückkam, dann trat er aus dem Schatten und rief ihn leise an. Aelfric fuhr zusammen und erschrak heftig, als er Dagonet erkannte. „Es ist Zeit, Aelfric, dem König deine Treue zu beweisen", flüsterte Dagonet eindringlich. „Sieh her!" Er hielt ihm den Ring Eadgyths vor die Augen.

Aelfric starrte ihn entsetzt an. „Ich kenne Euch. Ihr seid Dagonet. Lord Eadweard hat nach dem Tod Lady Eadgyths befohlen, Euch zu verfolgen und gleichfalls zu töten. Ich kenne auch diesen Ring. Er weist Euch als Bote des Königs aus. Erst unlängst hat mir ein alter Mann so einen Ring gezeigt. Was ist mit ihm geschehen?"

„Er ist in Sicherheit und ich bin an seine Stelle getreten. Der Alte hat dir auch gesagt, dass das Heer des Königs bereits nahe ist. Jetzt ist es soweit. Noch bevor die Sonne im Zenit steht, wird es vor der Burg aufmarschieren."

„Das gibt ein Blutbad", sagte Aelfric erschrocken. „Ihr wisst ja nicht, über welche Macht Lord Eadweard verfügt." Er warf einen scheuen Blick zum Nordturm.

„Eadweard ist tot", antwortete Dagonet. „Die Strafe, die Verrätern gebührt, wurde an ihm bereits vollzogen. Seine Leiche liegt drüben im Nordturm. Auch jene Geschöpfe, die dir solche Angst bereiten, sind nicht mehr hier. Ich habe sie fortgejagt, und sie werden nicht wiederkommen."

Aelfric sah ihn ungläubig an. „Das habt Ihr getan?"

„Ja, das habe ich getan. Du kannst dich gerne überzeugen und den toten Eadweard ansehen. Meine Absicht ist es, dem König die Burg kampflos zu übergeben. Also frage ich dich: Wird die verbliebene Besatzung Widerstand leisten, oder sich in Treue zum König bekennen?"

„Wenn Eadweard tot ist und seine Dämonen fort sind, wird niemand mehr kämpfen wollen. Ganz im Gegenteil, alle werden froh sein, dass der Spuk vorüber ist."

„Das habe ich auch angenommen. Wie viele kampffähige Männer seid ihr?"

„Zweiundfünfzig, Mylord. Eadweard hat zwar begonnen, ein Söldnerheer aufzustellen, aber die sind noch nicht eingetroffen."

„Dann brauchen sie uns auch nicht zu kümmern. Sprich jetzt mit deinen Kameraden, und wenn ihr euch einig seid, tretet im Burghof vor mir an."

Es gab einige Unruhe, nachdem Aelfric seine Kameraden informiert hatte. Männer rannten aus ihrer Unterkunft, manche diskutierten dabei heftig, und einer blies auf der Trompete Alarm, was keinen Sinn machte, weil ohnehin die ganze Burg aufgeschreckt war. Weiber liefen aufgeregt hin und her und von irgendwoher hörte man Kindergeschrei. Dagonet hatte gar nicht gewusst, dass auf der Burg auch Kinder waren. Kurzerhand begab er sich zum Nordturm, packte den Leichnam Eadweards an einem Bein und schleifte ihn in die Mitte des Burghofes. Dann nahm er davor Aufstellung und zog sein Schwert. Das wirkte. Die Soldaten versammelten sich vor ihm und sahen ihn erwartungsvoll an.

„Männer von Cotswoods!", rief Dagonet. „Ich bin Dagonet, Träger des Schwertes von Gwyn. Lord Eadweard und seine Dämonen haben Furcht und Schrecken im Land verbreitet, ihr wisst es selber am besten, denn ihr habt ihm gedient. Am schlimmsten ist aber, dass Eadweard seinen König verraten hat, und ich will annehmen, dass ihr davon nichts gewusst habt. Weil er es nicht besser verdient hat, habe ich Eadweard getötet und seine Dämonen auf Nimmerwiedersehen fortgejagt. Jetzt frage ich euch: Seid ihr treue Gefolgsleute des Königs und werdet ihr ihm die Burg übergeben, oder wollt auch ihr zu Verrätern werden, und euch ihm widersetzen?"

„Wir sind treue Gefolgsleute des Königs", rief Aelfric. „Sagt uns, was wir tun sollen!"

„Hisst die königliche Standarte", befahl Dagonet, „und öffnet das Burgtor. Der König wird in Kürze eintreffen. Inzwischen lasst sämtliche Mädchen ab zwölf Jahren und alle Weiber vor mir antreten."

Der zweite Teil seiner Anweisungen erregte Verwunderung und auch ein wenig Sorge, wurde aber ausgeführt. Dagonet schritt die Front der Frauen und Mädchen ab und fragte streng: „Wer von euch ist noch Jungfrau?"

Wie sich zeigte, war diese Frage nicht in jedem Fall so leicht zu beantworten. Einige behaupteten, sie wären es, obwohl Dagonet so seine Zweifel hatte, andere sagten, sie wären es nicht, obwohl Dagonet mindestens in einem Fall eine Angehörige von Eadweards Dämonengarde erkannte, und wiederum andere wussten es nicht so genau. Wenn man Jungfräulichkeit nämlich nicht nur als körperlichen, sondern auch als mystischen Zustand definiert, so hatten sie Dinge getan, die zumindest grenzwertig waren.

„Lass mich das machen", flüsterte Lham-Dearg in Dagonets Ohr.

„Dann will ich die Entscheidung treffen", verkündete Dagonet. Er ließ die vortreten, deren Namen ihm Lham-Dearg zuflüsterte. Zwei von ihnen, es waren jene, die Lham-Dearg gefangen hatten, schauten ihn trotzig an.

Dagonet, der sich der Nutzlosigkeit seines Schwertes ihnen gegenüber bewusst war, ging kein Risiko ein. „Nimm dir ein paar Männer und bring diese Mädchen in den Nordturm", befahl er Aelfric. „Duldet keinen Widerstand und lasst euch von ihnen nicht beschwatzen. Sperrt sie in die Zelle, wo schon eine ihrer Gefährtinnen sitzt. Sobald König Cretta die Burg übernommen hat, könnt ihr sie wieder freilassen. Bis dahin will ich sie aber aus dem Weg haben."

Nachdem sein Befehl ausgeführt worden war, fühlte sich Dagonet sicher. Er schob sein Schwert in die Scheide. Die Tür des Ostturms öffnete sich, Earvin schlenderte über den Burghof und gesellte sich zu Dagonet und Glynis. „Als Dämon fühlt man sich in einer jungfrauenfreien Umgebung gleich viel wohler", vertraute er Dagonet an. „Es war klug, die Garde Eadweards aus dem Verkehr zu ziehen. Sie hätten mir, und damit auch dir erhebliche Schwierigkeiten machen können. Denn sie wissen, dass in deinem Schwert ein Dämon steckt. Wir hingegen wissen nicht, wie fanatisch sie Eadweard ergeben waren."

Früher als erwartet, es mochte um die fünfte Stunde des Tages sein, meldete der Ausguck am Turm, dass eine gewaltige Staubwolke in der Ferne aufgetaucht sei und rasch näherkäme. Zwei Stunden später hatte Crettas Heer die Burg erreicht und ging in sicherer Entfernung in Stellung. Der Umstand, dass von den Zinnen die Farben Crettas wehten und das Burgtor weit offen stand, sorgte für Verwirrung. Cretta hatte sich offenbar auf einen harten Kampf und eine schwierige Belagerung eingestellt und befürchtete nun einen Hinterhalt. Nach kurzer Zeit löste sich ein Reiter aus dem Heerhaufen und ritt den Weg zur Burg herauf. In der Hand trug er eine weiße Fahne. Als er das Burgtor passierte, verlangsamte er den Schritt seines Pferdes und schwenkte die weiße Fahne. „Ich komme als Parlamentär, König Cretta schickt mich", rief er dabei vorsichtshalber und sah sich um. Dagonet erwartete ihn in der Mitte des Hofes. Die Burgbesatzung war etwas abseits und ohne ihre Waffen angetreten.

„Seid willkommen und ohne Sorge", sagte Dagonet. „Hier sind nur treue Anhänger des Königs. Wir erwarten die Ankunft König Crettas in demütigem Gehorsam."

„Wer seid Ihr und wo ist Lord Eadweard?"

„Mein Name ist Dagonet und Eadweard ist tot." Dagonet machte einen Schritt zur Seite und gab den Blick auf die Leiche Edwards, die noch immer im Burghof lag, frei. „Ich habe zurzeit das Kommando über die Burg und bin bereit, sie König Cretta als sein Eigentum zu übergeben." Der Unterhändler schaute ungläubig und verwirrt. Dagonet zog den Ring Eadgyths vom Finger und reichte ihn dem Parlamentär. „Gebt dies Eurem König und er wird wissen, dass ich die Wahrheit gesagt habe. Denn er kennt mich und er kennt diesen Ring."

Der Unterhändler nahm schweigend den Ring entgegen, wendete sein Pferd und ritt durch das Burgtor, zuerst langsam und dann immer schneller, bis er in vollem Galopp davonpreschte.

Wenig später setzte sich ein größerer Trupp Berittener in Bewegung und kam zur Burg herauf. Ein Teil des Heeres schloss auf, um ihnen notfalls Rückendeckung zu geben. Dagonet, der sich in das Burgtor gestellt hatte, sah, dass sich König Cretta persönlich an der Spitze der Anrückenden befand. Vor Dagonet hielt Cretta an, sprang vom Pferd und rief. „Ihr seid tatsächlich hier, Prinz Dagonet? Ich dachte, ich höre nicht richtig! Uns haben Nachrichten erreicht, Ihr hättet im Lager des Artus den Tod gefunden! Was geht hier vor?"

Dagonet verbeugte sich ehrerbietig. „Widrige Umstände haben mich noch einmal nach Cotswoods geführt, Majestät. Lord Eadweard hat nämlich nicht nur mir und meiner Gefährtin nach dem Leben getrachtet, sondern er hat mir durch seine Handlanger auch das Schwert von Gwyn rauben lassen. Um es zurückzugewinnen, bin ich hergekommen. Ich muss berichten, dass bei der folgenden Auseinandersetzung Eadweard den Tod gefunden hat. Ich nehme an, Ihr werdet seinen Tod ebensowenig bedauern wie ich, denn er hat Euch an Artus verraten und wollte ihm überdies mein Schwert, das über gewisse magische Eigenschaften verfügt, zuspielen. Als ich hörte, dass Ihr an der Spitze Eures Heeres anrückt, habe ich mich davon überzeugt, dass Euch die Burgbesatzung, lauter brave Männer, treu ergeben ist. Tretet ein, Majestät und nehmt Burg Cotswoods in Besitz."

Cretta warf Dagonet einen erstaunten Blick zu, dann ging er durch das Tor. Die Männer seiner Garde hielten sich dicht an ihn und hoben ihre Schilde, um ihren König vor einem Pfeilschuss aus dem Hinterhalt zu schützen. Es zeigte sich aber bald, dass keine Gefahr drohte. Die Burgbesatzung brach in Hochrufe auf den König aus und auch die Weiber stimmten in das Jubelgeschrei ein. Cretta betrachtete den Leichnam Eadweards und drehte ihn mit dem Fuß um, damit er das Gesicht sehen konnte. Dann winkte er den Kommandanten der Burgbesatzung zu sich und führte zuerst mit diesem und dann auch mit Aelfric ein langes Gespräch. Dabei sahen sie immer wieder zu Dagonet herüber.

Schließlich kam der König zu Dagonet, der geduldig am Tor gewartet hatte, zurück. „Entweder diese Männer sind verrückt, was ich nicht glaube, oder Ihr habt wahre Heldentaten vollbracht, Prinz Dagonet. Man hat mir erzählt, Ihr hättet ganz allein Lord Eadweard und fünf Dämonen, die ihm gedient haben, überwunden. Stimmt das?"

„Es stimmt, Majestät, aber ich hatte tatkräftige Unterstützung." Dagonet deutete auf seine Gefährten. „Das ist meine Gefährtin Glynis, die Dame meines Herzens. Ohne ihre umsichtige Hilfe wäre ich verloren gewesen."

Cretta sah Glynis erstaunt an, dann verbeugte er sich höflich und sagte: „Es ist mir eine Ehre, Euch kennenzulernen, Lady Glynis."

Es war das erste Mal in ihrem Leben, dass Glynis als Lady tituliert wurde und das noch dazu von einem König. Sie wurde blutrot, sank in die Knie und flüsterte: „Majestät."

„Erhebt Euch, Mylady", sagte Cretta huldvoll und half ihr hoch.

„Dieser Junge", fuhr Dagonet fort, „ist mein getreuer Knappe Earvin, der in keiner Gefahr von meiner Seite gewichen ist. Aus ihm wird gewiss einmal ein vortrefflicher Ritter werden."

Lham-Dearg brachte einen formvollendeten Kratzfuß zustande. Der König tätschelte ihm die Wange und sagte: „Brav, brav." Dagonet rechnete es Lham-Dearg hoch an, dass er bei dieser vertraulichen Berührung durch einen Menschen nicht zurückgezuckt war.

„Nun, da alles ein glückliches Ende gefunden hat", sagte Dagonet, „bitte ich Eure Majestät, mich zu beurlauben. Ich will so rasch als möglich weiterreisen."

„Das kommt nicht in Frage", erklärte Cretta entschieden. „Wir haben noch einiges zu besprechen, mein Prinz, aber vorher wollen wir feiern." Er hob die Stimme: „Lasst uns feiern, meine getreuen Untertanen, meine getreuen Soldaten, und lasst uns diesen Helden rühmen, damit die Sänger künftigen Generationen von seinen Taten berichten mögen." Dabei legte er seinen Arm um Dagonets Schulter. Lautes Freudengeschrei antwortete ihm. Dagonet sah verzagt nach Earvin, aber der zuckte nur mit den Schultern. Aus der sofortigen Abreise würde wohl nichts werden.

36

Die Feiern dauerten drei Tage und drei Nächte. Crettas Heer hatte sich nämlich auf eine längere Belagerung eingestellt und daher genügend Proviant und Getränke mitgebracht. Die inhaftierten Mädchen wurden freigelassen und beteiligten sich so ausgelassen an den Festlichkeiten, dass die allermeisten von ihnen danach keine Gefahr mehr für einen Dämon darstellten, wie Lham-Dearg zufrieden anmerkte.

König Cretta nahm Dagonet beiseite und befragte ihn nach seinen Zukunftsplänen. Dagonet erzählte ihm wahrheitsgemäß, dass er beabsichtige, sich in Gallien niederzulassen und mit Glynis eine Familie zu gründen.

„Aber warum in Gallien?", rief Cretta. „Dort leben lauter Franken, die sich aufführen, als ob sie Römer wären. Die sind nicht viel besser als die Briten. Es wird Euch dort nicht gefallen. Warum wollt Ihr nicht bei mir bleiben? Einen Mann wie Euch hätte ich gerne an meiner Seite, bei den schweren Zeiten, die uns wahrscheinlich bevorstehen. Ich gebe Euch die Herrschaften von Waddington und Cotswoods. Außerdem ist in meinem Rat ein Platz freigeworden, nachdem Sachso überraschend verstorben ist. Den sollt Ihr haben. Damit würdet Ihr zu einem der bedeutendsten Lords in meinem Reich aufsteigen. Das brächte Euch auch in keinen Konflikt mit Eurem königlichen Bruder. Denn zwischen unseren Reichen besteht kein Zwist. Ganz im Gegenteil, wir werden eng zusammenstehen müssen, wenn die Invasion der Briten unter Artus beginnt. Außerdem ist ja auch die Königin von Gwyn eine Verwandte von uns. Überlegt Euch mein Angebot!"

Dagonet geriet in Versuchung. Er fragte Glynis, was sie davon halte. Der Gedanke, als Lady Glynis die Frau eines wichtigen Lords zu sein, schien ihr zu gefallen. Dennoch enthielt sie sich der Stimme und sagte, dass Dagonet allein entscheiden möge, sie würde ihm folgen, wohin auch immer er ginge. Also fragte Dagonet Lham-Dearg um seine Meinung. Earvin sah ihn zutiefst befremdet an. „Was schert es mich, wofür du dich entscheidest? Für mich ist Lindsey genauso ein elender Ort, wie ganz Gallien."

„Wenn ich hier bleibe, könnten wir schon jetzt davon ausgehen, dass Glynis und ich in Sicherheit sind", versuchte Dagonet den Dämon zu beeinflussen. „Dann könnte ich dich schon jetzt freilassen. Was meinst du?"

Earvin sah ihn mit gerunzelter Stirn an, murmelte etwas Unverständliches und ging fort.

Hätten ihm seine Gefährten dazu geraten, zu bleiben, so hätte Dagonet es wahrscheinlich getan. Aber so entschloss er sich schweren Herzens dazu, bei seinem ursprünglichen Plan zu bleiben, die Vergangenheit gänzlich hinter sich zu lassen und neu anzufangen.

Es kostete ihn viel Mühe und Diplomatie, dem enttäuschten Cretta seine Entscheidung beizubringen. Schließlich gab der König nach, bestand aber darauf, Dagonet von einer Eskorte zur Küste bringen zu lassen, wo ein Schiff für ihn bereit sein werde. Das bedeutete für Dagonet eine weitere Verzögerung. Aber er wollte nicht offenlegen, dass ein Dämon zu seinen Diensten stand, um ihn im raschen Flug nicht nur an die Küste sondern auch übers Meer nach Gallien zu bringen. Es blieb ihm also nichts anderes übrig, als Cretta zu danken und sich samt Eskorte auf die Reise zu machen.

Sie folgten dem Lauf des Flusses Witham, der die südliche Grenze des Königreiches Lindsey bildete, bis sie eine Bucht erreichten, in welcher der Witham ins Meer mündet. Besonders der letzte Teil der Reise erwies sich als beschwerlich. Es gab zwar eine Straße, die noch aus der Römerzeit stammte, die aber in schlechtem Zustand war und zuletzt in sumpfigem Gelände verschwand. Als sie ihr Ziel erreichten, war von dem versprochenen Schiff weit und breit noch nichts zu sehen. Sie errichteten ihr Lager daher auf einer trockenen Erdaufschüttung, die schon römischen Truppen als temporäres Quartier gedient haben musste, wie die verrotteten Reste eines Palisadenzaunes belegten, und warteten ab.

Dagonet war schon unterwegs aufgefallen, dass sich Glynis und Lham-Dearg anzufreunden schienen, soweit das zwischen einem Dämon und einem Menschen überhaupt möglich war. Glynis saß während der Rast- und Ruhezeiten häufig mit dem Knappen Earvin zusammen, der eifrig auf einem Blatt Pergament kritzelte.

„Es ist rührend, wie Lady Glynis versucht, diesem unbedarften Jungen das Schreiben beizubringen", bemerkte einmal der Kommandant der Eskorte zu Dagonet.

Dagonet hatte seine Zweifel, denn er wusste, dass Glynis weder lesen noch schreiben konnte. Also fragte er Glynis, was sie so viel mit Lham-Dearg zu schaffen habe.

„Er will viele Dinge wissen", berichtete Glynis, „vor allem über das Verhältnis zwischen Männern und Frauen. Er schreibt sich alles auf, was ich ihm erzähle. Bei den Dämonen gibt es nämlich keine zwei Geschlechter. Frauen sind überhaupt die interessanteren Menschen, sagt er, viel interessanter als Männer. Es lohne sich daher, ihre Seele zu erforschen."

„Da wünsche ich ihm viel Glück", lachte Dagonet. „Er wäre der erste, Mensch oder Dämon, der damit Erfolg hat."

Am dritten Tag ihres Aufenthaltes meldete man Dagonet, ein Fremder sei ins Lager gekommen und wolle ihn sprechen. Er bringe angeblich Nachrichten aus Gwyn. Dagonet ließ den Mann zu sich bringen und erkannte in ihm sofort den Hauptmann der königlichen Leibwache, die ihn einst aus Gwyn fortgewiesen hatte.

„Godulf", rief er überrascht. „Du bist weit weg von Zuhause. Wie hast du mich gefunden?"

„Das war nicht schwer, mein Prinz", antwortete Godulf. „Die Nachrichten von Euren Taten haben sich im ganzen Land verbreitet und auch Gwyn erreicht. König Cretta hat mir schließlich den Weg gewiesen, den Ihr genommen habt."

„Ich wusste nicht, dass ich so bekannt bin", staunte Dagonet. „Was bringst du mir aus Gwyn?"

„Schlechte Nachricht, mein Prinz. Euer Bruder, König Artair, ist tot."

„Artair ist tot?", rief Dagonet erschrocken. „Wie ist das geschehen?"

„Ein Reisender hat uns von Euren Abenteuern im Feldlager von König Artus berichtet. Er hat erzählt, Artus habe versucht, Euch zum Narren zu machen, Ihr aber hättet ihn beschämt, indem Ihr bei einem Turnier einen seiner gewaltigsten Kämpfer überwunden hättet. König Artair hat daraufhin ebenfalls ein Turnier veranstaltet. Er hat das wohl getan, um Königin Lilias, die ständig von Euch gesprochen hat, zu gefallen. Dabei ist es zu dem Unglück gekommen. Altair hat es sich nämlich nicht nehmen lassen, mitzumachen. Noch ehe er seinen Gegner erreicht hat, ist sein Pferd aber in ein Erdloch getreten, gestürzt und hat den König abgeworfen. Diese Turnierhelme mögen zwar vor Schwerthieben schützen, wenn man kopfüber in den harten Sand stürzt, sind sie hingegen von Nachteil. Altair hat sich das königliche Genick gebrochen und war auf der Stelle tot."

Dagonet hatte seinen älteren Bruder stets gemocht und war über dessen Tod aufrichtig betrübt. „Was wird jetzt in Gwyn?", fragte er. Es fiel ihm dabei gar nicht auf, wie distanziert er von seiner ehemaligen Heimat sprach, so als ob Gwyn irgendein beliebiges Reich wäre. „Wer wird jetzt die Regentschaft übernehmen?"

„Das liegt wohl auf der Hand, mein Prinz. Die Großen des Reiches haben mich ausgesandt, um Euch zurückzuholen. Auch Königin Lilias, die inzwischen einen Sohn geboren hat, erwartet sehnlichst Eure Rückkehr." Godulf sank in einer dramatischen Geste vor Dagonet in die Knie und rief: „Ich grüße Euch, Dagonet, den Siegreichen, König von Gwyn!"

Dagonet war von den Ereignissen überwältigt. „Halt ein!", rief er spontan. „Ich habe andere Pläne. Schon in den nächsten Tagen will ich auf ein Schiff gehen und dieses Land für immer verlassen!"

„Ihr könnt Euch Eurer Bestimmung nicht entziehen, mein Prinz", antwortete ihm Godulf ernst. „Euer Land braucht Euch. Der Adel respektiert Euch wegen Eurer Heldentaten und das Volk liebt Euch. Königin Lilias und ihr Sohn brauchen Euch ebenfalls. Die Königin hat mir diesen Brief für Euch mitgegeben." Er zog einen Brief hervor, der mit einem roten Band umwunden war, reichte ihn Dagonet und senkte die Stimme: „Alles was Ihr Euch je gewünscht habt, kann wahr werden, mein Prinz. Ihr wisst, wovon ich spreche."

Zögernd nahm Dagonet den Brief entgegen. Dabei fiel sein Blick auf Glynis, die unbeachtet in einer Ecke des Zeltes kauerte. Was er sah, berührte ihn zutiefst. Glynis war totenbleich, sie hatte die Hände im Schoß verkrampft und den Kopf gesenkt. Obwohl kein Laut über ihre Lippen kam, war Dagonet, als ob Tränen über ihr Gesicht rannen.

Man sollte meinen, es wäre für ihn eine schwere Entscheidung gewesen, ein Königreich wegzugeben und auf eine Königin zu verzichten, die er einst geliebt hatte. Man könnte auch meinen, der Appell an sein Pflichtgefühl und das, was von ihm erwartet wurde, ließen ihm gar keine Wahl. Dagonet empfand es nicht so. Er fühlte fast eine Art von Erleichterung, weil ihm die Möglichkeit geboten wurde, sich endgültig von seiner Vergangenheit und der Schuld, die er auf sich geladen hatte, zu befreien.

„Ich danke den Edlen von Gwyn für ihr Vertrauen und Euch für Eure guten Worte, Godulf", sagte er. „Trotzdem kann ich Euch nicht nach Gwyn folgen, denn ich habe bereits gefunden, wonach ich mich immer gesehnt habe. Mein Leben hat eine andere Bahn genommen, die ich nicht ändern kann und auch gar nicht ändern will. Überbringt Königin Lilias meine brüderlichen Grüße und meine Wünsche für eine glückliche Zukunft, sobald die Trauer um ihren Gemahl vorüber ist." Mit diesen Worten trat Dagonet an das Kohlebecken, warf den Brief hinein und sah schweigend zu, wie er zu Asche zerfiel.

Godulf wusste nicht, was er sagen sollte.

„Was wird jetzt in Gwyn?", fragte ihn Dagonet. „Wer wird die Regentschaft übernehmen? Ich kenne den Hof von Gwyn gut genug, um zu wissen, dass man auch für den Fall, dass ich nicht zurückkehre, schon Vorsorge getroffen hat."

Godulf senkte den Kopf. „Für diesen Fall", sagte er, „wurde bestimmt, dass ich gemeinsam mit der Königin die Regentschaft führen soll, solange bis der junge Prinz selbst den Thron besteigen kann. Ich gehöre nämlich nicht zu jenen Männern, aus deren Herkunft sich ein Anspruch auf den Thron ableiten ließe. Ihr wisst ja, wie sehr man in Gwyn darauf bedacht ist, Thronstreitigkeiten zu vermeiden."

„Ich weiß und ich weiß auch, dass du das Amt des Regenten mit der größten Umsicht und Loyalität ausüben wirst. Gwyn ist in guten Händen." Dagonet umarmte Godulf und fügte hinzu: „Wir nehmen nun zum zweiten Mal voneinander Abschied, mein Freund, und diesmal wird es für immer sein."

„Jetzt wollen wir auch unser Gepäck erleichtern", verkündete Dagonet, nachdem sich Godulf entfernt hatte. Er faltete sorgsam die beiden Umhänge zusammen, die ihnen Niamh gegeben hatte und legte die Kristallkugel darauf. „Lady Niamh!", rief er mit halblauter Stimme.

Sofort erschien in der Kugel ein gestochen scharfes Bild. Niamh saß auf ihrem Thron, umgeben von den zwei Bären und Acca. Zu ihren Füßen kauerte Marcus und hatte den Kopf an ihre Knie gelehnt. Niamh streichelte zärtlich über seine Haare. Marcus schaute so verzückt, dass es fast schon blöd wirkte.

Niamh hob den Kopf und fragte: „Bist du das schon wieder, Dagonet? Was willst du?"

„Ich wollte mich davon überzeugen, dass Marcus und Acca wohlbehalten zu Euch zurückgelangt sind."

„Das sind sie, wie du siehst."

„Ich wollte Euch auch mitteilen, dass unsere Mission erfolgreich war. Glynis und ich haben Lham-Dearg befreit."

„Auch davon habe ich schon gehört."

„Schließlich will ich Euch die Zauberdinge zurückgeben, die Ihr mir überlassen habt. Sie waren sehr hilfreich, und ich danke Euch dafür."

Niamh runzelte unwillig die Stirn. „Das musst du nicht, Dagonet. Sie gehören euch. Du und Glynis, ihr habt den Preis dafür bezahlt. Ihr könnt unsere Vereinbarung nicht rückgängig machen, indem ihr sie zurückgebt."

„Wir stellen die Vereinbarung, die wir getroffen haben, nicht in Frage, Mylady. In der Stunde unseres Todes mögt Ihr kommen und uns holen, damit wir Euch dienen, solange es den Zauberwald gibt. Bis dahin aber will ich mit Zauberei nichts mehr zu tun haben."

„Du bist ein Tor", schalt ihn Niamh. „Aber gut, wie du willst!" Sie machte eine Handbewegung und schlagartig verschwanden die Umhänge, die Zauberkugel und mit ihr Niamhs Bild.

„Du gibst alles weg", flüsterte Glynis. „Ein Königreich, die Herrschaften, die dir Cretta angeboten hat und jetzt auch Niamhs wundersame Geschenke. Warum tust du das? Ist es meinetwegen?"

Dagonet küsste sie zärtlich auf den Mund. „Es ist unseretwegen. Wir brauchen das alles nicht, solange wir nur einander haben. Denn die Zeit der Versuchungen, der Zweifel und des ratlosen Umherirrens ist nun endgültig vorüber. Eines bleibt nur noch zu tun." Er sah Earvin an.

„Noch nicht", sagte dieser. „Noch sind wir nicht in Gallien, und ich habe mit Glynis noch einiges zu bereden."

In diesem Augenblick rief ein Ausguck, ein Schiff navigiere durch die Untiefen des Wattmeeres und nähere sich der Bucht.

37

Der Rest der Geschichte ist rasch erzählt. Die Gefährten erreichten wohlbehalten die Küste Galliens und gingen an jener Stelle an Land, die von den Römern Portus Itius genannt worden war. Von dort zogen sie ins Landesinnere, wo Dagonet ein hübsches Landgut erwarb, was ihm Dank der Großzügigkeit König Crettas, der ihn reich belohnt hatte, möglich war. Bald darauf wurde Dagonet und Glynis ein Sohn geboren, den sie Earvin nannten.

„Wir hätten ihn gerne Lham-Dearg genannt", erklärte Dagonet. „Aber der Priester hat gesagt, das sei kein richtiger Name, wir sollten unser Kind nach einem Heiligen benennen. Also haben wir uns für Earvin entschieden. Das ist zwar auch kein Heiliger, zumindest keiner, den der Priester kannte, aber er hat nachgegeben und das Kind auf diesen Namen getauft."

Dagonet und Glynis waren nämlich kurz nach ihrer Ankunft zum Christentum übergetreten, weniger aus Überzeugung, sondern mehr, um sich ihrer Umgebung anzupassen. Die benachbarten Gutsbesitzer nahmen auch wohlwollend zur Kenntnis, dass sich die Neuankömmlinge dem einzig wahren Glauben angeschlossen hatten.

Die Frage, ob Lham-Dearg gerührt war, weil seine beiden Schützlinge ihr Kind nach ihm benannt hatten, lässt sich nicht eindeutig beantworten. Die Tatsache, dass er seine sonst üblichen bissigen Kommentare unterließ, als ihm Dagonet davon erzählte, lässt aber darauf schließen, denn er murmelte nur etwas Unverständliches in seinen Bart. Lham-Dearg hatte nämlich seinen Habitus als Knappe aufgegeben und erschien nunmehr in Gestalt eines würdigen älteren Herrn mit Rauschebart, den Dagonet seinen Besuchern als seinen Onkel Sir William vorstellte.

Überhaupt schien es Lham-Dearg auf einmal gar nicht mehr so eilig zu haben, seine Schützlinge zu verlassen, obwohl ihnen keine Gefahr mehr drohte. Dagonet, dem dies sehr sonderbar vorkam, ergriff schließlich die Initiative. „Lham-Dearg", sagte er mit ernster Stimme. „Glynis und ich sind dir für deine Fürsorge zu großem Dank verpflichtet, und wir haben dich gern um uns. Dennoch ist es hoch an der Zeit, dass wir unser Geschäft zu Ende bringen. Was muss ich tun, um dich freizugeben, damit du in deine geliebten Feuerschlünde zurückkehren kannst?"

„Hast du es so eilig, mich loszuwerden?", fragte Lham-Dearg.

„Überhaupt nicht", versicherte Dagonet und Glynis fügte hinzu: „Wir haben dich nämlich sehr lieb gewonnen, Onkel William", wobei sie ihn auf die Wange küsste, dort wo sie nicht vom Bart bedeckt war.

Das war für Lham-Dearg denn doch zu viel. „Nun gut", sagte er, wischte sich unauffällig über die Wange und reichte Dagonet ein Tontäfelchen. „Du musst nur diese Worte aussprechen und hinzufügen: ‚Ich entlasse dich aus deinen Verpflichtungen‘." Er machte eine abwehrende Handbewegung. „Schaut mich nicht an, als ob dies ein Begräbnis wäre, und verzichtet auf weitere Rührseligkeiten. Tu einfach, was ich dir gesagt habe, Dagonet."

Dagonet tat, was ihm aufgetragen worden war. Er las die geheimnisvollen Worte von der Tontafel ab und fügte die Freilassungsformel hinzu. Er und Glynis hatten erwartet, der Dämon würde daraufhin auf der Stelle verschwinden. Aber nichts dergleichen geschah. Lediglich die Tontafel zerfiel in Dagonets Hand zu Staub. Sir William reckte und streckte sich, als ob er von einer schweren Last befreit sei und verkündete: „Ihr glaubt nicht, wie gut das tut, endlich wieder ein freier Dämon zu sein!"

Dagonet beging nicht die Taktlosigkeit zu fragen: „Wieso bist du dann noch da?", sondern er erkundigte sich bloß: „Was hast du jetzt vor?"

„Ich bleibe noch ein wenig hier, wenn ihr nichts dagegen habt", entgegnete Sir William. „Jetzt, da ich nicht mehr an die Hundert-Schritte-Regel gebunden bin, will ich unter die Leute gehen."

„Du willst die Bekanntschaft von Leuten machen?", fragte Dagonet zutiefst verblüfft. „Ich dachte, du verabscheust uns Menschen!"

„Oh, ich verabscheue euch Menschen zutiefst", versicherte Lham-Dearg. „Die einen mehr, die anderen weniger, die meisten aber eher mehr. Dennoch muss ich noch Material sammeln. Nach meiner Rückkehr ins Reich der Dämonen habe ich nämlich die Absicht, an der dortigen Universität einen Lehrstuhl für Menschenkunde zu gründen und ein Standardwerk über dieses Thema zu schreiben. Das wird mir noch größeren Ruhm einbringen, als es meine Taten als Kriegerdämon schon getan haben."

„Du glaubst, das interessiert deine Brüder, oder was immer sie auch sein mögen, wirklich?", fragte Dagonet skeptisch.

„Ich habe einen Dämon gekannt", erklärte Lham-Dearg, „der hat eine Abhandlung über das Gewürm geschrieben, das in den Schlünden der Tiefe haust. Es hat ihm große Anerkennung eingebracht. Warum sollte das nicht auch mit Menschen funktionieren?"

„Du bist ja doch nur ein garstiger Dämon", sagte Dagonet, den es ärgerte, mit einem Gewürm verglichen zu werden, aber Glynis flüsterte ihm zu: „Er hat es sicher nicht böse gemeint."

Sir William entfaltete ein reges gesellschaftliches Leben. Er wurde zu einem gern gesehenen Gast auf den umliegenden Gutshöfen und Herrensitzen, weil sich mit ihm vortrefflich über die verschiedensten Themen disputieren ließ und sein schrulliger Humor die Gesellschaft erheiterte. Immer wenn er nach Hause kam, zog er sich in seine Kammer zurück und machte sich bis ins Morgengrauen Aufzeichnungen. Sein Manuskript wurde dicker und dicker.

Er ging sogar so weit, sich mit dem Priester anzufreunden, der die Kirche in dem nahegelegenen Marktfleck betreute. Als ihm der heilige Mann die Kirche zeigte, bestaunte Lham-Dearg die neuen Fresken, auf die der Priester sehr stolz war. „Was ist das?", fragte Lham-Dearg und deutete auf gehörnte und geflügelte Gestalten, die sich im lodernden Feuer tummelten. „Diese Wesen erinnern mich an Dämonen."

„Es sind Teufel", antwortete ihm der Priester. „Aber Ihr habt recht, es sind auch Dämonen."

„Warum", fragte Lham-Dearg erstaunt, „habt Ihr in Eurem Tempel Bilder von Dämonen?"

„Um den Menschen vor Augen zu führen, welches Schicksal ihnen droht, wenn sie die Lehren der Kirche missachten. Sie kommen dann nach ihrem Tod in die Unterwelt, die wir Hölle nennen, und werden dort bis in alle Ewigkeit von Dämonen im ewigen Feuer gequält."

Lham-Dearg, den sonst nichts so leicht aus dem Gleichgewicht bringen konnte, war wegen dieser Unterstellung zutiefst erschüttert. Keinem Dämon, der bei Sinnen war, würde einfallen, so etwas Grausames und Sinnlosen zu tun.

„Manchmal kommen solche Dämonen auch auf die Erde", erzählte der Priester weiter, „aber es gibt Möglichkeiten, sich ihrer zu erwehren, wenn man fest im Glauben ist."

„Und das wäre?", fragte Lham-Dearg mit schwacher Stimme.

„Zuerst die Kraft des Gebetes", belehrte ihn der Priester, „und falls es nötig ist, könnt Ihr auch zu drastischeren Maßnahmen greifen." Er nahm den Deckel von einem Becken. „Seht her! Dies ist geweihtes Wasser. Wenn ein Dämon damit in Berührung kommt, geht er in Flammen auf und fährt heulend in die Unterwelt zurück."

Lham-Dearg, der als wahrer Forscher keine Gefahren scheute, tunkte vorsichtig einen Finger ins Wasser und machte sich auf das Schlimmste gefasst. Nichts geschah. „Ihr seid ja auch kein Dämon, Sir William", lachte der Priester, „sondern ein guter Christenmensch."

„Wie wahr", bestätigte Lham-Dearg erleichtert. „Ich bin weit herumgekommen und habe viel gesehen, aber ich fürchte, in Dingen des Glaubens war ich etwas nachlässig. Ihr seid eine wahre Quelle der Weisheit und des Wissens, mein Freund, deshalb bitte ich Euch, erzählt mir mehr über Eure Religion."

Lham-Dearg brauchte mehrere Nächte, um alles aufzuschreiben, was ihm der Priester erzählt hatte, und noch länger, um seine theologisch mehr als bedenklichen Kommentare hinzuzufügen.

Dann ergab sich eine weitere Komplikation. Denn eine Witwe, die in der Nähe wohnte, hatte Gefallen an dem stattlichen Sir William gefunden und kam schließlich öfter zu Besuch, als es durch die nachbarschaftliche Etikette zu rechtfertigen war.

Glynis sah sich veranlasst, dem ahnungslosen Lham-Dearg die Augen zu öffnen. „Onkel William", sagte sie – so pflegte sie ihn nämlich zu nennen – „dir ist sicher aufgefallen, dass die Witwe Margot oft zu uns kommt."

„Eigentlich nicht", antwortete Lham-Dearg. „Was will sie denn?"

„Sie will dich, Onkel William."

„Was soll das heißen?", fragte Lham-Dearg beunruhigt.

„Du hast dich doch immer für die Beziehung zwischen Männern und Frauen interessiert und dazu viele Beobachtungen aufgeschrieben. Nun bietet sich dir die Möglichkeit, zu einer praktischen Erprobung deines Wissens. Mit anderen Worten, du könntest selbst die fleischliche Seite einer solchen Beziehung erleben. Margot würde sicher nicht ‚nein' sagen. Ich glaube, du wärst der erste Dämon, der so eine Erfahrung macht und mit allem wissenschaftlichen Ernst ergründet."

Nun scheute Lham-Dearg – wie bereits gesagt – als wahrer Forscher keine Gefahr, aber das war ihm endgültig zu viel. Am nächsten Tag erklärte er, für ihn sei es an der Zeit, nach Hause zurückzukehren. Nachdem er sich von Dagonet, Glynis und allen seinen zahlreichen Bekannten, nur nicht von der Witwe Margot, gebührend verabschiedet hatte, ging er auf Reisen, und wurde nicht mehr gesehen.

Dagonet, und auch der kleine Earvin vermissten ihn anfangs sehr, aber es war ja von Anfang an klar gewesen, dass er nicht für immer bei ihnen bleiben konnte.

Aus Britannien kamen gelegentlich Nachrichten über die dortigen Ereignisse. Artus überschritt mit seinem Heer den Dubglas und wurde vom Heer Crettas zurückgeworfen. Artus schlug am Dubglas vier Schlachten, konnte aber das Königreich Lindsey nicht bezwingen. Auch seinen übrigen militärischen Aktionen war, obwohl er einige Gefechte gewann, kein dauerhafter Erfolg beschieden. Sein Vorhaben, die angelsächsischen Königreiche niederzuwerfen, scheiterte. Am Ende kam es so, wie es Morgana vorhergesagt und wahrscheinlich auch herbeigeführt hatte. Der Ehebruch seiner Frau mit Sir Lancelot wurde offenkundig, er verfeindete sich mit Lancelot und sein Herrschaftsgefüge brach zusammen. Über die Taten von Artus und sein Schicksal, ebenso über die Taten seiner Ritter, wurden und werden viele wundersame und manchmal ganz unterschiedliche Geschichten erzählt. Nur in einem Punkt sind sich alle einig. In einer letzten Schlacht an jenem Ort, den man Camlann nennt, wurde Artus tödlich verwundet und in die Anderswelt geholt. Es scheint, die Dame vom See hat den Preis für das Schwert Excalibur am Ende doch noch eingefordert.

Wäre dies ein Märchen, so könnte man die Geschichte von Dagonet und Glynis mit den Worten beenden: „Sie lebten glücklich bis ans Ende ihrer Tage."

Das wäre auch durchaus zutreffend, nur leider kam dieses Ende rascher als vorhersehbar war. Dagonet hatte begonnen, ein Handelsunternehmen aufzubauen. Als der kleine Earvin gerade fünf Jahre alt war, ließen ihn Dagonet und Glynis in der Obhut verlässlicher Bediensteter zurück und reisten an die Küste, nach Portus Itius. Dort sollte ein Schiff vor Anker gehen, an dessen Ladung Dagonet interessiert war. Glynis kam mit, um die kostbaren Stoffe zu begutachten, die Teil der Ladung waren. Das Schiff, das tief im Wasser lag, mied die seichte Küste und ankerte ein Stück draußen auf dem Meer. Dagonet und Glynis setzten mit einem Boot über, was völlig ungefährlich schien, weil Windstille herrschte und das Meer spiegelglatt war. Dann tauchte plötzlich wie aus dem Nichts eine Welle auf, wuchs zu unglaublicher Größe heran und raste auf die Küste zu. Das Schiff kenterte und sank auf den Grund des Meeres. Dagonets Boot wurde in einem Wimpernschlag zerschmettert. Er und Glynis wurden nie gefunden.

Zum Glück war der Baron, in dessen Herrschaftsgebiet sich Dagonet und Glynis niedergelassen hatten, ein rechtschaffener Mann, der Dagonet gemocht hatte. Er sicherte dem verwaisten Earvin nicht nur sein Erbe, sondern nahm ihn auch an Kindesstatt an und sorgte für eine gute Erziehung. Noch heute leben in Frankreich Nachkommen Earvins und gehören zur angesehensten Familie des Landes.

Wäre dies ein Märchen, so hätte man auch mit den Worten schließen können: „Und wenn sie nicht gestorben sind, so leben sie noch heute", und vielleicht wäre auch daran etwas Wahres gewesen.

Epilog

Die Zubringerstraße zur Autobahn A1 näherte sich ihrer Vollendung. Lediglich bei einem kurzen Teilstück war es zu einer Verzögerung gekommen. Dort befand sich der Rest eines alten Waldes, der aus kaum mehr als einer größeren Baumgruppe bestand. An diesem unbedeutenden Stückchen Natur hatte sich der Konflikt zwischen Naturschützern und den Bautrupps entzündet. Die Aktivisten, die gegen Autobahnen im Allgemeinen und gegen das Fällen von Bäumen im Besonderen auftraten, forderten, man möge das Wäldchen umgehen. Das war natürlich völlig unsinnig, denn dadurch wären nicht nur immense Kosten entstanden, sondern auch die Straße hätte einen Verlauf genommen, der dem flüssigen Dahingleiten des Verkehrs abträglich gewesen wäre. Außerdem hatten sämtliche dafür zuständigen Behörden und Gerichte der Abholzung dieser störenden Gewächse zugestimmt. Man hatte versucht, die Naturschützer dadurch zu besänftigen, dass man versprach, die dreifache Anzahl der gefällten Bäume an einem Ort, wo sie nicht weiter störten, anzupflanzen, damit sie im Laufe von Jahren und Jahrzehnten heranwachsen konnten. Es hatte nichts genützt. In einer letzten Protestaktion veranstalteten diese Störenfriede einen Sitzstreik, ja manche ketteten sich sogar an den Bäumen fest. Die Polizei hatte erhebliche Mühe, sie zu entfernen und fortzutragen, denn sie weigerten sich, selbst zu gehen. Dabei schrien sie laute Parolen und riefen die anwesenden Pressevertreter zu Zeugen der an ihnen geübten Polizeigewalt auf.

Als das Gelände schließlich geräumt war, wollte man keine Zeit mehr verlieren. Mehrere mit Kettensägen ausgerüstete Teams machten sich über die Bäume her und brachten einen nach dem anderen zu Fall. Baufahrzeuge standen bereit, um die Baumleichen wegzuschleppen, andere, um danach die Wurzelstrunke aus dem Boden zu reißen.

Zum Schluss war nur noch eine mächtige Eiche übrig, die im Zentrum des geschändeten Waldes stand. Als auch sie sich neigte und mit Krachen und Blätterrauschen zu Boden stürzte, ertönte ein Schrei, der sich fast wie der Wehschrei einer Frau anhörte.

Dann war es einen Augenblick ganz still. Aus der Krone des gefallenen Baumes stiegen Lichtfunken empor. Man konnte nicht genau erkennen, worum es sich dabei handelte. Sie wirkten wie Glühwürmchen, die sonderbarerweise auch am Tag leuchteten, oder Schmetterlinge, die zur Sonne emporstiegen. Der Chef des Bautrupps sah ihnen nach. „Verdammtes Ungeziefer", sagte er zu dem Mann neben ihm. „Wahrscheinlich war das ganze Holz ohnehin von Schädlingen befallen. Es ist nicht schade darum."

Aus den Staubwolken, die über dem Gelände hingen, traten drei Menschen und sahen sich verstört um. Sie waren in eigenartige Gewänder gehüllt, die aus Gräsern und Moos gewebt schienen. „Wo sind wir hier?", fragte die Frau mit zitternder Stimme. „Sind wir tot?"

„Ich glaube schon", antwortete einer ihrer Begleiter. „Die Welle hat uns in die Tiefe gerissen und alles was danach kam, erscheint mir, wie ein undeutlicher Traum."

„Dann sind wir in der Hölle der Christen", antwortete die Frau verzagt. „Der Priester hat recht gehabt, es wäre besser gewesen, ihm zu glauben."

„Ja, genau so hat er es geschildert", bestätigte Dagonet.

Der nackte Boden war kahl und aufgewühlt. In der Ferne ragten kalte drohende Türme in die Höhe und ein Geruch nach Höllenfeuern hing in der Luft. Es roch so ähnlich wie verbranntes Öl. Stinkende Rauchschwaden zogen über den Grund und verschlugen ihnen den Atem. Männer waren zu sehen, die genauso gut Dämonen sein konnten. Sie hatten die Köpfe mit sonderbaren runden Helmen bedeckt und manche trugen kurze stumpfe Schwerter, die hungrig aufkreischten, wenn ihre Träger damit einen Stamm zerschnitten, als ob er aus Butter wäre. Ringsum standen gewaltige Ungeheuer, die Dagonet mit großen leuchtenden Augen anstarrten. Der Anführer der Teufel hob in einer gebieterischen Geste die Hand. Die ruhenden Ungeheuer heulten machtvoll auf und erwachten zum Leben. Glynis schrie entsetzt auf und klammerte sich an Dagonet. Eines der Ungeheuer hatte sie nämlich bemerkt und kam auf sie zu. Es hatte keine Beine, sondern bewegte sich auf Schuppen, die über den Boden glitten. Auf einem grotesk langen Hals saß ein riesiges Maul mit Zähnen, so groß wie sie Dagonet noch nie gesehen hatte. Das Ungeheuer kam mit einem Ruck vor ihnen zum Stehen und brüllte sie drohend an. Seine Stimme klang wie ein ganzes Dutzend misstönender Trompeten.

Jetzt erst merkte Dagonet, dass die Bestie von einem der Dämonen geritten wurde. „Verschwindet, ihr verrückten Freaks", schrie der Führer des Baggers. „Steht uns nicht im Weg herum, hier gibt es nichts mehr für euch zu holen."

Die Sprache klang für Dagonet vertraut und gleichzeitig fremd. Er konnte nicht verstehen, was der Teufel zu ihm sagte, aber die Handbewegungen waren eindeutig. Er jagte sie weg. Dagonet fasste Glynis an der Hand und zog sie mit sich fort. Der zweite Mann folgte ihnen. Er murmelte ständig: „Ich bin Marcus Didius Secundus, Tribun der Zwanzigsten Legion. Ich fürchte weder Gefahr noch Tod." Das wiederholte er ständig, mantraartig, als ob nur mehr diese Worte seinen Faden zur Realität bildeten.

„Ich fürchte, er verliert den Verstand", flüsterte Glynis, während sie über eine Schutthalde stolperten. „Du solltest mit ihm reden."

„Was soll ich ihm sagen?", fragte Dagonet. „Soll ich ihm sagen, dass er im Straflager eines Gottes, den er nicht einmal gekannt hat, gestrandet ist? Glaubst du, es tröstet ihn, dass er für alle Ewigkeit hier bleiben muss? Da ist es ja fast besser, wenn er wirklich verrückt wird."

Trotzdem wandte sich Dagonet an Marcus und fragte: „Kennst du mich, Soldat?"

Marcus gewann ein Stück Realität zurück. „Ja", sagte er schließlich. „Ich kenne Euch. Ihr seid Dagonet, Prinz von Gwyn, der Held von Cotswoods."

„Richtig! Erinnerst du dich, dass wir schon einmal so ein Gespräch geführt haben? Damals, als dich Lady Niamh fortgeschickt hat, und du vergeblich deine Legion gesucht hast?"

„Lady Niamh!", rief Marcus. „Ich erinnere mich. Wo ist sie? Wo ist meine Geliebte?"

„Sie ist verschwunden, so wie auch deine Legion und alles andere verschwunden ist."

Marcus gab einen Klagelaut von sich. „Wo sind wir dann hier?"

„Ich weiß es nicht genau. Dies ist ein sonderbarer, schrecklicher Ort. Es wäre möglich, dass uns ein rachsüchtiger Gott, den wir erzürnt haben, hierher verbannt hat."

„Ihr meint den Hades?"

„Es wäre möglich. Wir werden es herausfinden. Bis dahin erwarte ich von dir, dass du dich der ruhmreichen zwanzigsten Legion würdig erweist, auch wenn sie längst vergangen ist, und du ihr letzter Soldat bist. Was immer auch auf uns zukommt, bewahre Haltung!"

„Ja, Herr", erwiderte Marcus folgsam und einigermaßen gefasst und legte die Faust auf die Brust.

„Etwas verfolgt uns!", rief Glynis und deutete zum Himmel. Dort war ein Geschöpf, das wie ein Fisch aussah, der seine Flossen knatternd über sich wirbelte. Das Untier schien sich wirklich für sie zu interessieren. Es kam näher, sank etwas herunter und begann sie zu umkreisen.

„Beachtet es gar nicht", befahl Dagonet. „Wenn es uns angreift, können wir ohnehin nichts dagegen tun. Keiner von uns hat eine Waffe."

„Verrücktes Volk, diese Naturschützer", lachte der Pilot des Polizeihubschraubers. „Hast du gesehen? Sie haben sich sogar Kleider aus Gras gemacht."

„Lass sie zufrieden", antwortete sein Copilot. „Die sind auf dem Weg nach Hause. Die machen keinen Ärger mehr."

Das fliegende Ungeheuer schien das Interesse an den Gefährten zu verlieren, drehte ab und verschwand in den Tiefen des Himmels.

Dagonet, Glynis und Marcus begannen einen Damm hinaufzuklettern, der sich endlos in beide Richtungen erstreckte. Plötzlich sagte Marcus: „Könnte es sein, dass wir nicht im Hades sind, sondern dass wir viele Jahre in die Zukunft geraten sind, so wie es mir schon einmal passiert ist?"

„Hast du das gehört?", wandte sich Dagonet verblüfft an Glynis. „Glaubst du, er könnte recht haben?"

Glynis schüttelte den Kopf. „Das ist schwer vorstellbar. Was wir hier sehen, kann doch nicht Menschenwerk sein. Das ist schwarze Magie."

„Und was, wenn sich die Menschheit die Magie, welche Farbe sie auch haben mag, nutzbar gemacht hat?"

„Wenn ich mir ansehe, was sie damit gemacht haben, müssen wir uns ernsthaft überlegen, ob der Aufenthalt in der Unterwelt nicht vorzuziehen wäre", entgegnete Glynis.

Sie hatten das Plateau des Dammes erstiegen. Oben verlief eine breite Straße von Horizont zu Horizont. „Das ist tatsächlich nicht Menschenwerk", befand Dagonet. „Das sind keine Steinplatten, wie sie die Römer so vortrefflich verlegt haben, sondern das ist eine glatte, absolut ebene Fläche. Sonderbar, sehr sonderbar. Und warum ist diese Straße so breit?" Wo mag sie wohl hinführen?"

„Da kommt etwas!", rief Marcus. Eine Gruppe von Wagen näherte sich. Sie fuhren mit rascher Geschwindigkeit und hatten keine Zugtiere. Es schienen auch gar keine richtigen Wagen zu sein, sondern sie waren selbst belebt. Sobald sie sich näherten, flammten ihre Augen nämlich drohend auf und sie kreischten vor Wut. Die Gefährten wichen erschrocken an den Straßenrand zurück.

„Hast du gesehen? Da sind Menschen drinnen", wunderte sich Dagonet.

„Vielleicht wurden sie von diesen Wagentieren gefressen", mutmaßte Glynis.

„Das glaube ich nicht", entgegnete Dagonet. Die Insassen wirken recht lebendig, und manche scheinen ausgesprochen zornig zu sein, denn sie drohen mit den Fäusten, wenn sie an uns vorüberhuschen."

Gejagt und bedrängt von den wütenden Wagentieren erreichten die drei Gefährten schließlich eine Bucht im Straßenverlauf, wo sogar eine Bank stand. Sie flüchteten sich in diesen sicheren Hafen und hockten sich auf die Bank.

„Was nun?", fragte Glynis verzweifelt. „Was sollen wir jetzt machen?"

Dagonet brauchte ihr nicht erklären, dass auch er ratlos war. Denn eines der Wagentiere brach aus der Reihe aus, glitt in die Parkbucht und blieb direkt vor ihnen stehen. Seine Haut hatte eine blaue Farbe und wies Narben und Beulen auf, die von heftigen Revierkämpfen zeugten. Ein Teil des Rumpfes öffnete sich und ein freundlicher alter Herr schaute heraus. „Kann ich euch mitnehmen?", fragte er.

Überrascht und freudig registrierte Dagonet, dass er die Sprache des Alten verstehen konnte. „Ihr seid sehr freundlich, guter Herr", sagte er. „Könnt Ihr mir sagen, wo wir hier sind? Ist dies das Königreich Lindsey, oder gar ein anderer unaussprechlicher Ort?"

„Das war einmal das Königreich Lindsey", gab der alte Mann Auskunft, ohne über die Frage erstaunt zu sein. „Aber das ist schon lange her. Jetzt ist es die Grafschaft Lincolnshire."

„Könnt Ihr mir sagen, in welcher Zeit wir sind?"

„Wir schreiben das Jahr 2020"

„Was bedeutet das?"

„Du bist doch Christ. Weißt du, wann Christus geboren wurde?"

„Das war, als in Rom Kaiser Augustus regiert hat", meldete sich Glynis, die den Erzählungen des Priesters aufmerksam gelauscht hatte, zu Wort.

„So ist es. Seither sind mehr als zweitausend Jahre vergangen."

„Das ist unfassbar", murmelte Dagonet. „Wir befinden uns also nicht in der Hölle, oder im Hades, sondern tatsächlich in der Zukunft."

„Das kommt darauf an, von welchem Standpunkt man es betrachtet", meinte der Alte. „In Wahrheit befindet ihr euch in der Gegenwart und kommt aus der Vergangenheit."

„Ihr redet sehr gelassen über Dinge, die Euch doch sehr sonderbar anmuten müssen, guter Herr", wunderte sich Dagonet, „auch sprecht Ihr eine Sprache, die wir verstehen. Darf ich Euch fragen, wer Ihr seid, und wohin Ihr uns mitnehmen wollt?"

„Das erzähle ich Euch unterwegs. Jetzt steigt einmal ein."

„Ich steige nicht in den Bauch dieses Untiers", entsetzte sich Glynis.

Dagonet fuhr mit der Hand vorsichtig über den Kopf des Wagens. Er fühlte sich glatt und warm an. „Ist dies ein Lebewesen?", fragte er den freundlichen Alten.

„So könnte man es nennen, obwohl es keinen Verstand hat. Es gehorcht nur meinem Willen, jedenfalls meistens. Manchmal entwickelt es allerdings Unarten, die mich an ein störrisches Pferd denken lassen."

Das Wagentier erzitterte, stieß ein lautes Husten aus und entließ aus seinem Hinterteil einen stinkenden Furz. Das schien die Aufmerksamkeit eines der vorbeirollenden Wagengeschöpfe zu wecken. Seine Haut wies ein auffallendes Muster auf, auf dem Kopf hatte es einen leuchtenden blauen Kamm und es stieß ein langgezogenes, furchteinflößendes Heulen aus. Die anderen Wagentiere schienen es auch tatsächlich zu fürchten. Sie verlangsamten ihre Geschwindigkeit, machten ihm respektvoll Platz und vermieden es, seinen Unmut zu erwecken. Der Polizeiwagen rollte in die Bucht und blieb stehen. Ein Beamter stieg aus und fragte: „Alles in Ordnung?" Seine Stimme klang so, als ginge er davon aus, dass dem nicht so sei.

„Es ist alles in Ordnung, Officer", versicherte der alte Herr. Unaufgefordert reichte er dem Beamten mehrere Schriftstücke, die aufmerksam studiert wurden.

„Danke, Sir William", sagte der Beamte, gab die Urkunden zurück und richtete seine Augen auf die grasgekleideten Gefährten.

„Das sind Studenten von mir", erklärte Sir William eilig. „Brave junge Leute, die sich nur ein wenig Sorgen um die Umwelt machen. Ich bringe sie jetzt nach Hause."

„Er erinnert mich an Aurelius", flüsterte Glynis und meinte damit den Polizeibeamten.

Dagonet, der von dem vorangegangenen Wortwechsel kein Wort verstanden hatte, hielt eine Höflichkeitsbezeugung für angebracht. Er verbeugte sich und sagte: „Ich bin Dagonet von Gwyn, edler Herr, und darf Euch versichern, dass wir keine bösen Absichten hegen. Wir sind nur auf der Durchreise."

„Was sagt er?", fragte der Beamte verblüfft. „Was ist das für ein Kauderwelsch?"

„Er kommt aus Frankreich", erklärte Sir William. „Dort spricht man kein ordentliches Englisch, wie jeder weiß."

„Aus Frankreich? Darf ich um ihre Pässe bitten?"

Sir William seufzte und griff nach oben. In seiner Hand erschienen drei kleine Büchlein, die er dem Beamten reichte. Der blätterte sie durch und starrte dabei den drei Gefährten aufmerksam ins Gesicht. Als Glynis an der Reihe war, machte sie einen Knicks. Der Beamte runzelte die Stirn, ließ ihr aber diese kleine Bosheit – so empfand er es – durchgehen. „Ist gut", verkündete er schließlich, gab die Pässe zurück und kroch wieder in sein Wagentier.

„Jetzt aber weg von hier", befahl Sir Williams, „ehe wir noch mehr auffallen." Am hinteren Teil des Wagens ging eine weitere Öffnung auf.

„Nur Mut, Lady Glynis", sagte Marcus und überlies teils aus Höflichkeit, teils aus Vorsicht ihr und Dagonet den Vortritt.

Im Inneren des Wagens war es erstaunlich bequem. Sie saßen auf einer Bank, die nach Leder roch und blickten aus den Fenstern. Ihr Wagen rollte wieder auf die Straße, zankte sich mit einigen der anderen Wagen, die nicht Platz machen wollten, was nicht ohne wütende Geräusche und blitzenden Augen abging, und reihte sich schließlich in die Kolonne ein.

„Das scheint mir tatsächlich eine komfortable und rasche Art des Reisens zu sein", bemerkte Dagonet, während die Landschaft an ihnen vorüberhuschte. „Wohin bringt Ihr uns, guter Herr?"

„Nach Lincoln. Du hast die Stadt unter dem Namen Lindum gekannt. Dort sind wir uns auch zum ersten Mal begegnet."

Eine Zeit lang war es still im Wagen. Dann fragte Dagonet ungläubig: „Bist du das, Lham-Dearg?"

Der Alte lachte. „Du hast ja lange gebraucht, um dahinterzukommen. Ich dachte schon, mein Name, Sir William, hätte dich hellhörig gemacht."

„Onkel William", rief Glynis aufgeregt. „Wie freue ich mich, dich wiederzusehen. Dich schickt der gütige Gott."

„Das eher nicht", antwortete Lham-Dearg. „Es war Lady Niamh, die mich gebeten hat, mich euer anzunehmen."

„Was ist geschehen?", fragte Dagonet und rieb sich die Stirn, im Bemühen, seinen Erinnerungen nachzuspüren.

„Es ist geschehen, wie es zwischen euch ausgemacht war. In der Stunde eures Todes ist Lady Niamh zu euch gekommen und hat euch geholt. Nur war sie ein klein wenig schneller als der Tod und hat auch eure Körper gerettet. Sie war wahrhaftig eine bewundernswerte Frau, obwohl sie Dämonen nicht sonderlich gemocht hat. Ihr habt die letzten fünfzehnhundert Jahre bei ihr verbracht. Ihr werdet euch an diese Zeit aber nicht mehr erinnern, außer in euren Träumen. Als sie erkannt hat, dass ihre Zeit auf dieser Erde zu Ende geht, hat sie beschlossen, euch und ihrem liebsten Gefährten, Marcus, ein letztes Geschenk zu machen. Sie hat euch euer Leben zurückgegeben, ehe sie in die Anderswelt zurückgekehrt ist."

„Unser Leben", flüsterte Glynis. „Ich hatte einen Sohn. Was wohl aus ihm geworden ist?"

„Ein guter Mann, der hochbetagt und hochgeehrt gestorben ist. Ich kann dir die Stelle zeigen, wo er begraben wurde. Ich kann dich auch mit einigen seiner Nachkommen, die auch deine Nachkommen sind, bekannt machen."

„Wie kommt es überhaupt, dass du auf der Oberwelt weilst, Lham-Dearg", fragte Dagonet.

„Ich war die letzten Jahrhunderte nicht untätig. Ich habe das Schwert an den Nagel gehängt und bin – so wie ich es beabsichtigt habe – Professor für Menschenkunde geworden. Ich darf mir schmeicheln, dass ich unter den Dämonen als anerkannter Experte auf diesem Gebiet gelte, was ich der Bekanntschaft mit dir, vor allem aber mit Glynis zu danken habe. Zurzeit leite ich ein Institut in Lincoln, das sich mit paranormalen Phänomenen befasst."

„Aber warum tust du das auf der Oberwelt, was immer paranormale Phänomene auch sein mögen?"

„Lange Zeit schien es so zu sein, als ob alle Magie nach und nach aus der Menschenwelt verschwindet. Auch die ‚Klausel des Sūmu-Abum' ist in Vergessenheit geraten und wir blieben zuletzt von euch Menschen unbehelligt. Aber in den letzten Jahrzehnten ist es zu einer besorgniserregenden Entwicklung gekommen. Wir haben wieder eine Zunahme magischer Aktivitäten festgestellt, und zwar von solcher Art, die man nur als höchst gefährlich bezeichnen kann. Glynis, die ihrem Priester immer sehr gut zugehört hat, würde sie wahrscheinlich teuflisch nennen."

„Schwarze Magie", warf Glynis ein. „Ich habe es ja gleich gesagt."

„Unser Hoher Rat hat daher beschlossen", fuhr Lham-Dearg fort, „mich an die Oberwelt zu schicken, um der Sache auf den Grund zu gehen. Weil ich mich unauffällig unter Menschen bewegen wollte, habe ich wieder die Identität von Sir William angenommen und mir dazu alle möglichen Papiere besorgt, die nötig sind, damit die Existenz eines Menschen überhaupt zur Kenntnis genommen wird. Das war trotz aller Magie, über die ich verfüge, recht schwierig und ich habe sehr viel über das gelernt, was die Menschen als Bürokratie bezeichnen. Inzwischen habe ich aber schon Übung, weshalb es mir nicht schwer gefallen ist, euch auf der Stelle garantiert echte französische Pässe zu verschaffen, als dieser neugierige Polizist danach gefragt hat.

Ich habe also – wie gesagt – das Institut in Lincoln gegründet und gelte als anerkannter Parapsychologe, obwohl mich manche auch als alten Scharlatan bezeichnen. Einmal habe ich auch Lady Niamh, die als eine der letzten ihrer Art noch auf Erden weilte, aufgesucht, um sie um ihre Meinung zu einigen rätselhaften und beunruhigenden Vorkommnissen zu fragen. Bei der Gelegenheit hat sie mir anvertraut, dass sich auch ihr Aufenthalt seinem Ende zuneigt, und dass sie beabsichtigt, euch wieder ins wirkliche Leben zu entlassen. Sie konnte mir sogar den Ort und die Stunde nennen, an dem das der Fall sein wird. Also bin ich gekommen, um euch abzuholen. Ohne Hilfe würdet ihr euch nämlich in dieser neuen Welt nicht zurechtfinden, man würde euch für verrückt halten und am Ende in eines dieser Häuser sperren, in die Menschen kommen, von denen man glaubt, sie hätten den Verstand verloren.“

„Danke, Lham-Dearg, du bist ein wahrer Freund“, sagte Dagonet.

Sir William gab ein Knurren von sich. „Hast du je von einem Dämon gehört, der freiwillig und eigennützig einem Menschen einen Gefallen getan hat?“

„Du bist so ein Dämon“, verkündete Glynis voller Überzeugung. „Du bist gekommen, weil du unser Freund bist!“

„Ein wenig“, räumte Lham-Dearg widerwillig ein, „aber nur ein ganz klein wenig. In erster Linie aber bin ich es, der eure Hilfe braucht. Ich bin nämlich mit meinen Untersuchungen bisher nicht recht vorangekommen. Ich brauche Mitarbeiter, die zumindest eine Ahnung von Magie und den Geheimnissen der Ober- und Unterwelt haben, und die nicht gleich nach einem nutzlosen

Exorzisten schreien, wenn sie auf die Spur eines unerklärlichen Phänomens stoßen, oder von Außerirdischen schwätzen."

„Du willst, dass wir uns mit gefährlichen magischen Umtrieben befassen?", fragte Dagonet besorgt. „Glynis und ich haben das hinter uns gelassen und waren recht froh darüber."

„Zier dich nicht so. Ihr habt ohnehin nichts Besseres zu tun."

„Ich, Marcus Didius Secundus, Tribun der Zwanzigsten Legion werde dich in deinem Kampf für eine gerechte Sache unterstützen, edler Herr", erklärte Marcus überraschend.

„Ja, die Zwanzigste war schon immer eine gute Truppe", sagte Sir William zufrieden. „Und was ist mit euch, Dagonet und Glynis? Seid ihr auch dabei oder soll ich euch hinauswerfen, damit euch die nächste Polizeistreife mitnimmt und in das Haus des verlorenen Verstandes bringt?"

„Das würdest du nicht tun, Onkel William", sagte Glynis.

„Vielleicht nicht, vielleicht aber doch, willst du es wirklich darauf ankommen lassen?"

Dagonet und Glynis flüsterten miteinander. „Wir sind einverstanden", erklärte Dagonet schließlich. „Es bleibt uns ja gar nichts anderes übrig."

„Ausgezeichnet", freute sich Lham-Dearg. „Ich betrachte das als verbindlichen Pakt zwischen uns." Er hantierte an dem Brett, das vor ihm angebracht war. Sogleich erfüllte infernalischer Lärm das Fahrzeug. Eine Stimme übertönte das Toben unbekannter Instrumente und kreischte unverständliche Worte.

Glynis hielt sich entsetzt die Ohren zu.

„Das hört sich ja ärger an als die schweineköpfigen Kriegstrompeten der Briten!", rief Marcus. „Was ist das?"

„Das ist Musik", erklärte Lham-Dearg „Wenn ich recht informiert bin, die aktuelle Nummer eins der Charts. Willkommen im einundzwanzigsten Jahrhundert, meine Freunde."

Ende

Vom selben Autor sind bisher erschienen

Carnuntum 172 n. Chr.

Der Anwalt Spurius Pomponius gehört zu den kommenden Männern Roms, als ihn der Zorn des Imperators an die Grenze des Reiches verbannt. Auch in Carnuntum, der Hauptstadt der Provinz Oberpannoniens, ließe es sich gut leben, wären nur die Germanen jenseits der Donau nicht so kriegslüstern. Die Situation am Limes wird schließlich so bedrohlich, dass Kaiser Mark Aurel persönlich an die Grenze eilt und ausgerechnet in Carnuntum sein Hauptquartier aufschlägt. In seiner Begleitung befindet sich seine Frau Faustina, die den Kopf des Pomponius am liebsten auf eine Lanze gespießt sehen möchte. Zu allem Überfluss wird Pomponius vom neu ernannten Leiter der Frumentarii, dem militärischen Geheimdienst der Legionen, zwangsrekrutiert und soll einen verdächtigen Todesfall aufklären. Unterstützt von seinem vorlauten Sklaven und einer jungen Frau mit zweifelhaftem Ruf macht er sich ans Werk. Nach kurzer Zeit erkennt Pomponius, dass er mit seinen Ermittlungen in ein Wespennest von Verschwörern gestochen hat. Es bleibt ihm nur mehr wenig Zeit, um seinen eigenen Hals zu retten.

Verlag: Books on Demand
ISBN-10: 3743191229
ISBN-13: 978-3743191228

Carnuntum 173 n. Chr.

Zwei Jahre sind seit dem verheerenden Germanensturm vergangen. Nun ist Rom bereit zurückzuschlagen. Kaiser Marc Aurel hat in den Donauprovinzen Legionen zusammengezogen und bereitet eine Invasion des Barbaricums jenseits des Flusses vor. Aber ein unerwarteter Schlechtwettereinbruch verzögert den Beginn des Feldzuges und ungünstige Vorzeichen mehren sich. Eine Serie rätselhafter Morde beunruhigt die Bevölkerung. Es kommt das Gerücht auf, die Getöteten seien den Lamien zum Opfer gefallen, blutsaufenden Dämonen, die von den Göttern gesandt wurden, um ihren Unmut über das Vorhaben des Kaisers zu bekunden. Abergläubische Furcht beginnt sich auszubreiten und droht auf die Truppen überzugreifen. In dieser Situation bekommt Spurius Pomponius, unfreiwilliger Mitarbeiter des militärischen Geheimdienstes, den Auftrag, die Morde aufzuklären und den Mörder ehestens zur Strecke zu bringen. Schon bald nachdem er seine Ermittlungen aufgenommen hat, wird er selbst von nächtlichen Spukgestalten gejagt und beginnt daran zu zweifeln, dass er es bloß mit einem menschlichen Serientäter zu tun hat.

Verlag: Books on Demand
ISBN-10: 3746069122
ISBN-13: 978-3746069128

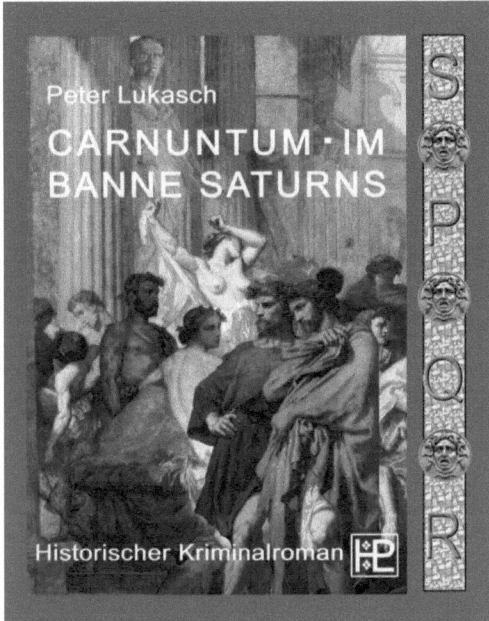

Carnuntum 173 n. Chr. (Spätherbst)
Der Krieg am Limes ist vorübergehend zum Stillstand gekommen. Kaiser Marc Aurel hat die unruhigen Germanenstämme jenseits der Donau weit ins Landesinnere zurückgeworfen. Die Bewohner von Carnuntum genießen den trügerischen Frieden und feiern ausgelassen die unlängst ausgerufenen Saturnalien, als der Sohn eines wichtigen Legionskommandanten ermordet aufgefunden wird. Die rätselhaften Umstände seines Todes veranlassen den Kaiser persönlich, eine genaue Untersuchung anzuordnen. Spurius Pomponius, unfreiwilliger Mitarbeiter des militärischen Geheimdienstes, erhält den Auftrag, gemeinsam mit seiner Partnerin Aliqua diesen Mord aufzuklären. Unter dem Vorwand, als Anwalt des Toten dessen Vermächtnis zu verwalten, beginnt Pomponius mit verdeckten Ermittlungen. Bald darauf wird er zum Ziel von Mordanschlägen. Es scheint, dass er mit seinen Fragen die Kreise eines Spionagenetzes gestört hat, welches die Germanen mit brisanten Informationen über die vom Kaiser geplante Frühjahrsoffensive versorgt. Dennoch wird Pomponius den Verdacht nicht los, dass der junge Mann gar nicht von diesen Verschwörern ermordet wurde, sondern dass hinter seinem Tod noch etwas ganz anderes steckt.

Verlag: Books on Demand
ISBN- 10: 3735760635
ISBN- 13: 978-3735760630

An einer Universität in den USA existiert eine geheime Gruppe von Mentoren, die ausgewählte Studenten in der Kunst des Zeitreisens unterweisen.
Der Zeitreiseschüler Francis macht die Erfahrung, dass das höchst eigenwillige Zeitportal nicht nur über einen skurrilen Humor verfügt, sondern auch komplizierte Regeln und Hindernisse bereithält, um Zeitreisende daran zu hindern, an der Vergangenheit herumzupfuschen.
Als sich Francis auf die Suche nach einer Mitschülerin machen will, die auf einer Zeitreise verschollen ist, warnt ihn das Portal, dass er dabei ums Leben kommen könnte. Trotzdem geht er das Wagnis ein und strandet im römischen Pompeji, einen Tag vor dem großen Ausbruch des Vesuvs. Er muss erkennen, dass ihn das Portal manipuliert hat, um diese Situation herbeizuführen und ihn zu prüfen.

Verlag: Books on Demand
ISBN-10: 3746097541
ISBN-13: 978-3746097541

Chefinspektor Hagenberg vom Landeskriminalamt wird an den Ort eines bedenklichen Leichenfundes im Stadtgebiet von Hainburg beordert. Schatzgräber haben ein Skelett aus der Völkerwanderungszeit freigelegt, aber einer von ihnen ist mit eingeschlagenem Schädel zurückgeblieben.

Was Hagenberg zunächst für eine simple Auseinandersetzung im Raubgräbermilieu hält, entpuppt sich als historisches Rätsel, das auf die Spur einer verschollenen Delegation des Burgunderkönigs Gundahar führt, die im Jahre 436 n. Chr. versucht hat, den Hof des Hunnenkönigs Attila zu erreichen.

Hagenberg gerät bei seinen Ermittlungen in das Visier einer international agierenden Bande, die sich auf Kunstdiebstahl spezialisiert hat und vor keinem Mittel zurückschreckt; auch nicht vor Mord.

Beunruhigenderweise ist diese Bande über jeden seiner Schritte informiert und vermutet offenbar, dass Hagenberg auf Informationen gestoßen ist, die einen konkreten Hinweis auf den Verbleib des sagenhaften Nibelungenschatzes geben könnten.

Plötzlich ist Hagenberg selbst vom Jäger zum Gejagten geworden.

Verlag: Books on Demand
ISBN-10: 3734769647
ISBN-13: 978-3734769641

Zu Beginn des Dreißigjährigen Krieges verhilft ein kaiserlicher Offizier einem wegen Hexerei angeklagten Mädchen zur Flucht aus der von den aufständischen Ungarn bedrohten Grenzfestung Hainburg.

Sobald es ihm möglich ist, folgt er ihr nach Paris. Im Gepäck hat er ein Zauberbuch, dessen bloßer Besitz ausreichen würde, ihn auf den Scheiterhaufen zu bringen.

Fast drei Jahrhunderte später taucht dieses Buch wieder in Hainburg auf. Es hat sich im Besitz einer jungen Französin befunden, die gemeinsam mit ihrem Begleiter am Schlossberg ermordet aufgefunden wird.

Chefinspektor Hagenberg vom Landeskriminalamt wird mit den Ermittlungen beauftragt und sieht sich bald mit weiteren rätselhaften Mordanschlägen konfrontiert, denen auch einer seiner Mitarbeiter zum Opfer fällt.

Als Hagenberg schließlich die Wahrheit hinter diesen Ereignissen erkennt, kommt er zu der Auffassung, dass so manche Fakten des Falles in der Öffentlichkeit besser nicht bekannt werden sollten.

Verlag: Books on Demand
ISBN-10: 3734770432
ISBN-13: 978-3734770432

Weil Flaute im Morddezernat herrscht, bekommen Chefinspektor Hagenberg und seine neue Partnerin den Auftrag, einen alten Fall aufzuarbeiten. Sie sollen klären, was mit einem Mädchen geschehen ist, das vor fast dreißig Jahren bei der Besetzung der Hainburger Au durch Umweltaktivisten spurlos verschwunden ist. Ihre Ermittlungen führen sie in die Pornoszene und ins Rotlichtmilieu und kreuzen sich schließlich mit den Spuren eines alten, längst vergessenen Mordfalls, der sich im Jahre 1908 in Hainburg ereignet hat, und der im Zusammenhang mit dem Brand des Ringtheaters in Wien steht.

Verlag: Books on Demand
ISBN-10: 3842381069
ISBN-13: 978-3842381063

Im Jahre des Herrn 1697, vierzehn Jahre nach dem großen Türkensturm, entsendet der kaiserliche Feldmarschall Prinz Eugen von Savoyen einen Kundschafter nach dem von den Türken verwüsteten Hainburg, um den Verbleib eines seither verschollenen Mädchens, das im Besitz eines Staatsgeheimnisses sein soll, zu klären.
Freiherr von Hegenbarth, ein hochbezahlter Spion in kaiserlichen Diensten, kehrt in jene Stadt zurück, in der Jahrzehnte zuvor sein Großvater einem wegen Hexerei angeklagten Mädchen zur Flucht verholfen hat (Peter Lukasch: 'Teufelsliebchen') und zeichnet genau alle Stationen seiner gefährlichen Mission auf.
Mehr als dreihundert Jahre später geraten seine Erinnerungen in die Hände von Chefinspektor Hagenberg und erweisen sich als Schlüssel zur Lösung eines aufsehenerregenden Mordes, der sich in der Blutgasse in Hainburg ereignet hat.

Verlag: Books on Demand
ISBN-10: 3746061393
ISBN-13: 9783746061399

In der Nacht hatte er von ihr geträumt. Das hatte er schon lange nicht mehr getan, seit Jahren nicht mehr. Er konnte sich kaum mehr an ihr Gesicht erinnern. Im Traum war es überdeutlich gewesen, aber auch der Traum wurde rasch zu einem Schemen und drohte aus seiner Erinnerung zu verschwinden. Lediglich das Ende, das ihn aus dem Schlaf gerissen hatte, stand ihm noch deutlich vor Augen: Ein dunkler Keller, ein Geruch nach Moder und Verwesung und Schreie, Schreie, die nicht aufhören wollten.

Ein Brief aus der Vergangenheit erreicht den Versicherungsdetektiv Amadeus Heinrich. Lisa, seine Jugendliebe, hat nach vielen Jahren ihr Schweigen gebrochen. Er folgt ihrem Ruf und ist bald in einen alten und in einen neuen Mordfall verwickelt. Die Wurzeln für diese turbulenten Ereignisse liegen weit zurück, in jener Zeit, in der er selber als zwölfjähriger Junge mit Lisa unvergessliche Ferien in dem kleinen Dorf Grafenhotter verlebt hat.

Verlag: Books on Demand
ISBN-10: 3738639268
ISBN-13: 978-3738639261

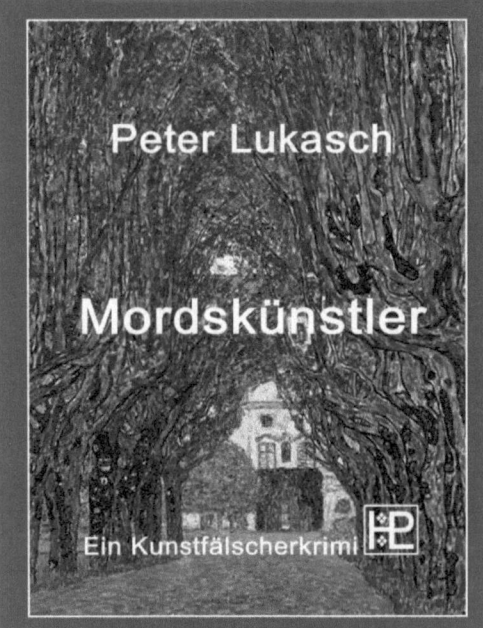

Sie betrachtete den Toten und versuchte, das Zittern in ihrer Stimme zu unterdrücken und kaltblütig zu wirken. „Was für eine Schweinerei! Hättest du ihn nicht einfach erwürgen können, wie den anderen auch?"
„Ich habe daran gedacht", gestand der Meister, aber dann konnte ich nicht widerstehen. Frisches Blut hat so eine wunderbare Farbe. Es lässt sich mit nichts anderem vergleichen, es ist so inspirierend, findest du nicht auch?"

Die Sensation ist perfekt, als ein bisher unbekanntes Portrait aus der Hand von Gustav Klimt entdeckt wird. Noch während die Fachwelt über dessen Echtheit diskutiert, wird es aus der Galerie geraubt, in der es ausgestellt werden sollte. An Stelle des Bildes wird von den Tätern der tote Galeriebesitzer an die Wand gehängt.
Der Privatdetektiv Amadeus Heinrich erhält von der Versicherung den Auftrag, das Bild wieder zu beschaffen. Dabei bekommt er es nicht nur mit einem Meisterfälscher, sondern auch mit einem meisterhaften Mörder zu tun.

Verlag: Books on Demand
ISBN-10: 3739241578
ISBN-13: 978-3739241579

Kinderbücher, so wie wir sie kennen und unseren Kindern gerne zum Lesen geben, sind heiter, bunt, manchmal geheimnisvoll und abenteuerlich und vermitteln das Bild einer heilen Welt. Wenn wir aber den Spuren der Kinderliteratur durch die Jahrhunderte folgen, geraten wir bisweilen in beängstigende Bereiche, in denen die Kriegstrommel dröhnt und der Tod zum allgegenwärtigen Begleiter wird, manchmal in der Maske eines munteren Gesellen, der Abenteuer verspricht, manchmal die Fahne des Vaterlandes schwingend und ewigen Ruhm und Ehre dem versprechend, der ihm folgt.

Diesen dunklen Unterströmungen folgt der Autor und spannt den Bogen von der Kinder- und Jugendliteratur der späten Aufklärung bis in unsere Zeit, wobei seine Darstellung über weite Strecken auch zu einem Abriss der deutschen Geschichte wird. Nicht nur Kinder- und Jugendliteratur im engeren Sinn werden behandelt, sondern auch Filme und Spiele, bis hin zu den Kriegsspielen am Computer, denen das abschließende Kapitel gewidmet ist.

Zahlreiche, teils farbige Abbildungen ergänzen den Text und machen das Thema anschaulich.

Verlag: Books on Demand
ISBN-10: 3842372736
ISBN-13: 978-3842372733

Seit dem letzten Viertel des 18. Jahrhunderts gibt es sie: Zeitschriften, die sich direkt an Kinder und Jugendliche wenden. Seither haben sie eine zentrale Rolle in der Kinderliteratur gespielt und das Leseverhalten und die kindliche Vorstellungswelt von Generationen beeinflusst. Der Autor umreißt vor dem Hintergrund der wechselvollen Zeitläufe die Geschichte dieser speziellen Printmedien, stellt sie in den Gesamtkontext der Jugendliteratur und zeigt Entwicklungslinien und Problemstellungen auf, die nicht nur heute intensiv diskutiert werden, sondern schon vor Jahrhunderten erkannt wurden und schon damals Streitpunkte waren. So wird der Bogen gespannt von den periodischen Jugendschriften des 18. Jahrhunderts, die "zur Aufklärung des Verstandes und Bildung des Herzens der Jugend" dienen sollten, über Comics bis hin zu jenen, die "coolen Megaspaß" versprechen oder Ratschläge für den ersten Sex geben.

Zahlreiche, teils farbige Abbildungen ergänzen den Text und machen das Thema anschaulich.

Verlag: Books on Demand
ISBN-10: 3839170052
ISBN-13: 978-3839170052

Von einem Buch, das millionenfach verkauft wurde, in dutzenden Sprachen erschienen ist, hundertfach fortgeschrieben, variiert, parodiert und kommentiert wurde und das sich nach mehr als 150 Jahren noch immer großer Bekanntheit und Beliebtheit erfreut, lässt sich mit Fug und Recht behaupten, dass es nicht nur ein Bestseller ist, sondern auch der Weltliteratur zugerechnet werden darf. Diesen Anspruch kann neben Werken der Hochliteratur auch ein schlichtes Bilderbuch von knapp zwanzig Seiten, der Struwwelpeter von Heinrich Hoffmann, erheben. Der Autor bietet in einer Reihe von Beiträgen einen Überblick über die Geschichte des Struwwelpeter und seine Wirkung durch die wechselvollen Zeitläufe, von den Warn- und Strafgeschichten der Aufklärung über die Nachfolger des Struwwelpeter, den sogenannten Struwwelpeteriaden, bis hin zu den politischen Satiren, die sich den Struwwelpeter zum Vorbild nehmen, vom revolutionären Struwwelpeter des Jahres 1848 bis ins 20. Jahrhundert. Besondere Aufmerksamkeit widmet der Autor der seit Erscheinen des Buches nie abgerissenen Diskussion um die pädagogische Wertigkeit des Struwwelpeter und seine psychologische Deutung und bricht dabei eine Lanze für den Struwwelpeter. So mag für den Struwwelpeter frei nach einem Zitat von Goethe gelten:
„Bewundert viel und viel gescholten: Der Struwwelpeter."

Verlag: Books on Demand
ISBN-10: 3734744040
ISBN-13: 978-3734744044

Wien im Jahre 1905. Die Kaiserstadt erlebt eine letzte glanzvolle Hochblüte, aber der große Krieg, der eine Epoche beenden sollte, wirft seine Schatten bereits voraus. Wien ist zu einem Zentrum innenpolitischer Unruhen und internationaler Militärspionage geworden.
Während die Donaumonarchie von Nationalitätenkonflikten zerrüttet wird, ist der Prater mit seinen zahlreichen Vergnügungsstätten ein beliebter Treffpunkt der lebenslustigen Residenzstadt. Eines Nachts wird dort eine junge Frau ermordet. Kurz vor ihrem Tod hat sie versucht, mit dem ehemaligen Rittmeister Manfred Hagenberg, der den Armeedienst unehrenhaft quittieren musste, Kontakt aufzunehmen. Hagenberg fühlt sich trotz des Widerstandes der Polizei und einflussreicher Armeekreise verpflichtet, die Hintergründe ihres Todes aufzuklären.

Verlag: Books on Demand
ISBN-10: 3738633499
ISBN-13: 978-3738633498

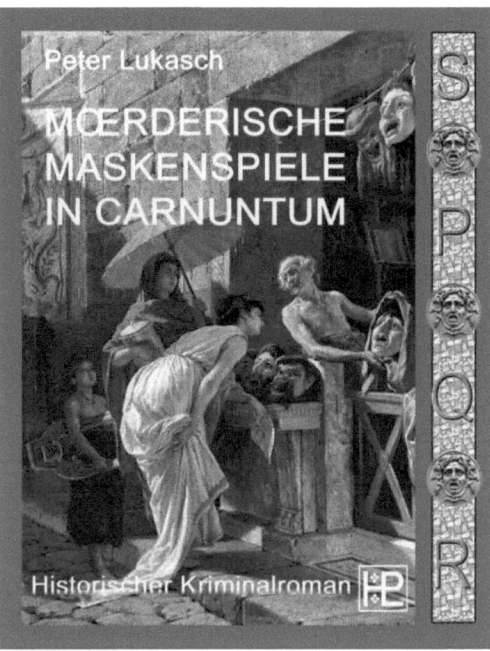

Peter Lukasch

MŒRDERISCHE MASKENSPIELE IN CARNUNTUM

Historischer Kriminalroman

Carnuntum 174 n. Chr. (Frühjahr)

Während der Aufführung des Theaterstückes 'Die Versuchung des Actaeon' kommt es im Amphitheater der Stadt Carnuntum zu einem aufsehenerregenden Zwischenfall. Auf den Statthalter der Provinz Oberpannonien wird ein Anschlag verübt. Die Täter, die sich mit Theatermasken getarnt haben, können unerkannt entkommen. Spurius Pomponius, Agent der Frumentarii, des militärischen Geheimdienstes, wird zu seinem Verdruss aus dem Genesungsurlaub zurückberufen und mit der Aufklärung dieses Falles betraut.

Mit seinen offiziellen Ermittlungen kommt Pomponius nicht recht voran. Er hat den Eindruck, auf eine Mauer des Schweigens zu stoßen. Zeugen und Verdächtige verschwinden spurlos oder werden umgebracht. Selbst das Opfer des Anschlages, der Statthalter, scheint einiges vor ihm zu verbergen.

Pomponius entschließt sich daher, in den Reihen der Theatergruppe, zu der eine Spur geführt hat, verdeckt zu ermitteln, und es gelingt ihm, als Statist aufgenommen zu werden. Dabei lernt Pomponius nicht nur die Mühen des Schauspielerlebens, sondern auch die schöne, aber undurchsichtige Tänzerin Penelope kennen.

Als Pomponius schließlich die Zusammenhänge des mörderischen Intrigenspiels, in das er geraten ist, durchschaut, wird ihm klar, dass die Wahrheit besser nicht bekannt werden sollte.

Verlag: Books on Demand
ISBN-10: 3751982043
ISBN-13: 978-3751982047